Jaca Book Reprint

Dello stesso Autore
presso Jaca Book

L'amicizia di Cristo, 1989, 2003³
Il padrone del mondo, 1987, nuova ed. 2008,
    ult. rist. 2015

Robert Hugh Benson

IL PADRONE
DEL MONDO

romanzo

Titolo originale
Lord of the World

Traduzione dall'inglese
Paola Eletta Leoni

revisione
Severina Oleari Forti

© 1987
Editoriale Jaca Book SpA, Milano
tutti i diritti riservati

prima edizione Jaca Book
novembre 1987
con undici ristampe

seconda edizione
gennaio 1997
con quattro ristampe

terza edizione
febbraio 2008

seconda ristampa
giugno 2011

quarta ristampa
maggio 2016

ISBN 978-88-16-37119-4

Editoriale Jaca Book
via Frua 11, 20146 Milano, tel. 02/48561520, fax 02/48193361
e-mail: libreria@jacabook.it; www.jacabook.it

Nota dell'editore

Nell'Inghilterra degli inizi del secolo esce un romanzo che all'interno del panorama letterario inglese spicca per alcune originali caratteristiche. È *Il padrone del mondo* di Robert Hugh Benson, un racconto sugli squarci finali della vicenda umana e su ciò che la precede.

Il clima letterario dell'epoca già si volge ad attacchi della mentalità vittoriana, con momenti di attenzione alle mutate condizioni sociali, in tutto un ventaglio di elementi indotti dall'incremento della popolazione, dalla concentrazione urbana e dalla diffusione di tecnologie posteriori alla rivoluzione industriale.

Benson sembra aver assunto tutto ciò per farlo rimbalzare, in una precisa prospettiva, a un futuro che non è solo un quadro storico ultimo, ma che è già presente nel cuore umano.

Se è vero che la letteratura inglese conserva una tradizione di versi religiosi e di una *fiction* a sfondo storico in cui può comparire una sorta di simpatia immaginativa per ricostruzioni legate a mondi passati pervasi da elementi cristiani, è vero anche che la disincantata mentalità *fin de siècle* è spettatrice di un'incapacità del mondo cristiano di raccogliere la sfida della società urbanizzata e del dibattito culturale legato alle acquisizioni scientifiche ottocentesche.

Quella che si può chiamare *fiction religiosa* aveva però ricevuto un impulso, destinato a portar frutto, dalla carismatica sottigliezza di John Henry Newman che, intorno alla metà dell'ottocento con il suo romanzo anticipatore *Perdita e guadagno* (Jaca Book, Milano 1996), aveva, per così dire, posto la prima pietra di un'espressione letteraria cattolica in Inghilterra. Benché la fine secolo metta in luce anche la presenza dell'istanza religiosa al di fuori delle confessioni, l'espressione letteraria del cattolicesimo è, dopo Newman, segnata dal fenomeno rilevante delle conversioni che plasmerà per circa un secolo il volto intellettuale del paese. Basti citare un Hilaire Belloc nell'introduzione a *La Chiesa cattolica e la conversione* di Chesterton (Morcelliana, Brescia 1954) quando definisce la conversione «...fenomeno sempre presente, ma particolarmente impressionante per le persone colte non cattoliche dei paesi di lingua inglese». Anche Benson si inserisce in questo fenomeno che ha come conseguenza espressiva la messa a punto letteraria di una fede vissuta con accenti di fortissima decisione personale.

Benson, proveniente dalla famiglia di un noto prelato anglicano, l'arcivescovo di Canterbury, ultimo di quattro figli, vive in un ambito dove temi culturali e di attualità religiosa si respirano nell'aria. Anche due dei suoi fratelli saranno uomini di lettere. Il maggiore, Arthur Christopher, fine poeta e saggista, insegna a Eton e a Cambridge e la sua fama traversa l'oceano con il grande successo negli USA di *Da una finestra del college* (1906). Il secondo, Edward Frederick, scrive romanzi che ottengono una vasta popolarità, come *Dodo* (1893) e *Dodo II* (1914), cui si aggiungono varie *pièces* teatrali, e dimostra una penetrante e arguta familiarità con le pieghe della società inglese.

Robert Hugh nel 1903 si converte al cattolicesimo e l'anno dopo viene ordinato sacerdote. Sarà famoso come predicatore e raccoglierà in libri alcuni cicli di lezioni come *L'amicizia di Cristo* (Jaca Book, Milano 1989), di cui Giuseppe De Luca, consigliandone la pubblicazione a Giovanni Papini che dirigeva una collana presso un editore fiorentino dirà che si tratta di «prediche-conferenze... lontano mille miglia da congeneri rifritture» (*Carteggio I, 1922-1929*, Edizioni di Storia e Letteratura, Roma 1985, p. 12). Un'osservazione analoga può essere «girata» anche al *Padrone del mondo*. L'autore, nelle poche righe di presentazione al romanzo dichiara di voler «tradurre valori e principi che mi stanno a cuore... in avvenimenti che possano commuovere». Ed è proprio ciò che il lettore può percepire a prima vista:

il racconto è pervaso da una schiettezza audace che neppure sfiora l'imbarazzante scivolosità delle «rifritture» ed è animato da una comunicativa di mobilitazione degli animi capace di proiettarlo in uno spazio narrativo senza alcuna parentela con il trito pessimismo, inevitabilmente paralizzante ed apatico, comune a non pochi lavori di immaginazione o riflessione sulla fine del mondo.

Questa esigenza di «mettere in movimento»—vero senso dell'espressione «commuovere», dalla radice latina di *cum* e del verbo *movere*—si sposa invece con l'autentica tradizione di ispirazione apocalittica, così come viene interpretata in ambito cristiano.

Oggi, nel parlare comune, si intende per apocalittico, né più e né meno che qualcosa di catastrofico, la previsione di un futuro oscurato da un giudizio che attanaglia il presente nell'impotenza di sfuggire al peggio. In realtà, se il verbo greco *apokalypto* significa «togliere il velo» e può dunque applicarsi anche a premonizioni pervase da toni esclusivamente pessimistici, l'intento di Benson di «mettere in moto» si smarca da una finalità puramente negativa per inserirsi d'impeto in una corrente cristiana che trasfigura il negativo nella tensione verso una meta vitale.

La tipologia degli scritti apocalittici ha lontane radici in civiltà differenti, come l'antica Grecia, il mondo ebraico o medio-orientale. La mentalità cristiana però, pur aderendo alla speciale qualità letteraria di un tal genere, caratterizzato da esuberanti narrazioni di eventi destinati ad ergersi a simboli delle forze del bene e del male, pur essendo stata fin dai suoi primi passi particolarmente colpita dalla figura del grande oppositore al bene, illumina tuttavia le previsioni sulla fase ultima del mondo, in cui si verificano perturbazioni della natura e della società e in cui campeggia la figura maligna dell'AntiCristo, con la proclamazione vivificante della venuta finale del Cristo, con la rivoluzionaria messa in opera di una dimensione dinamica di speranza che dà consistenza al presente, abbracciando l'intero universo che non si troverà annichilito di fronte alla sua reale occasione di essere trasfigurato.

Tale dimensione dinamica—non dunque un terrore paralizzante—è ben espressa da Benson quando dichiara il suo intento di «mettere in moto» il lettore. Dalla narrazione infatti si leva un grido di avvertimento, deciso ma nello stesso tempo sommesso, che ha un sapore quotidiano, un richiamo di mobilitazione nelle cose di ogni giorno, un sapore paradossalmente conservato anche quando si narrano eccezionali rivolgimenti politici e svolte epocali della vicenda umana. Nel romanzo, soprattutto attraverso le reazioni più usuali dei vari protagonisti—un uomo con responsabilità politiche, la moglie, la madre, un sacerdote che sta per risalire la china dei suoi dubbi—si accede al ritratto drammatico della vera protagonista. È l'esasperazione ideologica di un'intera società incarnata in un movimento di massa, il cui nome è secondario, ma che è comunque declinata in valori assoluti (psicologia, materialismo, comunismo, fratellanza universale), veri tasselli di un congegno al di fuori del quale ogni cosa è destinata ad apparire assurda e il cui perimetro d'influenza tende artificiosamente a dilatarsi fagocitando ogni esperienza umana, con l'appropriazione violenta di ciò che non è suo.

Così uno dei personaggi di Benson dirà del movimento «umanitarista» che domina il mondo che «... esso... asserisce le sue verità e non le dimostra, soffoca con guanciali comodi invece di sollecitare le menti e ferisce con l'arma della dialettica» (p. 141).

Nella visione cristiana degli ultimi tempi invece ciò che domina è l'attività umana del giudizio che deve esercitarsi sulle vicende storiche per prendere la rincorsa verso la meta, verso la Presenza finale di Chi conferisce senso alle cose fin d'ora, dimensione ineliminabile di una tensione che aspetta, ma che è già confortata dalla speranza di ciò che ancora si attende. Il giudizio chiesto all'uomo è sull'oggi e Benson, in un momento drammatico del racconto dice del sacerdote che sta per affrontare una svolta della sua vita: «Ma fisso restava il suo giudizio» (p. 127). È la parte che spetta all'uomo di una dinamica comunque duplice. L'ultima parola della Bibbia è «Vieni, Signore Gesù», ed è un orientamento sulla vita attuale, se Benson stesso può dire nel suo *L'amicizia di Cristo*: «Cristo ci viene incontro, correndo» (p. 57). Due corse che sfoceranno in un incontro, ma se è così non servono «guanciali comodi», le menti vanno sollecitate al miglior rendimento della corsa in cui siamo coinvolti, al miglior uso del dramma della storia, al giudizio vero e non solo alla dialettica.

Prefazione dell'Autore

Questo libro produrrà senz'altro sensazioni di sconforto e sarà (per ciò e per altri motivi) oggetto di ogni tipo di critica; ma mi è sembrato che il mezzo migliore per esprimere valori e princìpi che mi stanno a cuore e che io credo veri ed infallibili fosse quello di tradurli in avvenimenti che possano commuovere.

Non ho inteso fare la voce grossa ed ho sempre trattato con deferenza e con rispetto, per quanto possibile, le opinioni opposte alle mie. Non sta a me dire se abbia conseguito l'intento o meno.

R.H. Benson
1907

Prologo

Il vecchio signore si adagiò sulla sedia e disse: « Devo riflettere un attimo ».

Col mento appoggiato alla mano, Percy si accinse ad attendere, dopo essersi accomodato sulla sedia.

Erano riuniti in una stanza priva di finestre e di usci. Regnava un grande silenzio. L'arredamento rispecchiava l'eccessivo buon gusto dell'epoca.

Già da oltre sessant'anni gli uomini si erano accorti che lo spazio non è limitato alla superficie della terra. Per questo, ormai, molte erano le costruzioni fabbricate nel sottosuolo.

Templeton è il nome del vecchio. La sua casa è posta a quindici metri sotto il livello del Tamigi, in una posizione indubbiamente comoda. Bastano cento passi per arrivare alla stazione della Seconda Rete Centrale delle automobili e poco più di un miglio lo separa dai velivoli di Blackfriars. Ma Templeton ha ormai più di novant'anni e non esce mai di casa.

Verde delicato e smalto siliceo, come prescrive l'Ufficio Igiene, sono i tenui colori della stanza. E non manca, ovviamente, la luce solare artificiale, scoperta, quarant'anni addietro, dal grande Reuter.

Come un bosco a primavera, così è questa sala. Ed anche il calore e la ventilazione prodotti dall'ormai classica persiana a muro fanno ricordare la primavera, con i diciotto gradi costanti di temperatura.

Nella stanza c'erano tre uomini.

Uomo alla buona, il signor Templeton era contento di ripetere le orme del padre. I mobili della sua casa gli assomigliavano, vecchi anch'essi, sia nello stile sia nel materiale. Secondo il sistema comune a tutti i cittadini, anche i mobili di casa Templeton erano in ferro smaltato di amianto indistruttibile. Sembravano però di mogano ed erano gradevoli al tatto.

I tre uomini sedevano vicini a una stufa elettrica dal piedistallo di bronzo. A fianco della stufa si potevano notare due scansie cariche di libri.

L'estremità della sala era occupata da due ascensori idraulici: uno che conduceva alla camera da letto, l'altro che saliva di diciotto metri e raggiungeva il corridoio che portava sulla banchina.

Percy Franklin era il più anziano dei due preti presenti. Era un uomo di aspetto particolare: aveva i capelli tutti bianchi, benché non fosse ancora arrivato ai trentacinque anni; i suoi occhi grigi sprigionavano una vivacità straordinaria e appassionata, sotto le nere sopracciglia. Il naso pronunciato, il mento sporgente e il taglio deciso della bocca lasciavano intravvedere, in quest'uomo, una volontà ferrea e irremovibile. Padre Franklin era uno di quegli uomini dai quali difficilmente si distoglie lo sguardo.

All'altro lato del caminetto era seduto padre Francis. Era un uomo come tanti altri. Il suo sguardo era, sì, dolce e attraente, immerso nel bruno degli occhi; ma non c'era energia sul suo volto. Padre Francis aveva una certa malinconia, propria delle donne, che lo accompagnava nel modo di muovere le labbra e gli occhi, languidamente.

Il signor Templeton era rasato, come tutti gli uomini d'allora, e il suo volto, così pulito, spirava saggezza e vigore dagli incavi delle rughe. Riposava su un cuscino ad acqua calda e teneva una coperta sui piedi.

Ruppe finalmente il silenzio per primo e guardò Percy, seduto alla sua sinistra.

« Certo. Non è semplice ricordare tutti gli avvenimenti. Vi dirò come la penso io.'

« Il nostro Parlamento cominciò ad essere in pericolo quando, in Inghilterra, si formò il Partito del Lavoro. Era il 1927.

« Fu questo il segno di come l'herveismo fosse diventato mentalità ormai dominante. C'erano già stati, in precedenza, alcuni socialisti. Ma nessuno eguagliò l'influenza che, soprattutto negli ultimi anni della sua vita, seppe esercitare Gustavo Hervé. Nessuno fu altrettanto valido. Gustavo Hervé, come anche lei avrà potuto leggere e sapere, predicava un materialismo e un socialismo spinti alle estreme conseguenze. La patria, per lui, era un concetto barbaro; predicava una sola felicità, quella data dalla soddisfazione dei sensi. Tutti lo deridevano all'inizio. Fuori dalla religione, dicevano gli inglesi, è impossibile conservare il più elementare ordine sociale. Ma, alla fine, tutti gli diedero ragione.

« All'inizio del secolo, cadde la chiesa francese.

« Dopo i massacri del 1924, la borghesia si mise all'opera per riorganizzarsi. Era un movimento condotto con serietà e costanza: penetrò nel ceto medio, con i suoi princìpi che negano la patria, la divisione in classi e l'esercito. Il movimento, naturalmente, faceva capo alla massoneria. Si diffuse in Germania, dove l'autorità di Carlo Marx... »

« È vero, signor Templeton » disse Percy. « Ma continuiamo a parlare, per favore, dell'Inghilterra. »

« Già. È giusto. L'Inghilterra!...

« Nel 1927 il Partito del Lavoro salì al potere e diede inizio al regime comunista. È passato molto tempo; ero appena nato e non ricordo direttamente quei giorni. Mio padre, però, era solito ricondurre gli eventi successivi ai fatti accaduti in quell'epoca.

« Mi stupisco solo che le cose si siano svolte così lentamente. È facile che fosse ancora vivo un certo fermento fondato sull'antico lievito *tory*. Ma è anche vero che i secoli trascorrono più lentamente di quanto non si creda, specialmente quando si muovono a seguito di una spinta. Comunque, in quegli anni, nacque la nuova società. I comunisti non hanno subìto grandi rovesci; ebbero qualche difficoltà solo negli anni attorno al 1935. Il *Times* cessò le sue pubblicazioni e nasceva invece il *Nuovo Popolo*, fondato da Blenkin. Fatto piuttosto strano fu che la Camera dei Lords resisté fino al 1945. Il 1939 fu invece l'anno in cui scomparve la chiesa ufficiale. »

«Quali furono le conseguenze di tutto ciò per la vita religiosa?»: la domanda di Percy, che era preoccupato di mantenere il discorso nei limiti dell'argomento, fu repentina.

Il vecchio si era trattenuto un attimo dal parlare, per un accesso di tosse.

Rispose, dopo aver inspirato a lungo dall'inalatore: «La caduta della chiesa fu una *conseguenza* della perdita della religiosità e non ne fu la *causa*. In quei tempi, c'erano i *ritualisti*. Questa setta fece un disperato tentativo di penetrare nel Partito del Lavoro; dopo, in seguito al Sinodo del 1929 (anno in cui il *Credo niceno* fu abbandonato), decise di convertirsi al cattolicesimo. C'è da riconoscere che i *ritualisti* erano gli unici a conservare un certo ardore religioso.

«L'effetto, forse unico, della caduta della chiesa fu la fusione tra i pochi rimasti della *Chiesa nazionale* e i seguaci della *Chiesa libera*, la quale richiedeva solo un'adesione sentimentale.

«Nel 1930, la critica tedesca attaccò nuovamente e duramente la Bibbia, che perse così, definitivamente, la sua autorità di libro rivelato.

«All'inizio del secolo, comunque, grazie alla teoria *kenotica*, la divinità stessa del nostro signore Gesù Cristo era diventata vuota parola.

«Prima ancora, tuttavia, c'era stato il movimento dei *Liberi ecclesiastici*. Fu un fenomeno breve e strano, suscitato dal fatto che i sacerdoti abbandonavano in massa il loro stato, vinti e trascinati dalla corrente culturale dominante. Fatto curioso è che, se si leggono i documenti del tempo, questi ministri di Dio venivano considerati *pensatori indipendenti*, mentre la realtà dei fatti testimonia come fossero schiavi della mentalità comune.

«Di che cosa stavo parlando?... Ah, ecco! Tutti questi avvenimenti prepararono il terreno. La chiesa faceva, in fondo, alcuni progressi, data la situazione in cui si trovava, situazione certamente peggiore di quella di dieci o venti anni prima. Il mio linguaggio potrà apparire rude, ma lo dico ugualmente: in quel tempo, cominciò la separazione tra le pecore e i caproni. E questo fu un progresso, a mio parere.

« Gli uomini religiosi erano tutti cattolici e personalisti; gli atei, invece, rifiutavano il soprannaturale e si convertirono tutti al materialismo e al comunismo.

« Che la chiesa fosse forte, comunque, si poteva vedere dai frutti: quel tempo generò uomini come il filosofo Delaney, i benefattori Mac Arthur, Largent e altri. Sembra che toccò a Delaney e ai suoi discepoli dover affrontare le difficoltà più grandi. Avete presente la sua *Analogia*?... Certo, certo. I libri di testo ne sono pieni.

« Le cose andavano bene, dunque. Ma, alla chiusura del Concilio Vaticano, iniziato nel XIX secolo e allora non ancora concluso, ci furono numerose apostasie. Fu il periodo dell'*esodo degli intellettuali*: menti eccelse non si trovavano d'accordo sulle conclusioni cui arrivò il Concilio ».

« Fu a causa delle conclusioni sull'interpretazione della Bibbia » soggiunse a questo punto il prete più giovane.

« Sì, in parte anche per questo motivo. In parte, poi, la colpa fu della nascita del *modernismo* e della lotta connessa a questo fatto. Ma la causa principale è da ricercare nella condanna che il Concilio fece delle tesi del Delaney, il quale poi non si riconciliò più, come saprete, con la chiesa. Anche Scotti fu condannato, per la sua opera sulle religioni comparate. Dopo di che, i comunisti camminarono a gonfie vele, anche se con molta calma. Vi sembrerà strano, eppure fu un cammino lento: basti pensare all'irritazione che provocò il *Progetto delle industrie necessarie* (che poi fu tramutato in legge nel 1960). Le masse popolari si rendevano conto che, con questa nazionalizzazione del lavoro, perdevano ogni possibilità di libera iniziativa; ma non si ribellarono. Il popolo seguiva, quasi inconsciamente, questa nuova onda del potere. »

« In quale anno passò il *Progetto della maggioranza a due terzi*? » domandò Percy.

« Molto prima del 1960: un anno o due dall'abolizione della Camera dei Lords. Fu un passo assolutamente necessario, senza del quale si sarebbero visti i personalisti impazzire. E fu allora inevitabile anche il *Progetto delle industrie necessarie*. Il popolo ne sentiva, almeno in parte, già da molto tempo, l'esigenza: da quando, cioè, si era avuta la municipalizzazione delle ferrovie. Subito ci fu un risveglio dell'iniziativa privata nel lavoro, sollecitata dagli individualisti (che fondarono la *scuola di Toller*); ma, ben presto, anche gli individualisti furono assorbiti negli impieghi governativi, perché il margine di guadagno del 6% per ogni prodotto artigianale privato non era un incentivo a continuare il mestiere. Il governo, invece, pagava bene. »

« Quello che non riesco a capire » disse Percy scuotendo la testa « è come si sia arrivati alla situazione attuale. Non ha detto che le cose procedevano lentamente? »

« Sì » rispose Templeton. « Ma non si può dimenticare che la *Legge sui poveri* diede ai comunisti una stabilità incrollabile. Eh, sì! Braithwaite sapeva fare il suo mestiere! »

Il prete più giovane mostrò di non capire.

Il vecchio proseguì ugualmente nel suo discorso: « L'abolizione del lavoro a domicilio è una storia vecchia, voi direte. Ma ricordo bene anche i fatti che seguirono la caduta della monarchia e la fine delle università ».

Percy lo interruppe: « Questo aspetto è molto interessante. Ce ne parli più a lungo, la prego ».

« Subito » rispose il vecchio Templeton. « Stia a sentire che cosa fece Braithwaite.

« Nel vecchio sistema, i poveri erano trattati tutti allo stesso modo, ma non erano contenti; il nuovo sistema li divise in tre categorie: gli appartenenti alle prime due erano liberi; quelli della terza, invece, erano considerati alla stregua di delinquenti. È logico però che ad ognuno veniva assegnata la propria categoria solo dopo un attento esame. Vennero poi riorganizzate le *pensioni di vecchiaia*. Potrà capire anche lei come tutto questo giovò ai comunisti! Gli individualisti, che, quando io ero bambino, si chiamavano *tories*, da quel momento non ebbero più alcuna fortuna e, ormai, si sono ridotti ad essere un vecchio carro. La massa degli operai, cioè il 99% della popolazione, si schierò infatti contro i *tories*. »

Percy alzò gli occhi.

Ma il vecchio continuava: « Le prigioni furono riformate sotto Macpherson e venne abolita, in quel periodo, la pena di morte. Nel 1959 fu imposta ufficialmente l'educazione laica e si soppresse il sistema ereditario con la *Riforma della tassa di successione* ».

« Com'era regolata, prima, questa tassa? »

« Com'era regolata?... È strano, ma proprio così: tutti pagavano allo stesso modo! Il primo passo fu l'introduzione della *Legge sui beni mobili*; in seguito, la legge fu modificata e, da quel momento, la ricchezza ereditata pagava il triplo rispetto a quella acquistata. Nel 1989, vennero poi accolte, in pieno, le teorie marxiste. Ma già nel 1977 era stata introdotta la prima legge.

« Tutti questi fatti resero l'Inghilterra simile a tutte le altre nazioni del continente, con le quali, fino a quel momento, essa aveva avuto in comune solo lo schema dell'*Industria libera d'occidente*, frutto della vittoria del socialismo in Germania: penso lo ricordiate anche voi. »

Con una certa ansia, Percy domandò: « Come fu possibile evitare la guerra d'oriente? ».

« Sarebbe troppo lungo parlarne. In breve: fu l'America che impedì questa guerra con l'oriente. Perdemmo l'India (o l'Australia, non ricordo bene). Si era nel 1935: questa sconfitta produsse una crisi nel comunismo. Ma grande fu allora l'abilità di Braithwaite: riuscì ad uscire dall'*impasse* ottenendo il protettorato del Sud-Africa. Era un uomo astuto, forse troppo. »

Un attacco di tosse fermò nuovamente Templeton dal parlare. Francis cominciava a dar segni d'impazienza; sbadigliava e cercava nuove posizioni sulla sedia.

« E l'America? » chiese Percy.

« È difficile rispondere in breve a questa domanda. Consapevole della propria forza, l'America giunse a conquistare anche il Canada, ponendoci in una posizione di netta inferiorità. »

Percy si alzò in piedi e chiese se Templeton non avesse, per caso, in casa, un atlante comparato.

« È lì » rispose Templeton, indicando uno scaffale.

Per alcuni minuti, Percy si fermò a guardare le carte, cercando di aprirle interamente sulle ginocchia. Mise a confronto i numerosi casellari colorati del ventesimo secolo con quelli del ventunesimo.

Sussurrò: « Certo. Ora capisco ». E percorreva con l'indice i confini dell'Asia. Con la scritta *Impero d'oriente* erano uniti assieme i monti Urali (dipinti in giallo pallido), lo stretto di Behring, l'India, l'Australia e la Nuova Zelanda.

Poi lo attirò il colore rosso. Di rosso era dipinta una fascia più stretta, ma importante: l'Europa propriamente detta, la Russia e l'Africa del sud.

Tutta azzurra era invece la Repubblica Americana: cominciava con la fascia continentale e scendeva sull'emisfero occidentale, in una nuvola di puntini azzurri sullo sfondo bianco del mare.

« Certo! Ora è più chiaro » rispose Templeton al sussurro di Percy.

Percy richiuse l'atlante e lo ripose al suo posto. Poi chiese: « Attualmente, quale è la minaccia che ci sovrasta? ».

Il vecchio statista conservatore sorrise, poi disse: « Solo Dio lo sa. Se l'impero d'oriente si muove, noi non sappiamo come opporci ad esso. Anzi, non riesco a capire come mai non si sia ancora mosso. In ogni caso, speriamo che Dio ci salvi o, meglio, *vi* salvi. L'impero d'oriente conosce bene la propria forza e non so che cosa possa succedere se si muove ».

Si fece silenzio per un attimo. Un'enorme macchina passava, in quell'istante, al di sopra della casa e fece tremare tutta la stanza.

Percy improvvisamente disse: « La prego, profetizzi. Profetizzi sul futuro della vita religiosa ».

Templeton aspirò un'altra boccata dall'inalatore, poi riprese a parlare: « Ci sono, in fondo, tre tipi di religione: il cattolicesimo, l'umanitarismo e le religioni orientali. Per quanto riguarda queste ultime, non sono in grado di dare un giudizio preciso; penso, comunque, che, tra di esse, prevarrà il sofismo. Però, potrebbe anche essere diversa la conclusione; c'è infatti l'esoterismo, che cammina alacremente (e, in fondo, l'esoterismo è una forma di panteismo). Se poi si ammette la possibilità che la stirpe dei cinesi e quella dei giapponesi si fondano in una sola razza, tutti i calcoli saltano e non sappiamo prevedere quale sarà l'esito.

« Ma è certo che, in Europa e in America, la lotta aperta è quella tra il cattolicesimo e l'umanitarismo: ogni altra tendenza è priva di ogni effettiva rilevanza. Se proprio volete sapere come la penso, vi dirò che, secondo me, il cattolicesimo sta decadendo con una rapidità spaventosa. Il protestantesimo è indubbiamente morto: tutti hanno dovuto riconoscere che una vera vita religiosa esige una unica autorità assoluta e che il giudizio soggettivo in materia di fede è solo fonte di disgregazione. Nello stesso tempo, la chiesa cattolica, unica istituzione con un'autorità soprannaturale, deve operare per raccogliere in unità tutti quei cristiani che ancora credono al soprannaturale (sapete anche voi che i pochi fideisti esistenti in America non hanno ormai più alcun credito). Tutto questo è vero. Occorre però tenere presente che l'umanitarismo è anch'esso una religione o, meglio, lo sta diventando. È una religione priva del soprannaturale, è un'altra forma di panteismo. Subisce l'influenza della massoneria e, passo passo, si sta formando un proprio rituale e un proprio credo: l'uomo è Dio, eccetera, eccetera. Anche alte ispirazioni religiose trovano il proprio sbocco nell'umanitarismo (che si nutre di ideali, pur non chiedendo nulla che sia al di sopra delle capacità dello spirito umano). Ci hanno tolto chiese e cattedrali e stanno iniziando a promuovere le *religioni del cuore*. L'umanitarismo può permettersi di spiegare in piena piazza i propri simboli, mentre a noi impedisce di farlo. Sarà l'umanitarismo, penso, la religione ufficiale: forse dovremo aspettare ancora soltanto qualche anno.

«Da più di cinquant'anni, la chiesa sta perdendo terreno; vedo che continuiamo a perderlo, ogni giorno di più.

«A parole, circa il 40% degli americani è ancora cattolico come noi; ma in Francia e in Spagna non abbiamo più nessuno. In Germania siamo solo una piccola minoranza. Una certa posizione abbiamo in oriente: saremo duemila, secondo le ultime statistiche; duemila: pochi e dispersi. L'Italia?... Abbiamo riconquistato Roma, ma è l'unica cosa che ci sia rimasta. Poi ci sono tutta l'Irlanda e un sessantesimo dell'Inghilterra, del Vallese e della Scozia. Circa quarant'anni fa, eravamo il 2,5%. Contro di noi ha influito enormemente anche l'ampio sviluppo della *psicologia* nell'ultimo secolo. Prima, dovevamo fare i conti con il puro e semplice materialismo: esso aveva molti aspetti grossolani, che lo rendevano, in un certo senso, impopolare. Ma poi sorse la *psicologia*: vinse e pretese, come proprio campo esclusivo, il regno dello spirito. La *psicologia* pretende di spiegare secondo schemi naturalistici lo stesso anelito al soprannaturale. È una pretesa infame! Padre, mi creda: non restano dubbi; noi siamo quasi perduti e ci stiamo dirigendo verso una catastrofe alla quale dobbiamo essere preparati ».

« Ma... »

« Mi ascolti. Io sono un vecchio, sono ormai vicino alla tomba: può darsi che le mie parole siano suggerite dalla debolezza senile... Ma continuo a credere che la nostra sia una situazione disperata. È ormai vicina la catastrofe. Sì, sì. Io non vedo un filo di speranza, finché... »

Percy intanto lo guardava, con occhi inquieti e penetranti.

« ...finché non tornerà il Signore » concluse il vecchio Templeton.

Un nuovo sospiro di padre Francis. Poi, di nuovo, silenzio in tutta la stanza.

« E la fine delle università? » chiese allora Percy.

« Mio caro padre! Fu un fenomeno molto simile alla caduta dei monasteri sotto Enrico VIII. Identici furono i risultati, i motivi, gli avvenimenti. Le università erano le roccaforti del personalismo, così come i monasteri lo erano stati per il *papismo*. Diffidenza e paura avevano circondato queste istituzioni e, quando il potere cominciò a fare indagini e scoprì che molti frati, nei conventi, si ubriacavano col vino di Oporto, non si indugiò a dire che era finita l'epoca dei conventi e che essi non servivano allo scopo per cui erano nati. E si sa che, invece, c'erano molti motivi validi per far continuare l'esistenza dei conventi: se ammettiamo il soprannaturale, ammettiamo anche i conventi, che ne sono la necessaria conseguenza.

« Gli istituti di educazione pubblica avrebbero dovuto dimostrare di essere utili a qualcosa, concretamente e visibilmente, sia per quantità sia per qualità. Ma le università non potevano dimostrare nulla di tutto questo. Per cui, essendo la distinzione tra l'*ou* e il *mé*[1] fine a se stessa, gli universitari del secolo XX, inutili, per qualità e quantità, non andavano più a genio agli inglesi. Non andavano a genio neppure a me, in verità, benché fossi un personalista convinto; mi facevano compassione. »

« Davvero? » chiese Percy.

[1] Si tratta di due diversi modi greci di esprimere l'italiano *non*. (*NdT*)

« Erano una pena! Le scuole di Cambridge, colla sezione di Oxford, furono l'ultima roccaforte. Poi dovettero soccombere, come le altre. I vecchi *magistri* si aggiravano con i loro libri, ma nessuno li cercava: erano troppo alte le loro speculazioni. Alcuni *magistri* furono accolti nelle *Case dei poveri* di prima o di seconda categoria; altri ricevettero l'ospitalità di qualche ecclesiastico caritatevole. Si fece un ultimo tentativo, concentrandoli tutti a Dublino, ma il popolo si dimenticò totalmente di loro. Le sedi delle università vennero adibite agli usi più svariati: Oxford fu, per un breve periodo, uno stabilimento d'ingegneria e Cambridge una specie di atelier governativo. In quei tempi, come saprete, mi trovavo al *Collegio reale*. Accaddero cose disgustose. Io acconsentii a trasformare la cappella in museo. Non mi faceva certo piacere vedere gli oratorî pieni di esemplari anatomici; ma non sarebbe stato certo migliore vederli pieni di terracotte o di stufe! »

« E lei che fece? »

« Avevo un po' di denaro. Inoltre, venni presto a far parte del Parlamento. Ci furono alcuni miei colleghi che, invece, si trovarono veramente in cattive acque. Quelli che non avevano lavoro potevano usufruire di una pensione molto misera: penso che tuttora vivano di quella. Erano tutti come me: ruderi pittoreschi, resi preziosi solo dalla fede. »

Percy sospirò. Non smetteva di guardare il volto del vecchio Templeton che si illuminava nel ricordare memorie ormai lontane.

« Che cosa ne pensa del *Parlamento europeo*? »

« A mio parere, la cosa è ormai fatta. Basta solo trovare un uomo che sia capace di dare l'ultima spinta. È tutta la storia dell'ultimo secolo che ci ha portati a questo. Anche il *patriottismo* ha fatto la sua epoca ed è finito; ma sarebbe dovuto finire (così come la schiavitù e tante altre cose mostruose) per opera della chiesa cattolica. Lo ha ucciso, invece, quel mondo che è davanti a noi come un blocco compatto, come l'anti-chiesa-cattolica. È stata la *democrazia sociale* che ha svolto un compito pertinente alla *monarchia divina*. Ha vinto e noi dobbiamo attendere la persecuzione... Ma vi ripeto: la guerra d'oriente potrebbe cambiare tutto. Salvarci... mah! Chi lo può sapere? »

Percy rimase silenzioso per qualche istante. Poi si alzò in piedi e, usando il linguaggio dell'*esperanto*, disse: «Devo andare. Sono già le nove passate. Per ora, signor Templeton, la ringrazio di tutto».

Anche Francis si alzò e lasciò vedere il suo abito grigio scuro da prete. Prese il cappello, mentre Templeton diceva, rivolto a Percy: «Padre. Torni di nuovo, se le pare che questa sera io non abbia potuto soddisfare a tutte le sue richieste. Devo ancora scrivere la lettera, non è vero?».

Percy annuì e soggiunse: «Ne ho già scritto una parte stamattina. Sentivo il bisogno di fare un discorso generale, prima di affrontare, a ragion veduta, i particolari. La ringrazio infinitamente di avermi dato il modo di acquistare una cognizione adeguata dei fatti. È veramente una fatica improba la lettera quotidiana al cardinale protettore. Gli chiederò di rinunciare a questo incarico, se acconsentirà».

«Mi scusi se la contraddico, padre. Non rinunzi. Lei, detto qui fra noi, ha uno spirito d'osservazione acutissimo e Roma non sa come guidare se non è informata perfettamente di tutto. Penso che gli altri padri non siano alla sua altezza.»

Percy alzò le nere sopracciglia, come per schivare quelle lodi. Sorrise però e, rivolto a Francis, disse: «Andiamo, padre».

Giunti alla gradinata attigua al corridoio, i due preti si separarono. Percy si fermò un attimo, quasi cercasse di capire il muto linguaggio della scena autunnale apertasi davanti a lui. Quanto aveva udito nel sotterraneo del vecchio Templeton sembrava coprire di luce strana quella maestosa visione di progresso che si snodava sotto il suo sguardo. L'aria splendeva, come fosse giorno, per la luce artificiale. A Londra, ormai, era impossibile distinguere il giorno dalla notte.

Padre Percy si trovava in una specie di chiostro di vetro, dal pavimento ricoperto di una spessa pedana di gomma, che attutiva il rumore dei passi. Giù in fondo, ai piedi della gradinata, intravvedeva una folla immensa che, divisa in due file, passeggiava a destra e a sinistra. Unico brusìo era quello delle voci, in lingua *esperanto*, animate e incessanti.

Vide, attraverso il vetro del pubblico passeggio, un piano largo, liscio e nero. Era una via, scanalata a destra e a sinistra, nella quale i pedoni non potevano andare. Dalla parte di Westminster vecchia, sentì arrivare un ronzìo, come se si stesse avvicinando un enorme sciame di api; subito dopo, ecco giungere un oggetto luminoso, veloce come una freccia: lanciava fiamme da ogni lato. Piano piano, il ronzìo scomparve nuovamente.

Ci fu silenzio, dopo questo rapido passaggio del grande *Postale governativo* da sud a est. Quella che Percy vedeva era infatti la via riservata unicamente alle vetture di stato, che potevano raggiungere, al massimo, la velocità di centocinquanta chilometri orari.

Una città ingommata, priva di rumori: le vetture private transitavano a cento metri di distanza dal passaggio pedonale; il traffico sotterraneo non faceva rumore: correva ad una profondità tale da rendersi sensibile solo attraverso il tremolìo del suolo.

Gli esperti governativi, comunque, da più di vent'anni, stavano studiando il sistema per togliere anche quel tremolìo del suolo e per eliminare il ronzìo dei veicoli ordinari.

Percy stava per incamminarsi, quando la sua attenzione fu attratta da un grido prolungato proveniente dal cielo. Era un suono bellissimo e straziante nello stesso tempo. Alzò gli occhi dalle onde uniformi del Tamigi (sempre le stesse, nonostante il progresso); vide, su in alto, di fronte ad alcune nuvole sinistramente illuminate dalla luce artificiale, un oggetto oblungo e fine, di chiara e incantevole luce: lo vide guizzare verso il nord e ben presto dileguarsi ad ali spiegate.

Quella musica celestiale (Percy lo sapeva bene) era il segnale che, negli aerei europei, annunciava l'arrivo nella capitale della Gran Bretagna.

«Finché non tornerà il Signore!» padre Percy ripeteva fra sé queste parole udite dal vecchio Templeton. Per un istante, l'antica angoscia gli sfiorò il cuore.

Era difficile tenere lo sguardo fisso a quel momento, che sarebbe certamente venuto mentre la terra viveva comoda nella sua pianura colma di potenza e di splendore!

Certo. Sì. Era stato proprio lui a dire a padre Francis che lo sviluppo tecnico non è sinonimo di vera grandezza. Sì, **era stato lui** a dire che, dietro l'esteriorità più rilucente, si nascondono le più pericolose insidie. E aveva anche detto queste cose in tutta convinzione.

Ma, ora, faceva tacere l'ombra ricorrente del dubbio, con grande forza d'animo, col grido appassionato a Gesù di Nazareth, a quell'Uomo, perché egli rendesse il suo cuore simile a quello di un bambino.

Serrò le labbra. Si chiese quanto tempo padre Francis avrebbe saputo resistere alle insidie di quel mondo. Poi scese dalla gradinata.

Libro primo
L'inizio

Capitolo primo

1

Con gli occhi rivolti alla finestra, Oliviero Brand, il nuovo deputato di Croydon, era seduto alla macchina da scrivere, nel suo studio.

La sua abitazione era costruita nella parte nord della città, sull'estremità di una delle colline di Surrey. Le colline, invero, erano tutte traforate, al punto da risultare pressoché irriconoscibili. Solo un comunista dello stampo di Oliviero Brand poteva sentirsi rincuorato alla vista dello spettacolo che si apriva di fronte a lui.

Sotto le ampie finestre della casa, la pianura, tutta recintata e in perfetto ordine, declinava rapidamente per una cinquantina di metri e s'interrompeva ai piedi di un'alta muraglia. Oltre la muraglia, trionfanti, facevano mostra di sé il mondo e le possenti opere del progresso. Simili a ippodromi ben piallati, due strade, dell'ampiezza di circa trecento metri, scavate a circa venti piedi di profondità rispetto al livello del sottosuolo, si snodavano superbe e convergevano per un miglio, formando poi una maestosa congiunzione. La strada di sinistra era la linea principale per Brighton e appariva scritta a larghi caratteri, per la sua importanza, nelle guide ferroviarie. Quella di destra, invece, era la seconda linea, diretta a Tunbridge e a Hasting.

L'una e l'altra linea erano divise, nel loro mezzo, da un alto muro di cemento. E anche il muro, in alto, era diviso: da una parte, sopra verghe d'acciaio, correvano i tramvai elettrici; dall'altra, correvano invece le automobili. Lo spazio per le automobili era a sua volta suddiviso in tre corsie: la prima per le vetture governative (che raggiungevano la velocità di centocinquanta chilometri l'ora); la seconda per le automobili private (che potevano raggiungere i sessanta l'ora); la terza era riservata alle vetture pubbliche a buon mercato: queste potevano fare i trenta all'ora e si fermavano a stazioni fisse, poste a cinque chilometri di distanza l'una dall'altra. C'era poi una quarta corsia, nella quale potevano passare i pedoni, i ciclisti, i carri ordinari (ai quali era vietata una velocità superiore ai dodici chilometri l'ora).

Oltre la distesa di strade, l'occhio di Brand poteva raggiungere l'immensa pianura dei tetti; qualche torre s'innalzava e serviva ad identificare gli edifici pubblici. A sinistra, si apriva il distretto di Catheram; davanti, la zona Croydon.

Chiara e luminosa era l'atmosfera, libera dal fumo. Più lontano, a nord-ovest, le colline suburbane s'infrangevano sul bruno cielo d'aprile.

Nonostante la densità della popolazione, la città era immersa nel silenzio: e questo fatto creava un clima fantastico. Si distinguevano nettamente i lievi rumori prodotti dal contatto delle verghe d'acciaio dei treni in corsa e l'armoniosa eco dei grandi battelli aerei che, nel cielo, si incrociavano e si allontanavano rapidamente l'uno dall'altro.

Un sussurro tenue investiva l'atmosfera, nella stanza di Oliviero: si poteva confondere col ronzìo delle api in giardino.

Oliviero amava tutte le manifestazioni umane, pur essendo un uomo fatto apposta per la concretezza e gli affari.

Si accorse di essere incantato a guardare l'aria; rise di se stesso. Serrò le labbra e si rimise al lavoro, alla macchina da scrivere, per preparare il suo discorso.

La casa di Oliviero Brand era collocata in una posizione felicissima; si ergeva infatti all'angolo di una di quelle immense ragnatele che in quei tempi ricoprivano tutta la contrada; era una casa adatta a tutte le esigenze di un uomo impegnato quale era Oliviero. Costava pochissimo, soprattutto in relazione al fatto che si trovava a pochi chilometri da Londra: tutte le persone facoltose, infatti, avevano abbandonato la città e la vicina periferia, per collocarsi almeno a cento chilometri dal centro tumultuoso dell'Inghilterra. Nello stesso tempo, l'abitazione di Oliviero era silenziosa, proprio come la desiderava.

Bastavano dieci minuti ed era a Westminster; in venti minuti poteva già essere sul mare. Inoltre, aveva il suo collegio elettorale disteso davanti a sé, come una viva carta geografica. Molto vicina era anche la stazione di Londra e questo gli permetteva di avere a disposizione le linee di prim'ordine per tutti i capoluoghi inglesi.

Era, in fondo, un politico di modesta fortuna: una sera a parlare a Edimburgo, una sera a Marsiglia... niente di più importante.

La sua casa risultava comoda come quella di qualsiasi altro onorevole d'Europa.

Oliviero non aveva passato da molto i trent'anni. Era di aspetto piacente, bianco di carnagione, con occhi piccoli, scuri, virili e affascinanti. I suoi capelli, di un bruno metallico, erano tagliati corti. Sembrava, quel giorno, particolarmente contento di sé e di tutte le cose che aveva intorno. Muoveva leggermente le labbra, mentre continuava a scrivere; commosso, apriva e chiudeva gli occhi e spesso interrompeva il lavoro per guardarsi attorno, con fare distratto, felice, entusiasta.

L'uscio si aprì e, visibilmente agitato, entrò un uomo di mezza età. Posò sul tavolo il fascio di carte che aveva in mano e si accinse ad uscire.

Oliviero lo fermò con un cenno della mano, diede di piglio a un fermacarte e disse: «Che novità ci sono, signor Philipps?».

«Notizie dall'oriente» rispose il segretario.

Oliviero tolse lo sguardo dal suo scritto, diede una rapida occhiata al segretario e pose le mani sul plico.

Domandò: «Ci sono informazioni complete?».

«No, signore. La comunicazione si è nuovamente interrotta. Nel messaggio ricevuto si fa però il nome di Felsemburgh.»

Oliviero sembrò non udire. Sollevò in fretta le sottili stampe e cominciò a sfogliarle.

« Guardi sul quarto foglio, in alto » disse il segretario.

Con impazienza, Oliviero scosse il capo. Il signor Philipps, pensando che quel cenno fosse rivolto a lui, uscì.

Tutta l'attenzione di Oliviero sembrava concentrata sul quarto foglio, stampato in rosso su carta verde. E infatti lo lesse due o tre volte, restando immobile, adagiato sulla poltrona. Sospirò e ricominciò a guardare oltre la finestra.

Di nuovo si aprì la porta. Apparve una donna, giovane, in abiti eleganti.

« Mio caro. Quali novità ci sono oggi? » domandò appena entrata.

Oliviero scosse la testa, strinse le labbra, poi rispose: « Niente di preciso. Anzi! Tutto è meno preciso del solito. Ascolta ».

Riprese il foglio verde e cominciò a leggerlo, mentre la signora si accomodava da una parte, sul vano della finestra.

Questa giovane donna era una creatura veramente dolce. Alta e snella, aveva un portamento nobile in tutta la persona; grigi, severi e ardenti gli occhi, rosse e ben formate le labbra.

Mentre Oliviero si era accinto alla lettura del foglio, ella aveva attraversato silenziosamente la stanza, si era messa a sedere, con grazia e dignità, avvolta nel grazioso abito bruno. Si sarebbe detto che ascoltasse con deliberata calma; ma una certa curiosità le traspariva ugualmente dagli occhi.

Il foglio verde, scritto in rosso, diceva: « Irkutsk - 14 aprile. - Ieri - come - negli altri giorni. - Ma parlasi - defezione - dal - partito. - Soffitta - truppe - continuano - raccogliersi. - Felsemburgh - discorso - massa buddista - Attentato - contro - *Lama* - venerdì scorso - per opera - anarchici. - Felsemburgh - partito verso Mosca - fermarli ».

« Tutto qui » concluse tristemente Oliviero; « la comunicazione, come al solito, si è interrotta. »

La giovane donna cominciò a muovere graziosamente un piede. « Non capisco nulla » disse. « Chi è questo Felsemburgh? »

« Bambina mia. Tutti si fanno questa domanda! Sappiamo solo che fu aggregato negli ultimi momenti al Parlamento americano. L'*Herald*, la settimana scorsa, ha pubblicato la sua biografia; ma è stato subito smentito. È tuttavia sicuro che Felsemburgh è un giovane e che è vissuto, finora, nella completa oscurità. »

« Ma ora non è più nell'ombra » osservò la giovane.

« Indubbiamente. Pare che sia lui a dirigere ogni cosa, dal momento che non si sente mai parlare di nessun altro. Meno male che è del partito! »

« E tu che ne pensi? »

Gli occhi di Oliviero ripresero la strada della finestra, vaghi e assenti.

« Io » disse « penso che stia nascendo qualcosa. Mi stupisce che possa avvenire qualcosa di grande ad opera di un solo uomo. È una cosa troppo grande, non si riesce neppure a immaginarla. Certo, l'oriente ha usato gli ultimi cinque anni per preparare una spedizione contro l'Europa: solo l'America è stata in grado di arrestarlo ed ora sta facendo un ulteriore tentativo per fermarne l'avanzata. Non riesco a capire perché Felsemburgh si sia messo a capo... »

A questo punto s'interruppe. Poi riprese.

« In ogni caso, deve essere un profondo conoscitore delle lingue. Ha tenuto conferenze in più di cinque lingue e pare che faccia da interprete agli stessi americani. Cristo!, sono proprio ansioso di sapere chi sia. »

« Non ha altri nomi? »

« Mi pare che si chiami Giuliano. Almeno, così veniva chiamato in un messaggio che ho ricevuto. »

« Come arrivano queste notizie? »

Oliviero scosse la testa.

« Si tratta di un'iniziativa privata, dal momento che le agenzie europee non funzionano più. Le stazioni telegrafiche sono sotto sorveglianza giorno e notte; ci sono linee intere di aerei ad ogni frontiera, pronti a partire e a intervenire. L'impero d'oriente crede di fare i conti senza l'oste. »

« E se perdessimo? »

« Mia cara Mabel! Si scatenerà l'inferno. » E, nel dir così, le mani gli caddero lungo i fianchi.

« Che cosa sta facendo il governo? »

« È continuamente operoso, notte e giorno, insieme agli altri governi europei. Sarà una spaventosa Armaghedòn[2], se dovesse scoppiare la guerra. »

« Ci sono altre possibilità? »

La risposta di Oliviero, stavolta, fu calma: « I casi sono due. O l'oriente, di fronte all'America, non si muove per paura, oppure si convince a conservare la pace per il bene dell'umanità. Oh, se tutti capissero che la solidarietà è l'unica speranza che salva il mondo!... Ma quelle religioni maledette... ».

Sospirando, la giovane donna guardò l'immensa distesa dei tetti, oltre la finestra.

Veramente, la situazione era molto grave. Il vasto impero d'oriente, formato da una confederazione di stati, uniti sotto il potere del *Figlio del cielo* (confederazione nata grazie alla fusione della dinastia cinese con quella giapponese, al crollo della Russia), si era rafforzato e, rendendosi conto del proprio valore, in trentacinque anni era riuscito a mettere le sue mani gialle e scarne sull'India e sull'Australia. Nelle altre parti del mondo, ancora, ci si permetteva di ridere della forza dell'impero d'oriente, nonostante che la coalizione dei popoli gialli avesse già fagocitato la Russia. Si riteneva una follìa la prospettiva della guerra. L'oriente, invece, continuava a stare in agguato, minacciando di far tornare nel caos la grande civiltà raggiunta con l'ultimo secolo.

Dell'oriente non preoccupava tanto la densità della popolazione; soprattutto, erano invece ritenuti pericolosi i *capi-popolo* che, dopo lunghi anni di torpore, avevano intrapreso questo cammino d'espansione. Era difficile fermarli, al punto in cui erano arrivati. Particolarmente spaventoso si presentava, per l'occidente, il fatto che, secondo i più, dietro questo vasto movimento di popolo ci fosse una spinta di carattere religioso. Tutti erano intimoriti di fronte alle notizie secondo le quali questi orientali *invasati dalla peste religiosa* si fossero proposti di convertire, con i moderni surrogati del ferro

---

[2] *Armaghedòn*, in ebraico, significa *monte di Meghiddo*: qui furono sconfitti e perirono Sisara, re di Canaan, Ocozia e Giosía re di Giuda (vedi Gdc 4, 4-19; Re 23, 29 s; Zc 12, 11). Il termine è perciò usato per indicare una guerra di popolo seguita da una grande disfatta. (*NdT*)

e del fuoco (antiche divinità), la grande civiltà di chi non aveva altra religione se non quella dell'*Umanità*.

A Oliviero, tutto ciò faceva semplicemente orrore. Affacciato alla finestra, vedeva Londra distendersi tranquillamente di fronte ai suoi occhi; l'immaginazione percorreva gli spazi di tutta l'Europa e la ragione non poteva che ritenere indistruttibili le opere realizzate dal buon senso comune: era il segno del trionfo della realtà sulle fiabe selvagge del cristianesimo. Come poteva il mondo ricadere nella barbara confusione di sètte e di dogmi? È a questo, certamente, che avrebbe infatti portato la guerra dell'impero d'oriente contro l'Europa!

Anche il cattolicesimo (persino il cattolicesimo!) sarebbe risorto. Quella strana fede che più è perseguitata più si accende e si sviluppa.

Fra tutte le religioni, il cattolicesimo sembrava ad Oliviero la forma di fede più assurda e assolutistica. Il presentimento del rifiorire del cattolicesimo faceva più paura ad Oliviero dell'immagine della catastrofe materiale che avrebbe insanguinato l'Europa se l'oriente si fosse mosso.

Molte volte ne aveva parlato con Mabel. Dal punto di vista religioso, si poteva sperare una sola cosa: che il panteismo quietista riuscisse a frenare l'ardore mistico delle altre fedi. Questa forma di panteismo aveva fatto, nell'ultimo secolo, notevoli progressi, in oriente e in occidente, fra i maomettani e i buddisti, tra gli induisti e i confuciani.

Il panteismo era anche la fede di Oliviero. Iddio altro non era, per lui, che l'insieme degli esseri viventi nella loro perpetua evoluzione.

L'unità impersonale: questa era l'essenza del Dio in cui credeva Oliviero. La rivalità individuale, professata da alcuni, era la vera e grande eresia religiosa: spingeva gli uni contro gli altri e arrestava il progresso. Il progresso, per Oliviero, era invece una successione di processi di annullamento: l'individuo nella famiglia, la famiglia nella nazione, la nazione nel continente, il continente nel mondo.

E che era il mondo stesso, se non la manifestazione d'una vita impersonale?

C'era qualcosa di cattolico in tutto questo. Mancava solo il senso del soprannaturale. Questa unità dei beni terreni coincideva con la negazione del soprannaturale e del concetto di persona. Per un panteista come Oliviero, era un vero tradimento passare da un Dio immanente a un Dio trascendente: non esiste Dio trascendente; il vero Dio, che solo può essere conosciuto, è l'uomo.

Questa era la fede di Oliviero e di sua moglie Mabel.

Oliviero e Mabel: una coppia alla moda; avevano contratto *matrimonio a scadenza* (una delle ultime leggi emanate dallo stato rendeva possibile questo tipo di contratto). Oliviero e Mabel erano ben lontani dal condividere le stupide e grossolane idee proprie dei puri materialisti. Una vita intensa palpita nel cuore del mondo ed investe i fiori, gli animali, l'uomo, come un torrente meraviglioso che, scaturito da una fonte ignota, con la sua forza irriga tutto ciò che vive nel movimento e nel sentimento. Con questa idea, tutto l'universo riveste molto più fascino nella sua epopea *divina* (che l'uomo può capire grazie all'intelligenza, scaturita appunto da questa forza).

Certo, non mancano misteri. Ma i misteri lusingano e non disperano la mente, che intravvede, così, sempre più alte mete e sempre gloria maggiore nelle sue scoperte. Questo *spirito del mondo* è in grado di animare anche le cose senza vita, i fossili, la corrente elettrica, le stelle lontane; tutti sono vivi nello spirito del mondo, che inebria con la sua presenza e che parla di se stesso.

L'astronomo Klein aveva dato, vent'anni prima, l'annuncio che, senza alcun dubbio, alcuni pianeti erano abitati: quale cambiamento questa scoperta aveva prodotto sulla concezione del destino dell'uomo!

Ma, condizione ineliminabile per la costituzione di questa Gerusalemme terrestre, cioè del vero progresso, era, senza ombra di dubbio, la pace. Come si poteva pensare che fosse invece la spada portata da Cristo e abbrutita da Maometto? Doveva invece essere una pace che nasce dalla conoscenza, non dall'ignoto, una pace che nasce dalla consapevolezza che l'uomo è tutto e che, solo con la cooperazione solidale di tutti, egli può evolversi al meglio.

A Oliviero e a Mabel, l'ultimo secolo era apparso come una rivelazione. Finalmente, erano morte le antiche superstizioni e la nuova luce cominciava a penetrare ovunque: il sole, ora, spuntava a occidente. E Oliviero e Mabel guardavano con ribrezzo e con orrore le nubi che cercavano di fermarsi e raccogliersi su quella loro parte di mondo, su quel mondo che era stato la culla di tutte le superstizioni e che, da così poco tempo, se ne era liberato.

Mabel si alzò in piedi e si avvicinò al suo sposo, dicendo: «Non perderti d'animo, mio caro. Vedrai che tutto finirà come in passato. Meno male che l'oriente segue tutti i consigli dell'America e che questo Felsemburgh, a quanto pare, è di un buon partito».

Oliviero le strinse la mano e la baciò.

2

Oliviero si presentò a colazione, mezz'ora dopo, molto abbattuto.

Se ne accorse subito sua madre, una vecchia signora di quasi ottant'anni, che non era scesa prima di quell'ora. Dopo aver guardato di sfuggita il figlio e avergli rivolto alcune parole, si sedette silenziosa a tavola.

La sala da pranzo, piuttosto piccola, si trovava a pochi passi dallo studio di Oliviero. Era veramente graziosa nel suo addobbo, allora comunemente in uso, di color verde chiaro. Le finestre si aprivano su un piccolo giardino il cui confine era segnato da un'alta muraglia, ricoperta d'edera. Di foggia tipica dell'epoca erano i mobili: nel mezzo, c'era una grande tavola rotonda, appoggiata su un largo piedistallo cilindrico; sulla tavola, i piatti. Le sedie, tre, erano ampie, con comodi braccioli e schienali convenienti. Già da trent'anni si usava collocare la sala da pranzo sopra la cucina: per mezzo di un apparecchio idraulico, in uso in tutte le case dei benestanti, venivano fatte salire e scendere le pietanze. Il pavimento era ricoperto di un preparato a base di sughero, l'*asbesto*, un prodotto americano, silente al tatto e nitido, gradevole ai piedi e agli occhi.

Il silenzio venne rotto da Mabel, che domandò ad Oliviero, alzando la forchetta: «Lo terrai, domani, il discorso?».

Questa domanda bastò a Oliviero per riacquistare animo. Cominciò a parlare con entusiasmo. La gente di Birmingham, spiegava

Oliviero, si agitava perché voleva ottenere la libertà commerciale con l'America, ritenendo insufficienti le facilitazioni commerciali con il resto d'Europa; a lui, perciò, era affidato il compito di tranquillizzare quelli di Birmingham. Avrebbe perciò, per prima cosa, cercato di convincere questa gente che la loro agitazione era del tutto inutile, finché non si fosse chiarito il rapporto tra l'Europa e l'oriente. In secondo luogo, avrebbe dovuto indurli a non dare più ulteriori fastidi al governo con sciocchezze del genere. Nello stesso tempo, però, non avrebbe mancato di far vedere loro che, da parte del governo, c'era l'intenzione di aiutarli e di far sì che, il più presto possibile, si riaprisse il libero scambio con l'America.

« Sono una massa di stupidi! Stupidi ed egoisti come bambini; gridano *pane* dieci minuti prima del pranzo: perché non vogliono aspettare un poco? Avranno tutto ciò che vogliono » disse con voce dura e aspra.

« Li tratterai con questo tono? »

« Certo! Dirò loro che sono degli sciocchi! »

Compiacente fu l'occhiata di risposta che ebbe da Mabel, la sua bella sposa. Ella sapeva che tutta la fama di suo marito era fondata primariamente sulla sua franchezza: le masse popolari erano contente di sentirsi maltrattate e offese da una persona di sì alta intelligenza che, mentre parlava, scattava e gesticolava con una passione indubbiamente affascinante. Anche a Mabel, di suo marito, piaceva in particolare questo modo di fare.

« Come andrai a Birmingham? »

« In aereo. Prenderò quello delle diciotto da Blackfriars. Alle diciannove, avrò il comizio; sarò di nuovo a casa per le ventuno. »

Cominciò quindi a parlare calorosamente della sua prossima assemblea pubblica. La madre lo guardava con dolcezza, sorridendo pacatamente. Mabel cominciò a martellare mollemente la copertura di damasco della sedia.

« Affrettati, mio caro; alle tre devo essere a Brighton. »

Oliviero inghiottì l'ultimo boccone. Guardò se tutti i piatti fossero al loro posto e depose sugli altri anche il suo, quindi mise una mano sotto la tavola: il cala-pranzi, improvvisamente, senza rumore, sparì al piano di sotto.

I tre commensali rimasero lì, indifferenti al tintinnio delle stoviglie che si sentiva venire dalla cucina sottostante.

Sana d'aspetto, rosea nonostante le rughe, la signora Brand portava in capo una veletta, secondo la moda di cinquant'anni prima. Quella sera, sembrava anch'essa un po' abbattuta: pensava che il comizio del figlio non avrebbe avuto molto successo. Inoltre, proprio non le andavano a genio quelle vivande artificiali che ogni giorno doveva mangiare: sembravano fatte di sabbia. Una volta o l'altra, lo avrebbe finalmente detto al suo Oliviero.

Dopo un lieve tintinnio di stoviglie, si vide ricomparire, come cosa mollemente spinta dal basso, il cala-pranzi: portava una bellissima *imitazione* di un pollo arrosto.

Dopo colazione, Mabel e Oliviero poterono restare soli qualche minuto, prima che la signora si incamminasse per prendere la corsa di quarto grado delle quattordici e trenta, sulla linea principale di sinistra.

« Secondo te, che cosa ha la mamma? » chiese Oliviero.

« È quel cibo artificiale. Dice di non riuscire ad abituarsi a mangiarlo e sostiene che non le fa bene. »

« Nient'altro? »

« No, caro. Te lo assicuro. Fino ad ora non si è lamentata di altro. »

Oliviero, rassicurato da queste parole, aspettò che la moglie partisse. In verità era rimasto turbato dall'atteggiamento della madre alcuni giorni prima: le erano uscite di bocca alcune frasi... Era cresciuta secondo l'educazione cristiana e sembrava conservarne una specie di nostalgia, una specie di residuo d'infezione. Si compiaceva infatti di tenere presso di sé un vecchio *Giardino dell'anima*, anche se diceva di sentirsi indignata nel leggere tali assurdità. Ma Oliviero avrebbe preferito che quel libro finisse tra le fiamme, dal momento che la superstizione è una cosa funesta e che, mantenuta in vita, può riprendere vigore nel cervello un po' fiacco di una vecchia. *Il cristianesimo* Oliviero lo diceva spesso *è una religione barbara e sciocca*: barbara per tutte quelle palesi assurdità del suo credo; sciocca per la sua radicale differenza dalla forza affascinante della vita umana. Certo, questa credenza era ancor viva, qua e là, nell'oscurità di qualche chiesa; veniva predicata con furore quasi isterico nella cattedrale di Westminster: Oliviero c'era stato, una volta, ed era rimasto nauseato e furibondo. Che altro poteva essere, questa credenza, se non un'accozzaglia di parole mendaci e ingannatrici, capaci di far breccia solo sugli incompetenti, sui vecchi e sugli sciocchi? Era orribile la sola idea che sua madre potesse tornare a guardare con simpatia al cristianesimo.

Da parte sua, egli era sempre stato contrario, per quanto poteva ricordare, alle concessioni fatte a Roma e all'Irlanda: era intollerabile che queste due terre rimanessero schiave di insensatezze stupide e malvagie e si trasformassero, così, in covi di sedizione e in focolai pestiferi. Non si era mai trovato d'accordo, Oliviero Brand, con chi sosteneva che fosse più sicuro concentrare il veleno dell'occidente piuttosto che diffonderlo.

In ogni caso, le cose, per lui, stavano così: Roma era stata ceduta a quel vecchio vestito di bianco (in cambio di tutte le cattedrali e le parrocchie d'Italia): e, ovviamente, vi regnava sovrano l'oscurantismo medievale; l'Irlanda era aperta al più violento individualismo, dopo aver conseguito l'autonomia governativa trent'anni prima e aver professato la sua appartenenza alla cristianità. L'Inghilterra non si era opposta; anzi, si sentiva liberata, vedendo partire per l'Irlanda una metà della sua popolazione cattolica (che avrebbe potuto essere fonte di sommosse e di ribellioni). Conformemente alla sua politica coloniale di stampo comunista, aveva concesso tutte le facilitazioni e le agevolazioni possibili al personalismo, con lo scopo di spingerlo, un passo dietro l'altro, verso una spontanea riduzione all'assurdo. In Irlanda, intanto, accadevano fatti strani: Oliviero aveva letto, con una specie di ironia amara, come fosse apparsa nell'isola, più volte, una signora dal manto celeste; gli irlandesi avevano innalzato altari nei luoghi in cui questa signora aveva posato i piedi. Non si era divertito molto a queste notizie; ma ancor meno quando seppe della cessione di Roma: il trasferimento, infatti, della capitale d'Italia da Roma a Torino aveva tolto alla bella penisola tutto il prestigio sentimentale, mentre aveva permesso che la sede del cattolicesimo continuasse ad essere coronata di seducenti memorie storiche.

Ma Oliviero si consolava pensando che la cosa non poteva certo durare a lungo: finalmente il mondo aveva aperto gli occhi!

La moglie partì. Oliviero Brand rimase alcuni momenti sulla porta, inebriandosi, come per tranquillizzarsi, alla magnifica visione di vero progresso che si apriva davanti ai suoi occhi: l'interminabile distesa dei tetti, le ampie vòlte a vetri dei bagni pubblici e dei ginnasi; gli edifici scolastici, con le loro cupole, dove ogni giorno veniva insegnata la nobile arte dell'educazione civica; le gru, simili a giganteschi ragni; le impalcature, innalzate in disparati punti della città. Lo spettacolo non era certo turbato dalle poche punte dei campanili. E, proprio là, nella scura nebbia di Londra, spettacolo di autentica bellezza, si diffondeva la folla immensa delle donne e degli uomini, di tutti coloro che, dopo tanto tempo, avevano imparato la prima lezione del nuovo vangelo: Iddio non esiste, ma esiste l'uomo; non c'è il sacerdote, ma il deputato; non c'è il profeta, ma il pedagogo.

Oliviero Brand si riaccinse quindi a terminare il discorso.

Anche Mabel aveva vaghi pensieri in testa, mentre, col giornale posato in grembo, si lasciava trasportare sulla veloce e ampia linea di Brighton. Era rimasta turbata (più di quanto non avesse lasciato trasparire al marito) dalle notizie giunte sull'oriente. Eppure, le sembrava impossibile che ci fosse veramente un pericolo di invasione: era così sensata e tranquilla, secondo lei, la vita in occidente. Gli uomini ora avevano i piedi appoggiati su solida terra; come si poteva pensare che fossero cacciati nei bassifondi, tra la melma? Era un'idea contraria ad ogni legge di progresso e di evoluzione. Mabel non poteva neppure concepire che i disastri facessero parte del metodo naturale.

Stava tranquillamente seduta e guardava il frammento di notizia giunto al mattino. Lesse, quindi, l'articolo di fondo e le parve di un contenuto terrificante.

Nel compartimento attiguo al suo, due uomini stavano discutendo fra loro della stessa cosa: uno descriveva ciò che aveva potuto vedere in una visita alle costruzioni meccaniche governative e sottolineava che si stava lavorando ad esse con grande zelo, senza un attimo d'interruzione; l'altro si limitava a porre domande e a fare qualche sporadica osservazione: *erano tutte cose da incoraggiarsi fino a un certo punto.*

Mancavano finestre e Mabel non poteva guardare fuori; in ogni caso, su quella linea primaria, la velocità era talmente intensa che non sarebbe stato possibile fissare lo sguardo su alcuna cosa. Tutto l'orizzonte era composto dal lungo compartimento, coperto di eleganti specchi.

Ella osservò, nella vòlta bianca del convoglio, i deliziosi dipinti, con le loro cornici di quercia; guardò le alte poltrone a molla, la luce pastosa che usciva dai globi sul soffitto. Vide una mamma e un bambino seduti davanti a lei. Al suono del grande segnale, la leggera vibrazione si fece più intensa; un istante dopo, la porta si aprì automaticamente e Mabel uscì sulla piattaforma della stazione di Brighton.

Scese per la gradinata che conduceva al piazzale della stazione; notò, davanti a sé, un prete. Le sembrò un vecchio robusto che portava bene i suoi anni, dal momento che, malgrado i capelli tutti bianchi, camminava con passo alacre e deciso. Il prete si fermò ai piedi della gradinata e mostrò a Mabel il profilo: con grande sua meraviglia, ella vide il volto di un giovane bello ed energico, dallo sguardo castano sotto il nero sopracciglio.

Mabel proseguì attraversando il piazzale e si diresse verso l'abitazione della zia.

In quell'istante, preannunciate solo da un sibilo acuto proveniente dal cielo, successero orribili cose.

Una grande ombra oscurò il suolo sotto di lei; si udì uno strepito, come di cosa che si spezza nell'aria, poi un boato, simile all'affannoso respiro di un gigante. Mabel si arrestò sbalordita e udì un grande fracasso, simile a quello di mille caldaie sfracellate: piombò davanti a lei, sul pavimento di guttaperca, un oggetto enorme che riempì metà del piazzale. Contorceva, nella parte superiore, le grandi ali che turbinavano e infrangevano l'aria, simili a braccia di estinti orribili mostri; grida umane si alzavano da ogni parte e cominciò un formicolìo di vite spezzate.

Senza rendersi ben conto dell'accaduto, Mabel si sentì spinta in avanti da una forza violenta. Fremendo in tutta la persona, si imbatté in qualcosa di simile al corpo sfracellato di un uomo steso ai suoi piedi, che gemeva. Quel corpo emetteva un linguaggio nitido e Mabel poté udire distintamente i nomi di Gesù e di Maria. Sentì dietro sé il sibilo di una voce: «Mi lasci passare, signora; sono un prete».

Si fermò ancora un attimo, stordita da quell'avvenimento imprevisto. Vide, senza riuscire a capirne il motivo, il giovane prete dai capelli bianchi inginocchiarsi, estrarre un crocifisso dalla veste, chinarsi sull'uomo morente e fare in fretta un segno con la mano. Poi udì un sussurro di parole, in una lingua sconosciuta.

Il prete si alzò col crocefisso in mano; si inoltrò nel pavimento bagnato di sangue, da una parte e dall'altra, come inseguendo un cenno ricevuto.

Nella scalinata del grande ospedale, sito a destra, si avvicinavano intanto alcune figure umane, a capo scoperto: ognuno portava una specie di vecchio soffietto d'antica foggia. Erano i ministri dell'*eutanasia* e Mabel, nel vederli, si sentì rincuorata; si sentì poi prendere per la vita, guardò dietro di sé e si trovò faccia a faccia con una moltitudine che gridava e si agitava, dietro il cordone di poliziotti e borghesi che cercavano di tenere ferma la folla.

3

Una profonda costernazione prese Oliviero quando la madre corse da lui, mezz'ora dopo, per informarlo che uno dei grandi aerei governativi era caduto sulla piazza della stazione, a Brighton, proprio dove il convoglio delle quattordici e trenta aveva scaricato i passeggeri. Sapeva bene che cosa significasse un avvenimento del genere; si ricordava infatti ciò che era accaduto dieci anni prima, quando era stata approvata la legge contro gli aerei privati: erano morti tutti quelli che si trovavano a bordo dell'aereo e molti altri che passavano per la piazza in cui era caduto. Che cosa poteva dedurne? Mabel si trovava certamente in piazza a quell'ora.

Con l'animo disperato, spedì un telegramma alla zia, per chiedere notizie; poi si lasciò cadere su una poltrona, in attesa di una risposta. Vicino a lui sedeva la madre.

«Voglia Dio...» disse, una sola volta. Poi si fermò confusa, come se Oliviero si fosse irritato alla sua esclamazione.

Ma il destino ebbe pietà di loro; tre minuti prima dell'arrivo di Philipps con la risposta, Mabel, pallida ma sorridente, entrò nella stanza.

«Cristo!» esclamò Oliviero; un forte singhiozzo gli uscì dalla gola, mentre balzava in piedi dalla sedia.

Mabel non aveva molto da raccontare, poiché non era ancora stata fatta una relazione pubblica sugli avvenimenti di piazza a Brighton. La gente diceva che, a un certo punto, le ali dell'aereo avevano cessato completamente di funzionare.

Mabel descrisse quell'ombra ai suoi piedi, il sibilo, il crollo. Poi si interruppe.

«E poi?» la sollecitò Oliviero sedendosi, ancor pallido, vicino a lei e prendendole la mano.

«Sai? C'era un prete! Lo avevo visto anche prima, alla stazione» rispose Mabel.

Il sorriso di Oliviero fu piuttosto nervoso.

«Era lì, in ginocchio, col crocifisso; era lì prima che arrivassero i medici. Mio caro, è proprio vero che la gente crede a queste cose?»

«Secondo me, in verità, *credono* di avere questa fede. Questo sì!»

«È successo tutto in modo così imprevisto. Eppure lui era là, come se lo avesse presentito. Oliviero, come possono credere a certe cose?»

«Il fatto è che gli uomini sono disposti a credere a tutto, purché vengano educati da bambini a una certa fede.»

«E quell'uomo... il moribondo. Dio... anche lui ci credeva, sai?! Lo diceva il suo sguardo.»

Mabel tacque, a questo punto.

«Mia cara, e allora?»

«Oliviero. Che dici tu a una persona, quando sta per morire?»

«Che dico? Ma niente! Che vuoi che dica? E, a quanto ricordo, credo di non avere mai visto nessuno morire.»

«Nemmeno io avevo mai visto qualcuno morire, fino a oggi»

replicò Mabel rabbrividendo leggermente. «Quelli dell'*eutanasia* si misero comunque subito all'opera.»

Oliviero le strinse con tenerezza la mano, sentendo l'ultima affermazione di Mabel.

«Gioia mia! Che terribile esperienza deve essere stata! Stai ancora tremando.»

«Non è vero. Ascoltami. Se avessi avuto qualcosa da dire a quelli che stavano morendo, lo avrei detto molto volentieri. Erano proprio lì, davanti a me. Avrei voluto dire qualcosa, ma non avevo nulla da dire. Potevo forse mettermi a parlare loro dell'*Umanità*?»

«Mia cara. È sì una cosa triste, ma non devi angustiarti oltre misura. Ormai è cosa passata.»

«E per quelli là... per loro, è davvero tutto finito?»

«Ma certo!»

Mabel strinse le labbra e sospirò. Un pensiero angosciante l'aveva tenuta occupata per tutto il viaggio di ritorno. Riconosceva che la colpa era dei nervi, ma non riusciva tuttora a liberarsene. Come aveva detto al marito, si era trovata per la prima volta di fronte alla morte.

«Quel prete... Lui, quel prete, crede che tutto sia finito?»

«Mia cara. Ora ti spiego che cosa crede quel prete. Egli crede che quell'uomo, al quale ha mostrato il crocifisso e sul quale ha pronunciato alcune frasi, sia ancora vivo, benché il suo cervello si sia disfatto. Non sa dire, però, quale sia precisamente la sua dimora: o in un forno a bruciare nel fuoco o (se, per fortuna, quel pezzo di legno ha prodotto il suo effetto) in un posto al di là delle stelle, davanti a tre persone che sono poi una persona sola, benché siano sempre tre. È poi convinto che là dimori altra gente; in particolare, crede che vi abitino una signora vestita di celeste e molti altri esseri vestiti di bianco e con le ali sotto le ascelle; poi un numero ancora maggiore di essi con la testa piegata da una parte. Tutti costoro hanno l'arpa: cantano e suonano senza interruzione, passeggiando fra le nubi. E trovano molto divertente passare così il loro tempo. Quel prete crede che tutti costoro, graziose creature, stiano a guardare continuamente verso quelli che vivono nel suddetto forno e pregano le tre persone di liberare questi ultimi dalle fiamme. Questo è il *credo* del prete: una cosa inverosimile! Dirò ancor meglio: è una cosa estremamente poetica, ma non vera! »

Mabel sorrise con grazia; non aveva mai udito presentare così bene una simile dottrina.

« Hai ragione tu, mio caro. No. Non sono cose vere! Ma come può credere a tutto ciò quel prete, che ha un'aria così intelligente? »

« Ecco, amore mio. Se fin dalla culla qualcuno ti avesse insegnato che la luna è una forma di cacio fresco e poi, giorno dopo giorno, te lo avessero sempre ripetuto, non ti stupirebbe di crederci anche da adulta. E tu, in cuor tuo, sai, ora, bene, che i veri preti sono i ministri dell'*eutanasia*! Non è vero? »

Soddisfatta, Mabel si alzò e sorrise: « Oliviero, tu conosci bene il segreto della consolazione e del conforto. Ti sono molto grata. Ma bisogna che mi riposi un po', perché mi sento ancora tutta tremante ».

Stava attraversando la stanza, quando si fermò all'improvviso e disse: « Come può essere accaduto? ». Parlò con voce tremante e mostrò una scarpa che aveva una strana macchia color ruggine.

Oliviero, vedendo che Mabel era impallidita nuovamente, corse subito da lei: « Mia cara, fatti coraggio! ».

E Mabel lo guardò, come per dargli prova della sua forza; poi uscì.

Oliviero rimase per qualche momento nello stesso punto in cui Mabel, uscendo, lo aveva lasciato.

Dio mio! Come si sentiva felice! Che vita avrebbe potuto vivere senza quella creatura? Non era possibile pensarci. Si erano conosciuti sette anni prima; era ancora una giovinetta. A un anno dal matrimonio, questa donna era per lui il compimento dell'esistenza. Certo, anche senza di lei il mondo e la vita di Oliviero sarebbero continuati; Oliviero pensava che avrebbe certamente potuto vivere ugualmente, ma si sentiva di non avere il coraggio di prospettare la propria vita senza Mabel. Oliviero pensava che l'amore e, quindi, anche il vincolo che lo legava alla moglie, fossero frutto di una simpatia di due corpi e di due spiriti. Di Mabel amava l'intelligenza vivace e i pensieri, che rispecchiavano così precisamente i suoi. Mabel e Oliviero erano come due fiamme congiuntesi per formarne una più grande. *È chiaro* pensava Oliviero *che una fiamma può vivere anche senza l'altra (e, un giorno, questo si doveva verificare); però, com'era inebriante la loro luce e la loro passione!* Come era felice che l'aereo non l'avesse colpita!

Quanto al prete, egli non si preoccupava minimamente di capire più a fondo il cristianesimo. Riteneva infatti che i cattolici credessero all'aldilà nel modo in cui lo aveva spiegato poco prima a Mabel. Nella sua coscienza non riteneva che fosse più blasfemo presentare così il cristianesimo che mettere in ridicolo gli idoli *fijan* dagli occhi di madreperla e dalla parrucca di crine di cavallo. L'uno e gli altri erano, per lui, semplicemente, cose da non prendersi sul serio: ecco tutto. Aveva invero tentato, una o due volte, di rendersi conto del motivo per cui uomini intelligenti potessero credere a simili sciocchezze. Gli era venuta in aiuto la *psicologia* che, col fenomeno della suggestione, aveva chiarito anche questo dubbio. Certo: quella detestabile dottrina si era opposta molto a lungo e aveva ritardato il diffondersi dell'*eutanasia*, metodo carico di pietà.

Oliviero si era poi un po' preoccupato, ripensando a quel *Voglia Dio* pronunciato dalla madre: aveva riso della povera vecchia e della sua puerile compassione.

Tornato al lavoro, a suo dispetto, si ritrovò a pensare al turbamento della moglie di fronte a una goccia di sangue sulla scarpa. Sangue!?... Ma il sangue è una cosa come tante altre! Come comportarsi di fronte alla vista del sangue? Secondo quanto insegna la meravigliosa dottrina dell'*Umanità*: Iddio muore e rinasce diecimila volte al giorno; Iddio è morto ogni giorno (come diceva di sé quel vecchio, pazzo, fanatico Paolo di Tarso) da che mondo è mondo. Iddio non è invece risorto *una* sola volta (come il figlio di quel falegname), ma ogni volta che un bambino nasce. Questa è l'unica risposta. Non è forse sufficiente?

Dopo un'ora, il signor Philipps entrò con un altro fascio di carte in mano e disse: « Ancora nessuna notizia dall'oriente ».

Capitolo secondo

1

Percy Franklin impiegava due ore a scrivere la lettera quotidiana al cardinale protettore d'Inghilterra. Ma, in realtà, quella lettera lo teneva impegnato tutto il giorno.

Da otto anni, la santa sede aveva cambiato metodo, conformandosi alle esigenze dei tempi. Ogni importante metropoli del mondo cattolico aveva un amministratore e un rappresentante a Roma, che teneva i rapporti col papa e col popolo che rappresentava. In altri termini: secondo le leggi della vita, la chiesa era più accentrata e, con questo, più libera nel metodo e più larga nel concetto di autorità.

Cardinale protettore d'Inghilterra era il benedettino abate Martin. A lui, insieme ad altri dodici tra vescovi, preti e laici (fra i quali era vietata ogni forma di collegamento vero e proprio), Percy doveva scrivere tutti i giorni una lettera sugli avvenimenti più importanti di cui fosse venuto a conoscenza.

La vita di padre Percy era perciò singolare: aveva due stanze a disposizione in arcivescovado a Westminster, nelle quali viveva; era addetto, come membro non responsabile, alla cattedrale e godeva della più ampia libertà. Si alzava presto, la mattina. Dopo un'ora di meditazione, celebrava la messa; poi, prendeva il caffè; recitava parte dell'ufficio; cominciava infine a stendere la minuta della lettera. Alle dieci, iniziavano le visite: fino a mezzogiorno era solito intrattenersi con tutti quelli che venivano da lui per affari personali o per recargli notizie (aveva infatti cinque o sei informatori incaricati di recargli brani di giornale con le loro considerazioni).

Pranzava insieme ad altri in arcivescovado; dopo un'ora usciva, per incontrare e consultare quelle persone che potevano dargli maggior affidamento nei loro giudizi. Alle sedici ritornava, per il tè. Faceva la visita al santissimo e, finito l'ufficio, si metteva alla redazione finale della lettera che, per quanto breve, richiedeva molta attenzione e capacità di scegliere le notizie in modo accurato. Dopo cena, stendeva qualche appunto per il giorno dopo, riceveva nuove visite e andava a coricarsi verso le ventidue.

Due volte la settimana doveva assistere ai vespri; tutti i sabati cantava la messa. Era una vita severa e senza posa, non priva di pericoli.

Qualche settimana dopo gli avvenimenti di Brighton, mentre stava per finire la lettera, venne un servitore, per annunciargli che padre Francis lo stava aspettando al piano di sotto.

Padre Franklin, senza alzare gli occhi, rispose: «Tra pochi minuti!».

Vergò le ultime righe della lettera, aprì bene il foglio e si mise a leggere il suo latino, traducendolo mentalmente in inglese.

Westminster,
14 maggio

Eminenza.
Da ieri, non sono riuscito a raccogliere molte notizie. Pare sia ormai cosa certa che in giugno si discuterà il progetto per l'adozione dell'*esperanto* come lingua di stato: così mi ha riferito Johnson. Come già Vi dissi altre volte, questa è l'ultima pietra, per il definitivo congiungimento dell'Inghilterra al continente. È un fatto increscioso, visti i tempi che corrono.

Si prevede l'entrata di molti ebrei nella massoneria: fino ad ora se ne erano tenuti abbastanza lontani; ma l'abolizione del concetto di Dio attira tutti quegli ebrei che hanno ripudiato la fede verso il concetto di un Messia che deve essere un uomo. Purtroppo, l'idea dominante è quella dell'«Umanità». Ho sentito, in città, parlare, su questo punto, rabbi Simeon: sono rimasto confuso di fronte a tutti gli applausi che ha ricevuto. Sono in molti a credere che si troverà presto un uomo capace di dirigere il movimento comunista e di ridurre a unità compatta tutte le forze.

Su questo argomento, Vi allego un verboso articolo, preso dal «Nuovo Popolo»: è l'espressione della mentalità oggi dominante. Dicono sia la natura stessa a dover suscitare un tale uomo, dopo aver avuto per centinaia di anni solo profeti e precursori ora morti. È strana la somiglianza (per quanto solo superficialmente) tra queste idee e quelle cristiane. L'eminenza vostra noterà che una similitudine, quella della «nuova corrente», è usata con particolare eloquenza.

Mi hanno comunicato che i Wargraves, antica famiglia cattolica di Norfolk, hanno abiurato il cattolicesimo, così ha fatto anche il loro cappellano Miklem; anzi, si dice che tutta la responsabilità di questa scelta ricada su di lui. «Epoca» annuncia il fatto con grande entusiasmo, viste le sue circostanze particolari. Ma, in verità, notizie di questo genere sono ormai all'ordine del giorno!

Fra i laici si sta diffondendo una certa inquietudine.

Sette sono i sacerdoti che, negli ultimi tre mesi, ci hanno abbandonato nella sola diocesi di Westminster.

Annuncio invece con piacere all'eccellenza vostra che l'arcivescovo ha ricevuto nella comunione cattolica il vescovo anglicano di Carlisle e, insieme a lui, sei membri del suo clero. È un fatto che attendevamo già da alcune settimane.

Allego alla lettera alcuni brani estratti dalla «Tribuna», dal «London Trumpet», dall'«Osservatore», con alcune mie note a fianco.

L'eccellenza vostra potrà notare con quanto sdegno sia stata accolta la conversione del vescovo di Carlisle e dei suoi sei ministri.

P.S. - Consiglio di colpire con formale scomunica i Wargraves e gli otto preti, rispettivamente a Norfolk e a Westminster, senza attendere notizie ulteriori.

Percy posò il foglio; riunì altre sei o sette carte contenenti le note e i brani dei giornali; firmò l'ultima pagina e mise il tutto dentro una busta stampata.

Prese il cappello e si avviò verso l'ascensore.

Come entrò, già attraverso la vetrata del parlatorio si accorse che la crisi era venuta e, anzi, che essa era già a un punto irreversibile. Padre Francis soffriva.

Ma c'era qualcosa di aspro nei suoi occhi e sulle sue labbra, mentre aspettava l'arrivo di padre Percy.

Appena lo vide, scosse il capo e disse: «Padre, sono venuto per dirle addio. Non ce la faccio più ».

Percy si sforzò di non manifestare il suo turbamento; gli accennò una sedia e si mise anch'egli a sedere.

Padre Francis riprese a parlare, con voce decisa.

« Tutto è finito! Non credo più a nulla; è un anno che non credo più a nulla! »

« Vuoi forse dire che non senti, che non sperimenti nulla? » chiese padre Percy.

« No, padre. Non è questo. È che non mi rimane più nulla. E non potrei nemmeno discuterne, ora. Ho solo da dirle addio! »

Percy non sapeva che rispondere. Per più di otto mesi aveva avuto a che fare con padre Francis, cioè dal momento in cui gli aveva detto che la sua fede stava attraversando una crisi. Capiva l'amara lotta che doveva spezzargli il cuore e lo commiserava: non era che una povera creatura travolta nel turbine vertiginoso della *nuova umanità*.

Il mondo contemporaneo esercitava un fascino quasi irresistibile. La fede (fatta eccezione per i temperamenti che riconoscevano che il giudizio di valore e la grazia erano superiori ad ogni sentimento) era come un fanciullo che, introdottosi nei congegni di una macchina complicata, poteva a stento uscirne vivo e poteva farlo solo se sapeva conservare i nervi resistenti come acciaio.

Non riusciva, padre Percy, a dire fino a che punto la colpa fosse di padre Francis, sebbene fosse, in coscienza, convinto che l'amico avesse torti non piccoli.

Nei secoli nei quali la fede è forte, si riesce a superare ogni prova, anche quando nessuno ci capisce; ma, nei periodi in cui domina la razionale indagine critica, solo gli uomini dal cuore puro e umile si possono esporre per lungo tempo alla lotta, a meno che non siano anime protette da un miracolo d'ignoranza.

Psicologia e *materialismo*, secondo la concezione dominante, sembravano adatti a spiegare ogni cosa; ma, nella maggior parte della gente, mancava un'effettiva esperienza religiosa che rendesse in grado di giudicare l'inadeguatezza di simili dottrine.

Per quanto poi riguardava specificamente padre Francis, Percy non poteva nascondere che, nell'esperienza religiosa dell'amico, prevaleva troppo la forma e poco la preghiera. L'esterno assorbiva l'interno, uccidendolo.

Padre Percy fece in modo che i suoi occhi grigi non lasciassero trapelare la viva commozione che dentro di sé nutriva per l'amico.

Disse Francis in tono aspro: « Lei penserà che tutto ciò accada per colpa mia ».

« Mio caro padre » rispose Percy immobile sulla sedia « io so che la colpa è tua! Ascolta. Mi dici che il cristianesimo è assurdo e impossibile, mentre sai che non è così. Potrà non essere *vero* (benché io sia convinto dell'assoluta *verità* del cristianesimo, ma lasciamo perdere). Ma non può essere *assurdo*, dal momento che uomini di scienza e di virtù supreme continuano a credervi. Solo un orgoglioso può dire che il cristianesimo è assurdo, perché è uno che afferma che tutti coloro che al cristianesimo aderiscono non solo si sono ingannati, ma sono anche privi d'intelligenza. E inoltre... »

« Va bene » interruppe l'altro. « Faccia conto che io ritiri quanto ho affermato e che io dica che il cristianesimo è vero! »

« Il fatto è che tu non ritiri nulla di quanto hai detto » replicò pacatamente Percy; « continui a credere che sia assurdo. Lo hai già detto una ventina di volte. Sì, lo ripeto: questo è orgoglio. Questa è la spiegazione di tutto. Cosa importante sono anche le disposizioni morali; forse vi saranno anche altre ragioni... »

Padre Francis alzò la testa. « Oh, la solita storia! » disse con disprezzo voluto.

« Se mi garantisci che in tutta questa storia non c'entra una donna e che non intendi, con questa scelta, ottenere qualche altro fine, sono disposto a prestarti fede. Ma, hai detto bene: è una vecchia storia. »

« Le giuro che non è vero » esclamò padre Francis.

« Sia ringraziato Iddio! » disse Percy. « Ci sarà un ostacolo in meno per tornare alla fede! »

Nella stanza si fece silenzio per un attimo.

Percy, invero, non sapeva che altro dire, né poteva. Gli aveva parlato tante volte di quella strada dentro ogni uomo, nella quale si incontra la verità. Quella strada dove la fede trova la propria conferma! Aveva raccomandato all'amico di pregare, di essere umile;

finché aveva capito che *preghiera* e *umiltà* erano parole fastidiose per le orecchie di padre Francis. L'amico, infatti, gli rinfacciava di indurlo ad atti di pura autosuggestione.

Padre Percy ormai disperava di poter riportare alla fede un uomo che non capiva un fatto fondamentale: se amore e fede possono essere, da un certo punto di vista, fenomeni autosuggestivi, dall'altro si rivelano come fatti reali, veri, allo stesso modo delle capacità artistiche; perciò, in quanto tali, esigono lo stesso lavoro di perfezionamento. Amore e fede generano la certezza della loro verità reale e realizzano e fanno sperimentare cose molto più obiettive ed effettive delle stesse cose sensibili.

Ma, per padre Francis, l'evidenza aveva perso ogni valore.

Padre Percy tacque. Era depresso e agghiacciato di fronte alla crisi dell'amico. Guardò distrattamente l'antico parlatorio, completamente spoglio; vide le finestre con le stuoie al posto delle persiane. Un pensiero disperato dominava il suo cuore, all'idea di quel povero fratello che aveva occhi e non vedeva, aveva orecchi e non sentiva. Desiderò ardentemente che gli dicesse *addio* per l'ultima volta e se ne andasse. Che poteva infatti fare ancora per lui?

Seduto, con la fiacca posa dell'uomo confuso, padre Francis sembrò indovinare il pensiero dell'altro. Si alzò di scatto e disse: « È annoiato per la mia presenza; me ne vado! ».

« Caro fratello mio! Non sono annoiato. Sono solo terribilmente addolorato al pensiero che rinneghi ciò che, invece, è vero! » disse schiettamente Percy.

L'altro lo guardò negli occhi e replicò: « Io so che non è *vero*! Potrà essere una cosa bella; potrei anche desiderare di credere ancora, dal momento che penso che la felicità se ne sia andata con la fede, ma... ma è come dico io ».

Percy sospirò.

Aveva più volte ripetuto all'amico che il cuore è un dono di Dio, allo stesso livello della mente. Gli aveva detto tante volte che, se non si tiene in considerazione il cuore nella ricerca di Dio, ci si espone al pericolo di brancolare come ciechi in mezzo alle rovine. Ma padre Francis non aveva mai applicato a se stesso queste parole e aveva sempre ribattuto, adducendolo a giustificazione, il vecchio argomento psicologico dell'autosuggestione.

« Suppongo » disse padre Francis « che intenderà rompere ogni rapporto con me. »

« Sei tu a spezzare la nostra amicizia » ribadì padre Percy. « Posso seguirti se persisti nelle tue convinzioni? »

« Non potremmo restare amici come prima? »

« Amici? L'amicizia non è forse unione di sensibilità? Quale tipo di amicizia può restare tra noi? »

Padre Francis si fece triste in volto. « Eppure » disse « non riesco a vederlo impossibile. »

« Giovanni!... » esclamò padre Percy. « La cosa è troppo chiara: possiamo forse pretendere che la nostra amicizia proceda, dal momento che non credi più in Dio? Sono persuaso che anche tu lo ritenga impossibile! »

Francis si alzò e disse: « Va bene; sarà come lei vuole. Io vado! ». Così dicendo, si volse verso l'uscio.

« Giovanni! » lo richiamò Percy. « Vai via in questo modo, senza neppure darmi la mano? »

Padre Francis si volse, con fare sdegnato: « È perché dice che non può essermi amico! ».

Percy capì e sorrise.

« Ah, intendi questo per amicizia, vero? Se è per questo, possiamo continuare a trattarci cortesemente, se vuoi. »

Si alzò con calma; gli porse la mano: Francis lo fissò per alcuni istanti, con le labbra tremanti; quindi, se ne andò senza dir nulla.

2

Percy rimase nel posto in cui era, immobile; poi sentì la campanella automatica: Francis era davvero uscito.

Uscì anch'egli, avviandosi verso la cattedrale per un lungo viottolo. Giunto là, entrò in sagrestia e sentì il suono dell'organo; allora si diresse verso la cappella, dove si celebravano le funzioni parrocchiali. Si accorse che i vespri non erano ancora terminati, nel grande coro antico. Scese sotto la navata, voltò a destra e, attraversato il centro, s'inginocchiò.

Era il tramonto; il vasto e cupo recinto era rischiarato qua e là da sprazzi di luce rossastra che, venendo da fuori, penetravano all'interno e si riflettevano sui marmi maestosi e sulle dorature, portate a termine dopo molto tempo grazie alla generosità di un ricco convertito.

Dirimpetto, si apriva il coro, con una fila di canonici alle due parti, in rocchetto e pelliccia. Nel mezzo, c'era un grande baldacchino, sotto il quale, ora come già da più di un secolo, ardevano sei ceri. Più indietro, s'innalzava l'ampia linea dell'abside, che raggiungeva la vòlta scura, in alto, traforata di finestroni.

Da lassù, l'immagine di Cristo dominava nella sua potenza.

Percy si guardò in giro un attimo, prima di iniziare la preghiera. Si inchinava di fronte alla bellezza della cattedrale e di fronte al coro dei presenti che, con l'organo di sottofondo, rispondevano alla voce morbida e melodiosa del celebrante. A sinistra rosseggiavano le luci spezzate delle lampade davanti al *Santissimo*; a destra, dodici candele tremolavano, sparse qua e là, ai piedi delle scarne immagini.

Su in alto pendeva una croce gigantesca: essa portava l'*Uomo povero*, macilento ed esangue e invitava al suo abbraccio divino tutti coloro che a lui volgevano lo sguardo.

Padre Percy nascose il volto tra le mani, mandò due lunghi sospiri e si accinse a pregare.

Come era solito fare, cominciò la sua preghiera mentale con un deciso atto di rinuncia al mondo dei sensi: immaginando di doversi come immergere dentro una superficie, egli usò tutte le forze per discendere nell'intimo del suo spirito. Il cadenzare dell'organo, il rumore dei passi, la durezza del banco... tutto, alla fine, gli parve estraneo ed esterno a sé. Sentì nella sua persona il cuore che palpitava; vide la sua mente forgiare immagini sempre nuove: troppo intense emozioni per poter essere espresse da atti sensibili.

Discese ancor più nell'intimità. Rinunciò a tutto ciò che era, a tutto ciò che possedeva. Gli sembrò che anche il suo corpo svanisse a poco a poco e che mente e cuore, trepidanti alla presenza di Dio, si trovassero docilmente uniti alla volontà del loro signore e padrone misericordioso.

Sentì la presenza di Dio vicino a lui e sospirò più volte; ripeté meccanicamente alcune parole e si trovò immerso in quella calma che è frutto del totale rinnegamento di sé. Rimase in questo stato per un po' di tempo, mentre dall'alto proveniva una musica divina, col suono delle trombe, il sussurro dei flauti: erano però, per Percy, come i vani rumori provenienti dalla strada che non turbano l'uomo abbandonato al sonno.

Si trovava, ora, dentro lo spessore delle cose, al di là dei confini accessibili al senso e alla riflessione. Si trovava in quel cuore: e quanto gli era costato questo cammino!

Oh, quella meravigliosa vita religiosa, nella quale ogni realtà si evidenzia, dove le percezioni vanno e vengono con la rapidità dei raggi luminosi, dove il potere della volontà tempra ora un gesto ora un altro, formandolo e compiendolo, dove tutte le cose sono raccolte in unità, dove il vero si incontra, si opera e diventa esperienza, dove la forma del mondo è posseduta attraverso l'essenza, dove la chiesa e i suoi misteri sono conosciuti dal profondo, in una coltre nebbiosa di gioia!

Percy era rapito in quell'estasi; quindi, tornato in sé, cominciò a parlare con Dio: «Eccomi, Signore, alla vostra presenza. Io vi conosco. Non c'è nessun altro. Siamo io e voi. Tutto affido nelle vostre mani: il vostro sacerdote che ha tradito, il vostro popolo, il mondo e me stesso. Tutto, tutto io offro ai vostri piedi».

Poi tacque, per giudicare sé nella preghiera, finché non gli sembrò che tutto di sé fosse su un enorme piano, ai piedi dell'alta montagna. Allora continuò: «Tenebre e afflizione sarebbero per me dimora, se non avessi la vostra grazia. Voi siete la mia liberazione! Accompagnatemi, passo dopo passo; portate a compimento la vostra opera in me! Sostenetemi, perché non abbia a cadere: se voi allontanate la vostra mano da me, io non esisto più!».

Le braccia dello spirito erano protese, innalzate nella supplica; pieno di confidenza e di speranza era il suo dialogo con Dio. Gli sembrò, a questo punto, che la sua volontà vacillasse; per renderla più decisa, ripeté gli atti di fede, di speranza e di carità.

Sentendo la presenza divina agitarsi e fluttuare intorno a lui, dopo un lungo sospiro, riprese il suo dialogo con Dio: «Signore, volgete lo sguardo al vostro popolo. Molti si allontanano da voi. *Ne in aeternum irascaris nobis, ne in aeternum irascaris nobis*! Sono unito ai santi, agli angeli, a Maria, regina del cielo: a loro guardate, a me guardate ed esaudite la nostra preghiera. *Emitte lucem tuam et veritatem tuam*! La luce. La verità. Non ponete sulle nostre spalle, vi prego, un peso che non possiamo sostenere. Perché non rispondete, Signore?».

Impaziente, sentiva aumentare in sé il desiderio e l'attesa della voce divina; tutti i muscoli del suo corpo sembravano sul punto di spezzarsi per lo sforzo.

Si ricompose e cominciò il rapido susseguirsi della preghiera povera, di quelle mute giaculatorie delle quali conosceva bene l'importanza fondamentale. Gli occhi dell'anima cominciarono a vagare dal Calvario al paradiso, per discendere poi sulla terra inquieta e tormentata. Vide il Cristo morire nella desolazione. La terra tremava e gemeva. Vide Cristo, sacerdote eterno, regnare, avvolto nel suo luminoso manto. Vide Cristo paziente, nell'immutabile silenzio del sacramento eucaristico. In tutte queste forme, egli ricordava il Figlio al Padre.

Poi attese il colloquio. Udì parole di infinita tenerezza; udì parole taglienti come la spada e ardenti come il fuoco; si sentivano lacrime e sangue scendere, nello sforzo di raccogliere, di trattenere, di capire quelle divine parole che gli passavano accanto con la rapidità della freccia scoccata dall'arco. Voleva rispondere... Vide il *corpo mistico* nell'agonia, disteso sul mondo come infinita croce, muto nel dolore; vide i suoi nervi strappati, contorti, finché l'amore gli donò una visione rapida e fuggente: il sangue vivo cadeva, goccia a goccia, dalla testa, dalle mani, dai piedi; il mondo, con risa e scherni, si era tutto raccolto ai piedi di questa croce sanguinante e diceva: «Ha salvato gli altri, non può salvar se stesso? Scenda il Cristo dalla croce e noi crederemo in lui». Nascosti dietro siepi e dentro grotte, vide gli amici di Gesù guardare e piangere. Maria taceva, trafitto il cuore dalle sette spade. Neppure il discepolo da Cristo amato sapeva trovare parole di conforto di fronte a tanta agonia. Neppure dal cielo sarebbe scesa una parola: **gli angeli avevano ricevuto l'ordine di riporre le spade e di attendere l'eterna potenza di Dio.** Appena agli inizi era il cammino dell'agonia di Gesù e mille cadute dovevano avvenire prima che venisse la fine col sommo dolore della crocifissione.

Era necessario vigilare nell'attesa, senza fare altro: la resurrezione doveva sembrare, al Cristo in croce, come una speranza concepita in una notte di sogni. Non era ancor giunto il sabato. Il *mistico corpo*, allo stesso modo, doveva giacere lontano dalla luce: la dignità della croce doveva ritirarsi nell'oscurità e con lei la fede nella presenza viva di Cristo in ogni tempo. Il mondo della profondità dell'essere, dopo tanta fatica per raggiungerlo, si mostrava acceso d'angoscia, amaro come fiele; un chiarore scialbo lo permeava, ultima effusione del dolore. Un suono alle sue orecchie diventava poi grido, grido opprimente, trafiggente, che lo inchiodava al patibolo.

Sfibrata e depressa era ormai la volontà di Percy: « Oh, Signore » mormorò. « Oh, Signore; è troppo, troppo pesante per me. »

Dopo pochi istanti, si sentì ripiombare nello stesso stato e sospirò più volte. Si lambì le labbra riarse; aprì gli occhi e guardò l'abside, ormai immersa nell'oscurità.

Silenzioso l'organo, silenzioso il coro, spente le candele: la luce crepuscolare era svanita, lasciando facce torve e gelide che guardavano dall'alto della vòlta e dai muri.

Ritornato alla superficie della vita, ricordava in modo confuso il cammino fatto nel corso dell'orazione. Ma sentiva di doverla raccogliere, di dovere, con fatica, comprenderla e possederla. Doveva pagare anch'egli il proprio tributo al Signore che era venuto a visitare i suoi sensi e il suo spirito.

Esausto e affranto, si avviò verso la cappella del Santissimo Sacramento. Diritta, in mezzo alle file di sedie, con il cappellino ben sistemato sui bianchi capelli, vide una signora, vecchia, che lo guardava insistentemente. Esitò un attimo, non sapendo se si trovasse o no di fronte a una penitente. La vecchia signora si accorse dello sguardo del padre e si fece avanti.

« Scusi, signore... » cominciò a dire.

Percy si levò il berretto. *Cattolica non è di certo* pensò.
« In che posso esserle utile? »
« Scusi, signore. Lei, lei era a Brighton, a quell'incidente di due mesi fa? »
« Sì, signora. »
« Ah, ho capito giusto! Mia nuora, la vide quel giorno. »
Percy rimase male a queste parole; si preoccupava sempre della facilità con cui veniva riconosciuto a causa del volto da giovane e dei bianchi capelli da vecchio.
« Era presente anche lei, signora? »
Ella lo guardò dubbiosa e incuriosita; lo squadrò da capo a piedi e, raccoltasi in sé, rispose: « No, signore. C'era mia nuora. Le chiedo scusa; lei non... ».
« Dica, signora, senza paura » soggiunse Percy. Cercava di non mostrare l'impazienza attraverso la voce.
« È lei, per caso, l'arcivescovo, signore? »
Percy sorrise, mostrando i suoi bei denti bianchi.
« Oh, no. Non sono che un povero prete. L'arcivescovo è il dottor Cholmondeley. Io sono padre Percy Franklin. »
La vecchia signora non disse altro, ma, guardandolo con insistenza, gli fece un inchino, come si usava ai tempi andati.
Percy andò a terminare l'orazione nella cappella, maestosa nella sua oscurità.

3

Il diffondersi della *frammassoneria* fu l'argomento più discusso, quella sera, al refettorio dei preti.
Era un fenomeno che si stava verificando già da parecchi anni e i cattolici riconoscevano il pericolo che questo comportava per la fede. La professione massonica infatti e la fede cattolica erano state dichiarate, già da qualche secolo, incompatibili, avendo la chiesa inflitta una dura condanna contro la massoneria. Ognuno, quindi, doveva decidere per l'una o per l'altra.
Nell'ultimo secolo, si erano verificati al riguardo molti fatti strani.

Il primo fu l'assalto contro la chiesa francese. Poi, grazie alle rivelazioni, nel 1928, fatte da padre Gerolamo, domenicano ed ex-massone, molti sospetti divennero certezza: egli infatti scoprì molti misteri a proposito dei *Liberi Muratori*. La ragione era certo dalla parte dei cattolici e la massoneria, almeno negli alti livelli, venne considerata la causa prima del movimento anticattolico che era stranamente iniziato.

Ma, alla fine, padre Gerolamo morì nel suo letto e tutto ebbe fine. La massoneria fece splendide donazioni, in Francia e in Italia, a ospedali, a orfanotrofi e a numerosi altri istituti di beneficenza: in questo modo, di fronte all'opinione pubblica, essa passò per una vasta società filantropica.

Ma, ora, i dubbi cominciavano nuovamente.

« Mi hanno detto che Felsemburgh è massone » osservò monsignor Macintosh, incaricato dell'amministrazione nella cattedrale. « Dicono sia un maestro o cosa analoga. »

Domandò un prete ancor giovane: « Ma Felsemburgh chi è? ».

Il monsignore strinse le labbra e scosse il capo. Era uno di quegli umili individui che sono fieri della loro ignoranza, così come altri lo sono della propria scienza; si vantava di non aver mai letto in vita sua alcuna opera che non avesse l'*imprimatur*; soleva infatti ripetere che un sacerdote deve avere come scopo la conservazione della propria fede e non la scienza. Spesso Percy si era trovato ad invidiare nel monsignore questa convinzione!

« Felsemburgh è un mistero » disse un altro, ed era padre Blackmore. « Mi pare che tutti si siano commossi di fronte alla sua sconosciuta figura; oggi, sulla banchina, era in vendita la sua biografia. »

Intervenne Percy: « Ho incontrato, tre giorni fa, un senatore americano; mi ha detto che anche là di Felsemburgh conoscono solo la meravigliosa eloquenza. È da circa un anno sulla scena del mondo e già sembra trascinarlo tutto dietro di sé, con un metodo del tutto nuovo. È un linguista eccellente, per questo lo hanno mandato a Irkutsk ».

« Bene. Tornando ai massoni » continuò il monsignore, « la faccenda è davvero molto grave. Quest'ultimo mese, quattro dei miei penitenti hanno lasciato la chiesa per abbracciare la massoneria. »

Mentre si mesceva un bicchiere di chiaretto, padre Blackmore mormorò: «L'arruolamento delle donne è stato veramente un colpo di genio, per la massoneria».

«È strano che abbiano atteso così tanto per farlo» intervenne Percy.

Altri due preti, a conferma di quanto era stato detto, informarono di avere anch'essi perduto dei credenti a causa della massoneria. Si diceva, inoltre, che fosse prossima la pubblicazione di una *Pastorale* sulla questione.

Il monsignore, in segno di presagio nefasto, tentennò il capo e disse: «Ci vuole ben altro!».

Percy fece notare come la chiesa avesse già detto l'ultima parola sul problema, alcuni secoli prima, quando aveva scomunicato i membri di tutte le società segrete. In questo modo, sottolineava Percy, la chiesa aveva fatto tutto quanto era in suo potere.

Ma il monsignore lo interruppe: «Però non ha mai rammentato, incessantemente, questa proibizione ai suoi figli. Domenica, comunque, farò la predica su questo argomento!».

Percy si ritirò quindi in camera sua. Riprese le note che aveva comiciato a stendere per la lettera e vi aggiunse alcune cose a proposito della massoneria. Poi spogliò la sua corrispondenza privata, cominciando da quella che riconobbe provenire dal cardinale protettore.

Strana coincidenza: tra le domande che il cardinale Martin gli rivolgeva nella lettera, ne trovò proprio una sull'argomento: *Che cosa ne pensa della massoneria? Dicono che Felsemburgh sia massone. Raccolga tutte le notizie possibili su Felsemburgh. Mi invii qualche sua biografia pubblicata in Inghilterra o in America. Continuano le defezioni dei cattolici per abbracciare la massoneria?*

Lesse anche le altre domande, in gran parte relative alle note da lui inviate nei giorni precedenti; il nome di Felsemburgh veniva fatto solo alcune volte.

Posò la lettera e si mise a pensare.

Che stranezza! Quel nome, Felsemburgh, era sulla bocca di tutti e nessuno sapeva quasi nulla di lui. Percy aveva acquistato tre fotografie, per curiosità: tutte pretendevano di riprodurre Felsemburgh come era realmente; forse una delle tre era autentica. Le estrasse da una cartella d'archivio e cominciò a guardarle.

La prima portava l'immagine di un uomo feroce, dalla barba ispida come i cosacchi e con gli occhi fuori dalle orbite. Non poteva certo essere questa l'immagine reale; era certamente il prodotto dell'immaginazione grossolana che foggia un uomo fuori dal normale, pensandolo così potente in tutto l'oriente.

Nella seconda appariva un volto piuttosto grasso, con occhi piccoli e il pizzetto al mento. Questa poteva essere l'autentica, dal momento che era firmata da una ditta di New York.

Guardò poi la terza. E vide un viso oblungo, sbarbato, con un paio d'occhiali sul naso. Era certamente un volto intelligente, ma poco energico, mentre Felsemburgh doveva essere un uomo di straordinaria forza.

Percy propendeva per la seconda immagine, anche se sapeva che nulla di preciso si poteva dire a questo riguardo.

Le rimise, disordinatamente, al loro posto, quindi, appoggiati i gomiti alla tavola, riprese a riflettere. Richiamò alla mente le notizie avute su Felsemburgh dal senatore americano, ma non erano certo sufficienti a spiegare i fatti.

A quanto si sentiva dire, Felsemburgh non usava i metodi comuni della politica moderna: non badava ai giornali e ai giornalisti; non diceva né male né bene di alcuno, non aveva segretari o subalterni fissi, era libero dalle clientele. Non si poteva rimproverare a quest'uomo alcuno dei difetti propri di tutti i politici. Sembrava, anzi, che la sua vera originalità consistesse nell'essere, fino ad ora, l'uomo dalle mani pulite, privo di macchie o di colpe passate. Questa sua moralità sembrava essere allora più importante del suo fascino. Poteva essere paragonato a un cavaliere antico: pulito, schietto, affascinante come un piccolo ragazzo. Aveva stupito i popoli. Era come se fosse nato dalle fosche acque del socialismo americano, torbido e confuso, quelle acque così accanitamente combattute, nel loro rovinoso irrompere, dopo lo straordinario sommovimento sociale suscitato dai discepoli di mister Heart un secolo prima.

Fu quella la fine della plutocrazia; la famosa *Legge sui vecchi* del 1924 aveva sgonfiato una delle vesciche più putride del tempo e i decreti del 1926 e 1927 avevano tentato di impedire che la vescica si riempisse di nuovo di marcio, per dare il potere a chi l'aveva perduto. Questo fatto salvò l'America, sebbene in un modo così triste e poco poetico a dirsi. Ed ora, dal bassofondo socialista si levava l'eroe leggendario, diverso da tutti i suoi predecessori. Così aveva detto a Percy il senatore.

Era un problema troppo complesso per il momento. Percy volse i suoi pensieri altrove.

Si guardò attorno e vide davanti a sé il mondo stanco e sfibrato. Nessuno gli ispirava fiducia, nessuno era in grado di agire in modo tale da poter essere preso in considerazione. Non voleva certo criticare i suoi colleghi di sacerdozio... Ma non poteva neppure fare a meno di pensare che non erano uomini dalla tempra così forte da poter far fronte alla gravità della situazione. Non era certo lui migliore degli altri. Riconosceva, anzi, la sua limitatezza, resa ancora più evidente dal rapporto avuto con padre Francis e con quei tanti che avevano sottoposto a lui le loro crisi di fede.

E l'arcivescovo? Un santo, indubbiamente, come pochi altri. Ma con la sua fede ancora bambina era forse in grado di porsi alla guida dei cattolici d'Inghilterra per affrontare i nemici?

No. Questo mondo aveva chiuso le porte agli uomini grandi. Che si poteva fare?

Percy nascose il viso fra le mani.

Ecco. Alla chiesa occorreva un nuovo ordine religioso. Gli ordini antichi erano delle regole-limite, per correggere gli errori e indurre a non commetterne più.

Ora si richiedeva un ordine senza tonsura o abito speciale, senza tradizione o abiti particolari. Un ordine: e i suoi membri non dovevano distinguersi se non per il totale e lieto sacrificio di se stessi. Un ordine alieno dal menar vanto dei privilegi, anche dei più santi; un ordine senza un passato storico di gloria o di infamia nel quale potersi comunque rifugiare. Dovevano essere i *franchi-tiratori* dell'esercito del Cristo, come lo erano stati i Gesuiti, ma senza quella fatale reputazione, non dovuta alle loro colpe. Ma occorreva un fondatore. Chi? In nome di Dio, chi? Un fondatore *nudus sequens Christum nudum.* Sì: dei *franchi-tiratori*, preti, vescovi, laici e donne. Con i tre voti e una clausola speciale che vietasse in particolare e per sempre il possesso dei beni in comune. Ogni ricchezza doveva essere consegnata al vescovo della diocesi in cui la si era ricevuta. Al vescovo, infatti, toccava provvedere, per tutti, alla vita e al lavoro.

Oh, un ordine simile che cosa non avrebbe potuto fare!

Ma era fuori della realtà; in un mondo di fantasia poetica!

Ritornava in sé e si dava del pazzo. Non era forse questo progetto antico come i colli eterni e vano e inutile nei risultati? Sì, quel tipo di ordine era sempre stato, fin dal momento della salvezza, il sogno di ogni fervente cristiano. Oh, sì, era un pazzo!

Però Percy continuava a pensarci di nuovo e poi ancora una volta.

Ci voleva proprio qualcosa di questo genere, contro la massoneria. E ci volevano anche le donne. La storia insegna che progetti immensi andarono a vuoto per non aver tenuto presente l'influenza che può esercitare una donna. Non fu questa dimenticanza che rovinò Napoleone? Dopo essersi fidato di Giuseppina ed essere rimasto deluso, egli non si fidò più di alcuna altra donna.

Nella chiesa cattolica le donne non hanno una funzione di responsabilità diretta; debbono provvedere ai bisogni della casa e all'educazione dei ragazzi. Ma solo questo, veramente, possono fare?

Come poter pensare a queste cose? Tali compiti non spettano a un povero prete! Se il papa Angelico, che ora regnava a Roma, non pensava a queste cose, perché avrebbe dovuto angustiarsi per esse un pazzo e inutile prete di Westminster? Di nuovo padre Percy si colpì il petto in segno d'umiltà e riprese il breviario.

Terminò, mezz'ora dopo, l'ufficio divino e ritornò ai suoi pensieri.

Questa volta si fermò a riflettere sul povero padre Francis: che cosa stava facendo in questo momento? Si era già tolto il collare romano dei servi di Cristo? Infelice lui! Fino a che punto non era responsabile lui, padre Percy Franklin, di quella defezione? Così Percy si interrogava.

Dopo un leggero colpo alla porta, padre Blackmore si fece avanti: era venuto da Percy per conversare un po' e sentì così il racconto delle vicende di padre Francis.

Blackmore si tolse la pipa dalla bocca e sospirò profondamente. « Ero certo che le cose sarebbero andate così » disse. « Bene! »

« È stato abbastanza onesto » replicò Percy; « otto mesi fa cominciò a parlarmi della sua crisi di fede. »

Blackmore continuava, pensieroso, a fumare. « Padre Franklin: le cose si fanno veramente serie; ovunque accade la stessa cosa. Che cosa sta per succedere nel mondo? »

Percy in silenzio meditava una risposta conveniente.

« Mi pare che, in questa nostra terra, tutto stia procedendo per ondate. »

« Pensa questo? »

« E che altro? »

Blackmore fissò attentamente Percy: « A me pare, invece, che tutto si trovi in una calma mortale. Non le è mai capitato di trovarsi poco prima di un tifone in mezzo al mare? ».

Percy fece cenno di no col capo.

« Ebbene! La calma è il più terribile presagio. Il mare si fa piano come l'olio, ci si sente mezzi morti dalla stanchezza, non si può far nulla: poi, scoppia il tifone. »

Anche Percy guardava padre Blackmore con insistenza e stupore; non lo aveva mai sentito parlare a quel modo.

« È la storia che ci insegna che la calma ha preceduto ogni grande rivolgimento: così successe prima della guerra d'oriente, prima della rivoluzione francese, prima della riforma. Ora ci troviamo nella quiete, in mezzo a flutti pacati come olio. Così era in America ottant'anni fa. Padre Franklin, io penso che nell'aria si stia muovendo qualcosa. »

« Può dirmi che cosa? » disse Percy chinandosi verso di lui.

« Sì. Ho visto Templeton, la settimana prima che morisse. Fu lui a mettermi in testa quest'idea. Vede padre: forse è vero che ci cadrà sulle spalle la vicenda dell'oriente; ma, comunque sia, io non ci credo. Io credo che stia maturando qualcosa di sinistro e di pericoloso per la fede. Padre, ma... in nome di Dio... padre, chi è Felsemburgh? »

Percy stralunò gli occhi, sorpreso dall'udire nuovamente e così all'improvviso questo nome. Rimase, per un istante, senza parole.

La notte estiva, fuori, si stendeva silenziosa. Solo un lieve tremolìo proveniva, di tanto in tanto, dalla linea sotterranea che passava a una ventina di metri dalla loro stanza. Ma nelle vie, lì, nei pressi della cattedrale, tutto era calma assoluta.

Un grido echeggiò lontano, come se un uccello migratore avesse attraversato in quell'istante il cielo per portare chissà quale malaugurio. Un altro grido di donna, sottile e penetrante, dalla parte del fiume, si unì a quello lanciato dall'uccello, nello spazio tra Londra e le stelle.

Solennità maestosa ovunque, nel mormorìo che dominava senza tregua le ore, di giorno e di notte.

« Sì, Felsemburgh » continuò padre Blackmore. « Quest'uomo non vuole uscirmi dalla mente, benché io non sappia niente di lui. E gli altri, che ne sanno di lui? »

Percy si inumidì le labbra, prima di rispondere. Un lungo sospiro gli permise di attutire il battito del cuore. Non riusciva a spiegarsi il motivo della commozione che lo dominava. Dopo tutto, chi era questo vecchio Blackmore da costernarlo coi suoi timori?

Blackmore, tuttavia, prevenne le parole di Percy: « Guardi come la gente si allontana dalla chiesa: i Wargraves, gli Henderson, sir James Bartlet, lady Magnier. E poi tutti quei preti. Non è gente volgare; se fosse così, sarebbe più facile constatarlo. Pensiamo a sir James Bartlet: è un uomo che ha speso più di metà del suo patrimonio per la chiesa e non lo rimpiange; dice che credere in una religione è meglio che non credere affatto, ma, da parte sua, non può avere alcuna fede. Che cosa significa tutto questo? C'è qualcosa nell'aria, padre. Glielo dico io. Dio solo sa! Ma questo Felsemburgh non mi esce dalla mente. Padre Franklin... ».

« Dica. »

« Non vede come sono pochi, tra noi, gli uomini grandi? Pensiamo a trenta o quarant'anni fa: c'era Maron, Selborn, Sherbrock e tanti altri. Poi c'era Brightman come vescovo. Adesso sono i comunisti ad avere uomini veramente grandi! Braithwaite è morto quindici anni fa: indubbiamente era un uomo piuttosto gonfiato; meno male che parlava sempre del futuro e mai del presente! Ma dalla sua morte, ci sono stati e ci sono uomini di stoffa ben diversa dalla sua. Adesso hanno questo uomo nuovo che nessuno conosce, un uomo che si è affermato in America un mese fa ed è già sulla bocca di tutto il mondo. Proprio così! »

Percy, con la fronte corrugata, lo interruppe: « Non sono del tutto sicuro di avere capito bene quanto mi avete detto ».

Blackmore, scuotendo la testa, si alzò e disse: « Intendevo proprio questo: io credo che Felsemburgh stia facendo qualcosa che ci tocca da vicino; se sia contro di noi o a nostro favore non so e non so nemmeno che cosa... Ma, si ricordi, è un massone. Bene, adesso la sfido a provare che sono una vecchia bestia. Buona notte ».

Si fermò sull'uscio a guardare Percy che diceva: « Un momento, padre. Che cosa intende dire? ».

Il vecchio prete aveva gli occhi stralunati sotto le folte sopracciglia. A Percy parve che avesse paura di qualcosa, nonostante la sua strana parlantina di quella sera. Ma non riuscì a capire altro.

Percy, finché la porta non fu rinchiusa, rimase in piedi. Quindi, tornò al suo inginocchiatoio.

Capitolo terzo

1

La vecchia signora Brand e Mabel aspettavano che Oliviero cominciasse il suo discorso, in occasione del cinquantesimo anniversario della *Legge sui poveri*. Erano affacciate a una finestra del *Nuovo Ammiragliato*, in piazza Trafalgar.

Dava calore al cuore, tutta quella moltitudine immensa affollata attorno alla statua di Braithwaite, in un meraviglioso mattino di giugno. Braithwaite era stato un famoso statista, morto quindici anni prima: ora lo avevano riprodotto nella sua posa più tipica, con le braccia distese e leggermente rivolte al basso, la testa eretta e un piede avanzato di mezzo passo rispetto all'altro. Secondo l'usanza tipica del tempo, era stato ricoperto, per la solenne occasione, di tutte le sue insegne massoniche.

Fu lui che diede l'impulso più vigoroso al movimento segreto contro la chiesa; dichiarava infatti, nelle assemblee, che la chiave del progresso e della fratellanza universale era in mano all'ordine massonico; e solo grazie all'ordine massonico sarebbe stato possibile combattere la falsa unità della chiesa e la sua fantastica fratellanza spirituale. Braithwaite sosteneva che san Paolo a ragione aveva lottato per eliminare i confini tra popolo e popolo, ma aveva sbagliato profondamente ad esaltare Gesù Cristo.

Tutte queste affermazioni gli servivano da discorso introduttivo al problema centrale: quello dei poveri. Egli additava la vera unità esistente tra i massoni, indipendentemente da motivi religiosi, e si appellava alle numerose opere di beneficenza fatte dalla massoneria in tutta Europa. Erano affermazioni che la gente accoglieva con entusiasmo: venne così approvato il progetto della *Legge sui poveri* e la *Loggia* vide aumentare i suoi adepti.

La signora Brand, quel giorno, stava particolarmente bene. Non senza una visibile commozione, ammirava la gran folla che si era radunata per ascoltare il comizio di suo figlio.

Attorno alla statua di Braithwaite era stato eretto un palco, a un'altezza tale per cui la statua stessa sembrava uno degli oratori. Era un palco adorno di fiori, coronato dal cielo come un'acropoli; nel mezzo, un tavolino e una sedia.

L'intera piazza era coperta di teste d'uomini e donne; risuonava del brusìo di mille voci, talvolta sommerse dal clamore delle trombe e dal rullo dei tamburi che accompagnavano il passare della *Società di beneficenza* e delle *Fratellanze democratiche*. Le *Società* e le *Fratellanze* erano precedute dalle loro bandiere, sfilavano partendo dai quattro punti cardinali e raggiungevano, alla fine, il posto loro riservato intorno al palco. Alle finestre sporgevano mille volti; ampie tribune erano state erette lungo la facciata della Galleria Nazionale e della chiesa di San Martino ed esse facevano da sfondo scuro dietro le bianche e silenziose statue di Braithwaite, di Hampden, di Montfort (al posto delle Vittoriane di John Davidson, di John Burns e di altri); la prima di faccia, le altre dalla parte nord. Non c'era più l'antica colonna con i suoi leoni; Nelson non aveva trovato grazie presso l'*Entente Cordiale* e neppure i leoni andavano a genio ai moderni artisti. Al loro posto ora si distendeva un marciapiede largo, interrotto da una serie di gradinate che conducevano alla Galleria Nazionale.

Dai tetti della città si sarebbero potuti vedere fitti fasci di teste umane, sullo sfondo di un bruno cielo estivo. I giornali della sera dicevano che, dal palco, si poteva pensare che nella piazza fossero raccolte circa centomila persone.

All'ora stabilita, due uomini uscirono dal retro della statua e avanzarono: il mormorìo delle voci dei presenti si tramutò in un sonoro: «Evviva!».

Per primo avanzava lord Pemberton, un vecchio che portava bene i suoi anni, dai capelli grigi, figlio di quel Pemberton che tanto aveva lottato, sessant'anni prima, per abbattere quella Camera di cui ora suo figlio faceva parte. Degno successore del padre, lord Pemberton era membro del governo, rappresentante del terzo collegio di Westminster e aveva ricevuto l'onore di presiedere la cerimonia di una ricorrenza così fausta.

Dietro di lui, con un abito attillato e il capo scoperto, avanzava Oliviero. Nonostante la distanza, la madre e la moglie guardavano compiaciute il suo fare disinvolto, il suo sorriso sincero, il modo delicato di salutare. Il suo nome spiccò nell'aria, pronunciato da quella tempesta di voci tumultuanti attorno al palco.

Lord Pemberton avanzò, fece un cenno con la mano: il fitto applauso della folla venne soffocato da un improvviso rullìo dei tamburi. Poi si sentirono intonare le prime note dell'inno massonico.

È indubbio che i londinesi erano capaci di cantare; sembrava che la voce di un gigante avesse intonato quell'inno trionfale; l'entusiasmo raggiunse il culmine quando gli altri corpi musicali, tutti insieme, cominciarono anch'essi a cantare, accompagnando il coro così come un'asta porta la propria bandiera. L'inno risaliva a dieci anni prima ed era ormai popolare in tutta l'Inghilterra.

La vecchia signora Brand prese il foglio che conteneva il testo dell'inno e lesse la prima strofa, benché la conoscesse ormai a memoria: *Signor che domini la terra e il mare...*

Diede una rapida occhiata a tutto il testo: era stato concepito con una tale passione unita a una perfetta conoscenza dell'umanitarismo, che anche un cristiano poco accorto avrebbe potuto cantarlo senza alcuno scrupolo. Eppure il senso ne usciva chiaro: era l'antica credenza secondo la quale l'uomo è tutto. Nell'inno erano state accolte anche alcune sentenze di Cristo: *il regno di Dio è nel cuore dell'uomo; la più grande di tutte le virtù è la carità.*

La signora Brand si rivolse verso Mabel; vide che ella cantava con tutta l'anima, con lo sguardo fisso sulla figura del marito, cento metri più in là: dai suoi occhi tutto l'ardore usciva come una scintilla.

E anche la signora Brand cominciò a muovere le labbra e unì la sua esile voce a quella possente del coro dei presenti.

L'inno terminò. Prima che iniziassero gli applausi, lord Pemberton si affacciò al parapetto del palco: nel tenue flosciare delle fontane vicine a lui, due o tre sentenze uscirono dalle sue labbra, con voce sottile e intonata.

Poi lasciò il posto a Oliviero.

La distanza era troppa e le due donne non potevano sentire la sua voce; Mabel allora, lasciato cadere un foglio nelle mani della signora Brand, ansiosa e sorridente, si fece avanti, tendendo l'orecchio.

Il foglio conteneva il riassunto del discorso di Oliviero: la madre si mise a leggerlo, pensando che non avrebbe potuto sentirlo direttamente dalla voce del figlio.

Nell'esordio, Oliviero ringraziava tutti i presenti di essere venuti ad onorare il grande uomo che, dall'alto del suo piedistallo, era presente alla festa, così gioiosa, fatta in suo onore.

Il discorso proseguiva con un breve accenno al passato: Oliviero paragonava l'Inghilterra dei tempi passati a quella attuale. La povertà, egli diceva, era considerata, cinquant'anni prima, come una vergogna: ora le cose erano cambiate. Il disonore o l'onore, infatti, sono da ricercarsi non nella povertà in sé, ma nelle sue cause. Perché non si dovrebbe onorare un uomo che si è sacrificato per il servizio della patria o che è stato sopraffatto da contrarietà alle quali non ha potuto opporsi?

Poi passava in rassegna le riforme approvate cinquant'anni prima, riforme che avevano consacrato la scelta della patria di onorare la povertà e di dichiarare la propria simpatia per i diseredati.

La prima parte del discorso terminava con un inno di lode alla povertà sopportata con nobiltà d'animo, con alcuni accenni alla legge sulla riforma delle prigioni.

La seconda parte del discorso era tutta un panegirico di Braithwaite, questo profeta del movimento ideologico che solo ora cominciava a diffondersi a livello di massa.

La vecchia signora Brand sprofondò nella poltrona in cui era seduta e cominciò a guardarsi intorno.

La madre e la moglie di Oliviero erano presso una finestra loro riservata: il vano era occupato dalle loro due poltrone. Ma, dietro di loro, silenziose, c'erano altre persone; fra queste, due donne e un vecchio. Tutti cercavano di sporgersi in avanti il più possibile, per ascoltare. Restavano a sentire con la bocca aperta.

La signora Brand, vedendo tanta attenzione, si vergognò un poco della sua distrazione; tornò perciò risolutamente a guardare verso la piazza.

Purtroppo il panegirico stava ormai per terminare! La piccola e bruna figura di Oliviero si avvicinava alla statua e, con le braccia alzate, si aggirava per il palco, additandola agli spettatori. Un applauso scrosciante copriva la sua voce chiara e sottile. Poi si riportò al centro e, da buon attore, fece un mezzo inchino.

Si udiva, fra il mormorìo delle voci, qualche risata. Poi la signora Brand avvertì un fischio indeciso, dietro la sedia; poi, un urlo di Mabel. Che cosa stava succedendo? Si udì una forte detonazione; Oliviero, gesticolando, vacillò. Vicino a lui era accorso lord Pemberton.

Un subbuglio violento, minaccioso, iroso come acqua che s'infrange decisa sulla roccia: un gruppo di persone si portò verso un punto fuori dallo spazio riservato alle bande musicali, proprio in faccia al palco.

Sbalordita, confusa, turbata, la signora Brand cercò di alzarsi in piedi, afferrando le sbarre della finestra; Mabel stringeva a sé la vecchia donna e le disse, fra le lacrime, qualcosa che lei non poté capire.

Una grande confusione dominava la piazza; le teste ondeggiavano da una parte e dall'altra, come spighe al vento.

Oliviero intanto si era fatto avanti e continuava a gesticolare e a gridare; ed ella poteva vedere i suoi movimenti. Ricadde poi sulla poltrona: nelle vecchie vene il sangue riprese a scorrere e il cuore martellava forte, fino alla gola.

« Mia cara, mia cara! Che è successo? » domandava fra le lacrime e i singhiozzi.

Mabel, con gli occhi rivolti al marito, stava ritta in piedi; un rapido mormorìo di parole e di esclamazioni si fece sentire alle loro spalle, nonostante le urla provenienti dalla piazza.

2

Quella sera Oliviero, tornato a casa, raccontò, punto per punto, quanto era accaduto nel pomeriggio. Stava adagiato sulla poltrona e aveva un braccio legato al collo.

Era stato impossibile per le due donne correre da lui; c'era una così grande agitazione nella piazza! Aveva perciò mandato loro un biglietto, per comunicare che era stato leggermente ferito e che già si trovava sotto le cure di alcuni medici.

« Era un cattolico! » esclamò Oliviero, col volto iroso. « Aveva premeditato il colpo: la sua rivoltella, infatti, era carica. Ma stavolta non c'è stato tempo per il prete. »

Mabel confermò con un lieve cenno del capo la versione dei fatti raccontata da Oliviero; aveva letto sugli affissi pubblici alcuni particolari della vicenda.

« Lo hanno calpestato e strangolato in un batter d'occhi, uccidendolo all'istante » soggiunse Oliviero: « Io ho fatto il possibile per trattenerli, anche se penso che in questo modo abbia sofferto meno! »

« Hai fatto per lui tutto ciò che potevi, non è vero, caro? » Era la madre a parlare.

« Mamma, mi sono raccomandato, ma non hanno voluto darmi retta. »

Mabel si piegò in avanti e disse: « Oliviero, forse sto parlando da sciocca, ma avrei preferito che non lo avessero ammazzato ».

Oliviero conosceva la tenerezza di sua moglie. Le sorrise.

« Come sarebbe stato più umano! »

Mabel tacque; si ricompose sulla sedia e soggiunse: « Ma perché quello sciagurato ha voluto colpirti proprio in quel modo? ».

Oliviero guardò sua madre: stava facendo tranquillamente la calza. Misurando le parole, rispose: « Mi ha colpito mentre stavo dicendo che Braithwaite ha fatto con un solo discorso più di ciò che hanno saputo fare Cristo e tutti i suoi santi ».

Notò che i ferri da calza si fermarono per la seconda volta nelle mani della madre; poi ripresero il loro consueto movimento. Allora soggiunse: « Ma era intenzionato a uccidermi a qualsiasi costo! ».

« Come hanno scoperto che era cattolico? » chiese la giovane donna.

« Gli hanno trovato addosso un rosario; e gli è rimasto solo il tempo di invocare il suo Dio. »

« Che altre notizie si hanno di lui? »

« Nessuna. Era vestito elegantemente. »

Oliviero si distese sulla poltrona; chiuse gli occhi. Il braccio gli doleva.

Ma si sentiva felice! Era stato ferito da un fanatico, soffriva per una giusta causa e sapeva di avere, naturalmente, dalla sua parte l'appoggio di tutti gli inglesi. Nella stanza accanto, infatti, il signor Philipps non riusciva a rispondere a tutti i telegrammi di solidarietà che arrivavano uno dopo l'altro. Caldecott, primo ministro, Maxwell, Snowford e cento altri: tutti avevano mandato telegrammi di congratulazione e messaggi su messaggi provenivano da ogni parte d'Inghilterra.

Ed era certamente un grande fatto per i comunisti: il loro oratore era stato assalito nell'adempimento del dovere, mentre parlava in difesa dei suoi princìpi. Non si poteva calcolare il vantaggio che da questo incidente veniva ai comunisti; mentre certamente i personalisti ne uscivano svantaggiati, perché non avrebbero più potuto vantarsi di avere martiri solo dalla loro parte!

Enormi affissi elettrici avevano diffuso in tutta Londra, in lingua *esperanto*, la relazione riassunta del caso, mentre Oliviero, all'ora del tramonto, si accingeva a tornare a casa: *Oliviero Brand, ferito... Assalitore cattolico... Cittadinanza indignata... Giusta sorte per l'assassino...*

Oliviero era anche contento di avere tentato in ogni modo di salvare la vita al suo assalitore. In quel momento di improvviso e acuto dolore aveva invocato anche per l'assassino un giusto e regolare processo. Ma era giunto troppo tardi: vide due occhi sbarrati, le pupille roteavano dentro le orbite; sulla faccia rossa del delinquente un'orrida smorfia appariva e spariva, mentre cento mani lo afferravano e lo strozzavano. Poi non vide più quel viso; sentì un violento susseguirsi di colpi, là dove esso era sparito. Entusiasmo e lealtà non erano morti nel cuore degli inglesi!

La signora Brand si alzò e, senza parlare, uscì. Mabel, rivolgendosi a Oliviero e posandogli una mano sulle ginocchia disse: «Caro. Ti è faticoso parlare?».

Oliviero aprì gli occhi: «No, tesoro. Vedi anche tu... Perché me lo domandi?».

«Vorrei chiederti una cosa: quali saranno le conseguenze di quanto è accaduto?»

Oliviero si rianimò. Vedeva, attraverso la finestra, uno spettacolo d'incanto: ovunque fulgore di luci, un mare di luce abbandonata nel cielo della città e, in alto, il cupo celeste delle sere d'estate.

«Conseguenze? Ma... Non potranno che essere conseguenze buone. Qualcosa doveva accadere. Sai, cara, talvolta sentivo di non avere coraggio: ma d'ora in poi non sarà più così. Più di una volta ho avuto paura: temevo che noi potessimo perdere terreno e che i *tories* avessero ragione a predicare la caduta del comunismo. Ma dopo quanto è accaduto...»

«Sì.»

«Ebbene. Ciò che è accaduto ci ha permesso di dimostrare che siamo capaci di versare sangue per la nostra causa e proprio nel momento più difficile, nel culmine della crisi. Ed è stata solo una scoriatura. Ma l'importante è che il colpo era stato premeditato e che tutto si è svolto in modo drammatico. Quel povero diavolo non avrebbe potuto scegliere un momento più propizio per noi e peggiore per lui. Mai il nostro popolo potrà dimenticare questo fatto.»

Mabel brillava, negli occhi, di gioia.

«Caro» disse «hai ancora male?»

«Un po'. E, d'altra parte... Cristo! Che cosa importa? Se finisse allo stesso modo la questione d'oriente!»

Si rese conto di aver parlato con stizza e si sforzò di tornare alla calma. Sempre un po' eccitato, comunque, continuò a parlare: «Mia cara. Se non fossero così stupidi, così folli. Non capiscono, non vogliono capire!».

«È proprio così, Oliviero?»

«Non comprendono la gloria di cui sono piene l'umanità, la vita, la verità. Non apprezzano che finalmente sia morta l'umana follia che dominava da secoli. L'ho detto loro cento volte!»

Piena d'ardore, Mabel si volse verso il marito. Desiderava che il suo volto potesse essere sempre sereno e carico di passione; amava i suoi occhi quando s'illuminavano di entusiasmo. E per amore si sentiva trafitta, quando lo vedeva soffrire.

Si chinò verso di lui per dargli un bacio: «Tesoro mio. Oliviero, io posso essere orgogliosa di te».

Mabel lesse, nel silenzio di Oliviero, la risposta che lei desiderava ricevere. Sedevano senza parlare, mentre il cielo si faceva sempre più scuro. Sentivano il tamburellare della macchina da scrivere nella stanza accanto: il mondo continuava e sapevano entrambi di avere una buona dose di responsabilità nel suo andamento.

Oliviero si scosse: «Dolcezza mia. Non hai notato nulla nell'atteggiamento della mamma, quando ho riferito il mio pensiero circa l'opera di Cristo?».

«Ho visto che si è fermata un attimo dal lavoro.»

«Hai visto anche tu, allora. Purtroppo. Mabel, non hai paura di una ricaduta della mamma?»

«Che vuoi, invecchia. Ed è logico che torni a guardare al passato.»

«Ma ci pensi? Sarebbe una cosa orribile.»

«No. Mio caro, sei solo affaticato e un po' eccitato. Calmati e persuaditi che è solo un po' di nostalgia. Oliviero, non devi però parlare così in sua presenza.»

«Ma dovrà pure accorgersi che tutti parlano così, oggi.»

«Lei no. Non esce quasi mai, lo sai. E poi certe affermazioni la infastidiscono; dopo tutto è stata allevata nella fede cattolica.»

Oliviero fece un cenno d'assenso. Poi si distese nuovamente sulla poltrona e riprese a guardare, come trasognato, fuori dalla finestra.

«È strabiliante vedere come quella suggestione persista! Non se la leva dalla mente neppure dopo cinquant'anni. Bene! Ricordati di tenerla d'occhio. Sai, a proposito...»

«Che cosa c'è?»

«C'è una nuova notizia dall'oriente. Si limita ai viaggi di Felsemburgh. L'impero d'oriente lo manda in ogni terra: a Toboslk, a Irkutsk, Benares e in Australia.»

Mabel si alzò e chiese: «C'è dunque speranza?».

« Voglio crederci. È chiaro che i *sufis* sono vittoriosi. Ma non si sa quanto potranno durare. Le truppe continuano a essere compatte. »

« E l'Europa? »

« Prepara le armi, cercando di essere più rapida possibile. Andremo a Parigi la prossima settimana, per un incontro tra le maggiori potenze. Andrò anch'io. »

« Ma, caro. E il tuo braccio? »

« Il mio braccio dovrà stare meglio; in ogni caso, mi seguirà. »

« Dammi qualche altra notizia al proposito. »

« Non c'è nient'altro. Con piena sicurezza possiamo dire che ci troviamo nel momento decisivo. Se convinciamo l'oriente a non usare le armi questa volta, non le userà mai più. Questo vorrà dire industria libera in tutto il mondo, con tutti i vantaggi che ne derivano. Se le cose non andranno così... »

« Che succederà? »

« Sarà una tale catastrofe da non riuscire neppure a immaginarlo. Tutto il genere umano sarà in guerra e o l'occidente o l'oriente saranno eliminati dalla faccia della terra. I nuovi esplosivi Benninscheim non lasciano uno spiraglio di salvezza. »

« Ma si è sicuri che anche l'oriente li conosca? »

« Sicurissimi. Benninscheim ha venduto il suo segreto sia all'oriente che all'occidente. Poi, beato lui, è morto. »

Mabel aveva sentito altre volte queste cose, ma non l'avevano mai colpita tanto. Come si poteva pensare a un duello tra oriente e occidente in queste condizioni? Nessuno più ricordava né alcuno aveva assistito a una delle guerre che avevano sconvolto l'Europa tanti anni prima; le guerre d'oriente del secolo passato, poi, erano state combattute con armi vecchie e con vecchi metodi. Ora, se le cose stavano veramente così, bastava un solo proiettile per distruggere un'intera città. Come si poteva immaginare uno stato di guerra? Gli esperti militari facevano le più disparate profezie e si contraddicevano l'uno con l'altro su punti essenziali. Tutta la tattica bellica era pura teoria, dal momento che mancava un punto di riferimento storico col quale confrontarsi. Era come se gli arcieri si fossero messi a discutere degli effetti della cordite.

Una cosa era tuttavia certa: l'oriente era in possesso delle più recenti scoperte scientifiche; inoltre, la metà degli abitanti maschi dell'oriente era il doppio degli abitanti, maschi e femmine, del resto del mondo insieme.

E questo non poteva certo lasciare tranquilli gli inglesi.

Mabel rifiutava il solo pensiero di un conflitto tra le due potenze.

Un editoriale, breve e non molto chiaro, su ogni numero di giornale, raccoglieva le poche notizie che si avevano in merito, trapelate, in genere, da quelle conferenze che si tenevano sull'altra faccia del globo. Frequentissimo era il nome di Felsemburgh; ma per tutto il resto c'era come un sonnolento riserbo. Non si vedeva alcun oggetto negativo: le industrie producevano come prima, le merci europee erano stazionarie di prezzo e gli uomini continuavano a costruire case, a sposarsi, a fare figli e figlie, ad aprire negozi... e andavano spesso, tutti, a teatro, non trovando un divertimento altrettanto grande in nessun altro tipo di spettacolo.

Il popolo non poteva né salvare né far precipitare la situazione, giacché il suo equilibrio era controllato da mani situate troppo in alto.

Qualcuno, alle volte, credeva di diventare pazzo, al pensiero del pericolo imminente: capitava a chi aveva avuto notizie d'alto livello, per cui poteva farsi un'esatta visione della situazione.

Questa era l'Inghilterra, con la sua tensione dentro il cuore di tutti. Nient'altro; e su tali discorsi, in genere, si preferiva tacere.

Dopotutto non c'era altro da fare se non aspettare.

3

Ricordandosi di quanto le aveva chiesto il marito, Mabel per alcuni giorni sorvegliò la signora Brand. Lo fece in modo molto scrupoloso, ma non scoprì nulla che potesse suscitare preoccupazione. Forse era particolarmente silenziosa, ma continuava ad accudire alle proprie faccende come sempre aveva fatto.

Talvolta, chiedeva alla giovane nuora di leggerle qualcosa e ascoltava tutto ciò che ella sceglieva. Curava la cucina, dava ordini sul menù e si mostrava interessata a tutto ciò che riguardava suo figlio. Fece lei stessa le valigie per Oliviero e gli preparò le pellicce, dal momento che doveva partire per Parigi. Poi lo salutò con la mano dalla finestra, guardandolo allontanarsi lungo il sentiero verso la coincidenza.

Oliviero, come aveva detto, sarebbe stato assente tre giorni.

La sera del secondo giorno, la signora Brand si sentì male; Mabel, avvertita dalla cameriera, corse spaventata al piano di sopra: era seduta col viso infuocato e molto agitata.

Tremante in tutto il corpo, ebbe la forza di dire: «Cara, non è niente».

E cominciò a descrivere i sintomi del suo male.

Mabel la fece coricare, mandò a chiamare il medico e le si sedette vicino per farle compagnia. Amava molto la vecchia signora; in sua presenza le capitava sempre di sentirsi piacevolmente serena. La vecchia signora Brand produceva, sul suo spirito, un effetto simile a quello che produce una comoda poltrona per un corpo stanco. Era tranquilla, buona, attenta alle piccole cose; spesso si allietava riandando col pensiero ai tempi passati, quando era ancor giovane. Non c'era mai in lei risentimento o cattivo umore.

Per Mabel doveva essere abbastanza patetico vedere quello spirito che si incamminava verso la fine o, piuttosto, come lei credeva, verso la perdita della personalità per confluire nello *spirito della vita* che informava di sé tutto l'universo. Era meno difficile pensare alla fine di una vita vigorosa, perché immaginava una forza possente tornare al suo luogo d'origine, dopo essersi sprigionata dal corpo. Ma in quella povera vecchia, c'era tanta fragilità! Tutto il sistema, in fondo, era formato dall'unità di quelle debolezze umane, un'unità non molto superiore all'insieme di queste piccole cose fragili. La morte di un fiore, pensava Mabel, rende più tristi della morte di un leone, così come rattrista di più una porcellana cinese che si spezza di un palazzo che crolla.

«È un infarto. Può morire da un momento all'altro, come vivere altri dieci anni.» Così disse il medico, uscendo dalla camera dell'ammalata.

«Ritiene sia opportuno telefonare al signor Brand?»

Con la mano, il medico fece un cenno negativo.
« Non è sicuro che ella morirà, ma c'è pericolo che succeda? »
« No. No. Può vivere altri dieci anni. »
Prima di andarsene, il medico aggiunse qualche parola sul modo di usare l'inalatore dell'ossigeno.

Quieta, la signora Brand era adagiata sul letto. Mabel ritornò al piano superiore e, entrata nella camera, le prese la mano rugosa.

« Mia cara, allora, che cosa mi dici? »
« Mamma. È solo un po' di debolezza. Stia tranquilla e non pensi a nulla. Vuole che le legga qualcosa? »
« No, cara; ti ringrazio, voglio meditare un po'. »

Mabel non pensò neppure lontanamente di avvisare la malata del pericolo che stava correndo. Per lei, infatti, era inconcepibile il pensiero che, giunti alla fine, si avesse un passato del quale chiedere perdono e un giudice al quale ci si sarebbe presentati. La morte, per Mabel, segnava la fine, non l'inizio. Questo era il suo vangelo sereno o, meglio, sereno solo quando la morte già era sopraggiunta.

Con una pena segreta nascosta nel cuore, Mabel ridiscese al piano inferiore. Non riusciva ad essere calma e intanto pensava: « Bella, meravigliosa cosa è la morte. Una risoluzione che rende possibile l'accordo tenuto sospeso per trenta, quaranta, sessanta anni. Si ritorna al silenzio di quello strumento sovrano che basta a se stesso. Nel mondo risuonano le stesse note e continua lo stesso canto, anche se con una piccola, impercettibile differenza. Sparisce solo una particolare emozione: è follia pensare che essa possa vibrare eternamente, in un altro luogo, dal momento che questo altro luogo non esiste ».

Anche lei, Mabel, un giorno, avrebbe taciuto: le si concedesse dunque di attendere, perché il suo accento potesse conservarsi chiaro e bene intonato!

La sera dopo, Philipps incontrò Mabel che usciva dalla camera dell'ammalata e le chiese notizie.

« Mi pare stia meglio, ma deve tenersi calma. »

Il segretario si inchinò, poi si ritirò nell'ufficio di Oliviero dove lo attendeva molta corrispondenza.

Mabel, due ore dopo, risalendo al piano di sopra, incontrò di nuovo Philipps che, invece, scendeva. Le parve che il suo viso, in genere giallo, si fosse tinto un po' di rosso.

« La signora Brand » disse « mi ha chiamato per sapere se il signor Oliviero tornerà questa sera. »

« Dovrebbe tornare. Non glielo ha detto, Philipps? »

« Mi disse che sarebbe stato a casa per l'ora di cena; arriverà a Londra verso le diciannove. »

« E... niente altro di nuovo? »

Philipps strinse le labbra poi disse: « Sa, semplici voci. Il signor Oliviero mi ha telegrafato un'ora fa ».

Mabel guardava sorpresa il segretario, visibilmente agitato.

« Notizie dall'oriente? » domandò.

Philipps, prima di rispondere, corrugò le sopracciglia per un istante. « Mi perdoni signora. Non posso parlare di questo argomento. »

Mabel non si offese per la risposta: stimava molto suo marito e capiva la riservatezza del segretario. Entrò nella camera della signora Brand, però, col cuore che batteva molto in fretta.

Una profonda agitazione si mostrava anche nel volto arrossato dell'ammalata; solo le guance erano particolarmente pallide.

Sorrise al saluto della nuora.

« Ha visto il signor Philipps? »

La signora Brand non rispose e si limitò a rivolgere alla giovane nuora un'occhiata penetrante.

Mabel continuava a parlare: « Stia tranquilla, mamma, questa sera tornerà Oliviero ».

Un lungo sospiro dell'ammalata, poi: « Cara. Non essere in pensiero per me. Mi sento molto bene. Sarà qui per cena, non è vero? ».

« Se l'aereo non viaggia in ritardo. Desidera la colazione, mamma? »

Un'agitazione ancora maggiore prese Mabel subito dopo il pranzo; senza dubbio doveva essere successo qualcosa. Aveva notato che anche il segretario, che si era fermato a colazione nel salotto attiguo al giardino, era molto turbato. Le aveva comunicato che, quella sera, sarebbe stato assente e che aveva già ricevuto gli ordini opportuni da Oliviero.

Philipps evitò ogni discorso sulla questione d'oriente e non diede alcuna informazione sulla *Convenzione* di Parigi. Continuava solo a ripetere che Oliviero sarebbe tornato per l'ora di cena. Mezz'ora più tardi partiva, con grande fretta.

La signora Brand pareva si fosse addormentata e Mabel, salendo in camera un po' di tempo dopo, pensò di non svegliarla. Non voleva lasciare la casa: passeggiò perciò nel giardino, in compagnia dei suoi pensieri, delle sue speranze e dei suoi timori. Vide pian piano l'oscurità sopraggiungere e stendersi sul sentiero; il piano frastagliato dei tetti si immergeva, a ponente, in una nebbia verdescura e densa come polvere.

Appena arrivarono, lesse con ansia i giornali: ma seppe solo che la *Convenzione* si sarebbe chiusa quella sera stessa.

Suonavano le venti. Oliviero non era ancora rientrato. Già da un'ora sarebbe dovuto arrivare l'aereo da Parigi.

Mabel teneva le orecchie tese verso il cielo: aveva visto le stelle spuntare, una dopo l'altra, come punti d'oro. Ma nessun aereo era passato in quel cielo. Forse non se n'era accorta e l'aereo era atterrato puntualmente: ma le pareva strano, dal momento che molte volte si era trovata ad attendere Oliviero e non le era mai sfuggito il passaggio del battello volante.

Non volle cenare. In abiti da casa, saliva e scendeva dai vari piani, andava e veniva dalle finestre, cercava di ascoltare la velocità fischiante dei convogli, il sibilo indeciso delle vie ferrate e gli accordi armoniosi della Centrale che non distava più di un miglio.

Si accendevano, nella notte, le luci della città: sembrava un paesaggio di fate, posto tra la luce della terra e l'oscurità del cielo.

Perché Oliviero non tornava a casa? Poteva sapere almeno questo?

Salì ancora una volta al piano di sopra, per fare un po' di compagnia alla vecchia ammalata; la trovò assonnata.

« Non è ancora tornato, mamma. Forse si è trattenuto a Parigi. »

Quello scarno volto, affondato nei cuscini, fece appena qualche cenno e mormorò solo poche parole di risposta.

Mabel scese nuovamente.

L'ora per la cena era passata da un pezzo.

Ma sì, di che si andava preoccupando? Cento inconvenienti avevano potuto intrattenerlo. Non era la prima volta che Oliviero tornava tardi, anzi, altre volte aveva ritardato più di quella sera. Forse aveva perduto la corsa. Forse si era prolungata la *Convenzione* e Oliviero aveva pensato di pernottare a Parigi. Forse si era dimenticato di telefonare o, forse, aveva telefonato al signor Philipps e il segretario si era dimenticato di avvisare.

Alla fine, disperata, corse al telefono. Guardò la rotonda e candida imboccatura e la serie di bottoni contrassegnati: avrebbe voluto spingerli uno per volta, sperando di avere notizie del suo sposo.

C'era quello del circolo, quello dell'ufficio a Whithehalle, quello del Parlamento, quello della casa del signor Philipps e altri ancora. Ma esitò, cercando di farsi forza e di attendere ancora.

Oliviero, senza intermediari, l'avrebbe presto avvisata, togliendola dalla pena in cui si trovava.

Si era appena allontanata dall'apparecchio, quando udì un forte suono; una bianca etichetta le si presentò agli occhi: *Whithehalle*.

Spinse, con la mano tremante, il bottone corrispondente; a stento riusciva a reggere il ricevitore vicino all'orecchio. Si mise in ascolto.

« Pronto! Chi parla? »

Le balzò il cuore, sentendo la voce di Oliviero che, sottile, giungeva a lei attraverso quel filo.

« Sono io, Mabel. Sono qui, sola... »

« Oh, Mabel. Benissimo! Sto tornando. È andata magnificamente. Ascoltami... Mi senti? »

« Sì, sì. »

« Non potevamo certo sperare in una soluzione migliore. Felsemburgh è riuscito ad appianare la questione d'oriente! Ascoltami ancora: mi è impossibile rientrare stasera. Tra due ore al tempio di Paolo verrà comunicata a tutti la notizia. Stiamo per dirlo alla stampa. Vieni subito, tu devi essere presente. Hai capito?! »

« Sì, sì. »

« Vieni subito, cara. Sarà il più grande avvenimento di tutta la storia. Ma non parlarne a nessuno, però. Vieni prima che incominci la calca. Tra mezz'ora la via sarà stipata. »

« Oliviero... »

« Pronto! »

« Mamma è ammalata. La lascio sola? »

« Che cos'ha? »

« Non è pericoloso, per il momento. Così mi ha detto il dottore che l'ha visitata. »

Seguì un momento di silenzio.

« Vieni, cara, in ogni modo. Ritorneremo tardi, stanotte; dillo a mamma. »

« Sta bene. »

« Sì, è necessario che tu venga. Ci sarà Felsemburgh! »

Capitolo quarto

1

Uno sconosciuto fece visita a Percy nelle prime ore del pomeriggio del giorno seguente. Non aveva alcun tratto caratteristico. Percy scese in parlatorio vestito in abiti da viaggio e si fermò a guardare il visitatore attraverso il grande finestrone: non giunse ad alcuna conclusione particolare circa la persona che aveva di fronte e sulla sua professione. Poté solo intuire che non si trattava di un cattolico.

Percy additando allo sconosciuto una sedia, disse: «Ha bisogno di me? Non vorrei però fermarmi a lungo».

«Non abbia paura» rispose lo sconosciuto. «Devo parlarle di una cosa che non le ruberà molto tempo.»

Percy ascoltò, con lo sguardo fisso a terra, le parole del visitatore.

«C'è una... una certa persona che mi ha mandato da lei. Questa persona, un tempo, era cattolica. Ora, vorrebbe tornare alla chiesa.»

Percy sollevò il capo: non erano messaggi frequenti, questi, negli ultimi tempi.

«Signore. Mi promette che verrà a farle visita?»

Lo sconosciuto appariva molto turbato: il volto pallido era coperto di sudore e c'era profonda tristezza nei suoi occhi.

«E perché non dovrei?» rispose sorridendo Percy.

«Bene, signore. Ma lei... lei non sa chi sia questa persona. Potrebbe nascere qualche complicazione se si venisse a sapere il fatto. Nessuno deve saperlo. Può promettermelo? »

« Non posso fare una promessa di questo genere » rispose Percy con molto garbo. « Debbo sapere prima di che si tratta. »

Con nervosismo, lo sconosciuto si bagnò le labbra e replicò in fretta: « Allora non dirà nulla, prima di avere visto la persona in questione. Questo almeno può promettermelo? ».

« Certo, senza alcuna difficoltà. »

« Un'altra cosa. Sarà opportuno che lei non sappia il mio nome. Penso che sia più utile per lei non saperlo. La persona di cui le parlavo è ammalata: se può, venga oggi stesso, ma, la prego, attenda l'arrivo della notte. Può andare bene per le ventidue, signore? »

« Dove abita questa persona? » Percy parlava con durezza.

« Questa persona... abita vicino alla coincidenza di Croydon. Le scrivo l'indirizzo; ma, la prego, non venga prima delle ventidue. »

« Perché non posso venire subito? »

« Perché adesso ci sono altre persone in casa. Ma alle ventidue le assicuro che se ne saranno andati tutti. »

Percy pensava che la vicenda stava assumendo aspetti strani e questo lo insospettiva. Già c'erano stati, in precedenza, complotti pericolosi. Ma non se la sentì di rifiutare e disse: « Perché non avete chiamato il parroco? ».

« Non sappiamo neppure chi sia il parroco. La persona in questione ha visto lei, signore, nella cattedrale. Le chiese anche il nome. Non ricorda una vecchia signora? »

Percy ricordava confusamente un incontro, avvenuto alcuni mesi prima, con un'anziana signora nella cattedrale. Ma non riusciva a mettere bene a fuoco il ricordo.

« Mi scusi, signore. Allora, verrà? »

« Dovrò prima parlarne con padre Polan » rispose Percy; « se me lo permetterà... »

« Mi scusi, signore. Ma a padre Polan non dirà, è vero, il nome della signora? »

« Ma non lo so ancora neppure io » rispose sorridendo Percy.

A queste parole, lo sconosciuto visitatore trasalì e il suo volto divenne scuro.

«Va bene! Sappia, per prima cosa, che il figlio di questa anziana signora ammalata è il mio datore di lavoro. È uno dei comunisti più noti. La signora vive con lui e la moglie. Ma questi saranno fuori, stanotte. Questo le fa capire tutte le precauzioni che sto prendendo? Signore, posso contare su di lei?»

Percy guardò lo sconosciuto in volto per alcuni minuti. Se quello era un tranello, pensò, gli autori dovevano essere proprio persone deboli. Un po' rassicurato rispose: «Verrò, glielo prometto, certamente. Ma ora mi dica il nome».

Lo sconosciuto si bagnò le labbra, guardò intorno a sé, raccolse tutto il coraggio che aveva in corpo e con un filo di voce, quasi alle orecchie di Percy, disse: «La vecchia signora ammalata si chiama Brand. È la madre di Oliviero Brand».

All'udire questo nome, Percy rimase di sasso. Troppo straordinaria era questa vicenda per poter essere vera. Conosceva di fama anche troppo bene Oliviero Brand. Dio permettendo, era certo che Oliviero Brand lavorava contro la chiesa inglese più di qualsiasi altro al mondo, soprattutto dopo che l'incidente di piazza Trafalgar lo aveva reso così importante e stimato da tutto il popolo. E ora, sua madre...

Con sguardo severo, Percy si rivolse a quell'uomo e disse: «Io non so chi lei sia e non so se ha o no fede in Dio. Mi giuri però sulla sua religione o sul suo onore che non mi sta raccontando una frottola».

Lo sguardo severo di Percy si trovò davanti quello indeciso e timido dello sconosciuto. C'era molta debolezza, ma nessuna perfidia.

«Glielo giuro, signore, per Dio onnipotente.»

«È cattolico?»

L'altro negò con un cenno del capo. «Ma credo in Dio» aggiunse «o, per lo meno, mi pare di avere fede.»

Percy cercò di valutare a fondo la situazione e si ricompose nella sedia sulla quale era seduto. Non pensava certo, dentro il cuore, al successo. Non era, la sua, l'emozione che ben conoscono i deboli: c'era in lui ansia, stupore, un certo qual smarrimento. Ma soprattutto sentiva una gioia incalzante: lui, Percy, era fatto degno dal Signore di essere un suo umile strumento di grazia onnipotente. Se la grazia di Dio riusciva a giungere fino al cuore di una povera vecchia ammalata, chi avrebbe potuto restarne lontano o fuggire ai suoi effetti?

Si accorse, a questo punto, che lo sconosciuto gli rivolgeva occhiate colme d'inquietudine.

« Ha paura, signore? Vuole ritirare la promessa? »

Queste parole furono sufficienti perché Percy si sentisse rassicurato totalmente. Sorridendo, disse: « Oh, no! Alle ventidue sarò là. È in grave pericolo la signora? ».

« Veramente no. Ma sa, si tratta di un infarto. Stamattina si è riavuta un po'. »

Percy si stropicciò gli occhi, poi si alzò e disse: « Siamo d'accordo per questa sera. Ci sarà anche lei, signore? ».

Lo sconosciuto visitatore fece cenno di no con la testa, poi disse: « Io dovrò accompagnare il signor Brand a una riunione, dopo mezzanotte. Ma, non posso parlarle di questo. Lei dovrà domandare della signora Brand, dicendo che lo ha mandato a chiamare. La faranno passare subito nella stanza dell'ammalata ».

« Suppongo sia meglio non dire che sono un prete. »

« No, per cortesia! »

Prese un taccuino, scrisse alcune cose, poi strappò il foglio e lo consegnò a Percy dicendo: « Questo è l'indirizzo. Lo ricopi e mi faccia il favore di strapparlo subito. Sa, non vorrei perdere l'impiego, se è possibile ».

Percy si arrotolò il biglietto ricevuto attorno al dito, mentre, fermo, pensava a quanto stava accadendo.

« Perché non è cattolico anche lei? » domandò.

Senza parlare, l'uomo scosse il capo. Poi prese il suo cappello e si avviò in silenzio verso la porta.

Quella sera Percy era agitatissimo. Era un mese o forse due che non capitava nulla di confortante. Aveva dovuto dare notizia di cinque o sei defezioni e di una sola conversione. Era una marea forte, tutta contro la chiesa.

L'insano attentato di piazza Trafalgar, una settimana prima, aveva avuto risvolti molto negativi. La gente andava dicendo che, con quel gesto, la chiesa aveva smentito tutto ciò che pubblicamente proclamava e la fede nel soprannaturale che predicava.

Grattate un cattolico e troverete un assassino, così scriveva il *Nuovo Popolo*, in un articolo di fondo. Anche Percy era rimasto costernato per quell'atto. In cattedrale, l'arcivescovo aveva sì condannato il fatto e i motivi che lo avevano originato: ma anche questo era stato usato dalla stampa come occasione per affermare che la chiesa usava la violenza, pur parlando di pace e pur schierandosi contro la violenza. Lo sdegno popolare non era stato saziato dal sangue di quel povero diavolo barbaramente ucciso. Qualcuno aveva insinuato che l'assassino era uscito dal palazzo arcivescovile un'ora prima dell'attentato.

E ora, dopo questi fatti, all'improvviso, una cosa imprevedibile: la madre dell'eroe mandava a dire il suo desiderio di riunirsi alla chiesa che aveva attentato alla vita del figlio.

Quel pomeriggio, mentre si recava in fretta a far visita a un collega a Worcester e la sera, mentre tornava a casa e già le luci avevano sostituito il sole, Percy si domandava se dietro a tutto questo non si nascondesse una congiura contro di lui, una rappresaglia forse, o un'insidia velata. Tuttavia egli aveva promesso di tacere sull'accaduto e di recarsi all'appuntamento.

Dopo pranzo, terminò come al solito la lettera e lo fece con una strana apprensione di fatalità. Scrisse l'indirizzo, stampò il sigillo e, in abito da viaggio, scese a pian terreno. Entrò nella stanza di padre Blackmore.

« Padre » disse senza preamboli, « mi fate la carità di confessarmi? »

2

Mezz'ora dopo, padre Percy entrò nella Stazione Vittoria, così chiamata in memoria della grande regina del diciannovesimo secolo. Non c'era né più né meno gente del solito. Il vasto piazzale, posto a circa sessanta metri sotto il livello del suolo, era gremito di passeggeri, dislocati in due file, a seconda dell'andata o del ritorno. Percy si diresse verso sinistra, per prendervi l'ascensore già aperto:

questa parte era più gremita dell'altra di passeggeri che facevano ressa all'ingresso, costringendo Percy ad avanzare molto lentamente.

Ma alla fine arrivò. Era passato attraverso la morbida luce ed ora si trovava su quella silenziosa distesa di gomma, nei pressi dello sportello dell'ampio convoglio che conduceva direttamente alla coincidenza. Lì si fermò.

Era l'ultimo di una serie di circa dodici persone che, minuto dopo minuto, prendevano la coincidenza. Osservava l'andirivieni degli ascensori tra i passaggi dell'estremità anteriore della stazione. Indi salì sul convoglio e si sedette.

Era proprio contento, ora, di essere partito.

Si era confessato per mettere in pace la propria anima, anche se minima era la possibilità di pericolo che correva. Aveva un abito grigio e un cappello di paglia che toglievano ogni sospetto sul suo stato di prete: l'autorità, infatti, aveva permesso di togliersi l'abito talare in caso di giusta necessità.

Siccome l'ammalata non correva un rischio grave, Percy non aveva portato con sé né pisside né particole. Padre Polan, tra l'altro, gli aveva telefonato per confermargli che, in caso di bisogno, avrebbe potuto prendere tutto il necessario a San Giuseppe, a due passi dalla coincidenza. Aveva portato soltanto il cordone violetto, cosa che era solito fare quando doveva soccorrere un moribondo.

La coincidenza si muoveva velocissima. Percy cercava di stare calmo: guardava i sedili vuoti davanti a sé, con una certa distrazione. Ma ci volle tutto il suo sangue freddo per non perdere il controllo di sé allorché il convoglio si fermò improvvisamente. Stupefatto guardò fuori: vide, venti passi avanti a lui, il percorso smaltato di bianco e capì di essere giunto alla galleria. Tante potevano essere le cause di quella fermata fuori programma, ma Percy non riusciva a preoccuparsene. E neppure gli altri passeggeri sembravano molto impressionati, perché, dopo una breve pausa di silenzio, cominciarono di nuovo a parlare tranquillamente nei loro scompartimenti.

Ma di lontano, riecheggiato dalle mura, sempre più frequente, giungeva un clamore di voci misto a grida e ad accordi armoniosi. E la conversazione dei passeggeri di nuovo s'interruppe.

Una finestra sbatté. E Percy vide un convoglio correre velocemente nella parte opposta, retrocedendo nella linea di partenza. Senza dubbio, pensava, dev'essere successo qualcosa di nuovo. Si avvicinò, passando per lo scompartimento vuoto, all'altra finestra.

Di nuovo udì grida e segnali. E un convoglio, poi un altro ancora passarono velocemente di fianco a lui.

Ci fu una scossa improvvisa; poi un movimento calmo e regolare. Percy a questo punto vacillò e si trovò seduto su un sedile del convoglio che aveva cominciato a muoversi a ritroso.

Anche dal vicino scompartimento, ora, venivano voci e grida. Percy oltrepassò lo sportello, per chiedere ad alcuni uomini, affacciati alla finestra, che stesse succedendo: ma non fecero attenzione alle sue domande. Percy era convinto che anche costoro non ne sapessero molto più di lui, perciò aspettò che qualcuno fosse in grado di spiegargli la cosa. Che disgrazia, pensava, se un qualche incidente ha interrotto la linea!

Due volte il convoglio si fermò. Poi due volte si mise in movimento, dietro grida ripetute. Alla fine si trovava dieci metri più indietro, esattamente al punto in cui era partito.

Certo doveva essere accaduto qualcosa di nuovo.

Aprì lo sportello e un confuso vocìo gli percosse le orecchie. Balzò sulla piattaforma, guardò verso l'estremità della stazione e cominciò a capire.

Un'onda immensa di popolo incalzava travolgente, con un tumulto che via via cresceva, nell'ampio locale interno, da destra e da sinistra.

La vasta gradinata, che di solito non era mai affollata se non in casi particolari, sembrava ora una superba cascata alta trenta metri. Ogni vettura che si fermava lasciava uscire una moltitudine sempre più fitta di uomini e di donne che, come vasto formicaio, si dirigevano verso la folla.

Indescrivibile era il tumulto: voci di uomini, cicaleccio di donne, fischi e strepiti delle grandi macchine e, tre o quattro volte, l'impudente squillo di una tromba. Una porta di sicurezza venne abbattuta dall'alto e attraverso l'apertura, benché piccola, la folla poté uscire nelle strade.

Ma una cosa colpì l'attenzione di Percy e gli impedì di fermarsi a guardare la folla: in alto, sotto l'orologio, dentro il quadro degli avvisi pubblici, mostruose lettere di fuoco colpivano la vista; esse recavano, in linguaggio *esperanto* e in inglese, il messaggio che aveva portato al delirio tutti gli inglesi.

Prima di muoversi, Percy lesse almeno dieci volte la scritta; era attonito, come davanti a un segno soprannaturale che voglia annunciare la vittoria del cielo o dell'inferno.

Il messaggio diceva: *Convenzione d'oriente terminata. Non guerra, ma pace. Stabilita fratellanza universale, Felsemburgh questa notte a Londra.*

3

Con due ore di ritardo, Percy giunse alla casa al di là della coincidenza. Aveva domandato, rimproverato, urlato: ma i pubblici ufficiali parevano tutti impazziti. Molti già si erano persi nel grande mare di folla che inondava la città: era infatti trapelata la notizia, nonostante tutte le precauzioni prese dal governo, che il tempio di Paolo (quella che prima era la basilica di San Paolo) sarebbe stato il luogo di ricevimento di Felsemburgh.

Alcuni sembravano impazziti. Morto per esaurimento nervoso, uno era caduto sulla piattaforma: ma nessuno vi fece caso. Il cadavere, perciò, in quello scompiglio rotolò pian piano sotto un sedile.

La corrente della folla travolse più volte Percy, mentre cercava, di piattaforma in piattaforma, un convoglio che lo portasse a destinazione. I convogli stavano lì, agglomerati come pezzi di legno tra i piazzali, oppure correvano veloci per la contrada, trasportando sempre più gente frenetica e delirante per poi dileguarsi come fumo sul bianco pavimento di gomma. E Percy non riusciva a trovare così un mezzo per arrivare a Croydon.

Le piattaforme si riempivano in continuazione di folla, che veniva fatta sgombrare in fretta. Solo mezz'ora prima della mezzanotte il convoglio poté ripartire.

In tutta quella confusione, Percy non capiva quasi più nulla. La guerra era certamente una cosa terribile in sé e ancor più terribile si presentava alla mente di Percy in quella condizione. Ma nei pensieri di Percy c'erano preoccupazioni ancor più terribili. Che era mai questa pace universale (pace per modo di dire) se non aveva il suo fondamento in Gesù Cristo? Anche in questo c'era da vedere un segno di Dio? Erano domande disperate. Ecco lì l'eroe del più grande avvenimento di tutta la storia delle civiltà: Felsemburgh. Ma chi era costui? Quale era il suo carattere? Che cosa lo spingeva? Che cosa pensava? Come avrebbe usato il successo di cui godeva ora? Simili a getti di scintille, inoffensive, se prese una per una, ma anche capaci di dar fuoco al mondo intero, disparate supposizioni riempivano la sua mente.

E intanto una vecchia donna ammalata desiderava riconciliarsi ed entrare in pace con Dio prima di morire.

Suonò tre o quattro volte il campanello elettrico. Poi aspettò. Una luce sottile veniva dall'alto: si accorse che avevano sentito il suo arrivo.

« Sono stato chiamato... » cominciò a dire Percy, per rassicurare la cameriera che, sbalordita, era accorsa alla porta. « Dovevo essere qui alle ventidue, ma la folla non mi ha permesso di arrivare in tempo. »

Subito la ragazza gli fece una domanda e Percy le rispose: « Sì, penso sia proprio vero: abbiamo pace e non guerra. Può accompagnarmi alla stanza? ».

Con uno strano senso di colpa, Percy attraversò la sala. Era in casa di Oliviero Brand, fervido oratore, amaramente ricco di dialettica contro Dio. E lui era un prete e lì era riuscito a penetrare con l'aiuto segreto della notte. Sì, proprio così. Ma queste cose non avevano nulla a che fare con l'appuntamento.

Erano giunti davanti all'uscio d'una camera al piano superiore. La ragazza domandò: « Lei è medico? ».

« Di professione » fu la pronta risposta di Percy.

Poi aprì la porta.

Prima ancora di richiudere l'uscio dietro di sé, Percy avvertì un grido sottile, quasi un lamento, provenire dal fondo della stanza.

« Iddio sia benedetto! Credevo si fosse dimenticato di me. È sacerdote, signore? »

« Sì. Sono un sacerdote. Mi ha visto in cattedrale, ricorda? »

« Sì, sì, padre. L'ho vista pregare. Oh, Iddio sia benedetto! Sia ringraziato Iddio! »

Percy si fermò a considerare, per un attimo, quel vecchio volto, rosso di febbre, affondato nel guanciale, i due occhi vivaci, le mani tremanti. Oh, certo, non era finzione, quella!

« Figlia mia. Mi dica. »

« Padre. Vorrei confessarmi. »

Estrasse il cordoncino violaceo, lo pose sulle spalle della malata e si sedette vicino al suo letto.

La signora Brand non volle che Percy se ne andasse subito.

« Padre, mi dica: quando mi potrà portare la santa Comunione? »

Percy esitò: poi disse: « È vero che il signore e la signora Brand sono all'oscuro di tutto? ».

« Sì, padre. »

« Signora, mi dica. È ammalata gravemente? »

« Padre. Non lo so. Non me lo dicono. Questa notte credevo fosse giunta l'ora di morire. »

« Quando potrei venire per la santa Comunione? Sono disposto a fare come lei preferisce. »

« Potrei mandarla a chiamare tra un giorno o due? Padre, devo dirlo a mio figlio? »

« Non è obbligata. »

« Se devo farlo, lo faccio volentieri. »

« Allora, ci pensi su. Poi mi faccia sapere. A proposito, sa che cosa è accaduto? »

La signora Brand accennò di sì col capo. C'era indifferenza in quel gesto. Percy sentì un leggero rimorso nel cuore. Dopo tutto, riconciliare dopo tanto tempo un'anima con Dio era cosa di gran lunga più importante della pace tra l'occidente e l'oriente.

« Il signor Oliviero sarà molto interessato alla vicenda; a quanto pare diverrà una persona molto importante » disse Percy.

Silenziosa, col sorriso sulle labbra, la signora Brand guardava Percy. E il padre fu colpito dalla vivacità giovanile di quegli occhi su di lui.

« Padre, non vorrei trattenerla troppo a lungo. Ma, mi dica: chi è quell'uomo? »

« Vuol dire Felsemburgh? Non lo sa nessuno. Forse domani sapremo qualcosa di più. Sarà a Londra stanotte. »

Lo sguardo della malata si era fatto particolarmente strano; Percy non pensò a un nuovo attacco della malattia: infatti, un'emozione in parte tragica e in parte timorosa colpiva quel vecchio volto e quella vecchia persona.

« Ebbene, figlia mia? »

« Mi viene paura, padre, se penso a quest'uomo. Mi farà del male? Sono sicura adesso? Perché, ora, sono cattolica. »

« Figlia mia. Lei è sicura, certamente. E che cosa teme? Come potrebbe nuocerle l'uomo? »

Ma ancora c'era paura nello sguardo dell'ammalata. Percy le si avvicinò ancor di più, cercando di farle coraggio.

« Non si lasci trasportare dalla fantasia » le diceva; « si affidi alle mani benedette del Signore. Quell'uomo non può farle alcun male. »

Le parlava come si può parlare a un bambino. Ma non otteneva nulla: riarse erano le labbra su quel viso; gli occhi sfuggivano lo sguardo del prete, per fissarsi al di là, nei punti più lontani.

« Figlia mia, che cosa la turba? Che ne sa lei di Felsemburgh? Ha forse sognato qualcosa? »

Pronta ed energica, la signora Brand rispose di sì con la testa. E lì per lì Percy sentì nel cuore un lieve sussulto di apprensione. Era fuori di sé questa anziana donna? Per qual motivo quel nome le appariva tanto funesto? Si ricordò in quel momento che anche padre Blackmore, una volta, aveva parlato allo stesso modo.

« Mi dica francamente. È stato un sogno? Che ha sognato? »

Si sollevò un poco sul letto, mentre continuava a guardare intorno per la stanza. Mise la sua mano, coperta di anelli, nella nuda mano del prete che, tuttavia, si meravigliò di permetterle un simile atto.

« Padre, la porta è chiusa? Non c'è nessuno che può ascoltarmi? »

« No, no, figlia mia. Ma... perché trema in questo modo! Non sia superstiziosa. »

« Sì, padre. I sogni sono vanità. Non è vero? Comunque, ecco ciò che io ho sognato. Mi trovavo in una grande casa; non sapevo però dove fossi e non avevo mai visto quella casa. Era una casa vecchia e buia. Mi pareva di essere una bambina. Ero impaurita... Non so di che cosa. Bui erano i corridoi: cercavo, gridando, fra le tenebre, la luce. Ma la luce non c'era. Allora, da lontano, udii una voce che parlava. Padre... »

Strinse ancora più forte la mano del prete e, continuando a guardare intorno per la stanza, riprese a parlare.

A stento, Percy tratteneva il respiro. Come abbandonare l'ammalata in quel momento? Il più profondo silenzio copriva la casa: di tanto in tanto si udivano alcuni stridii, prodotti dai carri che riportavano, dalla città impazzita, le guardie di campagna. E si udivano anche, talvolta, grida festanti.

Percy guardò, con curiosità, l'orologio.

« C'è qualcosa di meglio, ora, da raccontare? » diceva Percy, con calma e semplicità, all'ammalata. « Quando saranno di ritorno? »

« Non ancora » mormorò. « Mabel tornerà dopo le due. Che ore sono, adesso? »

Con la mano libera, Percy estrasse l'orologio e disse: « Il tocco, fra qualche secondo ».

« Bene. Padre, mi ascolti! Ero in quella casa; udivo quella voce, mentre brancolavo al buio nei corridoi. Sotto una porta, a un certo punto, vidi una luce; allora mi fermai. Venga più vicino, padre... »

Senza volere, Percy cominciava ad avere paura. La voce dell'ammalata si era fatta fioca e i suoi occhi restavano come impietriti su di lui.

« ...Mi sono fermata davanti a quella porta, perché non osavo entrare. Sentivo parlare, vedevo la luce, ma avevo paura. Padre... In quella casa, c'era Felsemburgh... »

Lo scatto di una porta che s'apre risuonò dal primo piano. Poi si sentirono dei passi. Percy voltò bruscamente la testa e sentì un sussurro affannoso e un rapido respiro sulle labbra della malata.

« Silenzio! Chi c'è? » disse brusco.

Giù in basso si sentivano due voci parlare e la signora Brand, nell'udirle, lasciò la mano del sacerdote.

« Credo, credo che sia lui » mormorò con voce sottile.

Percy si alzò. Pensava che la vecchia signora non si rendesse conto della situazione.

« Sì, figlia mia. È lui. Ma chi lui? »

« Mio figlio, assieme a sua moglie. Ebbene... ebbene... padre... » e il colore mutò sul suo viso, mentre rispondeva a Percy.

Al primo rumore dei passi fuori dall'uscio, la voce sparì nel profondo della sua gola. Poi ci fu un attimo di pieno silenzio, seguito da un parlare sommesso; una voce di fanciulla diceva piano ma in modo chiaramente comprensibile: « Come mai avrà ancora la luce accesa? Oliviero, vieni che controlliamo. Ma non far rumore ».

La maniglia della porta girò.

Capitolo quinto

1

Ci fu un'esclamazione. Poi silenzio. Un'alta e bella giovane, accesa in volto, raggiante negli occhi grigi, avanzava. Si fermò di colpo. Dietro di lei c'era un uomo e Percy lo riconobbe subito, poiché aveva spesso visto le sue fotografie.

Un debole lamento si levava dal letto. Percy, istintivamente, alzò la mano, quasi per dire all'ammalata di tacere.

«Questa poi!» disse Mabel. Fissava l'uomo dal viso giovanile e dai capelli bianchi.

Un'insolita commozione sconvolgeva il volto di Oliviero; apriva e chiudeva meccanicamente la bocca. Poi, con voce decisa, disse: «Chi è costui?».

Fu Mabel a rispondere: «Oliviero, questo è il prete che io vidi...».

«È un prete?!» gridò il marito, avanzando. «Ma come? E io che credevo...»

Percy sospirò a lungo, cercando di calmare il tremito che gl'invadeva tutto il corpo e la gola. Poi disse: «Sì. Sono un prete».

E nel letto cominciava di nuovo quel lamento. Percy si voltò, per farlo smettere ancora una volta. Vide che la giovane, con noncuranza, si slacciava i nastri della spolverina che portava sull'abito bianco.

«È stata lei, mamma, a chiamarlo?» riprese Oliviero. La sua

voce era tremante e aspra e un sussulto scuoteva la sua figura.

La giovane stese la mano, dicendo: « Sta' calmo, caro. Signore, veramente... ».

« Sì, è vero. Sono un prete » ripeté Percy, cercando di armare la sua volontà di una disperata resistenza. Non riusciva neppure a seguire bene le proprie parole.

« E lei è venuto in casa mia!? E giura di essere prete!? Ed è rimasto qui tutta la notte!? » Oliviero urlava queste cose, avanzando e indietreggiando nella stanza.

« Sono qui da mezzanotte. »

« E non si è... »

Ma di nuovo Mabel volle parlare e fermò il marito.

« Oliviero » disse « lascia perdere quell'aria di sdegno represso. Non si possono fare scenate qui, davanti alla malata. Signore, favorisca di scendere in sala. »

Percy si mosse verso l'uscio; Oliviero, senza degnarlo di uno sguardo, camminava al suo fianco. Percy, dopo un solo passo, si voltò verso l'ammalata e distese la mano.

« Dio la benedica » disse semplicemente.

La signora Brand, dal letto, balbettò qualche parola. Ma Percy era uscito nel corridoio.

Si udì venire dalla camera un parlare sommesso, poi la voce compassionevole della giovane. Pochi istanti dopo apparve Oliviero. Fremente di sdegno, pallido in viso, fece un cenno al prete senza profferire parola. Lo precedé lungo le scale.

Incredibile come un sogno, pensava Percy fra sé, passando in rassegna gli ultimi avvenimenti. Una cosa veramente imprevista e fuori dalla normalità.

Sentiva una profonda vergogna per la meschina figura che, tutto sommato, aveva fatto. E si accorgeva che, in complesso, aveva agito in modo irreparabilmente temerario.

In fondo era accaduto il meglio e il peggio insieme. Questo solo pensiero riusciva a confortarlo un po'.

Spinse la porta, toccò l'interruttore ed entrò nella stanza, che subito s'illuminò. E dietro Oliviero venne anche Percy.

Il signor Brand indicò al sacerdote, sempre senza parlare, una sedia. Oliviero era in piedi, davanti al camino. Le sue mani erano sprofondate nelle tasche della giacca. I suoi occhi erano ineducatamente rivolti da un'altra parte.

Percy si sedette. Cominciò a guardare i vari oggetti: il tappeto d'elastico, tutto verde, che cedeva mollemente sotto la pressione dei piedi; le sottili tendine di seta che, senza pieghe, scendevano dalla finestra; i cinque o sei tavolini carichi di fiori; i libri che, numerosi, coprivano tutte le pareti.

Greve per il profumo di rose, la stanza non era fresca, nonostante le finestre aperte e la brezza che sollevava delicatamente le tende.

A Percy pareva di essere nella toilette di una donna.

La sua attenzione si rivolse poi all'uomo che aveva di fronte. Svelta e ben eretta era la sua figura; l'abito grigio era quasi simile a quello che lui indossava in quell'occasione; elegante la curva del mento e bianco-pallida la carnagione; il naso era esile; idealisticamente accentuata la curva delle sopracciglia; bruni i capelli. Intuì che quel viso di poeta racchiudeva una personalità energica e vivace. Poi girò lo sguardo, sentendo che la porta si apriva. Mabel entrò e richiuse delicatamente la porta alle sue spalle.

Percy si alzò. Mabel si diresse subito vicino al marito, gli pose una mano sulla spalla e disse: « Vai a sedere, Oliviero. Dobbiamo parlare un po' fra di noi. Anche lei padre, si accomodi ».

Tutti e tre ora erano seduti. Percy da una parte; Oliviero e Mabel dal lato opposto, su un canapè.

La prima a parlare fu la donna: « Aggiustiamo subito questa faccenda, senza scene tragiche. Va bene, Oliviero? Non fare drammi. Ci penso io! ».

C'era una certezza singolare nel modo di parlare di quella donna e Percy dovette ammettere che era sincera e non v'era ombra di cinismo in ciò che andava dicendo.

« Oliviero, ti prego. Non fare il muso in questo modo. Ogni cosa andrà a posto. Lascia fare a me » continuava.

Oliviero rivolgeva occhiate poco benevole a Percy. E anche Mabel si accorse di questo, mentre guardava, con i suoi occhi ardenti, ora il marito ora il sacerdote.

Posò una mano sulle ginocchia di Oliviero e disse: « Dammi retta, caro. Perché continui a guardare così questo signore? Non ha fatto nulla di male ».

« Nulla di male!? »

« No. Non ha fatto male a nessuno. Che cosa importa a noi ciò che quella poveretta crede e pensa? Lei, signore, vorrà dirci il motivo per cui è venuto qui. »

Percy sospirava; non si aspettava queste parole.

« Sono venuto per accogliere nuovamente la signora Brand nella chiesa cattolica. »

« E lo ha fatto? »

« Sì, signora. »

« Ci dica il suo nome. Mi pare che la cosa più conveniente sia cominciare da questo punto. »

Percy esitava, sulle prime. Poi decise di affrontare quella donna con le stesse sue armi.

« Certo! Io mi chiamo Franklin. »

« Padre Franklin? » domandò la giovane. E c'era una certa ironia nel modo di dire quest'ultima parola.

« Sì. Sono padre Percy Franklin dell'arcivescovado, in Westminster » Percy rispondeva con voce pacata.

« Ebbene, padre Franklin. Vorrà dirci perché è venuto qui; o, meglio, vorrà dirci chi lo ha chiamato. »

« La signora Brand. »

« Ma di chi si è servita per far ciò? »

« Non posso dirlo. »

« Beh! Poco male. Ma che cosa acquista una persona, quando è ricevuta nella chiesa? Questo può dircelo? »

« Ricevuta nella chiesa, l'anima si riconcilia con Dio. »

« Mah! Oliviero stai calmo » sussurrò. Poi si rivolse nuovamente a Percy e disse: « E lei, padre Franklin, come ha fatto a fare questo? ».

Percy si alzò di scatto: « È del tutto inutile, signora. A che fine mi pone tali domande? ».

Con le mani sempre posate sulle ginocchia del marito, la giovane donna guardava il sacerdote con gli occhi pieni di stupore.

« A che fine? Padre Franklin. Noi vogliamo solo essere informati. Non ci sarà per caso qualche legge, nella chiesa, che le impedisce di parlare. È vero? »

Di nuovo Percy esitava a rispondere. Non riusciva a capire dove volesse arrivare quella donna, parlando in quel modo. Pensò fosse meglio mantenere il sangue freddo. Si sedette di nuovo e disse: « Oh, no di certo! Nessuna legge. E, visto che lo desidera, parlerò. Ho confessato la signora Brand e le ho dato l'assoluzione ».

« Bene. E qual è l'effetto di questi gesti? E poi? »

« Dovrebbe ricevere la santa Comunione e l'estrema unzione, se si trovasse in pericolo di morte. »

Oliviero cominciava a non stare più nella sedia.

« Cristo! » esclamò sottovoce.

« Oliviero. Ti prego. Lascia fare a me. È meglio. Padre Franklin. Lei dunque desidera dare queste altre cose a mia madre, non è vero? »

« Non sono assolutamente necessarie » fu la risposta di Percy. Senza sapere bene perché, si era convinto di giocare ormai a partita persa.

« Oh! Sono cose non necessarie. Ma lei gliele darebbe volentieri? »

« Se potessi. Ma il necessario è già stato fatto. »

Fece forza su tutta la sua volontà per restare calmo. Gli sembrava di essere un guerriero, armato di spada, che deve combattere contro un nemico sottile come la nebbia. Non aveva la più pallida idea di come sarebbe finito il combattimento. Avrebbe dato qualsiasi cosa per vedere quell'uomo alzarsi, prenderlo alla gola e lottare con lui: almeno la donna avrebbe smesso di fare così pena a entrambi.

« Va bene » disse Mabel a voce bassa. « Ma non c'è da sperare di ottenere da mio marito il permesso di ritornare. Sono però molto contenta che lei abbia fatto ciò che riteneva necessario fare. È stata certamente una soddisfazione. Sia per lei, sia per quella povera ammalata lassù. »

Si stringeva alle ginocchia di Oliviero; poi soggiunse: « Quanto a noi, non ci pensiamo neppure. Ma c'è un'altra cosa... ».

« Come desidera » rispose Percy, meravigliandosi di quanto stava accadendo.

« Voialtri cristiani, scusi il tono un po' rude, voialtri cristiani siete noti per la vostra abitudine di contare le teste. Fate molto caso alle conversioni. Ebbene. Le saremo grati, padre Franklin, se ci dà la sua parola di non riferire a nessuno questo... incidente. Sarebbe una cosa che darebbe dispiacere a mio marito e potrebbe procurargli dei guai. »

« Ma, signora... » Percy voleva parlare.

« Un momento. Vede come l'abbiamo trattata. Non abbiamo usato alcuna violenza. Le promettiamo che non faremo alcuna scena alla mamma. Lei ci promette quanto le chiediamo? »

Mentre Mabel parlava, Percy aveva avuto tempo di riflettere; perciò disse subito: « Certo. Lo prometto ».

Contenta, Mabel sospirò.

« Così va bene, padre Franklin. Le siamo molto grati. Credo anzi di poterle dire che forse mio marito, dopo aver riflettuto un po', le permetterà di portare la santa Comunione e anche... quell'altra cosa. »

Di nuovo Oliviero si agitò sulla sedia.

« In ogni caso, a questo dovremo pensare noi. Abbiamo il suo indirizzo e le faremo sapere qualcosa. A proposito. Torna a Westminster, questa notte? »

Percy fece cenno di sì con la testa.

« Speriamo che riesca a farsi strada. Londra è tutta sottosopra. Saprà che... »

« Felsemburgh? » chiese Percy.

« Sì. Giuliano Felsemburgh. »

Mabel parlava ora pacatamente e un'insolita commozione traspariva dal suo volto e dalle sue parole: « Giuliano Felsemburgh è qui, come lei ben sa. Resterà qualche tempo in Inghilterra ».

Bastò quel nome perché Percy sentisse nuovamente quello strano senso di paura. Poi disse: « Abbiamo, a quanto dicono, la pace ».

Insieme, Mabel e Oliviero si alzarono.

« Sì, abbiamo la pace! Dopo tanto, abbiamo la pace! » esclamò la giovane.

C'era un certo tono di compatimento nel dire queste parole.

Mabel avanzò verso Percy; il suo volto pareva una rosa infiammata; le sue mani erano protese, mentre esclamava: « Ritorni a Londra, padre Franklin. E tenga gli occhi bene aperti. Vedrà *lui* in persona, oso sperarlo, e tante altre cose ».

La sua voce cominciava a tremare. « Allora, sì, lei comprenderà il motivo per cui abbiamo agito in questo modo con lei, perché non abbiamo più paura di lei e perché consentiamo che nostra madre agisca secondo la sua volontà. Lo capirà certamente! Se non oggi, domani. Se non domani, fra qualche giorno! »

« Mabel! » esclamò Oliviero.

La giovane si voltò verso il marito, lo abbracciò e lo baciò sulle labbra.

« Oliviero! Amore mio!... Perché dovrei usare dei riguardi? Vada, vada pure, padre. E... vedrà coi suoi occhi! Buona notte, padre Franklin! »

Percy giunse alla porta. Ma sentì un rumore alle spalle e si voltò. Sorpreso e sbalordito, vide Mabel che aveva un braccio attorno al collo di Oliviero: ella troneggiava, raggiante come una colonna di fuoco. Sul volto di Oliviero, non c'era più ombra alcuna di ira: c'erano soltanto orgoglio e baldanza come non mai.

Ambedue sorridevano.

Poi, nella placida notte d'estate, Percy si trovò finalmente all'aperto.

2

Percy riusciva a udire solo la propria paura, mentre sedeva sul convoglio, pieno di gente, che doveva condurlo a Londra. Non sentiva quasi nulla della conversazione intorno a lui, benché fosse rumorosa e incessante. E quel po' che udiva non aveva alcun interesse per lui. Capì soltanto che erano avvenuti i fatti più strani: Londra era in preda alla follia, dopo che Felsemburgh aveva parlato nel tempio di Paolo.

Il modo in cui lo avevano trattato i coniugi Brand era spaventoso per il giovane prete; incessantemente si chiedeva, in tutta ingenuità, il motivo per cui lo avevano trattato così. Era davanti a un fatto che non riusciva a spiegare a se stesso. Sentì brividi leggeri e un grande desiderio di dormire.

Già era per lui cosa strana il trovarsi, alle due del mattino, su un convoglio pieno di gente, diretto a Londra. In più, era estate.

Alle tre soste del convoglio, Percy poté osservare i segni del disordine sparsi un po' ovunque: vide uomini passare, nel crepuscolo, attraverso i binari, correndo; vide carri rovesciati; notò rotoli di tela incatramata.

Senza prestarvi troppa attenzione sentiva il tumulto e le grida della folla, ovunque.

Discese, infine, sul piazzale. Più o meno era nello stesso stato di due ore prima. C'era lo stesso disperato affollamento, mentre il convoglio vuotava il suo carico umano; trovò lo stesso cadavere sotto il sedile. E in particolare notò, come all'andata, mentre correva trascinato dalla folla, senza rendersi ben conto se stesse veramente correndo e perché corresse, lo stesso messaggio infuocato sotto l'orologio, stupendo come all'andata.

Poi si ritrovò nell'ascensore e, un minuto dopo, era sulla gradinata della stazione, all'aperto.

Anche qui la vista era d'incanto. In alto si vedevano le lampade ardenti e, sopra di loro, i primi chiarori dell'alba. Sembrava un solido pavimento di teste umane, la via che conduceva all'antico Palazzo Reale e che si univa, come al centro di un'ampia ragnatela, con le strade che venivano da Westminster, dal Maglio e dall'Hyde-Park.

Gli hotels e le *Case della felicità* avevano le finestre illuminate a festa, come per l'arrivo di un re. E su, verso il cielo, si innalzava quel grandioso palazzo, illuminato anch'esso e splendente come tutte le case a lui circostanti.

Sbalordiva l'intensità del tumulto. Non si poteva distinguere un suono da un altro: voci d'uomini e di donne; suoni di corni, di tamburi; rumori di passi di quell'infinito numero di piedi che scivolavano sul pavimento di gomma; il cupo stridore delle ruote, nella stazione vicina. Tutto era confuso, stridente, maestoso, opprimente rimbombo, con solo qualche nota più acuta ogni tanto. Come muoversi?

La posizione in cui Percy si trovava era piuttosto favorevole. Era proprio sulla cima dell'ampia gradinata che conduceva nel cortile della stazione vecchia, ora divenuta spazio libero, nella quale confluivano l'ampio viale che conduceva al palazzo e, a destra, a via Vittoria. Anche questo spiazzo sembrava, come tutto il resto della città, un quadro vivente di luci e di volti. Il campanile della cattedrale, sulla destra, si ergeva verso il cielo ed era tutto illuminato: pareva una visione avuta in un'altra vita.

Percy mosse meccanicamente un passo o due verso sinistra. Riuscì alla fine ad aggrapparsi a un pilastro. Poi si accinse ad aspettare: non voleva analizzare le proprie emozioni, voleva immedesimarsi in esse. La sua mente, a poco a poco, trasformò quella moltitudine in un'immagine vista altre volte, come qualcosa che aveva una sua propria unità. C'era del magnetismo nell'aria: pareva di cogliere l'atto creativo nel momento focale, quando migliaia di cellule individuali si uniscono, in modo sempre più perfetto, nel gran tutto vivente, unico nella volontà, nel sentimento, nella fisionomia.

Sembrava avesse un significato quel clamore confuso di voci, proprio come fatto creativo di quell'unico potere attivo che mostrava, in questo modo, la propria espressività.

Ecco, lì giaceva l'umanità gigantesca che dispiegava davanti agli occhi del giovane prete le membra vive di cui è dotata, visibile in ogni lato, in attesa della propria integrazione. In perenne espansione. Così Percy credeva nel suo cervello impazzito, per le vie della grande città.

Non si domandava che cosa aspettasse quel popolo: lo sapeva e nello stesso tempo l'ignorava. Aspettava una specie di rivelazione, il coronamento delle aspirazioni di ogni uomo, la definizione esauriente della mèta.

Credeva, Percy, di aver già visto, altre volte, quella scena. Come un bambino, cominciò a chiedersi dove fosse accaduto ciò che stava vedendo in quel momento. Si ricordò del suo sogno. Il sogno del giudizio universale... l'umanità raccolta davanti a Cristo... Gesù Cristo!... Come sembrava piccola quella figura, in quel momento!... Essa si allontanava... Reale, sì... Ma insignificante per lui, perdutamente eliminata da questa terribile vita!

Percy alzò lo sguardo al campanile. Lassù, ecco, un frammento della vera Croce! Oh, sì. Un piccolo pezzo di legno, su cui un Uomo era morto, venti secoli prima! Oh! Era troppo distante.

Nulla più capiva, padre Percy, di ciò che stava capitando nel suo intimo. Dolce Gesù! Non siate mio giudice, ma mio salvatore! Con voce sommessa Percy pregava, stringendo il granito del pilastro. Bastò un minuto e si accorse di quanto fossero vane le sue parole d'orazione: esse sparivano come un soffio di vento, di fronte all'intensità di vita di cui era pregna quell'atmosfera umana.

Aveva detto messa, quel mattino, in paramenti sacri e bianchi! Certo!... E allora credeva a ciò che faceva!... Disperatamente credeva... sinceramente. Ma ora...

Volgere gli occhi al futuro era inutile come volgerli al passato. Non esiste né passato né futuro. Esiste solo un istante eterno, eternamente presente e finale.

A questo punto, la tensione ebbe fine. E Percy ricominciò a guardare con gli occhi del corpo.

Uniforme e scialbo era il chiaro dell'aurora che spuntava nel cielo. Era il sole a mandar quella luce, eppure non sembrava nulla, confrontato con lo splendore luminoso delle strade.

Percy mormorò a fior di labbra, sorridendo: « *Noi non abbiamo bisogno del sole; né della luce di lampada. La nostra luce è sulla terra... La luce che illumina ogni uomo* ».

Il campanile appariva sempre più lontano, in quell'aurora spettrale; e pareva sempre più derelitto, vicino al vivo splendore della città.

Percy si pose in ascolto. Gli parve che da un punto remoto, là dove il sole sorgeva, avanzasse il silenzio. Impaziente scosse la testa, mentre sentì alle sue spalle un uomo parlare in fretta e confusamente.

Perché non taceva, costui? Perché gl'impediva di ascoltare quel silenzio che avanzava? Allora quell'uomo tacque subito. Un mormorìo blando, quasi come marea che avanza, giunse alle orecchie di Percy: saliva verso di lui, gli fluttuava intorno, lo colpiva. Non era voce d'uomo, pareva il gemito di un gigante. Anch'egli emise un grido: non sapeva cosa stesse dicendo, ma tacere era impossibile in quel momento. Accese d'ubriachezza le sue fibre ed ebbri anche i nervi e le vene: guardò attonito la lunga via, sentì il clamore immenso che da lui saliva fino in cima al palazzo e capì perché aveva gridato prima e perché ora era tornato al silenzio.

Bianco color del latte, magico come un'ombra, bello come il primo mattino, ecco un oggetto sottile, a forma di pesce, guizzare a mezzo chilometro di distanza. Volteggiando, esso avanzava: pareva galleggiasse sulle onde di quel silenzio che la sua vista aveva creato. Su, su... ad ali spiegate avanzava per le ampie curve della via, a circa dieci metri d'altezza sulla testa della gente.

Spettacolo grandioso! Tutti ammiravano in silenzio.

Percy riacquistò il suo potere riflessivo. Era un uomo con una volontà capace solo di sforzi, così come un orologio vive di oscillazioni. L'oggetto, bianco e insolito, era molto vicino a lui, ora. Confessò a se stesso di averne visti a migliaia di simili; ma, nello stesso tempo, quello era diverso da tutti.

Sempre più l'oggetto s'avvicinava e vagava lento, quasi fosse un alcione che passeggia sulle acque del mare.

Percy distinse la prua ben levigata, il parapetto basso, la testa immobile del pilota. Udì il blando ventilare dell'elica.

Poi vide, alla fine, ciò che lo aveva costretto a restare in attesa. Al centro dell'aereo troneggiava un alto seggio, drappeggiato di bianco. Dietro lo schienale, bene in vista, si notavano alcune insegne. Ma sola e immobile, su quel trono, stava ritta una figura d'uomo. Nessun cenno essa faceva e, fra quel biancore generale, scuro spiccava l'abito che egli indossava. Eretta, la sua testa si volgeva, delicatamente, ora a destra ora a sinistra, incessantemente.

Sempre più si avvicinava, quell'aereo, avvolto nel silenzio. E l'uomo seduto sul trono continuava a muovere il capo.

Poi, per un attimo, il suo volto fu ben visibile, nella luce soffusa e pur radiosa. Il suo viso era pallido, belli e decisi i lineamenti, sopracciglia nere e fortemente arcuate, labbra sottili e capelli bianchi.

Quel volto si voltò ancora di più. Il pilota fece un cenno col capo e il meraviglioso vascello, dopo un breve giro, oltrepassò l'angolo della via e si diresse in alto, verso il palazzo.

Da un punto s'udì un convulso lamento, poi un grido angoscioso. E poi fu un muggito, come di tempesta, che si levò dalla folla.

Libro secondo
Lo scontro

Capitolo primo

1

La sera dopo, Oliviero Brand era seduto a tavolino e stava leggendo l'articolo di fondo dell'ultima edizione del *Nuovo Popolo*.

Abbiamo avuto modo già di riaverci un poco dall'ebbrezza che ci ha suscitato il fatto della scorsa notte. Sarà tuttavia opportuno ricordare l'accaduto, prima di tentare qualsiasi previsione.
Fino a ieri sera, eravamo ancora in ansia in merito al grave problema della crisi d'oriente. Ma, alle ventuno in punto, c'erano quaranta persone in Londra, cioè i *deputati inglesi*, che sapevano che il pericolo era ormai scongiurato. Nella mezz'ora successiva, il governo prese le precauzioni opportune: comunicò l'accaduto a un certo numero di persone di fiducia; convocò la polizia (una mezza dozzina di reggimenti di truppe) perché mantenesse l'ordine; fece illuminare il tempio di Paolo e diede l'avviso alle « Compagnie delle strade ferrate ». Alle ventuno e trenta precise, grazie agli affissi luminosi, in tutti i quartieri di Londra fu data comunicazione ufficiale del grande avvenimento. Anche tutte le altre grandi città della provincia furono portate a conoscenza della strabiliante notizia.
Non è possibile, qui, per motivi di spazio, dettagliare la mirabile abilità delle autorità pubbliche nell'assolvere il loro compito. Basti dire che i morti sono stati soltanto sessanta in tutta Londra. In ogni caso, non è nostro compito giudicare il modo adottato dal governo per dare una sì grande notizia.
Alle ventidue, il tempio di Paolo era gremito. Agli antichi membri del parlamento e ai pubblici ufficiali era stato riservato l'antico

coro. Le gallerie della cupola erano invece a disposizione delle signore; mentre era libero l'accesso al pubblico, in tutto lo spazio restante. Secondo informazioni avute dalla polizia volante, nel raggio di un chilometro dal tempio di Paolo, in qualsiasi direzione, non si riusciva a passare, a causa del gran numero di pedoni. E si sa con certezza che, solo due ore dopo, tutte le vie di Londra erano nella stessa condizione.

Ottima fu la scelta di Oliviero Brand come primo oratore; egli aveva ancora il braccio fasciato. L'attenzione che egli richiamava sulla sua persona e l'accento emozionato della sua voce hanno costituito la nota fondamentale di tutta la serata. In un'altra colonna, riportiamo le parole dette, ieri sera, nel suo discorso, da Oliviero Brand.

Uno ad uno, il primo ministro, mr. Snowford, il primo ministro dell'ammiragliato, il segretario per gli affari d'oriente e lord Pemberton hanno poi brevemente parlato, per confermare la strabiliante notizia.

Mancava circa un quarto d'ora alle ventitré, quando il fragore di un « evviva » ha salutato l'arrivo dei deputati americani da Parigi: uno alla volta, sono scesi sulla piattaforma, passando per la porta a sud del vecchio coro. Anch'essi hanno parlato a turno.

Non è certo possibile fare qui gli elogi degli oratori, dal momento che essi hanno dovuto parlare in un momento del tutto eccezionale; ma non sarà certamente superfluo ricordare come mr. Markman abbia richiamato più di tutti l'attenzione dei fortunati che poterono ascoltare le sue parole.

Quello che gli altri avevano solo accennato è stato da lui messo in chiara luce e spiegato; è stato lui a precisare che il merito della mediazione americana è da attribuire in toto a mr. Giuliano Felsemburgh. Il grande eroe, però, non era ancora arrivato.

Sollecitato da domande incalzanti, mr. Markman disse allora che Giuliano Felsemburgh sarebbe arrivato dopo pochi minuti. Poi aveva continuato spiegando, seppure in breve, il metodo di cui Felsemburgh si era servito per portare a buon fine questa impresa, certamente la più importante e positiva di tutta la storia.

Dalle parole di mr. Markman risulta che mister Felsemburgh (potrete leggere la sua biografia, riportata in un'altra colonna) è il più grande oratore che sia mai esistito (e usiamo con ponderatezza un tale termine!). Conosce ogni lingua: negli otto mesi della *convenzione* d'oriente, egli pronunciò discorsi in quindici lingue diverse!

È opportuno, a questo punto, offrire alcuni esempi del carattere della sua eloquenza.

Secondo le parole di mr. Markman, Felsemburgh ha dimostrato

un'eloquenza che non ha paragoni e una conoscenza strabiliante della natura umana e di tutti i particolari nei quali essa manifesta la propria divinità. Profondo conoscitore della storia, dei pregiudizi, dei timori, delle speranze e degli ideali di tutte le innumerevoli caste e sètte d'oriente, egli ha saputo rivolgere, a ragion veduta, le sue parole a questi popoli.

Mr. Markman ha fatto notare come Felsemburgh sia da ritenere l'oratore perfetto di questa nuova creazione cosmopolita, per la quale il mondo sta lavorando da secoli. In non meno di nove città (Damasco, Irkutsk, Costantinopoli, Calcutta, Benares, Nanking e altre) è stato salutato dalla folla dei maomettani come il messia. E, in America, patria natale di questa straordinaria figura, nessuno ha mai parlato male di mister Giuliano Felsemburgh. Non si è reso colpevole di delitti (« nessuno può convincerlo di peccato! ») di stampa falsa, di corruzione, di intrighi politici o economici che hanno macchiato la vita di tutti gli altri statisti d'altri tempi, statisti che costruirono il continente fratello nel modo in cui finora lo abbiamo visto.

Felsemburgh non è un partito. Non sono perciò stati i suoi seguaci a vincere; ma la sua stessa persona ha vinto!

Chi era presente nel tempio di Paolo converrà con noi se diciamo che l'effetto delle sue parole fu indescrivibile.

Quando mister Markman ebbe terminato di parlare, ci fu un attimo di silenzio. L'agitazione, poi, ricominciò tra la folla: per ricomporre la calma, l'organista attaccò l'inno massonico; all'organo, si accompagnò immediatamente il canto, così che, di quelle voci, risuonava non solo l'edificio intero, ma anche tutta la piazza circostante, affollata di gente che faceva coro.

La città di Londra sembrò, per pochi minuti, il tempio vivo della Divinità.

Ma, ora, siamo giunti alla parte più scabrosa del nostro lavoro. Confessiamo di dover rinunciare a quella relazione dettagliata che invece si converrebbe a un giornalista. Le grandi cose richiedono infatti poche parole. Si era giunti quasi alla fine del quarto verso dell'inno. Ed ecco un uomo, vestito semplicemente di nero, salire i gradini del palco.

Nessuno, all'inizio, vi prestò attenzione. Ma si poté notare uno strano agitarsi dei deputati.

Poi, il canto cominciò, a poco a poco, ad affievolirsi per cessare totalmente dopo pochi istanti.

L'uomo, dopo un leggero inchino a destra e a sinistra, stava salendo gli ultimi gradini della tribuna. A questo punto, si è verificato un curioso incidente. L'organista non si era accorto di nulla e continuava a suonare, mentre una specie di gèmito s'innalzava fra la folla in ascolto: allora egli smise di suonare.

Non ci furono applausi. Per un breve tratto di tempo, regnò assoluto un silenzio che, per uno strano magnetismo, si era trasmesso dall'interno all'esterno del tempio.

Sembrò che dominasse la quiete in persona, quando Felsemburgh pronunciò le prime parole! Agli psicologi l'arduo compito di spiegare un fatto di questo genere.

Ben poco possiamo riportare del suo discorso. Abbiamo potuto notare, per quanto ci è stato possibile vedere, che nessun reporter ha preso un solo appunto. Pronunciate in esperanto, le sue furono parole semplici e brevi. Egli si limitò ad annunziare la grande « fratellanza universale »; poi, si complimentò con tutti coloro che potranno vedere, vivendo ancora a lungo, il suo pieno compimento nella storia. Invitò quindi tutti a ringraziare lo « Spirito del mondo », che manifestava, in quel momento, la sua incarnazione.

Questo solo possiamo dire.

Non ci bastano più le parole per riferire l'impressione che ha prodotto in noi questa personalità, lì, in piedi sul palco.

All'aspetto, è un uomo di 33 anni, alto, bianco di capelli, con gli occhi neri e le sopracciglia nere. Era ritto, immobile, con le mani attaccate alla sbarra. Fece un solo gesto: ed esso bastò a levare un singhiozzo in ogni petto. Con voce chiara, il suo discorso fu piano, chiaro e distinto.

Terminato che ebbe di parlare, si fermò un poco, in attesa. Ed ebbe in risposta un gèmito che, per le orecchie dei presenti, sembrò il primo respiro libero emesso nel mondo.

Poi, seguì nuovamente quel silenzio che sconvolge le fibre.

Molti, in silenzio, piangevano; altri muovevano le labbra, ma non ne usciva parola alcuna. Tutti i volti erano fissi a quella semplice figura, come se in lui fosse riposta la speranza di ogni cuore. Pensiamo che, allo stesso modo, venti secoli orsono, gli occhi di tanti si volsero su quell'uomo rimasto famoso nella storia col nome di Gesù di Nazareth.

Mister Felsemburgh attese ancora un istante; poi ridiscese i gradini, attraversò il palco e uscì dalla sala.

Per quanto riguarda l'esterno del tempio, un testimone oculare ci ha riferito alcune osservazioni. L'aereo bianco (che certamente tutti coloro che erano a Londra quella sera ricorderanno) si fermò fuori dalla piccola porta a sud, dalla parte dell'antico coro: stava all'altezza di circa 20 piedi dal suolo. Erano bastati pochi istanti e la folla aveva capito chi fosse il passeggero di quell'aereo. Quando Felsemburgh riapparve, in lungo e in largo echeggiò quel gèmito, sul cimitero del tempio, quello strano gèmito seguito dall'altrettanto inusitato silenzio. Il velivolo scendeva: vi salì quello strano signore vestito di nero; allora, il velivolo risalì, all'altezza di circa sei metri.

Sulle prime, la moltitudine esterna si attendeva un discorso. Ma esso non era certamente necessario.

Dopo una breve sosta, l'aereo cominciò la sua strabiliante passeggiata che Londra non potrà mai dimenticare! Per ben quattro volte, Felsemburgh ha fatto il giro della metropoli, la notte scorsa: e, ovunque andasse, sollevava quell'insolito gèmito, seguito dal silenzio.

L'alba era giunta da due ore, quando il bianco aereo volò su Hampstead, per sparire subito dopo verso nord. E, da quel momento, colui che possiamo chiamare « il salvatore del mondo » non si è più visto.

Che ci resta da dire, ora?

Superfluo è ogni commento. Ci basti dire che è cominciata l'èra novella, quell'èra che profeti, re, sofferenti, morenti, travagliati e oppressi hanno, a lungo, attesa invano. In quest'èra, non solo è cessata la lotta tra le nazioni, ma è anche cessata ogni discordia familiare. E non possiamo dire nulla, prima del tempo, di colui che ha portato l'annuncio di un'èra tale. Sarà la storia a dettare ciò che occorre fare.

Ma possiamo ben dire ciò che già egli ha fatto: il pericolo giallo è per sempre eliminato; barbari e civili hanno capito che è giunta la fine dell'èra della guerra.

Cristo disse: « Non la pace, ma la spada! ». E le sue parole furono terribilmente vere! « Non la spada, ma la pace » possono finalmente rispondere tutti coloro che hanno rinunziato alle pretese di Cristo o non le hanno mai volute accettare.

I princìpi dell'amore e della solidarietà, timidamente preannunciati nell'ultimo secolo in occidente, sono stati raccolti dall'oriente. Non si farà più appello alle armi, ma alla giustizia. Non dovremo più rivolgerci a un dio che resta nascosto, ma all'uomo, perché egli ha appreso la propria divinità!

È morto, in brevi parole, il soprannaturale, o, meglio, noi sappiamo che esso non è mai esistito. E ora dobbiamo solo mettere in pratica la buona lezione e lasciar perdere ogni tergiversazione, affidando ogni pensiero, ogni parola e ogni opera al tribunale dell'amore e della giustizia.

Questo certamente sarà il compito degli anni che ci attendono. Ogni codice sia distrutto e ogni barriera abbattuta: partito unito a partito, paese a paese, continente a continente. Così dovrà essere! Non più timore d'aver timore né paura del futuro; sono cose che hanno paralizzato l'attività delle generazioni che ci hanno preceduti.

L'uomo ha pianto a sufficienza nel dolore della sua nascita; troppe volte il suo sangue si è versato, simile ad acqua, attraverso le follìe umane. L'uomo è arrivato, finalmente, alla pace, perché ha capito se stesso.

Ci auguriamo che l'Inghilterra non resti indietro, rispetto alle altre nazioni, in questo lavoro di riforma; speriamo che il suo isolamento, il suo orgoglio di razza e la sua ebbrezza di dominio non la trattengano dall'intraprendere quest'opera grandiosa. Grande è la responsabilità, ma certa è la vittoria.

Marciamo dunque! Calmi e umili, riconoscendo gli errori compiuti in passato, ma fiduciosi nel successo futuro. Andiamo verso la mèta, là dove si intravvede finalmente il premio,... il premio così a lungo nascosto dall'umano egoismo, dall'oscurantismo religioso, dalle sterili e lunghe logomachie,... quel premio promesso da quell'uomo che non sapeva ciò che diceva e negava, nella vita, ciò che asseriva («Beati i miti, i portatori di pace, i misericordiosi, perché saranno eredi della terra, saranno chiamati figli di Dio e troveranno misericordia »).

Oliviero voltò pagina e lesse un altro breve articolo dal titolo: *Ultime notizie*. Era pallido in volto.

Mabel venne a sedersi vicino a lui.

Resta inteso leggeva Oliviero ad alta voce *che il governo si tiene in contatto con Felsemburgh.*

« Ah! Son tutte chiacchiere da giornalisti! » esclamò Oliviero, stendendosi comodamente sulla poltrona. « Roba da teatro!... Ma lasciamo perdere queste cose. Resta... il fatto! »

Mabel si alzò e andò a sedersi vicino alla finestra. Tentò una o due volte di dire qualcosa; ma le parole non uscivano.

« Mia cara, non dici nulla? »

Tremando lievemente, ella voltò lo sguardo al marito, poi rispose: « Che dovrei dirti? I commenti sono inutili, non l'hai detto anche tu poco fa? ».

« Ascoltami, Mabel. Non ti pare un sogno tutto ciò che è accaduto? »

« Sogno? Magari ci fossero sogni belli così! »

Mabel era commossa. Si alzò nuovamente, si chinò verso il marito e gli strinse le mani.

« Mio caro, non è un sogno! È quanto di più reale esista. C'ero anch'io presente, ricordi? Mi stavi aspettando, dopo che tutto era stato concluso per il meglio alla conferenza... Poi apparve *lui*... Lo abbiamo visto insieme, tu e io... Lo abbiamo sentito parlare: tu eri sul palco, io in galleria. Poi lo abbiamo visto volare sopra la banchina, fra la folla. Siamo, in seguito, tornati a casa e qui abbiamo trovato il prete. »

Mabel parlava e il suo volto cambiava col mutar delle parole, come se si trovasse davanti a una visione celestiale. Parlava piano, senza ansie né nervosismi.

Oliviero si fermò per un istante a guardarla. Poi con tenerezza le diede un bacio.

« È la verità! Ma, gioia mia, desidero sentir dire una volta e poi ancora una volta tutto ciò che è accaduto. Ripetimi: che cosa hai visto? »

« Ho visto il *figlio dell'uomo*, il *salvatore del mondo*. Proprio come dice il giornale che stavi leggendo. Non possiamo chiamarlo con altri nomi. Vederlo con gli occhi e sentirlo nel mio cuore fu tutt'uno per me. E così fu per tutti, non appena apparve sul palco. Un'aureola stava attorno alla sua fronte. Fu in quel momento che capii tutto. Colui che da tanto tempo aspettavamo era giunto, portando in mano i doni della pace e della buona volontà. Quando poi lo udii parlare, mi convinsi ulteriormente. Simile al mormorio dell'onda marina mi parve la sua voce... così semplice... così lieve... così... terribile. L'hai sentito anche tu? »

Oliviero annuì col capo.

Intanto la giovane continuava con voce esile: « Posso affidare a *lui* tutta me stessa. Non so di dove venga né quando potrà tornare; e ignoro ciò che farà. Grandi cose, io penso; molto avrà da fare per poter essere conosciuto da tutti: leggi, riforme... ma a questo penserete voi. Noi possiamo solo aspettare, amare ed essere felici ».

Oliviero era d'accordo con la moglie: si capiva dal suo volto.

« Cara... Mabel... »

« Sì. Già sapevo tutto questo anche ieri notte; ma ne ho preso coscienza stamattina, quando, appena sveglia, tutto mi è tornato alla mente. Ho sognato di *lui*, questa notte. Oliviero, dove sarà in questo momento? »

Scuotendo la testa, Oliviero rispose: « So dov'è; ma è un segreto... ».

Mabel fu pronta a capire; si alzò in piedi e disse: « Non dovevo chiedertelo. Del resto, noi aspettiamo volentieri ».

Ci fu silenzio per qualche minuto.

Oliviero riprese a parlare: « Che cosa intendevi dire quando hai detto, indirettamente, che non è pienamente conosciuto? ».

« Ecco. Noi ora sappiamo ciò che ha fatto; ma ignoriamo chi sia. Ma, col passare del tempo, sapremo anche questo. »

« Ed ora... »

« Ed ora, all'opera, tutti voi! Il resto, a poco a poco, verrà. Oliviero, ti prego, devi essere forte e fedele. »

Poi Mabel baciò il suo sposo e uscì.

Oliviero rimase invece immobile sulla poltrona. Contemplava, come al solito, il panorama che si apriva al di là delle finestre. Solo ieri, proprio a quell'ora, lasciava Parigi. Era già informato dell'avvenimento, perché i deputati erano già là da un'ora. Ma non aveva ancora conosciuto il protagonista. Mentre ora conosceva anche quell'*uomo*, lo aveva udito, lo aveva visto. Ed era rimasto ammaliato da una tale personalità. Non riusciva a spiegare a se stesso questo sentimento nuovo e nessun altro sarebbe riuscito a spiegarlo. Forse riusciva Mabel.

Tremanti e annichiliti erano rimasti anche i suoi colleghi; ed erano rimasti infiammati nel profondo del loro essere. Snowford, Cartwright, Pemberton e tutti gli altri... Erano usciti sulla gradinata del tempio di Paolo, seguendo con lo sguardo la strana figura... Forse volevano dire qualcosa, ma erano rimasti silenziosi e ammutoliti di fronte all'immensa distesa di volti umani, di fronte a quel gèmito e poi a quel silenzio... Si erano sentiti travolti dall'onda di fascino che erompeva e si dilatava come fosse materia, quando l'aereo cominciò la sua meravigliosa manovra dopo essersi alzato in volo.

Insieme a Mabel aveva rivisto quell'aereo mentre tornavano a casa. La bianca navicella, nel cielo, vagava con moto uniforme e risoluto. Volava sulla folla e portava colui che fu chiamato, forse il primo ad averne veramente il diritto, il *salvatore del mondo*.

Poi, Mabel e lui, erano giunti a casa. E lì avevano trovato il prete. L'incontro col sacerdote aveva colpito profondamente Oliviero. A prima vista gli era sembrato l'uomo che aveva parlato, due ore prima, dal palco. Si assomigliavano moltissimo, nel volto giovanile e nei capelli bianchi.

Mabel non aveva potuto cogliere la somiglianza, dal momento che aveva visto Felsemburgh solo da una certa distanza.

L'impressione della somiglianza era però scomparsa quasi subito anche in Oliviero.

Per quanto poi riguardava l'episodio della madre, c'era veramente da inorridirsi. Se Mabel non fosse intervenuta, Oliviero non avrebbe garantito nulla sul suo atteggiamento. Come era stata savia e prudente la sua dolce sposa! Per ora occorreva lasciare in pace la madre; poi, a poco a poco, avrebbe potuto tentare qualcosa. Già, in seguito!...

Ma era proprio il futuro a spaventare Oliviero: lo preoccupava anche la potenza ammaliatrice di quell'uomo che aveva preso dominio di lui, la sera prima. Gli sembrava che tutto, ora, fosse insignificante... l'abiura di sua madre, la sua malattia. Tutto impallidiva di fronte al sorgere nuovo di un sole mai visto prima. Fra poco egli avrebbe potuto sapere con più precisione quanto era accaduto: ci sarebbe infatti stata una seduta plenaria del Parlamento per precisare le proposte da fare a Felsemburgh e per offrire a quest'uomo portentoso una missione privilegiata.

Certo! Proprio come aveva detto Mabel! Era giunta l'ora di mettersi con zelo al lavoro, per realizzare il grande principio che si trovava senza alcun dubbio incarnato in quel giovane americano dai bianchi capelli.

Enorme fatica! Si dovevano modificare le relazioni con l'estero. Commercio, politica, metodo di governo: tutto richiedeva un cambiamento radicale!

L'Europa era stata fino allora governata secondo il metodo della difesa. Ora cadevano queste basi politiche. Non occorreva più difendersi, perché più nessun pericolo incombeva.

Un altro lavoro, altrettanto gravoso, incombeva sui politici: si doveva compilare il *Libro azzurro*, con una trattazione completa delle relazioni con l'oriente, oltre a un *Trattato* da presentare all'Assemblea di Parigi, con la firma dell'imperatore d'oriente, dei re vassalli, della repubblica turca e dei plenipotenziari americani.

Una riforma, inoltre, doveva essere attuata in merito alla politica interna: non aveva più ragion d'essere l'antico attrito tra sinistra, destra e centro. Ora c'era un solo partito, proteso ai cenni del *profeta*.

Oliviero si sentiva prendere dal terrore, se pensava a questo vasto programma. Egli pensava, con un certo timore, alla faccia del mondo radicalmente cambiata. La vita stessa dell'occidente richiedeva un cambiamento globale. Egli intravvedeva una rivoluzione di ben più vaste dimensioni di quella che si sarebbe verificata con la guerra con l'oriente. Ma questa era una rivoluzione che avrebbe portato dalle tenebre alla luce, dal caos all'ordine perpetuo.

Sommerso dai suoi pensieri, Oliviero si sedette e sospirò profondamente.

Mezz'ora dopo, Mabel scese nuovamente; Oliviero, infatti, doveva pranzare prima di recarsi a Whithehall.

« Mamma è più tranquilla » disse, mentre entrava. « Mio caro Oliviero, ci vuole pazienza! Che cosa hai deciso? Farai tornare qui quel prete? »

Oliviero fece cenno di no.

« Devo pensare, adesso » disse, « a tutto ciò che ho da fare. Decidi tu in merito a questo, mia cara! Rimetto tutto nelle tue mani. »

Mabel acconsentì: « Fra un po' tornerò da lei per parlarle. Per ora non sa bene che cosa sia accaduto, ricorda poco o nulla. A che ora sarai di ritorno, caro? ».

« Temo di non poter tornare prima di domattina. Terremo una seduta per tutta la notte. »

« Ho capito. Senti, che devo dire al signor Philipps? »

« Gli telefonerò io domattina presto. Mabel ricordi ciò che ti dissi a proposito di quel prete? »

« Il fatto della sua somiglianza con l'altro? »

« Sì... Tu che ne pensi? »

Sorridendo, Mabel disse: « Che ne penso? Non saprei proprio. Perché non dovrebbero potersi somigliare? ».

Oliviero prese un fico dalla fruttiera e ne mangiò un boccone; poi si alzò: « Dico solo che il caso è strano! ».

Poi augurò la buona notte alla moglie e partì.

2

« Mamma » disse Mabel, inginocchiata presso il letto dell'ammalata « non comprende che cosa è accaduto? »

Si era messa d'impegno per spiegare alla povera vecchia il grande cambiamento avvenuto per tutta l'umanità il giorno prima. Ma era una fatica vana. Per Mabel era importantissimo farglielo capire: le sembrava infatti di una tristezza illimitata il fatto che la mamma potesse morire senza avere saputo. Era come se un cristiano si fosse trovato al capezzale di un giudeo, in punto di morte, il giorno dopo la Resurrezione.

Sgomenta ma insensibile, la signora Brand giaceva sul suo letto.

« Mi ascolti, mamma » continuava la giovane donna; « non capisce che tutte le promesse di Gesù Cristo si sono avverate, anche se in modo diverso dal previsto? Mi diceva, poco fa, di desiderare il perdono dei peccati. Eccolo! Eccolo il perdono: noi tutti siamo perdonati, perché il peccato non esiste. Esiste solo l'azione criminosa. Mi diceva, poi, di volere la Comunione, per poter essere partecipe del corpo di Dio. Eccola! Noi tutti siamo partecipi di Dio, per il solo fatto di essere uomini. Non capisce che il cristianesimo è solo un modo per dire queste semplici cose? Posso ammettere che un tempo fosse l'unico modo per dirle! Ma adesso è superato e c'è un modo migliore per spiegare tutto. Questa è la verità. Si convinca! Questa è la verità! »

Mabel cercava di farsi forza, pur vedendo il volto rattristato della vecchia ammalata, con le sue guance rugose e infiammate, quelle mani lisce che si contorcevano sulla coperta.

Tacque un istante, poi riprese: « Pensi quanto il cristianesimo è decaduto, come ha diviso i popoli. Quanta crudeltà: inquisizioni, guerre religiose, divorzi, rottura tra padre e figli... e poi, disobbedienza allo stato, tradimenti! No! Lei non può credere che il cristianesimo sia una cosa vera! Che Dio sarebbe mai questo? Poi... l'inferno!... Ma come può aver creduto all'inferno? Si tolga dalla mente, mamma, una favola così terribile! Si convinca che quel Dio non c'è più e mai è esistito; fu solo un odioso incubo. Finalmente noi abbiamo conosciuto la verità! ».

Poi continuava: « Mamma, pensi a quanto è accaduto la scorsa notte. Egli è venuto! L'uomo di cui lei, mamma, ha tanta paura... Le ho detto che è così somigliante... così calmo, così forte! E c'è un silenzio intorno a lui! Sei milioni di uomini ebbero la buona sorte di vederlo e tutti ne rimasero affascinati. Pensi a tutto ciò che questo uomo ha fatto! Ha sanato tutte le piaghe di così vecchia data e, alla fine, grazie a lui, il mondo intero gode della pace. Lui ha aperto la via verso orizzonti magnifici. Coraggio, mamma!... Ripudi queste vecchie e tenebrose menzogne! Sia brava... ».

« Il prete! Il prete! » implorò in un sussurro l'ammalata.

« Ma no! Quale prete? Lui non può far nulla!... E poi, anche il prete sa che sono tutte fandonie. »

« Il prete... Il prete... » continuava l'altra. « Il prete ti può parlare, perché sa la risposta... »

Convulso per l'enorme sforzo, il volto della signora Brand lasciava uscire queste parole, mentre le dita si aggrappavano alle coperte e alla corona del rosario.

Spaventata, Mabel si alzò ed esclamò: « Oh, mamma!... ». Poi la baciò, chinandosi e soggiunse: « Via, non le dirò più nulla, ora. Ma ci pensi con calma, perché non c'è alcun motivo... ».

Si rialzò dal viso dell'ammalata e le rivolse un sorriso affettuoso. Poi si fermò a guardarla, presa da un sentimento di compassione e di amore. Era inutile, ora: occorreva aspettare il giorno dopo!

« Tornerò a trovarla, mamma, non appena avrò cenato. Mamma, la prego, non mi guardi in codesto modo! Mi dia un bacio. »

Per Mabel era assurdo che uno potesse essere così cieco. E che fastidio quella continua confessione della propria debolezza, quel chiamare incessantemente il prete!... Una cosa ridicola!

Mabel si sentiva così calma, in modo veramente straordinario. Non aveva più paura nemmeno della morte; forse che la morte non era *inabissata nella vittoria?*

Confrontava, così pensando, il cristianesimo, col suo individualismo egoista, il cristianesimo che piange e indietreggia davanti alla morte o l'affronta come l'inizio della vita eterna, con il libero altruismo del nuovo fedele, che chiede solo di vivere e di crescere per l'*Umanità*, nell'attesa della rivelazione dello *spirito del mondo*, mentre per sé desidera solo di immergersi finalmente, unità singola, in quel vasto cratere d'energia da cui ha ricevuto la vita.

Si sentiva capace di sopportare qualsiasi sofferenza, in questo momento; si sentiva capace di guardare a viso aperto anche la morte. Una grande compassione nasceva in lei pensando alla povera vecchia ammalata: era triste che l'imminenza della morte non la facesse tornare a giusta consapevolezza e alla realtà delle cose.

Si sentiva calata in un vortice di serena ebbrezza. Il pesante velo dei sensi sembrava essere caduto, per lasciare spazio a un vasto e ameno paesaggio, una terra di pace sempre illuminata dal sole, là dove il leone pascola con la pecora, dove il leopardo dorme assieme alla capra. Niente più guerra! Lo spettro sanguinoso era morto e con esso la fonte di tutte le malvagità che di esso si nutrivano: superstizioni, rivalità, terrori, illusioni. Si erano spezzati gli idoli e tramontate erano le leggende. Jehovah era caduto; Galileo sognatore, dagli occhi selvaggi, dormiva nella tomba. Finito era il regno dei preti. Al posto di tutto ciò, ecco levarsi una portentosa figura di pace, invincibilmente potente, serenamente tenera. Aveva visto il *figlio dell'uomo*, colui che era chiamato il *salvatore del mondo*! E chi portava oggi questi nomi non era un mostro, mezzo dio e mezzo uomo, che reclamava due nature e non ne aveva nessuna, che fu tentato senza essere sottoposto a tentazione alcuna e che vinse senza merito... com'eran soliti dire i suoi seguaci.

Al suo posto ora c'era Uno, al quale poteva andar dietro sicura: Dio e Uomo, ma Dio perché umano e Uomo perché divino.

Non disse parola alcuna, Mabel, quella sera. Tornò in camera della madre per pochi minuti: la trovò che dormiva. Aveva una mano sopra la coperta e le dita erano incrociate a quella stupida corona di chicchi.

Si avvicinò pian piano nell'oscurità e cercò di sfilargliela: ma le dita raggrinzite della malata si contorsero e si chiusero più strette, mentre un lamento o un rammarico uscivano dalle sue labbra.

Che disgrazia e quale disperazione! Mabel pensava a quanto fosse assurdo che un'anima continuasse a camminare in tale oscurità, non volendo capire che è estrema e generosa dedizione abbandonare per sempre la vita, come un sacrificio che è la vita stessa a volere.

Si ritirò poi nella sua stanza.

L'orologio suonò le tre del mattino. L'alba grigia si rifletteva ormai sulla valle, quando Mabel si svegliò: vicino a lei era accorsa l'infermiera che vegliava la vecchia signora Brand.

« Venga subito. La signora Brand sta morendo! »

3

Erano circa le sei del mattino, quando Oliviero giunse a casa. Corse subito nella camera della madre, ma ormai tutto era finito.

La stanza era piena della luce e della brezza limpida del primo mattino, mentre un coro d'uccelli saliva dal giardino.

Inginocchiata presso il letto, Mabel teneva fra le sue le mani rugose della madre, nascondendo il viso tra le braccia.

Mai gli era sembrato così calmo il viso di sua madre: le rughe apparivano a Oliviero come tenui pennellate su una maschera d'alabastro; le labbra accennavano un sorriso incompiuto. Egli guardò fisso per alcuni istanti, finché quello spasimo che gli serrava la gola uscì fuori.

Posò una mano sulle spalle della giovane sposa e disse: « Quando è successo? ».

Mabel alzò la testa e rispose tra le lacrime: « Oliviero! Un'ora fa... Non vedi? ».

Sollevò le mani della morta, strette ancora al rosario. Nell'ultima agonia, la catena si era spezzata e un grano era rimasto tra le dita.

Mabel gemeva: « Ho fatto di tutto, senza essere cattiva con lei, ma invano. Ha continuato a chiamare il suo prete, finché ha avuto la forza di farlo ».

« Cara » cominciò Oliviero, poi s'inginocchiò anche lui accanto alla giovane sposa. Si chinò in avanti e baciò con le lacrime quel rosario.

« Certo. Certo. Lasciamola in pace! Non vorrei toglierlo per tutto l'oro del mondo. Non era forse il suo gioco preferito? »

Stupefatta, Mabel guardava il marito.

« Sì » disse. « Dobbiamo essere generosi, dal momento che tutto il mondo ormai è nostro. Non ha perduto nulla, la mamma: era troppo tardi per lei! E io ho fatto davvero tutto il possibile. »

« Hai fatto bene, mia cara. Era troppo vecchia, non poteva capire. »

Poi Oliviero tacque.

« Ha ricevuto l'*eutanasia*? » chiese poi con tenerezza.

« Sì » rispose Mabel. « Non voleva; ma sapevo che tu lo desideravi e negli ultimi istanti le è stata somministrata. »

Conversarono poi in giardino per circa un'ora, prima che Oliviero si ritirasse. Cominciò a raccontare, alla giovane sposa, quanto detto e fatto nell'ultima seduta.

« Non ha voluto accettare. Gli è stata offerta una carica, col titolo di consultore. Ha rifiutato. Ma ci ha promesso di essere a nostra disposizione. Non posso dirti dove sia ora. Ma pensiamo che presto tornerà in America. Non ci abbandonerà, comunque. Abbiamo redatto un programma e abbiamo deciso all'unanimità di sottoporlo al suo esame. »

« E il programma? »

« Il programma riguarda la *Riforma elettorale*, la *Legge sui poveri* e l'*Economia*. Non posso dirti di più. Ma è stato lui a dettarci i punti principali. Sai? Crediamo di non averlo ancora capito bene! »

« Mio caro. In una cosa, almeno... »

« Sì. Certo. Egli è un uomo straordinario, unico al mondo. Non c'è stata alcuna proposta suggerita da lui che fosse necessario discutere. »

« Il popolo capirà? »

« Speriamo! Dovremo metterci in guardia contro una possibile reazione. Si dice in giro che i cattolici stiano correndo un grosso pericolo, come è appunto scritto in un trafiletto de *L'Era* di questa mattina, che ci è stato trasmesso per l'approvazione. *L'Era* suggerisce le misure che devono essere prese in difesa dei cattolici. »

Mabel sorrideva.

« Ironia delle cose! » continuò Oliviero. « Nessuno tocca il loro diritto di vivere. Altra questione è se potranno prendere parte attiva al governo. Tra una settimana o due affronteremo anche questo argomento. »

« Oliviero. Parlami di lui, nuovamente! »

« Che posso dirti di più? È la suprema potenza della terra! Non sappiamo nient'altro. La Francia, fra il tumulto generale, gli ha offerto di diventare il dittatore: ma ha rifiutato. La Germania gli ha fatto la nostra stessa proposta; l'Italia gli ha offerto lo stesso potere della Francia, col titolo di tribuno a vita. L'America non ha ancora detto nulla; pare che la Spagna sia ancora divisa sul da farsi. »

« E l'oriente? »

« È stato l'imperatore in persona a ringraziarlo... Che altro... »

Mabel sospirò a lungo e guardava la nebbia salire dalla città. Era un argomento troppo vasto per la sua mente. Per lei l'Europa era uno sciame operoso, che vola avanti e indietro calato nei raggi del sole. Oltre le strette fessure del cielo, ella vedeva gli uomini di Francia, di Germania, di Spagna tutti intenti allo stesso fine: avere per sé la figura di quell'uomo che aveva suscitato meraviglia in tutto il mondo.

La stessa Inghilterra, che pure cedeva con difficoltà, era rimasta entusiasta.

Per ogni paese, il sogno più grande era d'avere a capo quest'uomo. Ma lui rifiutava.

« Ha rifiutato tutto! » disse Mabel, quasi senza fiato.

« Tutto. Pensiamo che voglia sentire, prima, che cosa ne pensano i suoi cittadini. In America egli ha ancora un incarico. »

« Quanti anni avrà? »

« Non più di trentadue o trentatré. È in carica da soli pochi mesi. Ha vissuto, prima, una vita solitaria in Vermont. Poi, ebbe posto al Senato e qui parlò una volta o due. Fu in seguito eletto come membro del Parlamento. Pare che nessun altro abbia raggiunto una potenza pari alla sua. Il resto è noto. »

Mabel scosse la testa e disse: « Non ne sappiamo invece proprio nulla. Nulla! Dove ha imparato tutte quelle lingue? ».

« Dicono che abbia studiato per parecchi anni. Sono solo supposizioni: nessuno sa quanto tempo, però. Lui non dice nulla. »

Con gesto rapido, Mabel si volse al marito: « Ma questo che significa? Che significato ha la sua potenza? Spiegamelo tu, Oliviero ».

Indeciso, il giovane sposo sorrideva.

« Markom dice che proviene dalla sua illibatezza, unita al fascino dell'oratoria. Ma anche questo non spiega nulla. »

« No. Non spiega nulla! » ripeté la giovane.

« A mio parere, è la sua personalità: questa è l'etichetta che gli si addice meglio. Ma anche questa è un'etichetta, in fondo. »

« È proprio così: hai ragione! Lo hanno sentito tutti, nel tempio di Paolo e nelle pubbliche vie. Anche tu l'hai sentito. »

« Sì, l'ho sentito » esclamò Oliviero raggiante negli occhi. « Ma io darei la vita per quest'uomo! »

Dal giardino, si mossero verso casa. Non parlarono della vecchia defunta, finché non arrivarono alla porta.

« C'è gente a visitarla. Debbo fare le partecipazioni? » chiese Mabel.

« Sarà meglio attendere dopo il pranzo » rispose grave Oliviero. « Un'ora scarsa ancora, poi saranno le quattordici. A proposito, Mabel, sai chi portò il messaggio al prete? »

« Lo posso supporre. »

« Non si può sbagliare. È stato Philipps. L'ho incontrato questa notte: gli ho detto di non rimettere più piede in casa nostra. »

« Lo ha ammesso? »

« Sì. Lo ha ammesso sfacciatamente. »

Oliviero, commosso in volto, fece, ai piedi della scala, un cenno alla moglie.

Poi si avviò alla camera della madre.

Capitolo secondo

1

Percy procedeva alla volta di Roma; volava all'altezza di cinquecento piedi, attraverso il cielo sereno di quell'alba d'estate: credeva proprio di avvicinarsi alle porte del paradiso. O ancor meglio, gli sembrò d'essere come un fanciullo che torna alla casa paterna. Tutto ciò che aveva infatti lasciato, dieci ore prima, a Londra, gli sembrava una copia molto simile ai cerchi superiori dell'inferno. Gli pareva tutto un mondo da cui Dio stesso aveva voluto ritirarsi, dopo averlo lasciato nella più completa soddisfazione di sé, privo di fede e di speranza. Sembrava che Dio avesse lasciato il mondo in una condizione in cui la vita è ancora possibile, benché priva di ciò che veramente è necessario al benessere.

Era certo una calma carica d'attesa: tutta Londra fremeva fino alla punta dei piedi.

Correvano voci di ogni genere: Felsemburgh sarebbe ritornato, forse era già a Londra, forse non era mai partito. Doveva essere eletto primo ministro, presidente del consiglio, tribuno (carica in cui confluivano la democrazia di governo e la sacra inviolabilità personale), forse re se non imperatore d'oriente! Una radicale revisione dei capitoli della Costituzione era in programma in Inghilterra. Persino il delitto stava per essere debellato completamente da quella forza che aveva debellato, potenza misteriosa!, la guerra. Per tutti era sicuro il necessario nutrimento; era stata scoperta la chiave della vita. D'ora in poi non si sarebbe più morti. Questo diceva la gente. Eppure, secondo Percy, mancava ciò che rende la vita degna d'essere vissuta.

Giunto a Parigi, l'aereo si fermò alla grande stazione di Montmartre (già chiesa del Sacro Cuore). Percy udì il clamore della folla che inneggiava, con le bandiere spiegate, dopo tanto tempo, alla vita. Passando sopra i sobborghi, aveva potuto vedere lunghe linee di treni che, simili a serpenti luminosi nel vivo scintillare delle lampade elettriche, si dirigevano verso la città: portavano gli abitanti della provincia al consiglio nazionale, convocato in tutta fretta dai legislatori per discutere un nuovo appello diretto a Felsemburgh. La stessa cosa accadeva a Lione.

Chiara e animata come il giorno era la notte. E Percy raggiunse finalmente la parte sud della Francia.

Fu preso dal sonno, quando sull'aereo cominciò a spirare l'aria fresca delle Alpi. Diede solo un rapido sguardo ai picchi montuosi sotto di lui, alle profondità degli abissi, al riflesso dei laghi argentati, al placido luccicare del Rodano. Si era svegliato, ad un tratto, contro la sua volontà, per il passaggio di un immenso aereo tedesco: visione ricca d'oro e di fuoco, simile a maestosa falena dalle antenne incandescenti. I due aerei s'erano scambiati il saluto, attraverso una mezza lega d'aria silenziosa: era stato un patetico verso, quasi fossero due strani uccelli notturni ai quali dispiace fermarsi nel volo.

Milano e Torino non s'erano mosse: l'Italia, infatti, era governata secondo un sistema diverso da quello francese. Firenze cominciava solo allora a muoversi.

E intanto, centocinquanta metri al di sotto, la campagna fuggiva veloce, come fosse stata un immenso tappeto grigio verde, tutto a insenature e rilievi.

Roma era ormai a vista d'occhio: l'indicatore segnava tra i cento e i novanta chilometri.

Percy si scosse, alla fine, dal sonno. Prese il breviario: disse solo le prime preghiere, poi la sua attenzione si spostò ad altre cose. Finita la recita di *prima*, chiuse il libro, si accomodò meglio, riavvolgendosi nella pelliccia e distese i piedi sul sedile vuoto che aveva davanti. Era solo nello scompartimento, perché i tre uomini saliti a Parigi si erano fermati a Torino.

Tre giorni prima, Percy era stato molto sollevato quando aveva ricevuto dal cardinale protettore il messaggio in cui gli veniva ordinata una lunga assenza dall'Inghilterra per recarsi a Roma il più presto possibile. Capì, da questo fatto, che l'autorità ecclesiastica cominciava ad essere seriamente preoccupata degli avvenimenti. Ripensò a quanto accaduto negli ultimi giorni, cercando di stabilire che tipo di relazione avrebbe potuto fare.

Dopo l'ultima lettera spedita a Roma, nella sola diocesi di Westminster si erano verificate sette scandalose apostasie: due sacerdoti e cinque laici famosi e rispettati. Ovunque si sentiva parlare di rivolta; anche a Percy era capitato tra le mani un documento minaccioso, una *petizione* che reclamava la dispensa dall'uso dell'abito ecclesiastico: firmatari erano centoventi preti inglesi e gallesi. Prendevano a pretesto il fatto che, a loro detta, la persecuzione da parte del popolo era imminente e che il governo mentiva quando prometteva di difenderli. Essi insinuavano che la fedeltà religiosa stava scemando anche nei più fervidi credenti, mentre nei più deboli già era scomparsa.

Percy era stato molto esplicito, nel commento alla *petizione* suddetta: aveva fatto notare alle autorità che costoro non erano tanto preoccupati dalla persecuzione, ma dal nuovo e imprevisto esplodere del delirio per l'*Umanità*. Questo delirio si era diffuso con centuplicata veemenza dopo la comparsa di Felsemburgh e la pubblicazione delle notizie in merito alla guerra d'oriente. Tutto questo aveva enormemente infiammato i cuori della maggior parte della gente.

Le persone per bene aprivano gli occhi e si stupivano di aver potuto credere a un Dio da amare: si chiedevano quale incantesimo li avesse tenuti schiacciati per sì lungo tempo. Cristianesimo e teismo stavano scomparendo dalla testa della gente, così come la nebbia si dilegua al sopraggiungere del sole.

Quali proposte si potevano fare?

Percy ne aveva e di ben chiare. Con un certo senso di disperazione, le faceva rigirare nella sua mente. Neppure lui era del tutto sicuro di aver fede in ciò che professava. Da quando aveva visto quel candido aereo, di fronte al silenzio di tomba di quella moltitudine ferma nella notte, ogni suo ardore sembrava essere scomparso. Era una cosa terribile, una realtà insopportabile: radiose speranze e slanci appassionati si erano dileguati come ombra che passa, davanti a quel rigurgitare fervente di popolo. Le sue fibre erano rimaste scosse nel profondo. Nulla di simile, mai, era stato visto sulla terra.

Mai la folla, con tanta commozione e tanto entusiasmo, aveva risposto a un oratore; e quello era il più grande oratore che mai fosse stato udito da orecchio umano: la moltitudine irreligiosa di Londra era ancor sveglia, al sopraggiungere freddo dell'alba, per salutare, nelle strade, la venuta del suo *salvatore*.

E poi quest'uomo... No. Percy non sapeva dire che cosa lo avesse ammaliato, quando, col nome di Gesù sulle labbra, era rimasto bloccato ad ammirare quella figura che spiccava nel bianco e che era così simile a lui nel volto e nei capelli. Aveva solo avvertito una mano, non fredda, una mano come di fuoco, che gli prendeva il cuore e lo serrava, uccidendo quasi ogni sua convinzione di fede.

Fu solo lo sforzo della sua volontà (e il solo ricordo lo angustiava) a impedirgli di darsi per vinto: sforzo familiare a tutti quelli che camminano sulla via dello spirito e che così bene sanno che cosa sia una caduta.

Solo una cittadella aveva conservato sicure e intatte le porte: tutte le altre erano crollate.

Ogni sua facoltà aveva subìto l'attacco: l'intelletto era diventato ottuso, la memoria dell'eternità affievolita e una nausea spirituale aveva preso posto nell'anima sua. Ma la segreta fortezza della volontà aveva saputo resistere nell'impari lotta, rifiutandosi di proclamare e riconoscere Felsemburgh come salvatore e re.

Quanto aveva pregato nelle ultime settimane! Non aveva praticamente fatto altro. La tentazione, infatti, non lo lasciava un istante: continuamente lo ferivano in ogni parte le spine del dubbio e le obiezioni lo assalivano. Sempre vigilante, notte e giorno, aveva cacciato il dubbio e messo in fuga le obiezioni. Si era sforzato di mantenere la propria posizione sul difficile spazio del soprannaturale. Aveva gridato e gridato ancora al Signore di venirgli in aiuto. Si era addormentato col crocifisso nelle mani, lo aveva coperto di baci svegliandosi. Scriveva, parlava, camminava, mangiava, viaggiava: tutta la sua vita interiore si esauriva nell'unico lavoro di proclamare a se stesso la fede, disperatamente, in una religione che il suo intelletto ora negava e per la quale era in lui spenta ogni affezione.

Aveva provato momenti di estasi: si trovava in una strada affollata e riconobbe che Dio era tutto, che il creatore è la chiave di vòlta della sua creatura, che un umile atto di adorazione ha più valore del più alto, nobile e puro atto naturale; lì riconobbe che il soprannaturale è il significato esauriente di tutto.

Provò ancora estasi, una notte, nel silenzio della cattedrale, davanti a un lucignolo tremante: un'aura divina usciva dal tabernacolo chiuso. Poi la marea della passione lo abbandonò e lo lasciò nell'aridità e nello sconforto. Ma fisso restava il suo giudizio (poteva essere fede o presunzione) che nessuna potenza dell'inferno o della terra lo avrebbe potuto distogliere dal professare il cristianesimo, benché egli non lo dicesse apertamente. Solo il cristianesimo rende la vita degna di essere vissuta!

Percy mandò un profondo ed affannoso respiro. Cambiò di posto: aveva infatti intravisto una cupola lontana, simile a una sfera collocata su un verde tappeto. E qui tutto il suo pensiero fu preso da un solo fatto: Roma!

Si alzò e uscì dallo scompartimento. Avanzando lungo il corridoio centrale, vide, attraverso i vetri, da una parte e dall'altra, i compagni di viaggio: qualcuno dormiva, altri fissavano gli occhi alla cupola, altri leggevano. Guardò alla porta d'ingresso e, per qualche minuto, rimase incantato di fronte al pilota, fermo al suo posto. La figura imponente teneva nelle mani la ruota d'acciaio che timonava le ali; i suoi occhi erano fissi sul ventometro che registrava, sul quadrante, la forza e la direzione delle correnti. Ai rapidi movimenti delle mani, rispondevano gli smisurati ventagli, ora innalzando ora abbassando il convoglio.

Più in basso, sempre davanti all'imponente pilota, fissati a una tavoletta rotonda e protetti da campane di cristallo, c'erano diversi strumenti dei quali Percy ignorava l'utilità: uno sembrava un barometro, per misurare, forse, l'altezza da raggiungere; l'altro pareva una bussola. Poi, oltre le finestre a vòlta, si stendeva all'infinito il cielo.

Certo! Qui tutto stupisce, pensava Percy. E non è che un semplice aspetto di quell'immensa forza contro la quale il soprannaturale dovrà intraprendere la lotta, l'ultima lotta.

Di nuovo, sospirando, si voltò per tornare al suo posto. E gli si aprì davanti un altro stupendo panorama. Bello, perché insolito e mai visto, solo in apparenza finzione: poteva sembrare, allo sguardo, un'artistica carta murale. Dalla vetrata d'ingresso scorgeva, a destra, lontano, il filo sottile, grigio del mare baciato dall'estremità del cielo sereno: e il mare saliva e scendeva, imitando le ampie curve dell'aereo, immobile all'apparenza e quasi insensibilmente percosso dalla brezza occidentale.

S'avvertiva solo il movimento della grande elica che turbinava da poppa.

Alla sinistra, la campagna smisurata, attraverso le ali ferme dell'aereo, spariva veloce come una falena e con lei sparivano le linee irregolari dei villaggi, sparsi qua e là e appiattiti in modo tale che difficilmente si riusciva a distinguerli dai corsi d'acqua. E quel paesaggio si perdeva lontano, nell'ondeggiare dei colli umbri.

Davanti, a tratti visibili e a tratti no, si delineavano, ancora indistinti, i lineamenti di Roma e della vasta e nuova periferia.

Gli occhi di Percy avvertivano, in alto e in basso, gli spazi infiniti dell'atmosfera, colorati di un cupo zaffiro, dileguati nell'orizzonte di pallido turchese.

Il tutto era coronato dalla cupola, che diventava via via sempre più grande.

Percy non udiva più nemmeno l'unico rumore di quell'incanto: il suono prodotto dal continuo attrito con l'aria, infatti, s'affievoliva sempre più, man mano che l'aereo diminuiva la velocità ad una media di cinquanta chilometri orari.

Squillò improvvisa una campana e Percy, immediatamente, fu preso da un leggero malessere, mentre l'aereo scendeva maestosamente a picco. Il giovane prete vacillò e si strinse nella pelliccia.

Quando rialzò lo sguardo, il movimento era terminato. Egli vide, davanti a sé, le torri, la distesa dei tetti e, più in basso, di sfuggita, poté vedere una strada e parecchi tetti ricoperti, a sprazzi, di verde.

Di nuovo la campana squillò, accompagnata da un sibilo armonioso.

Sentì da ogni parte un movimento di passi vicini: una guardia in uniforme passò rapida per il corridoio vetrato.

Poi Percy sentì nuovamente quel leggero malessere. Alzò gli occhi dalla valigia e tornò a guardare la cupola che, per brevi istanti, si trovò al suo stesso livello: grigia in alcune parti, striata in altre, gli appariva grandiosa sotto il sereno del cielo.

La terra girava da sola. Percy chiuse gli occhi.

Quando li riaprì, le mura delle case sembravano alzate sopra di lui per fermarlo e dominarlo.

Un ultimo squillo, poi una lieve ondulazione. L'aereo toccò il fondo della darsena d'acciaio. Sporgendo dalla finestra, i volti ondeggiavano, uno accanto all'altro.

Presa la valigia, Percy si diresse all'uscita.

2

Era particolarmente emozionato, qualche ora più tardi, mentre sedeva, da solo, davanti a una tazza di caffè. Si trovava in una stanza in Vaticano. Sentiva gioia e conforto, mentre la sua mente stanca ripensava al luogo in cui, ora, era.

Come gli era sembrato strano tornare su quei ciottoli, nella vettura un po' antica e modesta, proprio come venti anni prima, quando era partito da Roma non appena ordinato sacerdote.

Il mondo aveva camminato molto: ma Roma non si era mossa. Aveva ben altro cui pensare che non ai mutamenti materiali, da quando il peso spirituale di tutta la cristianità era appoggiato sulle sue spalle. Pareva non fosse cambiata proprio in nulla o, meglio, sembrava essere tornata indietro di centocinquant'anni.

I libri di storia dicono che Roma avesse rifiutato tutti i miglioramenti promessi dal governo italiano, già vent'anni prima, non appena era stata proclamata indipendente. I tranvai non correvano più; agli aereoplani era stato vietato il passaggio oltre il recinto.

Erano rimasti in piedi i nuovi edifici, trasformati però per usi ecclesiastici. Il Quirinale era stato trasformato in dimora del papa Rosso; i palazzi dell'ambasciata ora erano seminari. Il Vaticano stesso, fatta eccezione per l'ultimo piano, serviva come residenza del sacro collegio, corona al sommo pontefice, come le stelle lo sono per il sole.

Gli archeologi dicevano che era una città singolare, l'unico modello vivente dei tempi antichi.

A Roma c'erano le stesse carenze d'un tempo: una noncuranza d'igiene che faceva orrore e che pareva l'incarnazione di un mondo perduto nei sogni.

Ancora viva era l'antica, ecclesiastica pompa. I cardinali usavano ancora la Berlina dorata; il papa Rosso cavalcava sempre una bianca mula; il Santissimo Sacramento incedeva per le strade in festa, accompagnato dai campanelli e dai lanternoni.

Una brillante descrizione di queste antichità aveva allietato per almeno due giorni il mondo civile: quella retrocessione nel tempo aveva offerto materiale inesauribile per le accuse delle persone colte. E tutti gli intellettuali erano concordi nel dire che la superstizione era nemica del progresso.

Percy procedeva dalla stazione dei velivoli verso la Porta del popolo. Guardò intorno di sfuggita e vide i paesani vestiti all'antica, le carrette da vino bianche e rosse, i torsoli dei cavoli sparsi sui marciapiedi, i panni bagnati stesi alle finestre e dondolanti sulle corde. Vide muli e cavalli. Tutto gli sembrava strano; eppure trovava sollievo di fronte a questo panorama: gli ricordava che l'uomo è uomo e non dio, come invece tutti sostenevano. E l'uomo, pur essendo noncurante ed egoista, è attento a qualcosa di più profondo che non la velocità degli aerei, la pulizia e la precisione.

Anche la stanza in cui Percy era ora accomodato riportava indietro di un secolo e mezzo. Sedeva vicino alla finestra, con le persiane abbassate per proteggere l'interno dai raggi del sole ormai alto.

La stanza, privata dell'antico damasco e della doratura, risultava più severa; al centro, una lunga tavola di legno con le sedie intorno. Il pavimento era di mattonelle rosse e c'erano stuoie per i piedi I muri bianchi erano dipinti ad acquarello; qualche quadro alle pareti; da un altare collocato presso la seconda porta s'innalzava un crocifisso immenso, fiancheggiato da due candele.

Non c'erano mobili, se non un banco fra le due finestre e, sopra di esso, una macchina da scrivere che fece meravigliare molto Percy, che non si aspettava certo di vedere in quel luogo un simile oggetto.

Dopo aver bevuto il caffè, il giovane prete si abbandonò sulla sedia. Si sentiva liberato da un peso enorme e si stupiva che in così poco tempo fosse avvenuto un tal cambiamento dentro di lui.

La vita qui era più semplice: il mondo spirituale era un presupposto e non l'oggetto di discussione; qui il soprannaturale si imponeva nella sua realtà e faceva apparire gloriose, agli occhi dello spirito, quelle figure venerande divenute invisibili nel corso vertiginoso degli avvenimenti mondani. Qui restava, discreta, l'ombra di Dio e non era più difficile riconoscere che i santi vigilano e intercedono per noi, che Maria siede sul suo trono e che nella particola sull'altare è presente Gesù.

Non c'era, però, calma perfetta in Percy: dopo tutto era a Roma solo da un'ora e l'ambiente, benché pregno della grazia presente, non avrebbe potuto operare in lui più di quanto già aveva operato.

Si sentiva però meno a disagio: non era più disperatamente angosciato. Era diventato più simile a un fanciullo disposto ad affidarsi a quell'autorità che reclamava diritti senza dare spiegazioni, quell'autorità che rendeva evidente come il mondo fosse fatto in un certo modo e non in un altro, creato per un certo scopo e non per un altro.

Nel suo atteggiamento, però, restavano quelle convenienze così fastidiose. Erano bastate dodici ore ed era passato da Londra a un luogo che poteva essere o il pozzo di un'acqua esterna al corso della vita o la vera corrente nel cuore della vita.

Sentì, fuori dalla porta, un rumore di passi. Girò la maniglia della porta ed entrò il cardinale protettore.

Da quattro anni non si vedevano e Percy lo riconobbe a fatica.

Era un vecchio molto saggio, curvo e debole: il suo viso era coperto di rughe e la testa era coronata di bianchi capelli, folti sotto lo zucchetto rosso.

Indossava l'abito nero dei benedettini ed una semplice croce d'abate sul petto. Camminava con passo malfermo, appoggiandosi a un bastone. Il vigore della sua giovinezza restava solo nello sguardo, in quegli occhi piccoli e vivaci che si muovevano sotto le palpebre cadenti.

Porse la mano, sorridendo, a Percy il quale, ricordando di essere in Vaticano, s'inginocchiò per baciargli l'anello.

« Benvenuto a Roma, padre! » disse il cardinale protettore, con un'insolita freschezza nella voce. « Mi hanno comunicato il vostro arrivo mezz'ora fa. Ho pensato bene di lasciarvi solo per un po', perché poteste rinfrescarvi e bere il caffè. »

Percy disse sottovoce alcune parole incomprensibili.

« Sì. Siete veramente stanco » continuava il cardinale, mentre avvicinava a Percy una sedia.

« Non molto, eccellenza! Ho dormito bene. »

Il venerando invitò Percy a sedersi, poi disse: « Ho alcune cose di cui parlare con voi. Il sommo pontefice vi attende alle undici ».

Percy rimase sorpreso.

« Siamo solleciti nelle nostre cose, visti i tempi. Caro padre, non c'è un minuto da perdere. Sapete che rimarrete per un po' a Roma? »

« Ho fatto tutti i preparativi in previsione di questo, eminenza. »

« Bene! Siamo contenti di voi, qui, padre Franklin. Il santo padre è stato molto colpito dalle vostre osservazioni: avete previsto tutto in modo mirabile. »

Percy arrossì soddisfatto. Queste parole lo incoraggiavano.

Intanto il cardinale Martin continuava: « Posso assicurarvi che siete considerato il migliore tra i corrispondenti inglesi. È proprio per questo che vi abbiamo chiamato. È necessario che voi diventiate nostro consigliere, perché tutti sono capaci di riferire i fatti, ma pochi sono poi in grado di valutarli... Ma voi, padre, siete molto giovane. Quanti anni avete? ».

« Trentatré, eccellenza. »

« Ah! Comunque, i vostri capelli bianchi sono una buona garanzia. Ora, padre, volete venire con me nella mia stanza? Staremo insieme fino alle nove, non di più. Poi potrete riposare un po' e alle undici vi presenterò a sua santità. »

Percy aveva l'anima tutta in subbuglio; si alzò e corse contento ad aprire la porta al cardinale.

3

Solo pochi minuti, poi sarebbero suonate le undici. Percy, vestito con l'abito talare, col ferraiuolo nuovo e scarpe con le fibbie, uscì dalla stanza e andò a bussare alla porta del cardinale.

Si sentiva, ora, più padrone di sé. Aveva parlato a lungo col cardinale e gli aveva descritto, con tutta libertà e con grande energia, l'impressione suscitata da Felsemburgh a Londra; non aveva neppure tenuta nascosta la paralisi spirituale che quell'uomo aveva prodotto su di lui.

Aveva detto al cardinale come fosse convinto che l'umanità si trovava ora agli inizi di una rivoluzione radicale che non aveva uguali nella storia. Aveva narrato alcuni episodi cui aveva assistito: un gruppo di persone in ginocchio davanti all'immagine di Felsemburgh; un morente che invocava il suo nome; la moltitudine radunata in Westminster per udire i risultati della proposta fatta a quest'uomo. Mostrò al cardinale una mezza dozzina di articoli di giornale, dai quali traspariva evidente il fanatismo popolare. Tentò anche alcune previsioni dichiarando che, a suo avviso, la persecuzione non poteva essere lontana.

« Il mondo sembra ripieno di una forza maligna, che corrompe e confonde ogni cosa. »

Il cardinale faceva segni d'approvazione col capo: « Anche noi sentiamo! Anche noi! Purtroppo... ».

Il cardinale, per tutto il colloquio, continuava a guardare Percy con i suoi occhi piccoli; ogni tanto interrompeva il giovane prete per chiedere qualche spiegazione. La sua attenzione aumentava col procedere del discorso.

« Per quanto riguarda i vostri consigli, padre... » disse il cardinale, poi s'interruppe. « No... ci sono troppe cose che vorrei chiedervi. Ma parlerete col sommo pontefice. »

Si congratulò inoltre con Percy per la sua ottima conoscenza del latino, giacché avevano usato questa lingua nel loro secondo colloquio. Percy spiegò che i cattolici inglesi avevano obbedito all'ordine dell'anno precedente, che il latino diventasse per la chiesa quello che era l'*esperanto* per il mondo.

« Questa è un'ottima cosa e farà certamente piacere a sua santità » concluse il cardinale.

Qualcuno bussò alla porta. Il cardinale allora uscì, trascinando quasi Percy per un braccio. Senza dir nulla, si avvicinarono all'ascensore.

Percy osservò, nel corso di quell'ascesa verso le stanze del papa: « Sono rimasto stupito, eccellenza, da questo ascensore e da quella macchina da scrivere, giù, in anticamera ».

« E perché, padre? »

« Perché in tutto il resto Roma è rimasta come ai tempi antichi. »

Il cardinale lo guardò perplesso e disse: « Ne è sicuro?... Può darsi. Io non ci ho badato ».

Una guardia svizzera aprì la porta dell'ascensore, fece il saluto e li precedette in un lungo corridoio impiantito. Li attendeva un'altra guardia svizzera. Di nuovo, la prima guardia li salutò, poi tornò indietro.

Un ciambellano vestito severamente di nero e di porpora, con un collare alla spagnola, appena li vide dalla porta, si affrettò ad aprirla. Com'era strano che accadessero ancora certe cose!

« Vostra eminenza sia così cortese da attendere un poco » disse il ciambellano in latino.

Si trovavano ora in una stanza piccola, quadrata, con sei porte. Certamente si trattava di una stanza ottenuta dividendone una più ampia nei tempi antichi: era infatti sproporzionatamente alta e la cornice d'oro annerita spariva, in linea retta, da una parte e dall'altra fra le bianche pareti.

Anche i muri di separazione dovevano essere sottili: i due uomini, mentre aspettavano seduti, potevano infatti sentire di là un mormorìo di voci, uno strisciare di piedi e il picchiettare continuo di quella macchina da scrivere da cui Percy credeva di essersi liberato.

Erano soli nella stanza quadrata che, addobbata con semplicità come quella del cardinale, aveva un aspetto singolare di povertà ascetica e di dignità, nel pavimento a mezzane rosse, nel bianco delle pareti, nell'altare sul quale erano posati due candelabri di bronzo di valore inestimabile.

Le imposte erano socchiuse. Nulla poteva distogliere Percy dalla profonda commozione che sentiva dentro di sé.

Stava per entrare alla presenza del *pastor angelicus*. Era questi un vecchio molto saggio che, circa cinquant'anni prima, a soli trent'anni era stato eletto segretario di stato. Era papa da nove anni. Era opera sua l'accordo raggiunto col governo, in base al quale tutte le chiese d'Italia erano state cedute al potere temporale, in cambio della sovranità completa su Roma. Egli si era proposto, fin d'allora, di fare di Roma una città di santi. Non si era dato pensiero delle opinioni mondane: aveva cominciato un nuovo tipo di politica, se politica quella da lui fatta poteva essere definita.

Le sue numerose *Encicliche* contenevano tutte il principio che scopo della chiesa è rendere gloria a Dio e coltivare nelle anime il seme soprannaturale. Egli affermava che niente aveva importanza né significato se non in relazione con questi scopi supremi.

Una volta definito Pietro come la roccia, era logica conseguenza ritenere la città di Pietro come la capitale del mondo, che doveva, quindi, essere di esempio a tutte le altre città. Ma questo non poteva verificarsi se Pietro non avesse regnato su Roma. E per questo egli aveva deciso di sacrificare tante chiese e tanti edifici.

Essendo re, si era prefissato di regnare veramente. Aveva detto che tutte le scoperte del progresso tentavano di distrarre l'uomo dalla memoria delle verità eterne: non erano certo di per sé cattive, giacché rivelavano la sapienza di Dio nascosta nella natura; ma al tempo presente, esse servivano solo a infervorare vanamente le menti. Soppresse perciò i tramvai, gli aereoplani, le fabbriche e i laboratori: diceva che tutto questo poteva trovare spazio al di fuori delle mura di Roma; li relegò infatti nella vasta periferia e al loro posto eresse tabernacoli, conventi e vie crucis.

Ma prestò grandissima attenzione soprattutto alle anime dei suoi sudditi. Roma non era molto vasta e, dal momento che il mondo avrebbe potuto corromperla se non fosse stata veramente il *sale della terra*, decretò che nessun uomo inferiore ai cinquant'anni poteva restare all'interno di essa per più di trenta giorni, senza un permesso speciale.

Potevano, questi, abitare fuori città; e infatti erano decine di migliaia gli abitanti della periferia. Ma è chiaro che, facendo così, si comportavano più nel rispetto della lettera che non dello spirito del papa, il quale li avrebbe voluti sparsi per l'umanità. Aveva diviso la città in quartieri nazionali: ogni nazione possedeva le sue virtù particolari da diffondere costantemente nel proprio luogo.

Le pigioni erano aumentate molto di prezzo: aveva provveduto a questo grave fatto con una legge che stabiliva per ogni quartiere un certo numero di vie con pigioni a prezzo fisso; la legge dichiarava *ipso facto* scomunicati tutti i contravventori.

A sé riservò tutta la città leonina.

Con la stessa saggezza serena che aveva, in altri aspetti, fatto ridere tutto il mondo civilizzato, ripristinò la pena di morte: se la vita umana è sacra, egli sosteneva, ancor più sacra è la virtù. Oltre agli omicidi, erano passibili della pena di morte gli adùlteri, gli idolatri e i traditori.

Negli otto anni del suo pontificato si verificarono solo due esecuzioni capitali: i delinquenti infatti, a meno che non fossero sudditi fedeli, si andavano a nascondere nei sobborghi della periferia, sottraendosi così alla giustizia papale.

Ma non si limitò a questo. Spedì ambasciatori in ogni parte del mondo, annunziando il loro arrivo ai governi dei vari paesi. Questi fecero caso all'avviso papale solo per poterne ridere un po'; ciò nonostante il papa continuava a reclamare, imperterrito, i propri diritti di sovrano. Nello stesso tempo, affidava ai suoi messi il compito di recare ovunque i discorsi papali. Di quando in quando, ora in una città ora in un'altra, facevano comparsa le *Encicliche*, nelle quali erano scritti i princìpi fondamentali fissati dal papa, come se ovunque questi fossero riconosciuti.

Inflisse condanna formale alla *frammassoneria* e alle idee democratiche di ogni tipo; gli uomini furono richiamati a riflettere sul loro destino immortale, sulla maestà di Dio, sul fatto che, dopo il breve tratto della vita, avrebbero dovuto rendere conto a Dio, creatore e sovrano dell'universo, a nome del suo vicario in terra, Benedetto XXIV, di cui seguiva la segnatura e il sigillo.

Il mondo fu molto stupito di fronte alla condotta di questo papa. I popoli si attendevano sdegni unanimi, complotti, proteste, emissari segreti, discussioni, calde esortazioni. Nulla di tutto ciò. Egli sembrava ignorare i passi compiuti dal progresso; sembrava che ancora credesse che il mondo intero fosse fedele a Dio: non aveva ancora scoperto che Dio era lui! Così il popolo pensava.

Questo vecchio scemo continuava a credere nel suo sogno e farneticava a proposito di croce, di vita interiore, di perdono dei peccati, così come in duemila anni avevano fatto i suoi predecessori. Era chiaro che Roma aveva perso il suo potere e anche il buon senso. Era giunta l'ora di farla finita con tutto questo!

Ecco dunque com'era il *pastor angelicus*, sua santità che Percy avrebbe incontrato dopo pochi minuti.

Il cardinale appoggiò la sua mano sul ginocchio di Percy; la porta si aprì ed apparve il prelato in abito rosso scuro; s'inchinò.

«Una sola cosa» disse il vecchio cardinale. «Parlate con la massima sincerità».

4

La bianca figura del papa sedeva, nella penombra della stanza, dietro una grande scrivania, proprio in faccia alla porta dalla quale Percy e il cardinale erano entrati. Questo fu ciò che Percy vide prima d'inginocchiarsi. Poi avanzò con lo sguardo a terra e si inginocchiò per una seconda volta. Avanzò ancora e di nuovo, per la terza volta, si mise in ginocchio, accostando alle labbra la mano scarna e bianca tesa verso di lui. Mentre Percy si alzava, sentì la porta richiudersi alle sue spalle.

«Padre Franklin, santità!» disse il cardinale al papa, avvicinandosi al suo orecchio.

Il braccio, coperto di bianco, accennò ai visitatori due sedie, sulle quali si accomodarono subito.

Il cardinale, in un latino molto elementare, ricordò al papa chi fosse padre Franklin, quel prete inglese che aveva inviato corrispondenze così interessanti.

Percy intanto si guardava intorno stupito. Conosceva il papa per averlo visto in tante fotografie e cortometraggi. Conosceva anche il suo modo di fare: il leggero piegarsi della testa in atto di assenso e le rapide ed eloquenti mosse delle mani che accompagnavano le parole.

Ma Percy, pur sapendo di pensare una cosa banale, dovette confessare a se stesso che, visto di persona, il papa era una presenza totalmente nuova.

Davanti a sé, egli aveva un vecchietto: ancora diritto sulle spalle, di media altezza. Aveva le mani appoggiate ai braccioli della poltrona; un'aria di consapevole dignità spirava in tutta la sua persona. Percy fu soprattutto colpito dal suo volto, che egli guardava di sfuggita, incontrando talvolta lo sguardo del papa. Aveva due occhi di una vivacità tutta particolare: gli ricordavano ciò che gli storici dicevano degli occhi di Pio X. Nel taglio netto delle palpebre, aveva un'espressione severa, che non trovava riscontro negli altri lineamenti del volto. Non c'era asprezza alcuna in lui. Non era né grasso né magro: il volto era di un ovale perfetto; le labbra, sottili, avevano un fremito appassionato. Il naso scendeva a becco d'aquila e terminava con due narici finemente cesellate. Il mento era ben saldo, con una fossetta al centro. La testa, infine, era, nell'insieme, stranamente giovanile. Era, quello, un volto in cui si leggevano generosità e dolcezza magnanime, unite a povertà di spirito e umiltà profonda, era un volto sacerdotale, nell'insieme e in ogni più piccola parte. Egli portava un bianco zucchino sui capelli bianchi, come corona naturale a una fronte leggermente schiacciata sulle tempie.

Grande ilarità, nove anni prima, aveva suscitato l'immagine di preti molto noti proiettata su uno schermo, nei caffè-concerto, accanto a quella del papa: non si distinguevano quasi l'una dall'altra!

Ricapitolando le sue impressioni, Percy trovò che solo la parola *prete* compendiava quella figura. *Ecce sacerdos magnus!*

Si stupiva che il papa, ormai ottantenne, avesse un aspetto così giovanile (saldo nelle spalle e colla testa ritta, simile a quella d'un atleta) e solo qualche ruga sul volto.

Pastor angelicus ripeteva tra sé Percy.

Il cardinale aveva terminato le sue spiegazioni. Fece quindi un cenno al giovane sacerdote. Percy, allora, cercò di svegliare e chiamare a raccolta tutte le capacità del suo spirito, in modo da poter rispondere adeguatamente alle domande che gli sarebbero state rivolte.

«Benvenuto, figlio mio» disse il papa, con voce dolce e musicale. Percy era commosso. Poté soltanto fare una profonda riverenza.

Il papa abbassò lo sguardo, prese con la mano sinistra un fermacarte e cominciò a giocherellare con quello, mentre parlava: «Ora, figlio mio, ecco le tre domande che ho da rivolgervi: *che cosa è avvenuto, che cosa avviene e che cosa avverrà?* E ditemi cosa, a vostro avviso, si dovrebbe fare».

Percy sospirò profondamente; si appoggiò alla sedia, intrecciò fra loro le dita delle mani e cominciò a guardare in basso, davanti a sé, una scarpa ricamata a croce. Poi prese a parlare, dicendo ciò che il giorno prima aveva ripetuto a se stesso almeno cento volte.

Per prima cosa cercò di inquadrare il problema. Le forze del mondo, egli spiegava, sono concentrate in due campi opposti: il mondo e Dio. Fino a quel momento, le forze del mondo, incoerenti e disorganizzate, si erano gettate in diverse strade e, infatti, c'erano state guerre e rivoluzioni, movimenti di folla indisciplinati, sregolati e sfrenati. E a questo la chiesa aveva contrapposto la sua cattolicità, troppo preoccupata della quantità rispetto alla qualità. E in fondo la chiesa aveva opposto a dei franchi tiratori altri franchi tiratori. Ma durante gli ultimi cento anni c'era stato più di un segno che testimoniava la necessità di cambiare tattica di guerra. L'Europa comunque era stata lacerata dalle lotte intestine: dapprima il problema dell'organizzazione del lavoro, poi quella del capitale, poi l'alleanza tra capitale e lavoro, tutti problemi di carattere economico. La spartizione pacifica dell'Africa dal punto di vista politico era stato il secondo punto del grande cambiamento. E, alla fine, lo sviluppo dell'*Umanità* dal punto di vista della problematica religiosa. Contro questo concentramento delle forze del mondo, anche la chiesa aveva dovuto concentrare le proprie forze. La sapienza dei pontefici e l'aiuto di Dio permisero di unificare sempre più le file. Percy portò, a questo proposito, come esempi, l'abolizione di tutti gli usi locali, compresi quelli di cui l'oriente era stato sempre così geloso; l'istituzione dei cardinali protettori in Roma; la fusione obbligatoria di tutti gli ordini religiosi in una sola regola, pur mantenendo ognuno il proprio nome, sotto l'autorità di un unico abate; l'unificazione di tutti i monaci (fatta eccezione per i certosini, i carmelitani e i trappisti) in un secondo ordine; certosini, carmelitani e trappisti erano diventati un solo ordine, il terzo; le monache, infine, erano state anch'esse suddivise secondo questa tripartizione. Ricordò inoltre il decreto recente col quale erano stati espressamente determinati i limiti dell'infallibilità del pontefice, era stato codificato il Diritto Canonico, semplificato il metodo di governo, nella gerarchia, nelle rubriche, negli affari missionari; poi ricordò i nuovi e importanti privilegi concessi ai semplici sacerdoti in terra di missione.

A questo punto si rese conto che stava per perdere il filo: accompagnò allora le parole con un gesto sobrio, alzò un po' la voce e tentò di fare un collegamento tra tutti questi fatti e gli ultimi avvenimenti. Sosteneva che tutto quanto era accaduto nella chiesa negli ultimi anni conduceva appunto agli avvenimenti successi negli ultimi mesi, cioè alla riconciliazione del mondo intero su una base che negava il soprannaturale.

Volontà di Dio e del sommo pontefice era quella di unificare l'umanità nel nome di Gesù Cristo. Ma ancora una volta la pietra angolare era stata rigettata: ma non ne era seguito il caos, come molte persone pie avevano profetizzato. Era invece sorta un'unità che non aveva paragone in tutta la storia dell'umanità. E ovviamente concorrevano a costituirla molti uomini di buona volontà. Era morta, a quanto sembrava, la guerra: ma non era stato il cristianesimo a ucciderla. Tutti gli uomini si erano ormai convinti che l'unione è migliore della divisione: era una lezione che essi avevano appreso fuori dalla chiesa. Le virtù naturalistiche avevano cominciato, inaspettatamente, a crescere rigogliose, mentre le virtù divine erano state messe da parte e disprezzate. La filantropia aveva preso il posto della carità; la soddisfazione aveva sostituito la speranza e la fede era stata spodestata dalla cultura.

Percy si fermò su queste parole. Si accorse di avere assunto il tono tipico di un predicatore.

« È proprio così, figlio mio. Che altro c'è, ancora? » disse quella dolce voce.

« Sì. Ancora alcune cose, santità » proseguì Percy. « I movimenti di questo genere creano delle personalità. La personalità di questo movimento è Giuliano Felsemburgh. L'opera da lui compiuta, umanamente parlando, è certamente miracolosa. Viene da quella parte del mondo che sola è capace di dar vita a simili virtù; ed è riuscito a porre fine alla secolare divisione tra occidente e oriente. Grazie al suo prestigio personale, ha saputo abbattere le due più grandi tirannie dell'umanità: il fanatismo religioso e i partiti politici. La sua azione deve essere veramente portentosa se si è imposta anche agli inglesi, in genere così poco sensibili, così come ha acceso fiamme d'entusiasmo in Francia, in Germania, in Spagna.»

Percy si fermò per descrivere alcune scene in cui Felsemburgh era apparso come una visione celeste: citò, in tutta libertà, gli appellativi attribuiti a quest'uomo da giornali seri e autorevoli, per nulla fanatici. Felsemburgh era stato definito il *figlio dell'uomo*, per la sua educazione cosmopolita; *salvatore del mondo* per aver allontanato la guerra e perfino... (ma a questo punto la voce di Percy tremava leggermente)... *Dio incarnato*, come simbolo, il più perfetto, della divina umanità.

Ma restò immobile, anche a queste parole, la tranquilla faccia di sacerdote che Percy aveva di fronte. Allora il giovane prete continuò a parlare: «Ormai è prossima la persecuzione. Già sono stati fatti alcuni tentativi. Ma la persecuzione non è da temere. Come sempre, essa, senza alcun dubbio, cagionerà delle defezioni; sono queste però cose deplorevoli eminentemente dal punto di vista personale. La persecuzione, d'altra parte, confermerà nella fede i veri credenti ed eliminerà dalla chiesa le coscienze titubanti. Già nei primi tempi l'attacco di Satana si scagliò sui corpi usando le sferze, il fuoco e le fiere; nel sedicesimo secolo, poi, lo stesso attacco si abbatté sulle intelligenze; nel ventesimo secolo esso violentò le sorgenti stesse della vita spirituale e morale, attaccando contemporaneamente il corpo, l'intelletto e il cuore. La cosa che più è da temere è questa influenza immensa che sa esercitare l'umanitarismo: esso, infatti, s'avvicina, come il regno di Dio, con grande forza, esaltando le menti visionarie e romantiche; asserisce le sue verità e non le dimostra, soffoca con guanciali comodi invece di sollecitare le menti e ferisce con l'arma della dialettica. Sembra, da quanto è possibile vedere oggi, che esso si sia aperta la via per giungere fino alle più recondite segretezze del cuore umano.

« Vi sono persone che, pur non avendone mai sentito parlare, si trovano a professare i princìpi dell'umanitarismo; i preti se ne nutrono come si nutrivano del corpo di Dio nell'Eucaristia (e qui fece menzione delle più recenti apostasie); i fanciulli s'inebriano così come s'inebriavano a sentire il catechismo. L'anima, *naturaliter christiana*, sembra essere diventata naturalmente infedele. La persecuzione deve essere accolta, implorata, abbracciata come l'àncora della salvezza! Speriamo che le pubbliche autorità non siano così scaltre da distribuire contemporaneamente veleno e antidoto. Ci saranno così martiri individuali: e ve ne saranno molti, a dispetto del governo secolare, non certo per causa sua. Alla fine quasi sicuramente l'umanitarismo vestirà gli abiti della liturgia e del sacrificio: dopo di che, senza l'intervento di Dio, la chiesa sarà persa ».

Tremava. Si appoggiò pertanto alla sedia per trovare sollievo.

« Sì. Figlio mio. E che si potrebbe fare? »

Percy lasciò cadere le mani.

« Santo padre: la messa, la preghiera, il rosario. Queste sono le prime e le ultime cose. Il mondo nega la loro potenza ed è invece in tutto questo che il cristiano deve cercare appoggio e rifugio. Tutte le cose in Gesù Cristo: in Gesù Cristo ora e sempre. Nessun altro mezzo può servire: Egli deve fare tutto, perché noi non possiamo fare più nulla. »

La bianca testa del santo padre si piegò, in segno d'approvazione.

« Sì. Figlio mio. Ma finché Gesù Cristo si degna di servirsi di noi, noi dobbiamo essere profeti, re, sacerdoti. Quale sarà la nostra profezia e il nostro regno? »

Come a uno squillo improvviso di tromba, Percy cominciò a fremere, poi disse: « Ecco... Santo padre... Come profeti, nostro compito è predicare la carità, come re, dovremo avere la croce sul nostro trono. Dovremo amare e patire ». Un singhiozzo gli ruppe per un istante il respiro. « La santità vostra ha sempre predicato la carità: risplenda dunque la carità nelle nostre azioni; cerchiamo di essere i primi in questa strada, riportando l'onestà negli affari, la verginità nelle famiglie, la serietà nel modo di governare. Quanto al patire... Oh! Santità... ».

Nella mente, ora, ritornava l'antico progetto e questa volta premeva, chiaro, convincente, imperioso.

«Sì. Figlio mio. Dite con tutta franchezza.»

«Santità... Ho un vecchio disegno... antico quanto Roma. L'ideale dei pazzi. Un nuovo ordine» diceva Percy e la sua voce tremava un poco.

La bianca mano lasciò andare il fermacarte. Il papa avanzò con la testa e fissò il volto del giovane prete.

«Siete sicuro, figlio mio?»

Percy ora si era messo in ginocchio.

«Un nuovo ordine, santità, senza abito o distintivo particolare, soggetto direttamente alla santità vostra. Più libero dei gesuiti, più penitente dei certosini, più povero dei francescani. Uomini e donne che fanno i tre voti e, in più, dichiarano la loro disponibilità, se necessario, a patire il martirio. Il Pantheon sarà la loro chiesa e ogni vescovo ne sorveglierà i membri entro i limiti del suo mandato. Ci sarà un luogotenente in ogni paese. Santità, parlo proprio da pazzo... *Cristo crocifisso* ne sarà il patrono.»

Il papa si alzò bruscamente, tanto bruscamente che anche il cardinale Martin si sentì in dovere d'imitarlo e balzò in piedi sbalordito. Forse il giovane prete aveva detto troppo. Ma il papa si rimise tosto a sedere e, alzando una mano, disse: «Iddio vi benedica, figlio mio! Ora potete ritirarvi. Voi, eminenza, potreste fermarvi qui un momento?».

Capitolo terzo

1

Quella sera Percy incontrò ancora, ma per breve tempo, il cardinale. Questi non gli parlò molto, si congratulò con lui dell'atteggiamento avuto nel colloquio col santo padre e gli disse che aveva fatto bene a parlare con tutta franchezza. Poi gli spiegò quali sarebbero stati, da quel momento in poi, i suoi compiti.

Percy poteva abitare nelle due stanze che gli erano state date; avrebbe detto messa nell'oratorio del cardinale e, ogni giorno, alle nove, sarebbe passato a ricevere gli ordini. A mezzogiorno avrebbe pranzato col cardinale e, dopo, poteva ritenersi libero fino all'ora dell'Ave Maria. Poi doveva rimanere a disposizione del superiore fino all'ora di cena. Suo compito era quello di leggere la corrispondenza proveniente dall'Inghilterra e di redigere una relazione quotidiana.

Percy trovava molto piacevole e tranquilla la sua nuova vita; sentì che gli diventava di giorno in giorno più familiare. Gli restavano molte ore libere, nelle quali poteva riposare e svagarsi. Dalle otto alle nove era solito passeggiare per le strade di Roma, abbandonandosi con serenità alle sue impressioni, visitando le chiese, osservando il popolo e assorbendo, a poco a poco, tutta la straordinaria naturalezza insita in quella vita all'antica: sembrava, talvolta, di essere immersi in un sogno storico; altre volte, invece, era chiaro come fosse quella l'unica vera realtà. Di fronte alla semplicità naturale che qui ritrovava, la città, rigida ed elaborata, sembrava un fantasma.

Non riusciva più nemmeno ad essere tanto inquieto di fronte alla lettura della corrispondenza proveniente dall'Inghilterra: l'onda dei suoi pensieri era infatti sempre più immersa in questo vecchio e tranquillo torrente. Con la massima calma, leggeva, segnava, ritagliava, rifletteva. Le notizie poi non erano moltissime: pareva che una sorta di bonaccia fosse seguita alla tempesta.

Dopo aver rifiutato le offerte ricevute dalla Francia, dall'Italia e dall'Inghilterra, Felsemburgh si era nuovamente ritirato dalla scena. La notizia non era proprio sicura, ma erano in molti a dire che Felsemburgh desiderava restare, per il momento, un semplice spettatore.

I Parlamenti d'Europa, intanto, erano tutti impegnati nel lavoro preliminare di revisione dei codici.

Probabilmente, prima della sessione autunnale, nulla di nuovo sarebbe capitato.

La vita a Roma era veramente unica. La città non era diventata semplicemente il cuore della fede: ne rappresentava, per così dire, il microcosmo.

Era divisa in quattro quartieri: l'Anglosassone, il Latino, il Germanico e l'Orientale. Non entrava nel computo il quartiere di Trastevere, quasi interamente occupato dai dicasteri papali, dalle scuole e dai seminari.

Gli anglosassoni abitavano nel quartiere sud-ovest, comprensivo dell'Aventino, del Celio e del Testaccio.

I latini abitavano la Roma più antica, tra il Corso e il Tevere.

Ai tedeschi spettava il quartiere nord-est, limitato a sud dalla via S. Lorenzo.

Agli orientali rimaneva l'ultima parte che aveva, al suo centro, il Laterano.

In questo modo, i romani avvertivano appena l'intrusione straniera: avevano un gran numero di chiese a loro disposizione; potevano divertirsi nelle loro strade strette e anguste; potevano esercitare i loro commerci. E in queste vie strette e ottuse Percy faceva, di solito, la sua passeggiata, inebriandosi di memorie storiche.

Ma ancor più curiosi apparivano gli altri quartieri. Si poteva vedere, per esempio, una lunga serie di chiese gotiche nelle quali dicevano messa i sacerdoti nordici: erano sorte quasi spontaneamente nei quartieri dei tedeschi e degli anglosassoni. Qui le strade erano ampie e grigie e i selciati ben puliti; le case avevano un portamento severo. Era chiaro che gli uomini del nord non si erano convertiti alle abitudini dei meridionali.

Gli orientali erano invece più simili ai latini: vie strette e anguste, coperte di opprimenti odori; anche le chiese erano sudice e brutte, ma i loro colori erano belli e vivaci.

Fuori dalle mura c'era una confusione indescrivibile. La città offriva l'immagine di una miniatura del mondo, accuratamente ritagliata; i sobborghi riprendevano lo stesso modello, ma spezzettato in mille caselle messe in un sacco e rovesciate in fretta.

L'occhio poteva vedere da ogni parte, in tutta l'ampiezza, in questa terra del Vaticano, l'immensa distesa dei tetti, spezzata da guglie, camini, torri e cupole. E dentro vivevano uomini di ogni razza e colore. Sotto la giurisdizione secolare, erano state aperte grandi fabbriche, mostruosi edifici del mondo moderno, stazioni, scuole pubbliche e uffici. Sei milioni di persone si erano qui trasferite per fedeltà alla loro fede. Erano i disperati della vita moderna che, stanchi delle umane peripezie e delle estenuanti tensioni, avevano lasciato la nuova civiltà per trovare rifugio all'ombra della chiesa, benché fosse loro vietato abitare all'interno di Roma.

Nuove case venivano costruite in ogni direzione. Un compasso gigantesco, con una delle sue punte fissate in Roma, avrebbe potuto girare, con l'apertura di cinque chilometri, abbracciando così, col suo cerchio, tutte le abitazioni addensate sulle vie. Ma ancor più in là, sorgevano case, sparse per una distanza senza confine.

Percy non poteva comprendere il significato di tutto ciò che vedeva; lo capì il giorno in cui si fece gran festa per l'onomastico del papa, alla fine d'agosto.

In qualità di cappellano, quella fresca mattina, alle prime ore del giorno, egli seguiva il suo protettore lungo gli ampi corridoi del Vaticano, per unirsi agli altri cardinali attorno al papa.

Guardò da una finestra giù nella piazza. Gli parve che la folla fosse diventata più numerosa rispetto a un'ora prima: ma forse non era possibile! L'enorme piazza ovale rigurgitava di gente, separata da un vasto corridoio, mantenuto libero dalle truppe pontificie per permettere il passaggio alle autovetture. Su questa specie di immenso nastro, reso cangiante dai raggi del sole nascente, avanzavano grandiosi veicoli, belli nell'oro e nei loro colori.

La folla, qua e là, batteva a sprazzi le mani, accompagnando così la foga e il rumore delle ruote, simili al crepitìo dei ciottoli di un lido baciato dal mare.

Ora aspettava nell'anticamera, trattenuto dall'andirivieni continuo di dignitari dai manti scarlatti, bianchi e rossi. Percy tornò a guardare fuori e si accertò di quello che già aveva supposto. Erano lì radunate le reali maestà del mondo antico.

Come grande ventaglio, attorno alla gradinata della basilica, si dispiegavano possenti carrozze di gala, trainate da otto cavalli: bianchi quelli di Francia e di Spagna; bruni quelli d'Italia, Germania e Russia; color crema quelli d'Inghilterra.

Nel primo semicerchio erano schierate le carrozze delle potenze minori: Grecia, Norvegia, Svezia, Romania e paesi balcanici.

Mancava solo la carrozza della Turchia.

Di alcune erano visibili gli emblemi: aquile, leoni, leopardi reggevano le corone reali verso il cielo aperto su ogni carrozza.

Un lungo tappeto rosso correva dall'ultimo al primo gradino: accanto ad esso, due file, altrettanto lunghe, di soldati.

Percy, col volto vicino all'imposta, s'abbandonò ai suoi pensieri. Questi erano gli ultimi residui della maestà sovrana.

Già aveva visto i palazzi reali, costruiti nei vari quartieri, colle loro bandiere al vento e sentinelle vestite di rosso scarlatto alle porte. Si era levato altre volte, a cento riprese, il cappello al passaggio dei rumorosi landò; aveva visto i gigli di Francia e i leopardi d'Inghilterra: avanzavano uniti nelle solenni parate sul Pincio.

Gli era capitato, negli ultimi cinque anni, di trovare ogni tanto, sui giornali, la notizia di famiglie reali che, col beneplacito del santo padre, prendevano la via verso Roma. Era stato proprio il cardinale ad annunziargli, il giorno prima, che il re Guglielmo d'Inghilterra, insieme alla regina, era sbarcato a Ostia in mattinata. La serie dei sovrani era dunque al completo.

Percy non aveva neppure mai immaginato un fatto così incredibile come quello dei re terreni raccolti all'ombra del trono papale. E non aveva neppure pensato al pericolo che questo poteva costituire agli occhi di un mondo retto a democrazia. Sapeva che il mondo moderno mostrava disprezzo e derideva simili e puerili pazzie: soprattutto disprezzava questa commedia inverosimile di un diritto divino preteso da famiglie reali ormai spodestate e messe da parte.

Ma Percy sapeva anche che gli antichi sentimenti erano solo assopiti e non morti nel cuore degli uomini: bastava che si risvegliassero...

Alla fine poté avere un po' di spazio. Percy uscì come da un nascondiglio e seguì il corteo che procedeva a passi lenti.

Mezz'ora dopo si trovava, al suo posto, tra gli ecclesiastici: la processione papale stava attraversando l'oscura cappella del Sacramento per entrare poi nella navata dell'immensa chiesa.

Prima ancora di giungere alla cappella, Percy aveva potuto udire il mormorio sommesso dei fedeli e gli squilli rumorosi delle trombe in saluto al sommo pontefice che avanzava, nella sedia gestatoria, preceduto da candidi flabelli.

Poco dopo il pontefice usciva e lo spettacolo della folla osannante ricordò a Percy, con un sussulto dell'anima, quell'altro spettacolo, a Londra, qualche mese prima, in un'alba d'estate.

Le teste erano erette, quasi poppa di un antico vascello; là in alto s'apriva la via e avanzava il trono in cui sedeva il padre dei fedeli. Tra il papa e il giovane prete si snodava una sontuosa processione di protonotari apostolici, generali di ordini religiosi e tanti altri personaggi. E pareva la scia di quello stesso vascello, che spumeggiava di bianco, poi d'oro e d'argento, poi di rosso tra le rive animate alle due parti.

Dall'alto, su quel vascello, pendeva un magnifico padiglione e, più lontano, si ergeva l'altare divino, protetto da immense colonne, sotto le quali brillavano stelle dorate simili a fari di santità.

Mirabile era lo spettacolo: ed era talmente grandioso e imponente da suscitare, in chi guardava, solo la consapevolezza della propria nullità. Vasto il recinto, gigantesche le statue, oscure le vòlte, infinita la varietà dei suoni (scalpiccìo di passi, brusìo indistinto di migliaia di voci, armonia dell'organo, canti soavemente celestiali...), tenero il profumo dell'incenso e delle foglie spezzate del lauro e del mirto: e, soprattutto questo, l'atmosfera vibrante delle emozioni umane, protese a un ideale ultraterreno, nel momento in cui passava colui che era la *speranza del mondo*, il *viceré dell'Altissimo*, il *mediatore tra Dio e l'uomo*.

Tutto questo commosse profondamente Percy, come una pozione che nello stesso tempo stimola e deprime, che oscura lo sguardo e nel contempo lo illumina di nuova luce, che chiude le orecchie del corpo e apre quelle dello spirito, che esalta l'anima e l'immerge nella definitiva umiltà.

Ecco formulata l'altra risposta al problema della vita. Ecco, davanti alla mente del giovane prete, le due città di Agostino. L'una, quella di un mondo autonomo, autosufficiente e indipendente, rivelato da uomini come Marx ed Hervè, socialisti, materialisti e, di conseguenza, epicurei; questo mondo faceva capo a Felsemburgh.

L'altra città, invece, che si apriva con quello spettacolo, parlava di creatore e di una creazione, di un progetto di Dio sulla terra, di una redenzione, di un mondo trascendentale ed eterno da cui tutto viene e al quale tutto ritorna.

Uno di questi due era il vicario, l'altro la contraffazione di Dio: Giovanni e Giuliano.

Percy, con un sommo slancio di fede, rinnovò la sua scelta.

Ma il momento centrale non era ancora venuto. Presso l'altare e la Confessione c'era ancora uno spazio libero: Percy, dalla sua posizione, poteva vedere come esso si estendesse fino al punto che segnava il principio dei bracci della grande croce latina. In linea retta passavano, per questo punto, i balaustri, in perfetta continuità con le linee della navata.

Oltre i balaustri, ricoperti di rosso, s'intravvedevano, disposti in serie progressiva, vari personaggi: stavano a capo basso, pallidi in volto e immobili.

All'estremità della cinta fiammeggiava una spada e, al di sopra, circa a un terzo dell'altezza della navata, si ergeva un maestoso ordine di troni.

Erano troni di color scarlatto come i cardinalizi; ma in cima portavano risplendenti armature, sostenute da bestie simboliche ed erano ornate con una corona.

Sotto ogni trono, in splendido isolamento, uno o due personaggi. E fra trono e trono comparivano altre persone, severe nel volto, anch'esse a capo reclinato.

Il cuore balzò nel petto di Percy, quando vide che anche dalla parte destra lo spettacolo era identico, come se ci fosse stato uno specchio.

Queste erano le reliquie di quella strana categoria di persone che, fino a mezzo secolo prima, avevano governato, come sovrani temporali al servizio del Signore, per volontà dei loro sudditi. Nessuno più ora li riconosceva, tranne Colui che aveva loro attribuito la sovranità. Parevano le cime di una cupola, cadenti perché la solida base è vacillata.

Questi, sia uomini che donne, avevano imparato, alla fine, che ogni potere è dato dall'alto e che il diritto a regnare non viene dai sudditi, ma dal Re supremo che tutto governa.

Pastori senza gregge; capitani senza soldati!

Era certo un quadro triste, orribilmente triste. Ma pur tuttavia educativo. Quell'atto di fede era una cosa sublime e Percy si sentì tutto fremente nel vederlo.

Questi, sia uomini che donne, erano creature simili a lui: non si vergognavano di pregare non l'uomo ma Dio; non si vergognavano di vestire qui le uniformi che il mondo considerava ormai come maschere, ma che per loro erano segni d'una soprannaturale missione.

E Percy pensava come fosse lì riflessa l'immagine di uno che cavalca il puledro di un'asina, tra le derisioni dei grandi e le grida festose dei bambini!

Durante la messa, la scena si fece ancor più commovente. I sovrani, discesi per il servizio del culto, si muovevano tra il trono e l'altare: imponenti figure, a testa nuda, silenziose e rispettose.

Il re d'Inghilterra, diventato di nuovo il *fidei defensor*, faceva da caudatario al posto del re di Spagna, l'unico che, insieme all'imperatore d'Austria, avesse mantenuta ininterrotta la fede.

Il vecchio re, chino sul suo faldistorio, tremava e gemeva: apriva le labbra in fervente preghiera, quasi nuovo Simeone che vede arrivare nel tempio il salvatore d'Israele.

L'imperatore d'Austria serviva il *lavabo*.

L'imperatore di Germania che, dieci anni prima, aveva perduto il trono e stava per perdere anche la vita a causa della sua conversione, per nuovo privilegio appoggiava e toglieva il cuscino, quando il suo signore s'inginocchiava davanti a Colui che è vero Signore d'entrambi.

Atto per atto, si svolgeva, in questo modo, il magnifico dramma.

Il mormorio delle voci si spense e seguì il silenzio di muta preghiera, quando la fragile particola bianca venne alzata tra le mani del santo padre. Una musica divina era sparsa in ogni parte della cupola. Ed era perché tutta quella folla vedeva in quella particola l'unica sua speranza; quella particola così piccola e pur così potente, così come era Cristo nella mangiatoia.

Nessuno ormai più combatteva per loro, se non Dio stesso.

Se dunque il sangue degli uomini e le lacrime delle donne non erano stati sufficienti perché Colui che tutto vede e tutto giudica si scuotesse dal silenzio, era certo che la morte del suo Figlio, che già sul calvario aveva vestito d'ombra i cieli e di tremore la terra, quella morte che ora si ripeteva, incruenta e in sì patetica bellezza, in quell'isola solitaria della fede cristiana, tra i flutti della derisione e dell'odio, quella morte avrebbe ora portato il suo frutto.

Dopo la lunga cerimonia, Percy stava seduto e riposava. La porta a un tratto si aprì ed entrò il cardinale. Era ancora vestito coi suoi abiti da cerimonia; il suo passo era rapido.

Con voce tremula, dopo aver richiuso la porta dietro di sé, disse: « Padre Franklin, vi dò la notizia più terribile: hanno eletto Felsemburgh presidente d'Europa! ».

2

Sfinito dalla fatica, Percy si ritirò quando già era notte fonda.

Per molte ore era rimasto col cardinale; nel quieto salone in cui si trovavano, giungevano in continuazione telegrammi, provenienti da ogni parte d'Europa.

Il cardinale venne chiamato tre volte nel corso del pomeriggio: una dal papa e due dal Quirinale.

La notizia era certamente vera. Si diceva anzi che Felsemburgh avesse in precedenza rifiutato a ragion veduta tutti gli altri incarichi, per poter accettare questo, più importante, al momento opportuno.

Le potenze, che non erano riuscite, separatamente, ad accaparrarsi il grand'uomo, si erano messe d'accordo e avevano ritirato le loro offerte particolari. Avevano spedito un messaggio collettivo e gli avevano offerto privilegi veramente inauditi per una struttura sociale basata sulla democrazia: un palazzo in ogni capitale d'Europa, il diritto di *veto*, valido per tre anni, su ogni legge votata; il valore di legge definitiva per ogni suo progetto che, in tre anni, fosse stato approvato per tre volte consecutive e, alla fine, il titolo di presidente d'Europa. A lui era richiesto solo di rinunciare a qualsiasi incarico che non avesse ricevuto l'approvazione di tutte le nazioni.

Giustamente, Percy capiva che tutto questo aumentava il pericolo di un'Europa in fondo già unita. Il socialismo con tutta la sua forza prodigiosa e un uomo di altissimo valore: questa era la combinazione più geniale di due opposti metodi di governo. Otto giorni di riflessione erano stati necessari a Felsemburgh, poi aveva accettato l'offerta.

Rimaneva solo da vedere come era stata accolta la notizia nelle due parti del mondo. L'oriente era entusiasta. L'America era invece divisa; ma non era importante, dal momento che il piatto della bilancia mondiale pendeva dalla parte opposta.

Percy si gettò sul letto: i suoi polsi battevano forte, teneva gli occhi chiusi e aveva un'invincibile disperazione nel cuore. Come un gigante, il mondo s'innalzava sopra l'orizzonte di Roma. La città santa sembrava essere un castello di sabbia, in mezzo alla corrente del mare. Lo sapeva troppo bene! Non avrebbe certo potuto dire come si sarebbe verificata la catastrofe, in quale forma e in quale direzione, né, del resto, si dava pena di conoscerlo. Era solo convinto che a tutto questo non si poteva più sfuggire.

Abituato all'ascesi, egli guardava l'intimità della coscienza con occhio carico d'amarezza. Era come un dottore che, affetto da malattia mortale, si accinge alla diagnosi spaventosa dei sintomi del proprio dolore. Provava tuttavia un po' di sollievo a chiudere gli occhi di fronte al mostruoso meccanismo del mondo: ma ritrovava subito il microcosmo, quel suo cuore umano privo di speranza.

Non aveva certo timore per la propria fede! Ne era sicuro, come un uomo è sicuro del colore dei propri occhi: sapeva che era salva e fuori pericolo.

Il nuovo soggiorno a Roma aveva permesso alle ombre del dubbio di diradarsi e il torrente lasciava nuovamente vedere, limpido, il fondo: egli ora vedeva sicuro quel vasto edificio di dogmi, di riti, di tradizioni, di princìpi ai quali era stato educato e sui quali aveva tenuto gli occhi fissi per tutta la vita. Ma fino allora li aveva visti come in modo frammentario e la mente si era disorientata, come davanti a una luce incerta e intermittente che provenga dalle tenebre. Ora invece, l'edificio si era ben rischiarato, rivelando il meraviglioso chiarore del fuoco divino in esso abitante. I sommi princìpi, una volta così sconcertanti e spesso ripugnanti, ora erano chiari.

Percy si accorgeva, per esempio, che l'umanitarismo tentava d'eliminare il dolore, mentre la fede divina chiedeva d'abbracciarlo, per cui anche le cieche sofferenze di creature pazze rientravano nel piano stabilito dalla volontà del creatore.

E mentre, se si considerava secondo una certa logica, dell'immensa tela della vita si riusciva a scorgere solo una parte (materiale o intellettuale, o artistica), se si guardava con altri occhi, anche il soprannaturale saltava evidente allo sguardo.

L'umanitarismo poteva essere vero solo a condizione di negare almeno una metà della natura umana, con le sue ansie e le sue debolezze. Mentre ansie e desideri erano accolti dal cristianesimo come fatto di cui si può render ragione, anche se non esaurientemente spiegabili a parole. Per il cristianesimo ansie e miserie sono parte necessaria alla perfetta unità del tutto.

La fede cattolica era per Percy più certa della sua stessa esistenza: una fede vera e vivente. Egli poteva sbagliare, ma Dio era il Re. Poteva egli anche diventare pazzo, ma Gesù Cristo restava il Verbo fatto carne, all'uomo manifestatosi come tale nella morte e nella resurrezione. E Giovanni era il suo vicario in terra.

Questa era la spina dorsale dell'universo: fatti superiori a qualsiasi dubbio. Se non erano verità, tutto il resto non era che sogno.

E le difficoltà? Oh, certo, esse erano tante! Non capiva, per esempio, perché mai Dio avesse fatto così il mondo; non capiva come l'inferno potesse essere creazione divina; né capiva come il pane potesse diventare Corpo di Cristo... Eppure queste cose erano proprio così!

Confessava a se stesso che ora si trovava in un cammino opposto a quello di prima, quando aveva sognato che le verità divine potevano essere dimostrate con la naturalezza della ragione.

Non sapeva perché, ma sapeva ugualmente che la natura aveva bisogno e chiedeva il soprannaturale, il Cristo storico, il Cristo della fede. Sapeva che la ragione pura non poteva contraddire i misteri della fede, benché non potesse dimostrarne l'esistenza se non accettando la rivelazione come fatto.

Capiva che l'*habitus* morale poteva garantire la certezza della parola divina più di ogni riflessione intellettuale.

Ora comprendeva ciò che aveva spesso insegnato ad altri: la fede ha, come l'uomo, un corpo e uno spirito, una espressione storica e una interiore e, quindi, ora parla in un linguaggio e ora in un altro.

Quest'uomo, per esempio, crede perché vede; accetta l'incarnazione e la chiesa perché sono credibili. Poi, riflettendo sulla soprannaturalità di questi fatti, si affida totalmente e si fida pienamente della parola e dell'autorità di colei che, sola, li professa, così come crede alla manifestazione degli stessi su un piano storico. Quando è nel buio, allora, si aggrappa al suo braccio: cioè, vede perché crede.

Percy andava dunque analizzando, con una certa studiata impassibilità, le differenti pieghe del suo spirito.

L'intelletto, per primo, restava perplesso e chiedeva: « Perché?... perché?... perché?... Perché permette tutto questo? Perché Dio non interviene? Perché il Padre degli uomini lascia che il mondo, che lui tanto ama, si scagli contro di lui? E che cosa pensa di fare? Non farà più sentire la sua parola? Non sarebbero stati più contenti, i fedeli, senza quella marea infinita di uomini che, in basso, vivevano placidi nelle loro bestemmie? E non erano anche costoro figli di Dio e pecore del suo gregge? Perché era stata fondata la chiesa cattolica, se non per convertire il mondo? E allora perché il Dio Onnipotente lasciava che essa, prima, fosse ridotta a uno stretto pugno di fedeli e il mondo trovasse pace al di fuori di lui? ».

Analizzò anche i suoi sentimenti: e non vi trovò certo conforto o sollievo. Sì, poteva ugualmente pregare, con quegli atti gelidi e aridi che pure il buon Dio accettava. Poteva ripetere: *Adveniat regnum Tuum, fiat voluntas Tua*, mille volte al giorno, se Dio voleva questo da lui. Ma non c'era slancio, non c'era commozione, nessuna emozione sfiorava le corde del suo cuore, tese, dallo sforzo della volontà, fino al trono dell'Altissimo. Che cosa voleva, nel mondo, Dio da lui? Solo questo: ripetere formule, sedere, aprire messaggi, ascoltare al telefono e soffrire!

Poi il mondo. Quella follìa che aveva preso il cuore di tutti! Le vicende incredibili diffuse in quel giorno per tutta Parigi: uomini ebbri, come baccanti, ignudi in piazza Concordia, si strappavano le carni e si trafiggevano il cuore; gridavano, questi uomini, fra la folla che applaudiva, di essere stanchi della vita, perché troppo bella. Si raccontava di una ballerina che, nella notte, era impazzita ed era morta cantando, ridendo e sbavando convulsamente in un caffè-concerto a Siviglia.

E alcuni cattolici erano stati crocifissi, di mattina, sui Pirenei... L'apostasia di tre vescovi in Germania... e questo... e quello... migliaia di errori lasciati commettere... E Dio non si faceva sentire!

Percy si alzò sentendo battere un colpo alla porta. Entrò il cardinale. Era in pessime condizioni: nei suoi occhi c'era una strana lucentezza, tipica di chi è febbricitante.

Invitò, con un breve cenno, Percy a star comodo. Tremando leggermente, si accomodò su una poltrona; raccolse i piedi, ancora nelle scarpe dalle fibbie d'argento, sotto la tonaca dai bottoni rossi.

« Vi chiedo scusa, padre » egli disse. « Sono in ansia per la vita del vescovo. Doveva essere già arrivato, a quest'ora. »

Percy ricordò che si trattava del vescovo di Southwark: era partito dall'Inghilterra nelle prime ore del mattino.

« Doveva venire a Roma direttamente, eminenza? »

« Sì. Doveva arrivare alle ventitré. Ora è mezzanotte passata, mi pare. »

Infatti, mentre stava parlando, gli orologi suonarono la mezza.

Tutto era silenzio in quel momento. Durante il giorno, rumori sinistri avevano riempito l'aria. Il popolo si era tutto riversato nella periferia e le porte della città erano state chiuse. In realtà, non si trattava che di un primo indizio di ciò che in seguito sarebbe accaduto, quando il mondo avrebbe preso coscienza di se stesso.

Dopo un certo tempo di silenzio, il cardinale sembrò prendere calore. Disse con voce affannata: « Padre. Mi pare siate stanco ».

Percy sorrideva: « E vostra eminenza? ».

Anche il cardinale sorrise a queste parole.

« Oh, sì, padre! Ma io ci sarò ancora per poco. Allora toccherà a voi soffrire! »

Percy sobbalzò: sentì una stretta al cuore alle parole del cardinale.

« Ma sì » egli continuava. « È stato il santo padre a decidere così. Voi sarete il mio successore. Non è necessario fare un segreto di cose come queste. »

Percy sospirava e tremava nello stesso tempo.

« Ma... eminenza! »

E le sue parole erano piene di tristezza.

L'altro gli tolse la parola; alzò verso di lui la mano bianca e scarna, poi disse pacatamente: « Vi capisco. Preferireste morire in pace, non è vero? Sono in tanti a desiderarlo! Ma noi dobbiamo essere i primi a soffrire: *et pati et mori*. Padre Franklin: non dobbiamo essere esitanti! ».

Seguì un lungo silenzio.

La notizia era giunta inaspettata a Percy e gli aveva procurato dolore.

Non aveva mai neppure lontanamente supposto che lui, poco più che trentenne, potesse essere nominato successore di quel prelato anziano, saggio e paziente. Quanto all'onore... era una cosa che non lo aveva mai neppure sfiorato. Scorgeva davanti a sé solo quest'unica prospettiva: un viaggio lungo e faticoso, per un sentiero aspro e scosceso, con un peso troppo grande per le sue spalle.

Si rassegnò all'inevitabile. La notizia gli era data come certa; così stavano le cose e non si potevano certo contraddire.

Ma gli parve che un nuovo abisso si aprisse ai suoi piedi e subito cominciò a guardare dentro di sé con un assurdo, fastidioso e inesprimibile orrore.

Fu ancora il cardinale a spezzare il silenzio: « Padre Franklin. Oggi ho visto una fotografia di Felsemburgh. Non sapete chi credevo fosse, all'inizio? ».

Un sorriso doloroso spuntò sulle labbra di Percy.

« Sì, padre. Ho creduto che fosse la vostra fotografia! Che ne dite? »

« Non capisco, eminenza. »

« Oggi è stato commesso un omicidio in città. Un cattolico ha pugnalato un bestemmiatore. »

Percy alzò lo sguardo verso il volto del cardinale.

« Proprio così. L'assassino non ha neppure tentato di fuggire. Ora è in prigione. »

« Poi che succederà? »

« Sarà condannato! Domani si farà il processo. È ben triste! Il primo omicidio dopo otto mesi. »

Era troppo ironica agli occhi di Percy la nuova situazione, mentre sedeva ascoltando il profondo silenzio della notte. Era una notte stellata.

Pensava alla povera città che ancora persisteva, come nulla fosse accaduto, a fare processi penali. E fuori, il mondo univa le proprie forze per ridurre a nulla ogni cosa.

L'ardore di poco prima sembrava essersi assopito; non s'esaltava più come prima al pensiero del generoso disprezzo di ogni mondanità, di cui Roma ora dava un piccolo esempio; né si esaltava al pensiero di quel coraggio veramente eroico e di quella olimpica indifferenza. Gli pareva d'essere una mosca intenta a succhiare il cilindro di una macchina: la gran massa d'acciaio scorre e porta a una morte atroce la fragile vita. Basta solo un momento ancora; poi questa le sarà sopra e nulla potrà più fare colui che osserva. Allo stesso modo si trovava il soprannaturale: sempre vivo e sempre perfetto, ma ridotto a un punto quasi invisibile. Forze immense erano in movimento; tutto il mondo si agitava: ma Percy non poteva far nulla, solo guardare e inorridire. E non c'erano certo ombre di dubbio nella sua fede: sapeva che la mosca, in quanto essere vivente, è da più della macchina. Poteva, essa, schiacciare la mosca, ma l'ultima a soccombere non sarebbe sicuramente stata la vita. Percy sapeva tutto; ma al di là di questo, restava il mistero.

Si udì, intanto, qualcuno che passeggiava di fuori; poi si sentì bussare alla porta e un servitore entrò dicendo: «Eminenza. Sua eccellenza è arrivato!».

Il cardinale per alzarsi dovette appoggiarsi alla tavola. Si fermò per un attimo, come per ricordare qualcosa. Poi si frugò nelle tasche e disse, porgendo a Percy una piccola moneta d'argento: «Guardate, padre. Non ora, però. Quando sarò uscito».

Percy richiuse la porta; poi tornò al suo posto: aveva nelle mani il piccolo disco bianco.

Era una moneta nuova di zecca, da un lato c'era la solita ghirlanda con scritto: *cinquanta centesimi*, scolpito metà in *esperanto* e metà in inglese. Ma dall'altro lato c'era il profilo d'un uomo con l'iscrizione: *Julian Felsemburgh, la presidente de Uropo*.

3

Il mattino dopo, alle dieci, i cardinali furono invitati alla presenza del papa per un incontro.

Percy, seduto in mezzo ai consiglieri, vedeva entrare i cardinali, tutti diversi per provenienza, temperamento ed età.

Gli italiani, tutti assieme, gesticolavano e mostravano i loro denti candidi; gli anglosassoni, invece, camminavano compassati e austeri. Entrò un vecchio cardinale appoggiato a un bastone: era a fianco di un benedettino inglese.

Si era in una delle grandi sale che formavano, allora, l'edificio del Vaticano: era una sala piuttosto lunga, a forma di cappella.

Era stato lasciato libero un passaggio nel mezzo e in fondo erano stati collocati i seggi dei consiglieri. In cima, si trovava il trono papale. Oltre i seggi dei consiglieri, c'erano tre o quattro banchi, con apposite sedie, riservati ai sacerdoti e ai prelati giunti a Roma il giorno prima da ogni parte d'Europa, dopo aver sentito le ultime spaventose notizie.

Percy ignorava il motivo di quell'incontro. Non poteva che essere per motivi soliti: che altro infatti si poteva dire, vista la precarietà della situazione?

Si sapeva solo, per ora, che era stato eletto il presidente d'Europa (fatto indubbio dal momento che era stata coniata anche una moneta d'argento). Si sapeva inoltre che c'era stato un tentativo di persecuzione, represso energicamente dalle autorità; poi si era a conoscenza del giro di Felsemburgh per le capitali d'Europa: era atteso a Torino per fine settimana. Messaggi affluivano da ogni parte del mondo cattolico: tutti chiedevano istruzione sul da farsi. Dicevano che l'apostasia aumentava come il flusso della marea, che ovunque c'era minaccia di persecuzione e che anche i vescovi cominciavano a vacillare.

Nulla di certo si sapeva sul pensiero del papa. Chi sapeva qualcosa, taceva. Era solo trapelata la notizia che il papa aveva passato tutta la notte a pregare, presso la tomba dell'apostolo.

La conversazione di colpo languì e rimase solo un brusìo leggero che divenne poi silenzio. Attraverso i seggi si vide un vago inchinarsi di capi in segno di riverenza. La porta si aprì dietro al baldacchino e Giovanni *pater patrum* prese posto sul trono.

Sulle prime, Percy rimase confuso. Attraverso la luce polverosa che cadeva dalle finestre, poteva vedere bene solo le due file scarlatte che terminavano, dalle due parti, sotto il padiglione purpureo. E, in fondo, la bianca figura.

Questi meridionali possedevano, senza ombra di dubbio, il senso preciso dell'effetto; la stessa emozione avrebbe infatti prodotto l'ostia consacrata dentro un ostensorio coronato di rubini. Sontuosi tutti gli accessori: la vastità della sala, il colore degli abiti, le catene, le croci. E l'occhio, teso al punto più alto, incontrava subito quella bianca figura, così poco appariscente, come se la gloria terrena tutto avesse dato, senza rivelare però il suo sommo segreto. Scarlatto, porpora e oro convenivano sì a tutti coloro che stavano presso i gradini: ne avevano bisogno! Ma erano del tutto inutili per colui che sedeva sul trono.

Potevano svanire i suoni e cadere nel nulla i colori, davanti al viceré di Dio.

Eppure, c'era sì tanta perfezione di atteggiamento su quel bel viso ovale, in quella fronte che si sosteneva con dignità, in quegli occhi dolci e vivaci, nella netta curvatura delle labbra da cui doveva uscire, possente, la parola.

Non s'udiva, in sala, né un rumore, né un bisbiglio, né un respiro. E anche fuori il mondo stesso sembrava attendere che il soprannaturale fosse in guardia, prima di dichiararne e siglarne lo scempio.

Percy, con estremo sforzo della volontà, si concentrò nuovamente, per udire il papa che parlava: «...Carissimi figli. Le cose sono giunte a tal punto che ci è doverosa una risposta. Come dice il dottore delle genti: *noi non lottiamo già contro la carne e contro il sangue, ma contro principati e potestà, contro i dominatori del mondo, delle tenebre, contro lo spirito del male che sta su luoghi elevati. Perciò*, dice l'apostolo, *indossate l'armatura di Dio*. E dice anche la natura fondamentale di questa armatura: *il cingolo della verità, la corazza della giustizia, i sandali della pace, lo scudo della fede, l'elmo della salvezza e la spada dello spirito*. È questa la nostra armatura e con essa il Verbo di Dio ci comanda di lottare: non quindi con le armi di questo mondo, perché il suo regno non è di questo mondo. Vi abbiamo raccolti alla Nostra presenza, proprio per ricordare a tutti voi i princìpi di questa grande battaglia».

Tacque, per un istante, la sua voce. E lungo le sedie gli spiriti, ansanti, gemevano.

Poi riprese: «Fu sempre scelta molto saggia, presso i Nostri predecessori, ed era anche loro dovere comportarsi così, di tacere in talune situazioni, mentre in altre facevano sentire liberamente l'intera parola del consiglio divino. Non ci distoglierebbe certo dal compiere questo dovere la consapevolezza che Noi abbiamo della Nostra pigrizia e della Nostra ignoranza. Ma confidiamo che il Signore, dopo averci messo su questo trono, si degni di parlare usando della nostra bocca, in modo da far sentire parole che servano alla sua gloria.

«È, per prima cosa, necessario per Noi dire ciò che sentenziamo intorno al cosiddetto *nuovo movimento*, promosso recentemente dai potenti del secolo. Lungi da Noi il non riconoscere i benefici della pace e della concordia. Ma non possiamo dimenticare che esse ora vengono come frutto di troppe cose che Noi sempre abbiamo condannate. È questa una pace ingannevole, che ha illuso tanti e tanti uomini, inducendoli a dubitare della promessa del Principe della pace, secondo la quale, attraverso lui solo, Noi abbiamo accesso al Padre. La pace vera, che supera ciò che noi possiamo pensare, non riguarda solo i rapporti degli uomini tra loro, ma, principalmente, i rapporti tra gli uomini e il loro Creatore. Su questo punto di capitale importanza, la responsabilità degli uomini è venuta meno. E in verità questo non stupisce; non fa meraviglia che tutto questo sia stato dimenticato da un mondo che ha ripudiato Dio.

« Gli uomini, pervertiti da chi li vuole sedurre, si sono convinti che l'unione delle nazioni sia il sommo bene della vita; dimentichi essi sono della parola del salvatore, il quale non venne a portare la pace, ma la spada. E solo per le vie del dolore si può entrare nel regno di Dio.

« Occorre, dunque, per prima cosa, stabilire la pace tra l'uomo e Dio; a questa pace seguirà l'altra pace, tra l'uomo e il suo simile. *Cercate prima*, dice Gesù, *il regno di Dio; poi tutte le altre cose vi saranno date in sovrappiù*.

« Soprattutto, Noi condanniamo e anatematizziamo le opinioni di chi insegna e crede l'opposto di ciò che Noi insegnamo e crediamo. Rinnoviamo pertanto le condanne inflitte dai nostri predecessori contro tutte le società, le organizzazioni, i gruppi che si sono costituiti allo scopo di promuovere l'unità su un'altra base che non sia quella di Dio. Ricordiamo a tutti i Nostri figli sparsi sulla faccia della terra il divieto d'entrare, favorire e approvare in qualsiasi modo ogni aggregazione compresa fra quelle condannate ».

Percy si mosse sulla sedia; sentiva una certa impazienza. Il modo che aveva il papa di parlare gli sembrava, sì, superbo, tranquillo e maestoso come la corrente di un fiume. Ma la sostanza, a suo avviso, suonava di poco al di sopra di luoghi comuni. Era la solita condanna della *frammassoneria*, rinnovata col solito formulario.

La voce risoluta del papa continuava: « In seconda istanza, desideriamo far conoscere a voi tutti che cosa pensiamo del futuro. Ci avventuriamo qui su un campo che molti hanno ritenuto pericoloso ».

Di nuovo cominciò a farsi sentire un bisbiglìo nella vasta sala. Percy notò alcuni cardinali sporgersi in avanti, tenendo curva la mano dietro l'orecchio per poter udire meglio: si stava dunque per sentire qualcosa di veramente importante.

« Vi sono diversi punti » continuava quella voce « sui quali non intendiamo parlare, ora, perché sono, per loro natura, cose segrete o che è preferibile trattare in altra sede. Ma Noi parliamo qui di cose di cui vogliamo parlare a tutto il mondo. Così come i Nostri nemici preparano assalti ora aperti ora segreti, Noi dobbiamo preparare le nostre difese. Ecco dunque che cosa intendiamo fare. »

Il papa tacque di nuovo. Portò senza accorgersene, la mano sul petto e raccolse la croce lì posata.

« L'armata di Cristo è una sola, ma è formata di più divisioni, ognuna con una propria funzione e un proprio compito. Nei tempi antichi, Iddio ha fato sorgere compagnie di suoi servi per compiere questa o quell'opera: i figli di Francesco predicavano la povertà; quelli di Bernardo il lavoro unito alla preghiera e c'erano, fra i suoi, anche donne dedicate al medesimo fine; la Compagnia di Gesù per l'educazione dei giovani e la conversione degl'infedeli. Ma oltre a questi, ci furono tantissimi altri ordini, noti a voi tutti. Ogni singolo ordine nacque e fiorì in momenti diversi, secondo le necessità. E tutti hanno corrisposto nobilmente alla loro vocazione. Fu poi speciale gloria per ogni ordine, per poter raggiungere lo scopo per cui era nato, rinunciare a tutte quelle attività (sempre buone in se stesse) che avrebbero potuto impedirne l'opera per la quale Iddio lo aveva creato, conformemente alla parola di Gesù: *ogni ramo che produce frutti lo pota, affinché produca più frutti.*

« Nella situazione presente, questi ordini, che pure lodiamo e benediciamo, non sembrano all'umiltà nostra più adatti, secondo la regola dei loro fondatori, alle esigenze dei tempi presenti. La nostra non è più la lotta contro l'ignoranza particolare, quella dei pagani che non hanno ricevuto il Vangelo o quella di coloro i cui padri hanno ripudiato il Vangelo. Non è più la lotta contro le effimere ricchezze di questo mondo, né contro la scienza mendace; e infine la nostra non è la lotta contro quelle forze d'infedeltà contro le quali abbiamo combattuto per il passato. Ma sembra che sia finalmente giunto quel tempo di cui parla l'apostolo: *ciò non avverrà, se prima non sarà giunta la manifestazione della ribellione e dell'uomo del peccato, il figlio della perdizione, che si oppone e s'innalza sopra tutto ciò che è Dio.* Non dobbiamo più, ormai, lottare contro l'una o l'altra forza, ma contro l'immensità manifesta di quel potere, già preannunciato da secoli: ma la sua sconfitta è stabilita fin dall'eternità. »

La voce di nuovo tacque; Percy si aggrappò al parapetto che aveva davanti per fermare il tremito delle sue mani.

Non si sentiva il più piccolo rumore: pungente alle orecchie giungeva quel silenzio di tomba. Il papa sospirò profondamente, girò lentamente la testa verso destra e poi verso sinistra e continuò a parlare. Il suo accento, ora, era ancor più fermo e deciso.

« È sembrato opportuno alla Nostra umiltà che fosse il vicario stesso di Cristo a chiamare i figli di Dio alla nuova battaglia. È nostra intenzione scrivere nel *Nuovo Ordine di Cristo Crocifisso* i nomi di tutti coloro che decidono di offrire se stessi per il suo supremo servizio. Sappiamo che è nuovo questo Nostro atteggiamento e sappiamo di avere voluto mettere da parte tutte le precauzioni usate nel passato in merito a certi problemi. Ma a questo proposito, Nostro principale consigliere è colui che ci ha ispirato.

« Per prima cosa, ci pare importante dire che, benché la più umile obbedienza sia chiesta a chi sarà ammesso nel nuovo ordine, la Nostra intenzione, istituendolo, fu di guardare più a Dio che all'uomo. Vogliamo ricorrere a colui che chiede la Nostra generosità, più che a quelli che tendono a negarla. Abbiamo voluto dare la possibilità di consacrare ancora una volta anima e corpo, con atto formale e volontariamente scelto, al volere di Dio e al servizio di Colui che, unico, può richiedere un'offerta così totale di sé, Colui che si degna di accettare doni così miseri!

« Indichiamo, in breve, le condizioni.

« Non sarà ammesso all'ordine chi non ha compiuto diciassette anni. L'ordine non avrà abito, né ornamento, né distintivo. Il fondamento della regola è espresso dai tre princìpi evangelici, ai quali aggiungiamo una quarta intenzione: il desiderio del martirio e il giuramento di essere disposti a riceverlo.

« Il vescovo di ogni diocesi, se decide di entrare a far parte dell'ordine, ne sarà il superiore, entro i limiti della sua giurisdizione. Per tutto il tempo in cui resterà nella carica, sarà dispensato dal voto di povertà. I vescovi che non si sentiranno chiamati a far parte dell'ordine resteranno nelle loro sedi, nelle solite condizioni, ma non potranno pretendere alcun diritto religioso sui membri dell'ordine.

« Per quanto riguarda Noi stessi, esprimiamo qui la Nostra intenzione di entrare nell'ordine come supremo prelato. Nei prossimi giorni, faremo la Nostra professione.

« Dichiariamo inoltre che, durante il periodo del Nostro pontificato, nessuno potrà essere eletto alla sacra porpora se non abbia fatto professione nell'ordine.

« Appena possibile, dedicheremo chiesa centrale dell'ordine la basilica dei santi Pietro e Paolo. Innalzeremo senz'altro all'onore degli altari le anime benedette che, perseveranti nella loro vocazione, avranno fatto sacrificio della loro vita.

« Aggiungiamo inoltre che questa vocazione potrà essere seguita nelle condizioni più diverse imposte dai superiori.

« Alcune regole direttive, in breve, per quanto riguarda il noviziato.

« Ogni superiore diocesano (noi speriamo vivamente che nessuno si terrà fuori dall'ordine) avrà i diritti che competono normalmente ai superiori religiosi e sarà autorizzato a utilizzare i membri a lui sottoposti in ogni opera che, a suo giudizio, possa servire alla gloria di Dio e alla salvezza delle anime. Intendiamo considerare a nostra disposizione tutti, senza eccezione alcuna, quelli che faranno la loro professione. »

Non pareva assolutamente commosso. Dopo aver alzato lo sguardo, egli riprese a parlare: « Queste sono le Nostre decisioni! Per quanto riguarda gli altri problemi, prenderemo decisioni il più presto possibile. Desideriamo che quanto detto oggi da noi sia conosciuto in tutto il mondo, affinché tutti sappiano, al più presto, che cosa Cristo chiede, per mezzo del suo vicario, a tutti coloro che invocano il suo santo nome. Non offriamo altra ricompensa se non quella che Cristo stesso promette a coloro che lo amano e sacrificano a lui la loro vita. Non altra promessa di pace se non quella che supera la coscienza umana; nessuna patria se non quella dei pellegrini e dei viandanti che tendono a una città che sta per venire. Nessun onore, se non quello di essere disprezzati dal mondo; nessun'altra vita, se non quella nascosta con Gesù Cristo in Dio ».

Capitolo quarto

1

Oliviero Brand aspettava una visita, seduto nella sua stanza privata a Whitehall. Stavano per suonare le dieci: aveva ancora mezz'ora di tempo prima di dover essere in Parlamento. Sperava che il signor Francis, chiunque egli fosse, non volesse trattenerlo a lungo. Ogni minuto di tempo era, ora, una dilazione, dal momento che il lavoro, nelle ultime due settimane, era cresciuto enormemente.

Non dovette attendere neppure un secondo: alla torre Vittoria batteva l'ultimo tocco quando la porta si aprì e una voce annunciò gentilmente il visitatore.

Oliviero notò, dopo uno sguardo fugace, che lo sconosciuto aveva le palpebre languide e le labbra un po' ciondolanti. Questo gli bastò per caratterizzarlo in modo preciso, non appena il visitatore si pose a sedere. Cominciò subito a parlare: « Tra venticinque minuti, signore, dovrò lasciare questa stanza; dopo... ».

« La ringrazio, signor Brand. È proprio il tempo che mi serve. Inoltre, scusi se mi prendo la libertà... » e cercò nella tasca interna dalla quale estrasse un plico voluminoso. « Prima di andarmene, le lascerò questo plico. In esso troverà le nostre note e i nostri nomi. Ecco ora, signore, che cosa ho da dirle a voce. »

Appoggiò la schiena, incrociò le gambe e riprese a parlare con una certa ansia nella voce: « Vorrei che lei sapesse che io sono venuto qui a nome di molti altri, che hanno da fare a lei richieste e offerte. Mi hanno incaricato di esporre la cosa, perché l'idea è stata mia. Posso, per prima cosa, rivolgerle una domanda? ».

Oliviero annuì col capo.

« Non vorrei chiederle cose che non ho diritto di sapere. Ma è vero che il culto divino sarà ripristinato in tutta la nazione? »

Oliviero sorrise. Poi disse: « Credo di sì. Per la terza volta è stata presentata questa proposta. Come lei saprà, il presidente dovrà dire stasera la parola definitiva ».

« Non opporrà il *veto*? »

« Penso di no, dal momento che ha approvato in Germania la stessa proposta. »

« Appunto! Una volta approvata, lei pensa che avrà immediatamente valore di legge? »

Oliviero si chinò sul tavolo e prese tra le mani un foglio verde, sul quale era scritto il contenuto di quel progetto.

« Penso che lei lo conosca » disse Oliviero. « Sì, è proprio così. Entrerà immediatamente in vigore e si celebrerà la prima festa in ottobre. Mi pare sia la festa della *paternità*... sì della *paternità*. »

« Ci sarà grande movimento, quel giorno! » intervenne l'altro, con voce appassionata. « E ci resta solo una settimana di tempo. »

« Non è un compito mio, questo » riprese Brand, mentre riponeva il foglio verde. « Ho sentito dire che il rituale sarà lo stesso tenuto in Germania. Non vi è motivo valido per fare delle differenze. »

« Useremo l'abbazia? »

« Indubbiamente! »

« Ebbene, signor Brand. È indubbio che i commissari governativi hanno attentamente esaminato ogni cosa e hanno già messo a punto l'organizzazione. Ma mi pare che dovrebbero usare tutta l'esperienza di cui potranno disporre. »

« È certo! »

« Vede, signor Brand. La società che io rappresento si è costituita fra individui che furono, un tempo, tutti preti cattolici. Siamo circa cento in tutta Londra. Le lascerò, se non le dispiace, un manoscritto in cui sono indicati i nostri ideali, la nostra costituzione, eccetera. Ci pare che, in questo genere di cose, la nostra esperienza passata possa essere messa vantaggiosamente a servizio del governo. Lei saprà certamente che le cerimonie del culto cattolico sono molto complesse: alcuni di noi le hanno studiate a fondo, un tempo. Si dice che si nasce maestri di cerimonia, non si diventa. Abbiamo un certo numero di persone di questo tipo, senza contare che, ogni prete è, per sua natura, un cerimonialista. »

« E con questo, signor Francis? »

« Ecco. Sono sicuro che il governo avrà compreso come sia importante che le cose procedano bene e con ordine. Se infatti il servizio divino si inaugurasse in modo disordinato e assurdo non servirebbe allo scopo. Per questo, mi hanno incaricato di rivolgermi a lei, signor Brand, per raccomandarle un gruppo di uomini (saranno circa venticinque) che possiedono molta esperienza in materia. Sono tutti pronti a mettersi al servizio del governo. »

Oliviero faticò a non scoppiare in una fragorosa risata. C'era, in quelle proposte, una disgustosa ironia. Ma, tutto considerato, non erano poi tanto irragionevoli.

« Capisco bene, signor Francis, quanto siano saggi e a proposito i suoi suggerimenti. Ma non penso di essere, mi creda, la persona adatta. Dovrebbe rivolgersi al signor Snowford. »

« Lo so, signore. Ma è stato il discorso da lei pronunciato l'altro giorno ad ispirarci. Lei ci ha svelato ciò che è veramente dentro il nostro cuore, quando disse che il mondo non può vivere senza un culto e che finalmente l'uomo ha conosciuto chi sia il vero Dio! »

Oliviero lo interruppe con un gesto della mano. Non sopportava alcuna forma di adulazione.

« Troppo gentile, troppo gentile, signor Francis! Ne parlerò col signor Snowford. Se ho ben capito... vi offrireste... come maestri di cerimonia. »

« Sì, signore. E come sagrestani! Ho esaminato attentamente il rituale tedesco: è più complicato di quanto avessi supposto e richiederà molta perizia. Penso che occorreranno almeno dodici cerimonieri, nell'abbazia; e non si eccederà se ne metteremo altri dodici nelle sagrestie. »

Subito Oliviero acconsentì. Guardava con intensa curiosità la faccia carica di passione di quell'uomo che aveva di fronte. C'era su di lui una specie di maschera tipica dei preti, che sempre aveva ritrovato negli uomini come padre Francis: la sua, indubbiamente, era la tipica maschera del bigotto.

« Lei dev'essere senza dubbio *frammassone* » disse Oliviero.

« Oh sì, signor Brand. »

« Molto bene... Appena riesco a vederlo, parlerò col signor Snowford. »

Oliviero diede un'occhiata all'orologio: restavano ancora pochi minuti.

« Ha saputo della nuova elezione fatta a Roma, signor Brand? »

Oliviero fece cenno di no con la testa. Le cose che succedevano a Roma, per il momento, non lo interessavano punto.

« Il cardinale Martin » proseguiva Francis « è morto mercoledì ed è già stato nominato il successore. »

« Ah, davvero? »

« Il neoeletto era un amico mio. Si chiama Franklin. Sì, Percy Franklin! »

« Che dice!? »

« Come, signor Brand, lo conosce? »

Oliviero era scuro nello sguardo e pallidissimo in volto.

« Sì, l'ho conosciuto. »

Ed ora la sua voce era pacata: « O, almeno, credo di averlo conosciuto ».

« Stette a Westminster fino a pochi mesi fa. »

Oliviero continuava a guardare il visitatore davanti a lui: « Sì... Sì... E lei, signor Francis, lo conosceva... ».

« Altro che! »

« Mi piacerebbe sapere qualcosa di lui » disse Oliviero. Ma dovette interrompersi, perché il tempo a disposizione era terminato. « Ha altre cose da chiedermi? » concluse Oliviero.

« Nulla, per ora. Mi permetta solo di dirle quanto io la stimi e come noi tutti ammiriamo l'opera da lei compiuta, signor Brand! Penso che solo noi siamo veramente capaci di capire che cosa significhi la mancanza di culto! Sulle prime, era tutto così strano... »

La sua voce ora tremava. Poi tacque. Oliviero colse il momento per alzarsi: « E allora, signor Francis? ».

Gli occhi del visitatore, notò Oliviero, erano pieni di malinconia e stavano puntati su di lui.

« Sì. Fu un'illusione... fu un'illusione la nostra, signore. Ma tuttavia ora spero che non tutto sia perduto delle antiche aspirazioni, penitenze e preghiere. Noi c'ingannammo sul nostro Dio. Ma le nostre preghiere arrivarono ugualmente a lui, trovando il cammino dello *spirito del mondo* il quale c'insegna che l'individuo non è nulla e che lui solo è tutto. E intanto... »

« Oh, certo! » E anche Oliviero era commosso, ora.

Il suo interlocutore, con gli occhi aperti all'estasi, esclamava: « Intanto Felsemburgh è venuto! Certo! Giuliano Felsemburgh! ».

C'era in quella voce gentile tanta passione, che il cuore di Oliviero la raccolse e la risuonò: « Capisco, signore, molto bene, tutto ciò che lei vuol dire... ».

« Finalmente, oh, sì, abbiamo un salvatore! » esclamò Francis. « Un salvatore che si può vedere; un salvatore che possiamo pregare faccia a faccia! È come un sogno, troppo bello per crederci. »

Oliviero tornò a guardare l'orologio; si alzò in fretta e stese la mano al visitatore.

« Mi scusi, ma non posso trattenermi più a lungo. Sono stato molto commosso dalle sue parole. Certo, parlerò con Snowford. È segnato su queste carte il suo indirizzo? » chiese alla fine indicando il plico ricevuto da Francis.

« Sì, signor Brand. Ora vorrei farle una domanda. »

« È impossibile, signore. »

E Oliviero scuoteva la testa.

« Una cosa brevissima. È vero che il nuovo *veto* sarà obbligatorio? »

Oliviero accennò di sì col capo. Poi raccolse le sue carte.

2

Mabel, seduta nella galleria dietro il seggio del presidente, quella sera guardò l'orologio almeno dieci volte in un'ora. Sperava che le ventuno arrivassero più in fretta. Sapeva bene che il presidente europeo non avrebbe né ritardato né anticipato di un secondo l'arrivo: era infatti ormai famosa in tutto il paese la sua puntualità insuperabile. Se aveva detto le ventuno, sarebbe certamente arrivato alle ventuno esatte.

Squillò acuta, dal basso, una campana. La voce dell'oratore, che si trascinava con estrema lentezza, tacque subito. Mabel guardò di nuovo l'orologio e vide che mancavano cinque minuti. Si fece avanti per vedere meglio l'assemblea.

Il suono aveva provocato un certo movimento nella sala: i membri del Parlamento, seduti sui bruni seggi, prendevano ora una posizione più dignitosa: discrociavano le gambe e mettevano accuratamente a posto i capelli sotto le frange di cuoio. Vide il presidente della Camera scendere i tre gradini del suo seggio: tra cinque minuti lo avrebbe sostituito un altro presidente.

La sala era piena zeppa di gente, da un angolo all'altro. Immaginate! C'era un ritardatario che veniva dalla luce crepuscolare della porta sud: si guardava intorno confuso, perché non riusciva a ritrovare in piena luce il suo seggio vuoto. Nell'estremità in basso le gallerie erano occupate, fino al punto in cui Mabel era riuscita a trovare un posto. Ma da quell'ambiente così affollato non emergevano rumori: c'era soltanto un sussurrare raccolto!

La campana squillò per la seconda volta dietro le entrate. I corridoi intanto s'illuminavano e, fuori, la moltitudine raccolta in piazza del Parlamento, dopo venti minuti di silenzio, cominciò a rumoreggiare. Quando il clamore esterno cessò, Mabel capì che lui era arrivato. Che incanto! Inspiegabile! Si trovava là, quella notte, proprio sul punto in cui il presidente doveva parlare. Un mese prima, egli aveva dato la propria approvazione a un medesimo progetto in Germania e aveva pronunciato, sempre sullo stesso problema, un discorso a Torino. Domani, sarebbe stato il turno della Spagna. Si ignorava quale fosse stato il suo itinerario nell'ultima settimana. Qualche voce diceva che egli fosse passato, in aereo, attraverso il lago di Como. Ma era arrivata subito la smentita.

Nessuno sapeva che cosa egli avrebbe detto quella notte. Potevano essere tre parole o mille. C'erano clausole (in particolare quella che rendeva obbligatorio il nuovo culto per tutti i maggiori di sette anni) che egli avrebbe potuto respingere, opponendo il *veto*. In questo caso, il progetto doveva essere ritirato, per rivedere le clausole, a meno che la Camera non avesse accettato, sull'istante, per acclamazione, le modificazioni da lui suggerite.

Mabel era d'accordo con le clausole contenute nel progetto. Esse stabilivano che il nuovo culto sarebbe stato celebrato in ogni parrocchia d'Inghilterra a partire dal mese d'ottobre; però il culto diveniva obbligatorio con l'anno nuovo. La Germania invece aveva presentato il progetto un mese prima e l'aveva reso immediatamente obbligatorio, costringendo così i sudditi cattolici ad abbandonare il paese o a subire le pene previste per i trasgressori. Erano in verità pene leggere: per il primo reato, era prevista una settimana di reclusione; per il secondo, un mese di carcere; per il terzo, un anno e per il quarto, la prigione continua, finché il reo non si fosse dichiarato sottomesso.

Mabel pensava che in fondo erano condizioni abbastanza agevoli. L'imprigionamento, infatti, significava restare rinchiuso in casa propria con l'obbligo di prestare il proprio lavoro a pro del governo. Non c'erano certo gli orrori del Medio Evo! Inoltre, l'atto stesso di culto richiedeva così poco: era sufficiente la presenza in chiesa per le quattro nuove festività: *maternità, vita, solidarietà, paternità*. Esse cadevano il primo giorno di ogni trimestre; la frequenza settimanale era invece facoltativa.

Mabel non riusciva a capire come un uomo potesse rifiutarsi di compiere il culto: erano in fondo fatti oltremodo reali che, più di ogni altra cosa, rivelavano lo *spirito del mondo*. Se qualcuno amava chiamare col nome di Dio questo spirito, non poteva d'altronde non riconoscere questi fatti come funzioni di Dio stesso. Allora, che difficoltà c'era? Non era proibito certo il culto cattolico nelle sue solite manifestazioni. I cattolici potevano benissimo andare ancora a messa!

Tuttavia, in Germania si erano verificate cose molto spiacevoli. Dodicimila persone se n'erano già andate verso Roma; si diceva inoltre che altre quarantamila persone avessero rifiutato, circa cinque giorni prima, quel semplice atto d'omaggio.

Si sgomentava e si indispettiva al solo pensarci. Mabel vedeva coronato, nel nuovo culto, il trionfo dell'*Umanità*, dopo essersi tante volte invaghita, vagheggiando fatti analoghi a questa pubblica e collettiva professione di quella fede che formava ormai l'oggetto di universale credenza degli uomini di questo tempo. Aveva sempre ritenuto privi di senno quelli che attentavano alla vita senza mai considerarne le sorgenti. Non potevano essere, senza dubbio, fallaci queste aspirazioni della sua anima. Ella desiderava mantenersi coi suoi simili in una specie di soggiorno devoto, consacrato dalla volontà dell'uomo invece che dalla benedizione del prete. Ella già immaginava l'ispirazione che avrebbero prodotto i canti soavi e i possenti accordi dell'organo. Come desiderava dare sfogo al suo dolore, con altri mille a sé vicini, tutti vittime innocenti, come lei, immolate allo *spirito universale*! Oh, cantare ad alta voce gloria alla vita; offrire con preci e incenso un simbolico dono al grande *tutto*, che le aveva dato l'essere e che un giorno se lo sarebbe ripreso!

Pensava spesso: « Ah, quei cristiani! Come hanno conosciuto a fondo la natura umana! L'avevano però degradata spegnendo la luce, avvelenando il pensiero, calpestando l'istinto. Ma avevano capito bene che l'uomo ha bisogno di adorare... sì, adorare, per non diventare simile alle bestie! ».

Da parte sua, Mabel decise di recarsi, almeno una volta la settimana, alla piccola chiesa posta circa a un mezzo miglio da casa sua: si sarebbe inginocchiata davanti al santuario luminoso, per meditare soavi misteri, alla presenza dello *spirito* che le insegnava ad amare e a inebriarsi sempre di nuovi sprazzi di vita e di forza. Oh, se il progetto fosse passato alla prima seduta!

Mabel ora stringeva forte le mani al parapetto. Volse gli occhi a guardare le teste allineate, i passaggi aperti, il grande scettro sul tavolo. Ma sentiva, più forti delle acclamazioni dall'esterno e del sommesso brusìo all'interno, i battiti del proprio cuore.

Sapeva che dal suo posto non avrebbe potuto vedere lui che entrava; egli sarebbe passato dal basso, per una porta riservata, e si sarebbe recato direttamente al trono. Ma avrebbe udito la sua voce: e la sola idea la riempiva di gioia.

Anche fuori, ormai, tutti tacevano. Entro la sala cessò il mormorìo sommesso. Era dunque arrivato! Vagando con lo sguardo, Mabel vide lunghe file di teste sollevarsi, lì sotto; le sue orecchie, benché sbalordite, udirono uno scalpiccìo di passi. Le facce si voltarono tutte dalla stessa parte. Mabel guardava quelle facce, per vedervi riflessa, come in uno specchio, la luce della sua presenza. Si udì passare nell'aria un singulto leggero: veniva da lei o dagli altri attorno a lei? Seguirono lo scatto di una porta e, poi, un'esclamazione sommessa. Allorché la campana suonò tre tocchi, ci furono solo emozioni su emozioni. Le facce impallidite dei presenti furono scosse da un brivido, come se una bufera di passione fosse penetrata nel loro animo. Movimenti vaghi, qua e là, si potevano notare nelle persone degli astanti.

Tre volte, in *esperanto*, vennero pronunciate queste parole da una voce chiara e pacifica: « Inglesi, approvo il vostro progetto di culto ».

3

Mabel e Oliviero poterono vedersi solo a mezzogiorno del giorno seguente. Oliviero aveva passato la notte in città: aveva telefonato alle undici dicendo che avrebbe portato con sé un ospite. E Mabel, verso le dodici, sentì nella sala la voce del marito e quella dell'ospite.

Quando vide Francis, le parve una figura innocua e poco interessante, nonostante l'aria seria che egli aveva assunto dopo l'approvazione del progetto. Solo alla fine del pranzo ella poté sapere chi fosse costui.

« Fermati qui, Mabel » disse Oliviero, vedendo che Mabel stava per allontanarsi da loro. « C'è una cosa che, penso, farà piacere anche a te. »

Poi, rivolgendosi a Francis: « Tra me e mia moglie non ci sono segreti ».

Francis sorrise in segno d'approvazione.

« Allora » disse Oliviero, « permette che io parli a mia moglie di lei? »

« Certamente! »

Fu così che Mabel seppe che Francis era stato un prete cattolico fino a cinque mesi prima e che ora era in rapporto con Snowford per il cerimoniale da tenere nell'abbazia.

Ella si sentì presa dalla più viva curiosità all'udire queste cose.
« Dimmi, dimmi, ti prego, tutto » esclamò.

Francis era stato proprio quella mattina a colloquio col nuovo ministro del culto e aveva ricevuto definitivamente il compito di curare il cerimoniale per il primo di ottobre. Erano stati ingaggiati anche altri dodici suoi colleghi, almeno in via provvisoria, sempre per il cerimoniale. Dopo la festa, sarebbero dovuti andare nei vari centri, per tenere una serie di conferenze in merito all'organizzazione del culto nazionale. Non era certo possibile, faceva notare Francis, ottenere subito la perfezione; ma, all'inizio del nuovo anno, si poteva sperare che tutto fosse ben in ordine, almeno nelle cattedrali delle grandi città.

« È necessario fare in fretta, più in fretta possibile » diceva Francis, « perché è necessario ottenere una buona fama presso il popolo. Sono a migliaia quelli che hanno istintivamente bisogno d'adorare e non sanno come fare a soddisfare tale esigenza. »

« È proprio vero! » confermava Oliviero. « Anch'io ho avuto questa esigenza per lungo tempo! Penso sia l'istinto più originario e fondamentale dell'uomo. »

« Per quanto poi riguarda le cerimonie... » e con aria d'importanza, dopo aver fatto un rapido giro intorno con lo sguardo, Francis trasse di tasca un libriccino rilegato elegantemente. « Questo è il cerimoniale per la festa della *paternità*. Ho allegato alcuni fogli e fatte alcune note. »

Cominciò a sfogliare il libriccino, mentre Mabel avvicinava la sedia per ascoltare meglio. Era visibilmente commossa.

Fu Oliviero a parlare: « Bene! Signore, abbia la compiacenza di leggerci qualche passo ».

Francis mise un dito fra le pagine del libretto; si fece posto sul tavolo, spostando un piatto, e cominciò una specie di discorso introduttivo.

« È opportuno partire dal fatto che questo cerimoniale è in massima parte ricavato da quello della massoneria. I tre quarti della funzione sono impiegati per i loro riti: i cerimonieri, quindi, non se ne occuperanno, ma guarderanno soltanto che le insegne siano pronte in sagrestia e poi indossate secondo la convenienza. La cerimonia, fino a questo punto, sarà condotta da ufficiali propri... e non è necessario che io ne parli. Le difficoltà cominciano nell'ultima parte. »

Si fermò. Con uno sguardo che sembrava chiedere scusa, cominciò a mettere in ordine posate e bicchieri sopra la tovaglia.

« Qui abbiamo il vecchio santuario dell'abbazia. Il grande altare sorgerà nel luogo occupato dal dossale e dalla mensa: esso sarà secondo quanto stabilito nel rituale e avrà i propri gradini. Dietro l'altare quasi all'altezza della vecchia reliquia del santo, sarà collocato un piedistallo e, sopra, la simbolica figura: essa rimarrà, da quanto ho potuto sentire già prima di andare in direzione, al suo posto fino alla vigilia della prossima festa trimestrale. »

« Che figura è? » chiese la giovane donna.

Francis guardò Oliviero poi disse: « So che hanno incaricato Markenheim. Sarà lui a disegnare e a scolpire le statue, una per ogni festa. Per la *paternità*... ».

Tacque di nuovo.

« Ebbene, signor Francis? »

« La statua per la festa della *paternità*, a quanto mi hanno detto, rappresenterà un uomo nudo. »

« Hai presente, cara » intervenne Oliviero, « le statue di Apollo o di Giove? »

Mabel pensava quanto fossero giuste tutte queste scelte!

Francis, nel frattempo, riprendeva a parlare, con voce più sicura: « Una nuova processione entrerà per questo punto, dopo il discorso. Occorrerà mantenere l'ordine più rigoroso. Penso che ci permetteranno di fare qualche prova!... ».

« Solo qualcuna » disse Oliviero sorridendo.

Il maestro di cerimonia mandò un sospiro di contentezza.

« Avevo paura di no. Meno male! Daremo istruzioni molto precise, scritte. I partecipanti si ritireranno, suppongo, durante l'inno, nella vecchia cappella della Santa Fede. Mi pare la cosa più opportuna. » E indicava col dito la cappella. « Dopo l'ingresso della processione tutti prenderanno posto in questi due lati, mentre il celebrante, accompagnato dai sacri ministri... »

« Che cosa? »

« Il presidente d'Europa » e di nuovo si fermò. Poi riprese: « Ecco... Vede?... Questo è il punto. Sarà presente, il presidente, alla cerimonia? Non appare chiaro nel rituale ».

Sul viso di Francis era comparsa, per un attimo, una smorfia ed era arrossito.

« Pensiamo di sì, dal momento che abbiamo intenzione d'invitarlo. »

« Molto bene! Altrimenti penso che farà da celebrante il ministro del culto. Questi, insieme ai suoi assistenti, andrà direttamente fino ai gradini dell'altare. Ricordo che la figura sarà ancora coperta, mentre verranno accese le candele durante lo snodarsi della processione. A questo punto comincerà la recita delle giaculatorie stampate nel rituale, seguite dai responsi. Saranno cantate dal coro e penso che questo sarà il momento più suggestivo di tutta la funzione. Da solo, poi, il celebrante salirà all'altare e di lì declamerà la cosiddetta invocazione; alla fine, quando sarà giunto al punto qui indicato dall'asterisco, i turiferari, in numero di quattro partiranno insieme dalla cappella. Uno salirà verso l'altare e gli altri agiteranno i turiboli presso i gradini: questi presenterà il suo turibolo al celebrante; poi si ritirerà. Suonerà una campana: allora verranno tolte le cortine dalla statua e il celebrante incenserà l'immagine, in silenzio, con quattro doppi tiri. Terminata l'incensazione, il coro intonerà l'antifona indicata. »

Francis fece un gesto con la mano. E proseguì: « Il resto è semplice. Non occorre esaminarlo ».

Veramente, a Mabel erano sembrate semplici anche le cerimonie descritte sopra, ma dovette poi disilludersi.

« Non immagina, signora Brand, che difficoltà si incontrino anche in un campo come questo. La stupidità del popolo ha qualcosa di prodigioso! Sarà una faccenda seria per noi, prevedo. Chi farà il discorso, signor Brand? »

Oliviero scuotendo il capo rispose: « Non lo so. Penso sarà incaricato il signor Snowford ».

Francis rivolse a Oliviero un'occhiata indecisa.

« Che cosa ne pensa di tutto questo? »

« Mi sembra » disse Oliviero, dopo un attimo di silenzio « che sia una cosa assolutamente necessaria. Non si farebbe tanto lavoro per il culto, se non fosse un'esigenza realmente avvertita dalla gente. Inoltre mi pare che, complessivamente, il rituale sia molto suggestivo e non vedo come potrebbe essere migliorato. »

« Davvero, Oliviero? » chiese la moglie, con un tono di dubbio.

« No! Ma non importa. Tutto sta che il popolo capisca. »

« Mio caro signore » riprese Francis, « il culto ha in sé un senso del mistero, lo rammenti. Fu la mancanza di questo senso che fece crollare, nel secolo scorso, l'epoca imperiale. A mio parere è meraviglioso: tutto dipende, ovviamente, dal modo in cui si presenta. Il rituale lascia imprecisate alcune particolarità, come, per esempio, il colore delle cortine e altre ancora. Ma il piano generale è splendido e, soprattutto, verace nel suo profondo significato. »

« Qual è questo significato, per lei? »

« È un omaggio offerto alla vita nei suoi quattro aspetti. La *maternità*, corrispondente al Natale della favola cristiana, è la festa della famiglia, dell'amore e della fedeltà. Poi viene la *vita* stessa, con i suoi turbamenti giovanili in primavera; la *solidarietà* è il cuore dell'estate ed esprime abbondanza, prosperità, ricchezza... corrisponde al Corpus Domini cattolico; e per ultima la *paternità*, che indica procreazione, difesa, potenza, allorché l'inverno s'avvicina. Penso sia un'idea tedesca! »

Oliviero approvava: « È giusto! E spetterà all'oratore spiegare tutte queste cose ».

« Io la penso così. Mi sembra sia più suggestiva, questa impostazione, rispetto al fatto di rendere oggetto di culto la cittadinanza, il lavoro, eccetera: questi sono infatti momenti subordinati alla vita. »

Francis cercava di contenere l'insolito ardore. Mai era stato tanto prete come in quel momento! Anche lui sentiva il bisogno di adorare!

Mabel congiunse le mani e disse a bassa voce: « Penso che questo sia bello e vero ».

Gli occhi bruni, carichi di passione di Francis si rivolsero alla giovane donna: « Proprio così! Davvero... Signora. Non è più questione, qui, di fede, ma di fatti sui quali non possono sorgere dubbi. L'incenso manifesta la vita come unica verità ».

« Di che materiale sono fatte le statue? » chiese Oliviero.

« Una statua di pietra è impossibile, per ora. Sarà usata, provvisoriamente, l'argilla. Markenheim ha già cominciato a modellarle. Se saranno approvate, verranno scolpite in marmo. »

Con femminile gravità, Mabel fece un'altra osservazione: « È davvero ciò di cui sentivamo il bisogno! È così difficile tenere presenti i princìpi se non sono racchiusi in qualche cosa. Ci vuole una loro manifestazione concreta! ».

Poi tacque.

« Ne sei convinta, Mabel? »

« Non voglio certo dire che non ci sono persone in grado di farne a meno. Ma sono convinta che molti ne abbiano assolutamente bisogno. L'ideale può solo essere espresso attraverso immagini concrete, che servano come strumento alle umane aspirazioni. Non so se sono riuscita a spiegarmi. »

Oliviero disse di sì con la testa. Anche lui pareva assorto nello stesso pensiero.

« Certo » disse. « E tutto ciò serve ad educare gli uomini ad esprimere le loro idee e ad eliminare ogni traccia di superstizione. »

Francis, all'improvviso, chiese: « Che ne pensa, signore, del nuovo ordine religioso fondato dal papa? ».

Il volto di Oliviero, sentendo queste parole, divenne simile a quello di una belva.

« Penso che egli abbia fatto il peggior passo possibile. Sarà infatti o un provvedimento che avrà seguito, e questo provocherà allora una reazione fortissima, oppure si risolverà in una cosa da nulla e questo non farà altro che screditare ancor di più la sua figura. »

Poi riprese: « Ma perché me lo chiede? ».

« Stavo pensando alla possibilità di qualche disordine molto fastidioso all'abbazia. »

« Non vorrei essere nei panni di chi osasse sollevarlo. »

Si udì il telefono squillare rumorosamente. Oliviero andò subito a rispondere. Mabel lo osservava: premette il bottone, pronunciò il proprio nome e pose l'orecchio alla cornetta.

« È il segretario di Snowford » disse rivolto ai due che erano lì con lui. « Snowford dev'essere assente... Sì!... Pronto? »

Disse di nuovo il proprio nome e riprese ad ascoltare.

Poi, i presenti udirono alcune frasi abbastanza suggestive: «Ah!... Mi dispiace... Certo!... Sempre meglio che nulla!... Sì, è qui... Benissimo... Siamo subito da lei».

Guardò il telefono, premette di nuovo il bottone e ritornò al posto: «Mi dispiace. Il presidente non prenderà parte alla cerimonia. Non sappiamo nemmeno se sarà presente o no alla festa. Il signor Snowford desidera vederci subito, signor Francis. Da lui ci sarà anche Markenheim».

Mabel, delusa nella sua aspettativa, notò però che Oliviero era più serio di quanto non richiedesse la delusione ricevuta.

Capitolo quinto

1

Percy Franklin, nuovo cardinale protettore d'Inghilterra, usciva dalle stanze del papa, camminando a lenti passi nel corridoio. Al suo fianco, col respiro ansimante, era il cardinale protettore di Germania, Hans Steinmann. Entrarono nell'ascensore; poi uscirono, senza dirsi nulla. Erano entrambi belli e vivaci nell'aspetto: l'uno diritto e virile, l'altro un po' curvo, grasso e tedesco dai capelli ai piedi.

Vicino alla porta del suo quartiere, l'inglese si fermò, fece una leggera riverenza ed entrò in silenzio.

Al suo ingresso, il segretario, di nome Brent, giovane, appena venuto dall'Inghilterra, si alzò.

« Eminenza » disse « è giunta la posta dall'Inghilterra. »

Percy stese la mano per prendere il pacco, poi passò nel suo studio e si mise a sedere.

Ecco ciò che trovò: titoli giganteschi a quattro colonne di stampa, spezzate qua e là da frasi succinte a lettere cubitali, tipica moda americana già in vigore da cent'anni: era, questo, ancora il modo migliore per fornire, a un popolo che non capisce, notizie imprecise.

Percy osservò l'intestazione di quella stampa. Era l'edizione inglese dell'*Epoca*. Poi lesse i titoli: *Il Culto nazionale; Splendore emozionante; Entusiasmo religioso; L'abbazia e il nuovo Dio; Cat-*

tolico fanatico; Ex-preti cerimonieri.

Diede una rapida occhiata a quanto vi era scritto, fermandosi sulle frasi più incisive. Alla fine ebbe un quadro pressoché impressionistico dei fatti accaduti il giorno prima nell'abbazia: già li aveva, tuttavia, appresi da una notizia per telegrafo ed erano stati oggetto del suo ultimo colloquio col papa. Non c'era alcuna notizia importante che già non gli fosse nota. Stava per mettere da parte il giornale, quando gli saltò agli occhi un nome.

Percy lesse: *Siamo venuti a conoscenza del fatto che il signor Francis, cerimoniere in capo, al quale tutti dobbiamo rivolgere ringraziamenti e lodi per lo zelo ossequioso e le strabilianti capacità, si recherà tra poco tempo nelle città del nord per tenere conferenze circa il rituale. È interessante notare che questo gentiluomo officiava, cinque mesi orsono, all'altare cattolico. Nel disimpegnare il suo compito, sarà coadiuvato da ventiquattro confratelli, tutti provenienti dalla sua stessa esperienza.*

« Dio mio! » esclamò Percy. Poi, si lasciò cadere il giornale dalle mani,

Ma subito abbandonò il pensiero del prete rinnegato, rifletté ancora una volta sulla gravità dell'insieme degli avvenimenti: avrebbe dovuto darne avviso, come suo dovere, al santo padre.

In conclusione, il culto panteista aveva preso avvio sotto i migliori auspici, sia in Inghilterra sia in Germania. In Francia, ovviamente, la gente era troppo attaccata al culto dell'io e non poteva perciò concepire idee più ampie in materia religiosa. Ma gli inglesi avevano manifestato una vasta maturità di pensiero.

Contrariamente all'opinione di pochi, tutto era avvenuto senza la minima ombra di ridicolo o di grottesco. L'Inghilterra fu chiamata in quel giorno paese dell'*humor* e della serietà. Non si era mai visto uno spettacolo simile a quello del giorno prima. Da una estremità all'altra dell'abbazia echeggiavano grida d'entusiasmo, quando, tolta la cortina, l'enorme statua nuda della *paternità*, maestosa e imponente, scolpita con arte somma, era apparsa tra lo splendore delle fiaccole contro un diaframma che ne velava la custodia. Ottimo il lavoro eseguito da Markenheim; le parole, poi, di Oliviero Brand avevano ben disposto gli animi alla grande rivelazione.

Nella *peroratio*, egli si era servito di molti brani presi dai profeti ebraici: brani che annunciavano la città della pace della quale tutti ora vedevano, davanti agli occhi, le mura. Diceva: «Sorgi e brilla, perché è giunta la tua luce e la gloria del Signore si è levata sopra di te... Perché, ecco, io creo cieli nuovi e nuova terra. E cielo e terra che furono un tempo non saranno ricordati e non torneranno più alla mente. Non s'udrà più violenza nel tuo regno, né desolazione, né rovina nei tuoi confini. O tu, da tanto tempo afflitta, colpita dalla tempesta e priva di conforto, io ti offrirò pietre dai colori più vivi e fondamenta di zaffiro. Di agate farò le tue finestre, di rubini le porte e di preziose gemme le tue mura. Sorgi, fatti tutta luminosa, perché è giunta la tua luce».

E intanto le catenelle degl'incensieri tintinnavano nel silenzio; quell'immensa folla cadde tutta insieme in ginocchio e restò prostrata, mentre dalle mani di quegli apostati che agitavano i turiboli s'alzava il fumo. E l'organo pareva gemere. Dal folto coro addensato nelle navate laterali fu intonata l'antifona, interrotta dal grido d'orrore di un cattolico fanatico. Ma egli fu fatto tacere immediatamente.

«Pare assurdo. Assolutamente assurdo!» diceva fra sé Percy. Eppure era proprio accaduto l'incredibile e l'Inghilterra aveva ritrovato il suo culto, necessario coronamento della libera spiritualità.

Medesimi avvenimenti si erano verificati in provincia. Tutte le cattedrali erano state spettatrici dei medesimi fatti.

Il capolavoro di Markenheim, rapidamente eseguito nel giro di quattro giorni dopo l'approvazione del progetto, era stato riprodotto a macchina: quattromila copie identiche erano state spedite nei centri più importanti. Numerosi telegrammi recavano a Londra la notizia che il nuovo movimento trascinava ovunque, irresistibile, le masse: gli ideali umani avevano trovato, infine, la loro perfetta manifestazione.

Percy ricordò, a questo proposito, la famosa sentenza di Voltaire: «Se Iddio non esistesse, sarebbe necessario inventarlo!». E si stupiva inoltre dell'intelligenza con cui era stato ideato il nuovo culto. Nessun elemento poteva essere contraddetto, nessuna differenza politica poteva intralciarne il successo. E, inoltre, nessuna obiezione neppure da parte di chi, segretamente, continuava a essere individualista o retrogrado. La vita, sorgente unica del nuovo culto, s'ammantava delle sontuose vesti dell'antico. In verità, questa era tutta opera di Felsemburgh, benché si sostenesse la sua origine tedesca. Era una specie di positivismo, di cattolicesimo senza cristianesimo, una sublimazione dell'umano: l'adorazione non dell'uomo, ma dell'idea dell'uomo spogliata di ogni concezione soprannaturale. Anche per il sacrificio c'era posto, concepito come istinto naturale all'oblazione di sé, non come espiazione richiesta da un potere trascendente, per la colpa originale dell'uomo.

In fondo, Percy capiva che tutto questo aveva l'ingegno del diavolo ed era una cosa vecchia quanto Caino. Nell'avviso che aveva dato al papa degli avvenimenti, non ricordava più se avesse consigliato speranza o disperazione. Venne, nel frattempo, emanato un rigoroso decreto che vietava ai cattolici l'uso della violenza: dovevano avere pazienza, parlare solo se interrogati e soffrire con gioia la croce.

Sia Percy sia il cardinale Steinmann avevano chiesto di poter tornare nei loro rispettivi paesi, per incoraggiare i cristiani titubanti. Ma il papa aveva risposto che il loro compito, ora, era di restare a Roma, salvo casi imprevisti.

Si avevano poche notizie di Felsemburgh; correva voce che fosse in oriente, ma s'ignoravano particolari ulteriori. Percy capì perché lui non avesse voluto essere presente alla inaugurazione del nuovo culto. Per prima cosa, Felsemburgh non sapeva a quale delle due nazioni dare la preferenza, dal momento che lo inauguravano insieme; in secondo luogo, da politico esperto, voleva tenersi fuori da ogni possibile insuccesso. E, in terzo luogo, aveva davvero da fare in oriente.

Questo ultimo punto restava tuttavia oscuro: in pubblico non si diceva nulla, ma pareva che il movimento iniziato l'anno prima non stesse procedendo per il meglio. Infatti non si riusciva a spiegare la nuova e lunga assenza di Felsemburgh dalla sua patria d'adozione, se non pensando a un fatto che reclamava assolutamente la sua presenza altrove. Ma, data la tipica descrizione degli orientali e le precauzioni gelose dell'impero, non trapelava alcuna notizia. Dicevano che ci fossero di mezzo questioni religiose: si parlava di prodigi, di rumori, di profezie, di visioni.

Percy vide che qualcosa era mutato nel suo stato d'animo. Se non osava infatti librarsi sulle ali della speranza, non riusciva neppure ad abbandonarsi alla disperazione. Aveva celebrato la messa, letto la corrispondenza arrivatagli in gran numero e aveva regolarmente meditato. Non avvertiva più alcuna ombra di dubbio nella sua fede, benché non vi trovasse più né emozioni né affezioni. Si sentiva come un uomo che lavora nella profondità della terra con l'aridità della fantasia, ma conscio tuttavia che, da qualche parte, gli uccelli cantano ancora, il sole splende e l'acqua scorre. Riconobbe in sé un nuovo stato di fede pura, di quella fede che è semplice apprensione di ciò che è spirituale, scevra dal pericolo di fallaci consolazioni e di fantastiche visioni.

Si rendeva conto di tutto questo, meditando sulle tre vie per le quali Dio è solito comunicarsi all'anima. La prima è quella della fede esterna: essa consiste nell'assentire alle verità dichiarate dall'autorità; si esercita nelle pratiche di culto, senza attrazioni e senza dubbi. La seconda è la via delle facoltà percettive ed emotive dell'anima: incomincia con le consolazioni, i desideri, gli impulsi, le mistiche visioni, senza escludere i pericoli. È su questa via che si prendono le decisioni importanti, si colgono le vocazioni e si provano i dubbiosi. La terza via è misteriosa e difficilmente spiegabile: è la sublimazione spirituale di tutto ciò che è stato incontrato nelle due vie precedenti, alle quali segue, così come un dramma segue le svariate prove di teatro; in questa via Iddio si dona ma non si sente; la grazia impregna, ma non lascia gusto. A poco a poco, lo spirito, in questa via, abbandona la sfera delle emozioni e dei concetti e discende nella profondità del suo essere per unirsi all'anima e alla persona di Cristo.

Quell'alta e dignitosa figura di porporato andava riflettendo su queste cose. Sedeva, vestito in abito scarlatto, sul seggiolone e i suoi occhi erano rivolti alla santa città, appena visibile attraverso la leggera nebbia invernale.

Per quanto tempo sarebbe durata ancora la pace? Ai suoi occhi, anche l'aria stessa presentiva un'oscurità di morte. Alla fine, fece squillare il campanello e disse al segretario:

« Portatemi l'ultima lettera di padre Blackmore ».

2

Percy possedeva per natura un'acuta facoltà intuitiva, che si era perfezionata nel tempo grazie al lungo esercizio. Per questo non aveva dimenticato quanto aveva osservato, in modo profetico, un anno prima, padre Blackmore.

Il suo primo atto, non appena venne scelto come cardinale protettore, fu di annoverare il padre tra i suoi corrispondenti inglesi. Aveva ricevuto, fino ad ora, una dozzina di lettere e in ognuna era contenuto un granello d'oro. Ma, in particolare, esse avvisavano che tutti erano in gran preoccupazione per qualche provocazione che, prima o poi, sarebbe venuta da parte dei cattolici inglesi. Era stato il ricordo di questo avviso ad ispirargli, quella mattina, le ferventi suppliche fatte da Percy al santo padre.

Come già era accaduto al tempo delle persecuzioni romane ed africane dei primi tre secoli, il pericolo maggiore per i cattolici non era dato dalle inique disposizioni governative, ma dallo zelo indiscreto dei fedeli stessi. Il mondo aspettava solo questo per poter alzare la spada, dopo che già aveva fatto cadere il fodero.

Il segretario portò a Percy le quattro pagine scritte fitte, provenienti da Westminster. Percy rilesse subito l'ultimo paragrafo, che precedeva le usuali raccomandazioni:

Il signor Philipps, l'ex-segretario di Oliviero Brand, che l'eminenza vostra mi ha caldamente raccomandato, è venuto a trovarmi due o tre volte. È in uno stato d'animo veramente particolare: non ha fede, ma, teoricamente, vede come unica sua speranza la chiesa cattolica. Ha presentato domanda per essere ammesso nell'ordine del Cristo Crocifisso. Naturalmente, ciò non gli è stato accordato. Ma è impossibile dubitare della sua sincerità, perché, se non fosse sincero, si sarebbe già fatto cattolico. L'ho messo in contatto con molti altri cattolici, nella speranza che possa ricevere, da loro, aiuto e consiglio. Desidererei che l'eminenza vostra gli parlasse.

Prima di lasciare l'Inghilterra, Percy aveva mantenuto i rapporti con questa conoscenza procuratagli dalla strana conversione della signora Brand. E, senza sapere bene perché, aveva raccomandato al sacerdote il signor Philipps. Quest'uomo non possedeva certo qualcosa di speciale; si era mostrato infatti timido, esitante, malgrado l'azione superbamente generosa con la quale aveva rischiato il suo impiego. Ma era indubbio che aveva un fondo di bontà. Percy aveva deciso di mandarlo a chiamare: forse l'aria di Roma ne avrebbe affrettata la conversione e, se non altro, un incontro con l'ex-segretario di Oliviero Brand gli avrebbe fornito preziosi suggerimenti.

Chiamò nuovamente il segretario e gli disse: «Signor Brent, quando scriverete a padre Blackmore, ditegli che ho bisogno di vedere quel signor Philipps che già egli aveva proposto di inviarmi».

«Sì, eminenza.»

«Ma senza fretta. Fate pure con comodo.»

«Sì, eminenza.»

«Basterà che sia qui per i primi di gennaio. C'è tempo a sufficienza, a meno che fatti più urgenti non indichino il contrario.»

«Sì, eminenza.»

L'ordine del Cristo Crocifisso aveva fatto progressi meravigliosi. L'appello lanciato dal papa all'umanità parve un fuoco lanciato su un pagliaio. Il mondo cristiano era a tal punto di tensione da sentire esso stesso la necessità di riorganizzare completamente la propria vita.

La risposta all'appello del papa fece stupire anche i più ottimisti. Infatti a Roma e nella periferia c'erano stati moltissimi che, di corsa, avevano raggiunto la basilica di San Pietro per iscriversi, come gli affamati corrono verso il pane, o come i disperati all'assalto di una breccia. Per molti giorni consecutivi, il papa dovette restare sul trono accanto alla cattedra (ed era una splendida e maestosa figura, sempre più pallida e stanca verso sera), per benedire con un muto segno di croce i fedeli numerosi tra le balaustre. Dopo il digiuno e la comunione, quei fedeli venivano a prestare obbedienza al loro nuovo superiore e gli baciavano l'anello.

Le condizioni erano rigide, perché così le richiedevano le circostanze. Ogni postulante doveva confessarsi da un sacerdote, scelto per questo scopo, il quale diligentemente esaminava i motivi e la sincerità dell'interlocutore. In questo modo, venne ammesso solo un terzo dei postulanti.

Non era una proporzione eccessiva e le autorità additavano con disprezzo il fatto. Conviene infatti ricordare che la maggior parte di coloro che si presentavano aveva già sostenuto la prova del fuoco. Dei tre milioni che vennero a chiedere la loro ammissione, due almeno si trovavano in esilio per la loro fede: preferivano infatti vivere nel nascondimento, da tutti ignorati, sotto le ali di Dio, piuttosto che condurre una vita di splendori nelle contrade degli infedeli.

La quinta sera di accoglienza dei novizi, avvenne una scena commovente. Il vecchio re di Spagna, secondogenito della regina Vittoria, già vicino alla morte, alzandosi dalle ginocchia, vacillò ai piedi del suo signore. Era sul punto di cadere, ma il papa in persona, con una mossa rapida, si alzò, lo sorresse e lo accolse tra le braccia. Poi lo baciò. Indi, sempre in piedi e con le braccia aperte, pronunciò una preghiera tale che mai fu udita nella storia della basilica. «Benedictus Dominus!» esclamò con gli occhi splendenti e il volto rivolto al cielo. «Benedetto il Signore, Dio d'Israele, perché ha visitato e redento il suo popolo. Io, Giovanni, vicario di Cristo, servo fra i servi e peccatore fra i peccatori, vi invito tutti a stare con l'animo lieto, nel nome del Signore. Grazie a colui che salì sulla croce, prometto la vita eterna a tutti coloro che avranno perseverato in questo ordine. Cristo stesso disse: *A chi avrà superato la prova, io darò la corona della vita*. Figli miei. Non abbiate timore di quelli che uccidono il corpo: non possono fare altro. Gesù e Maria sua madre sono con noi.»

Così si spandeva la voce del papa, ricordando alla moltitudine impaurita il sangue dei martiri sparso in quel suolo sul quale essi erano. E ricordava loro il corpo dell'apostolo che lì, a pochi passi, incoraggiava, incitava e ispirava. Rammentava loro come si fossero votati alla morte, se così il Signore voleva. E in ogni caso, la loro intenzione avrebbe meritato presso Dio tanto quanto il martirio. Diceva loro che, ora, erano sotto obbedienza: la loro volontà non apparteneva più a loro, ma a Dio; erano sotto castità, perché i loro corpi erano stati acquistati a caro prezzo; sotto povertà. Il loro regno, ora, era regno dei cieli!

Il papa terminò con una muta, grande benedizione alla città e al mondo tutto. E c'era anche chi, tra i fedeli, (erano sei o sette), diceva d'aver veduto una figura simile a una colomba, alta nell'aria, mentre il santo padre parlava, bianco come nebbia, trasparente come ruscello.

Nella città e nella provincia si verificarono poi fatti mai visti prima; furono a migliaia le famiglie che rinunciarono al loro vincolo umano. Gli uomini presero posto nelle ampie case del Quirinale; le donne, invece, sull'Aventino. I figli, da parte loro, animati dallo stesso zelo dei loro genitori, furono riuniti presso le suore di san Vincenzo, le quali avevano avuto in dono dal papa le case di tre intere vie per raccogliere i bambini.

Incendi erano appiccati in ogni piazza: lì venivano bruciati gli oggetti di lusso, resi inutili dal voto di povertà; erano gli stessi possessori a gettare alle fiamme questi beni. Ogni giorno, su lunghi treni, dalle stazioni al di là delle mura, partivano i nuovi uomini, consci del loro compito; era il papa a inviarli come suoi delegati per essere il sale della terra e il lievito da introdurre nelle vaste terre del mondo infedele. E quel mondo li accoglieva, salutandoli con risate di scherno.

Notizie consolanti provenivano da ogni parte della cristianità. Per l'ammissione al nuovo ordine furono usate ovunque le medesime precauzioni che a Roma: erano state infatti date indicazioni precise e perentorie su questo punto. Ciò nonostante, gli ordinari diocesani trasmettevano ogni giorno lunghe liste di nuovi religiosi.

Negli ultimi cinque giorni, poi, le notizie erano state ancora più gloriose. Non era indicato solo che l'ordine aveva cominciato la propria opera, che erano state riprese le comunicazioni da tempo interrotte, che i missionari, pieni di zelo, stavano organizzandosi e la speranza rifioriva nei cuori più abbattuti; si annunziavano, e questo era il fatto più grande, trionfi riportati su più nobile campo. Nel quartiere latino, a Parigi, quaranta fratelli del nuovo ordine erano stati bruciati vivi in un solo giorno, prima che il governo potesse intervenire.

E nomi di martiri provenivano anche dalla Spagna, dall'Olanda e dalla Russia.

A Düsseldorf, diciotto persone, tra uomini e fanciulli, sorprese alla recita di *prima* della chiesa di san Lorenzo, erano state gettate nella cloaca. E ognuno ripeteva, finché non era sommerso completamente: «*Christe, fili Dei vivi, miserere nobis!*».

Il medesimo canto era salito anche da quelle tenebre; finché le tenebre non l'avevano soffocato.

Il mondo stringeva le spalle di fronte a questi avvenimenti. Diceva infatti che i cattolici stessi erano responsabili del loro male. Pur biasimando la violenza delle folle, il mondo richiedeva che le autorità prestassero attenzione al fenomeno e reprimessero questa grave insidia all'idolatria.

E, in San Pietro, gli operai continuavano a costruire nuovi altari, incidendo sui dittici di pietra i nomi eterni di coloro che avevano adempiuto i loro voti e guadagnata la corona.

Queste erano le prime parole con le quali Dio rispondeva alla provocazione del mondo!

Si approssimava la festa di Natale. Venne annunciato a tutti che il papa avrebbe cantato la messa solenne in San Pietro, l'ultimo giorno dell'anno, così come l'ordine desiderava.

Intensi erano pertanto i preparativi.

Era infatti, questa, quasi una specie di pubblica inaugurazione della nuova impresa. Con generale meraviglia, venne spedito un messaggio speciale ai membri del sacro collegio sparsi in tutto il mondo, affinché si trovassero tutti a Roma, quel giorno, salvo casi di malattia.

Pareva proprio che il papa volesse far sapere al mondo che la guerra era dichiarata. Quell'assenza infatti dei cardinali (benché non superiore ai cinque giorni) per potersi trovare a Roma in occasione del Natale, poteva avere inconvenienti non piccoli.

Il Natale, quell'anno, venne dunque celebrato con solennità straordinaria.

Percy aveva l'incarico di servire il papa nella seconda messa. Aveva già detto le sue tre messe, a mezzanotte, nell'oratorio privato.

Per la prima volta in vita sua egli si trovò ad assistere a quello spettacolo di cui aveva sentito più volte parlare: alla grandiosa processione pontificale al lume delle fiaccole dal Laterano a Sant'Anastasia, dove il papa, da cinque anni, aveva ripristinato una usanza interrotta da più di un secolo.

La piccola basilica era riservata ai pochi privilegiati: ma le vie dell'intero percorso, dalla cattedrale alla chiesa, come le altre che formavano i lati di un grande triangolo, erano tutte una massa compatta di teste e di torce luminose, mentre il silenzio regnava.

Come al solito, i sovrani assistevano il papa nella celebrazione. Percy, dal suo seggio, meditava il dramma della passione di Cristo che ora si ripeteva, sotto l'ombra della Natività, nelle mani del pastor angelicus, suo vicario. Non c'era nulla, ora, che ricordasse il Calvario: l'aria e la luce parlavano di Betlemme ed era muta la notte soprannaturale aperta su quel semplice altare. Nelle vecchie mani del pontefice si cullava il Bambino prodigioso, non l'Uomo dei dolori martoriato.

Dalla tribuna, s'udiva il coro che intonava l'*Adeste fideles*. Venite ad adorare, non a piangere: rallegriamoci, diventiamo anche noi fanciulli, esultiamo. Lui divenne piccolo per noi; anche noi, dunque, facciamoci piccoli per lui! Indossiamo le vesti dell'infanzia; calziamo i sandali della pace, perché *il Signore regna; si è vestito di maestà, si è rivestito e si è cinto di forza; egli ha fondato il mondo ed esso non crolla; il suo regno è stabile dall'eternità. Egli è dal tempo dei tempi. Grande esultanza, allora, o figlia di Sion: sii felice, o figlia di Gerusalemme; ecco: a te viene il re, colui che, solo, è santo, il salvatore del mondo! Vi sarà tempo per soffrire, quando il principe di questo mondo si alzerà contro il re del cielo!*

Percy pensava a tutto questo, stretto nel suo seggio, sforzandosi, pur nella maestà della pompa, di essere piccolo e umile.

Sì. Nulla è impossibile a Dio: forse questa natività poteva operare l'antico prodigio? Poteva vincere, essa, con la sua debolezza, ogni orgoglio che s'innalza sopra tutto ciò che viene da Dio? Ella aveva saputo attirare a sé i re, che la circondavano inginocchiati allo stesso modo dei poveri e degli umili. Quei re, deposte le corone, portavano l'oro dei cuori fedeli, l'incenso della fede pura, la mirra del desiderato martirio. Non potevano le repubbliche, allo stesso modo, deporre la loro vanità, i popoli diventare miti, l'egoismo essere rinnegato e la scienza dichiarare la propria ignoranza?

Poi, gli tornò improvvisa l'immagine di Felsemburgh e sentì il cuore oppresso.

3

Sei giorni dopo, alla solita ora. Percy si alzò, celebrò la messa, fece colazione, poi cominciò a dire l'ufficio. Restò a pregare, finché un servitore non venne ad avvertirlo che doveva prepararsi per celebrare la messa pontificale.

Era talmente abituato all'arrivo di cattive notizie (morte, apostasie, scandali), che la calma della settimana precedente era stata veramente un'inaspettata consolazione. E si illudeva, un po', che le fantasie fatte in Sant'Anastasia cominciassero a diventare realtà e che la tenerezza dell'antica festa del Natale continuasse ancora ad avere un peso positivo su un mondo che, tuttavia, ne ripudiava il soggetto.

In verità, non c'era nessun avvenimento nuovo che destasse eccessiva preoccupazione. Si erano dovuti registrare altri atti di martirio: erano, però, casi isolati. Di Felsemburgh non si avevano più notizie e l'Europa tutta ammetteva di essere estranea agli affari del grande uomo.

Percy sapeva che il giorno seguente sarebbe stato un giorno di grande attesa per l'Inghilterra e la Germania. Sarebbe infatti entrata in vigore, in Inghilterra, la legge che rendeva obbligatorio il nuovo culto, mentre in Germania se ne faceva la seconda applicazione.

Per tutti, uomini e donne, era venuto il momento di decidere.

La sera precedente, Percy si era trovato tra le mani una copia della statua che si doveva adorare, il primo dì dell'anno, nell'abbazia. In un accesso d'ira, la distrusse in mille pezzi. La statua raffigurava una donna nuda, grande e matronale, d'una incantevole bellezza: le spalle e la testa erano leggermente piegate all'indietro, come nell'atto di chi contempla una celestiale visione; le sue braccia erano aperte, le mani molto in alto e le dita allargate come quelle di una donna in estasi. E dai suoi piedi e dalle sue ginocchia unite risultava l'espressione pia dell'attesa, della speranza, del rapimento.

E, ironia veramente diabolica, la sua lunga chioma era coronata da dodici stelle! La *paternità* trovava così la sua sposa, in questo simulacro dell'ideale materno in attesa del figlio.

I frammenti della statua gli caddero ai piedi, come neve senza consistenza. Percy corse all'inginocchiatoio, con un immenso desiderio di riparazione.

« Oh, madre! madre! » gridava rivolto all'immagine della regina del cielo che teneva tra le braccia il suo vero figlio e guardava l'anima in pena di Percy dall'alto del piedistallo. « Oh, madre!... »

E non poté dire null'altro.

Ma quel mattino Percy sembrava aver ritrovato la calma. Aveva ricordato san Silvestro, papa e martire, ultimo santo del calendario cristiano: e l'aveva fatto con animo abbastanza sereno.

Lo spettacolo della notte passata, la turba di celebranti e di cardinali sconosciuti provenienti da ogni parte del mondo lo avevano consolato: una cosa irragionevole, lo sapeva; ma lo avevano tuttavia consolato. Era stata quell'aria così satura d'attesa, di solennità e di gioia!

Tutta la notte la piazza era stata colma di folla che, in silenzio, aspettava l'apertura del tempio.

Ed anche quel mattino la chiesa e la piazza erano affollatissime. Percy poteva vedere, giù nella strada fino al fiume, un ondeggiare continuo di teste umane che sembravano essere una scura frangia dei tetti del colonnato e delle case vicine. Eppure c'era freddo, in quella mattina serena; ma la gente attendeva, sapendo che il papa avrebbe dato la benedizione solenne alla città e al mondo, dopo la messa e la sfilata dell'ordine davanti al trono pontificale.

Percy aveva finito di recitare *terza*; chiuse il breviario e si adagiò meglio sulla sedia, aspettando di minuto in minuto che il servitore venisse a chiamarlo.

E, nel frattempo, correva con la mente alla funzione ormai vicina. Pensava al fatto che vi avrebbe preso parte il sacro collegio intero (fatta eccezione per il cardinale protettore di Gerusalemme, che non era potuto venire a Roma a causa di una malattia): sessantaquattro membri! Doveva essere uno spettacolo unico al mondo.

Ricordava che, otto anni prima, dopo la liberazione di Roma, era stata radunata un'assemblea simile a quella odierna: ma, allora, i cardinali erano cinquantasei soltanto e ne mancavano quattro.

Sentì gente che parlava nell'anticamera; poi un passo rapido; poi la viva insistenza di una voce inglese.

Allora, incuriosito, stette ad ascoltare e poté udire il suo segretario che rispondeva: «Sua eminenza deve andare a prepararsi. In questo momento è impossibile».

Seguirono una serie di battute un po' vivaci, un leggero alterco e, infine, un giro secco della maniglia. Gli parve che la cosa fosse veramente indecente; perciò si alzò, attraversò la stanza con tre lunghi passi e aprì la porta all'improvviso.

Un uomo pallido e confuso, che subito non riuscì a riconoscere, era davanti a lui.

«Che modi sono mai questi?» cominciò a dire Percy. E già stava per retrocedere, ma: «Il signor Philipps?». E, così dicendo, gli porse le mani.

«Sono io, eminenza. Giungo a Roma ora. Si tratta di vita o di morte! E il suo segretario, qui, mi diceva...»

«Chi la manda?»

«Padre Blackmore.»

«Porta buone o cattive notizie?»

L'uomo rivolse un'occhiata al segretario, che era ancora lì, a due passi da lui, visibilmente infastidito.

Percy capì quello sguardo. Prese per un braccio Philipps e lo condusse nella stanza. Poi, rivolto al segretario, disse: «Giovanni, verrete a chiamarmi tra due o tre minuti».

Attraversato il lucido pavimento, Percy tornò al suo posto vicino alla finestra, socchiuse le imposte e si rivolse a Philipps, che ancora aveva il respiro affannato.

«Signore, mi riferisca in breve che cosa sta succedendo.»

«I cattolici hanno ordito una congiura: vogliono far saltare domani l'abbazia con esplosivi. Io sapevo che il papa...»

Percy, con un rapido gesto, gli tolse la parola.

Capitolo sesto

1

L'aeroporto era relativamente deserto, quella sera, quando arrivarono, con l'ascensore, i nostri sei viaggiatori.

Non avevano nulla, nell'abbigliamento, che li distinguesse dagli altri. I due cardinali d'Inghilterra e di Germania erano vestiti con una semplice pelliccia e nessun distintivo dichiarava il loro grado. Dietro loro, camminavano due cappellani, mentre i servitori erano già avanti, portando i bagagli, per assicurarsi uno scompartimento totalmente libero.

I quattro viaggiatori attendevano in silenzio. Seguivano distrattamente il rapido affaccendarsi degli operai di bordo attorno a quel *mostro* levigato e risplendente che giaceva lì, dentro il reticolato d'acciaio; le larghe antenne del *mostro* erano per il momento ripiegate, ma, dopo poco, avrebbero tagliato l'aria con una velocità di centocinquanta chilometri all'ora.

Percy intanto, scostatosi dagli altri, si era avvicinato alla finestra aperta su Roma. Appoggiò i gomiti al davanzale e si mise a guardare. Era insolito il panorama che si apriva davanti a lui.

Volgeva l'ora del tramonto. Il cielo, di un colore verde chiaro lassù, nella parte più alta, illanguidiva in un giallo intenso all'orizzonte, con due strisce color del sangue all'estremità.

Sulla città sottostante, il cupo violetto della sera era interrotto qua e là, dal nero di cipressi e da nudi pinnacoli di un cimitero popolare costruito fuori dalle mura.

Nel mezzo del bel quadro, ecco slanciarsi la cupola, di quel colore indefinibile, ora grigia, ora violetta, così come l'occhio preferiva. Pareva, avvolta in questi colori, una bolla d'aria, mentre il cielo, a sud, splendeva del pallido color dell'arancia. Appariva, quella cupola, come il centro di un dominio supremo: la linea dentellata delle torri, i campanili, i pinnacoli, i tetti raccolti giù nella Valle dell'inferno, le colline in lontananza, d'incantevole bellezza. Tutto ciò non poteva che essere alle dipendenze di quel sommo tabernacolo di Dio.

Le lampade cominciavano ad accendersi: brillavano ora come da trenta secoli avevano brillato. Tenui colonne di fumo salivano direttamente al cielo, che via via diventava più scuro.

E nella città-madre anche il frastuono moriva a poco a poco, perché il freddo teneva in casa i cittadini.

La pace della sera scendeva a porre fine a quel giorno e a quell'anno.

Percy poté intravvedere, nelle strette vie, qualche figura di passante, frettoloso come formica in ritardo. Poi lo schiocco d'una frusta, un grido di donna, il pianto di un bambino: e questi suoni salivano a lui come rumori d'altro mondo. Anch'essi si sarebbero a poco a poco spenti, per lasciare tutto in dominio della pace.

Ma la città sembrò svegliarsi, ormai semiassopita, ai lenti e tristi rintocchi d'una campana che pareva volesse mormorare la buona notte alla gran Madre di Dio. E questa melodia sospesa tra la terra e il cielo ora si diffondeva da mille campanili, in mille accenti diversi. Spiccava il suono delle campane di san Pietro, cupe e solenni. Più in alto e delicato il tocco delle campane del Laterano; poi quello rozzo delle vecchie chiese e quel tintinnìo petulante dei conventi e delle cappelle.

E, dolce di mistero, nell'aria quieta di un vespro invernale, tutto quel suono che s'univa in matrimonio felice con la pura luce, puro anch'esso: in alto, il cielo limpido, color dell'arancia; in basso la soave ed estasiante melodia delle campane.

« Alma Redemptoris Mater... » mormorava Percy con le lacrime agli occhi. « Oh, gran Madre del Redentore, porta aperta del cielo, stella del mare, abbi pietà di noi peccatori! L'angelo del Signore portò l'annuncio a Maria ed ella concepì per opera dello Spirito Santo... Infondi, o Signore, alle nostre menti la tua grazia, così che, conosciuta l'incarnazione, attraverso la passione e la morte di Cristo, siamo condotti alla gloria della sua resurrezione. Per Cristo, nostro Signore. »

Lì accanto squillò acuta un'altra campana. E questo suono richiamò Percy alla terra, ai mali, alle preoccupazioni, alle angosce. Guardò quell'aereo immobile un'altra volta ancora: era anch'esso smagliante di luce. Intanto i due preti col cardinale tedesco s'avvicinavano all'ingresso.

Avevano scelto l'ultimo scompartimento. Vedendo che il vecchio collega si era comodamente adagiato al suo posto, Percy, senza dir nulla, uscì nel corridoio centrale, per dare un ultimo sguardo a Roma.

La porta d'ingresso era già stata chiusa. Mentre Percy guardava l'alta muraglia che, al salire del velivolo, sarebbe diventata piccola ai suoi piedi, sentì tutto l'ingegnoso apparecchio fremere per le vibrazioni prodotte dal motore elettrico. Una voce annunciò un avviso; poi si sentirono echeggiare alcuni passi sul pavimento; una campana suonò una prima volta e poi una seconda, seguita da un melodioso accordo. La campana tornò nuovamente a suonare, la vibrazione s'interruppe e l'orlo di quella muraglia, che nascondeva il cielo, sparì come una barriera di colpo abbattuta.

Percy sentiva mancare la terra sotto i piedi. Ma bastò un attimo, ed ecco la cupola riapparire in alto, mentre la città, che pareva una frangia di torri sulla massa scura dei tetti, scendeva sempre più giù, con quella luce che ruotava a guisa di turbine.

Ci fu un secondo grido armonioso e la gigantesca macchina batté più forte le ali, fissò l'altezza e, sibilando all'incontro con l'aria silenziosa, prese il largo verso nord.

La città si allontanava rapidamente e via via sembrava sempre più un semplice paesaggio grigio su fondo scuro. Il cielo, invece, pareva allargarsi, man mano che la terra sprofondava nel buio e, come immensa campana di vetro, ballava ma non dava luce.

Percy gettò un ultimo sguardo dall'angolo estremo dell'aereo; ora la città non era più, allo sguardo, che una linea: una linea in diminuzione, una linea e poi nulla.

Mandò un profondo respiro e poi si accinse a ritrovare i compagni di viaggio.

2

« Mi potete spiegare meglio? » chiese il vecchio cardinale, non appena si furono messi a sedere, l'uno di fronte all'altro. I cappellani, invece, avevano preso posto in un altro scompartimento. « Chi è quest'uomo? »

« Chi? Parlate del signor Philipps? È l'ex-segretario di Oliviero Brand, un deputato inglese. Fu lui a introdurmi vicino al letto di morte della vecchia signora Brand. Ha perso, a causa di questo gesto, l'impiego. Ora fa il giornalista. È un galantuomo; non è cattolico ma vorrebbe esserlo. Penso che questo sia il motivo per cui gli hanno fatto una tale confidenza. »

« E gli altri? »

« Gli altri? Sono una massa di disperati. Hanno fede sufficiente per agire; ma non ne hanno abbastanza per avere pazienza. Hanno evidentemente simpatia per Philipps; grazie a Dio è un uomo con un po' di coscienza e ha capito che un attentato, nelle condizioni attuali, segnerebbe la fine di ogni tolleranza. Vedete anche voi, eminenza, quanto siano violenti i sentimenti di tutti contro di noi. »

Il vecchio cardinale scuoteva dolorosamente la testa. E disse: « Se lo vedo?... Anche i miei tedeschi sono implicati in questa congiura? È proprio certo? ».

« Eminenza. È un complotto che ha vaste dimensioni e già da parecchi mesi è stato preparato. Sono state fatte, settimanalmente, riunioni: eppure sono riusciti a mantenere il segreto in modo strabiliante. In Germania hanno ritardato l'esecuzione dell'attentato: hanno atteso l'Inghilterra, in modo che l'avvenimento facesse più scalpore. E domani... » Percy scuoteva la testa con gesto di disperazione.

« E il papa? »

« Sono andato subito da lui, stamattina, non appena è terminata la messa. Non ha fatto alcuna obiezione alle mie proposte e ha mandato subito a chiamare vostra eminenza. Non c'è altro modo, Eminenza. »

« Pensate che saremo capaci di scongiurare il pericolo? »

« Non so come rispondere. Ma non vedo altra soluzione. Correrò subito dall'arcivescovo e gli riferirò ogni cosa. Io arriverò alle tre; voi alle cinque, secondo l'orario tedesco. La funzione nell'abbazia inizia alle undici. Per quell'ora, noi avremo fatto tutto il possibile. Il governo sarà informato e saprà così che Roma non c'entra. Penso che avviserà tutti della presenza, alla funzione, del cardinale, dell'arcivescovo e dei coadiutori nelle sagrestie; raddoppierà la vigilanza e farà volare aereoplani d'ispezione sull'abbazia... e poi... e poi tutto il resto è nelle mani di Dio! »

« Ma voi siete convinto che faranno davvero questo attentato? »

« Che volete che vi dica? »

« Ho sentito che ci sono due diversi piani. »

« Appunto! Se ho capito bene, hanno intenzione di lanciare dall'alto gli esplosivi sull'abbazia; oppure, se non riesce, ci sono tre uomini disposti al sacrificio della loro vita: saranno loro a gettare dall'interno gli esplosivi. Avete qualche prospettiva, eminenza? »

Il vecchio guardò il volto di Percy, poi rispose: « La penso come voi. Ma, eminenza, avete esaminato bene le conseguenze dei nostri passi? Se, per caso, non accadesse nulla? ».

« Oh! In questo caso, saremo accusati di avere simulato un delitto per diventare importanti. Se invece accade qualcosa, noi andremo tutti e due al cospetto di nostro Signore! E piaccia a lui che così accada! » disse Percy con passione.

« Almeno sarà una morte più dolce da sopportare » osservò l'altro cardinale.

« Perdonatemi, eminenza. Non dovevo parlare così. »

Seguì un attimo di silenzio. Si sentiva soltanto la vibrazione incessante dell'elica e un vicino di viaggio che tossiva.

Percy, mento sulla mano, guardava fuori dalla finestra. Scura, in un vuoto profondo, gli appariva la terra. Il cielo brillava, in alto, di luce incerta; si scopriva, di quando in quando, una stella, attraverso la nebbia gelida. L'aereo avanzava, spezzando il vento.

« Il clima sta diventando rigido, sulle Alpi! » mormorò Percy. Poi, riprendendo il discorso: « Avessi almeno una prova, anche piccolissima! Nulla. Ho solo la parola di un uomo ».

« E siete sicuro? »

« Sicuro. »

« Eminenza » disse il cardinale tedesco, guardando il volto di Percy con insistenza. « Credetemi: la rassomiglianza è davvero straordinaria. »

Percy sorrise forzatamente; cominciavano a dargli fastidio queste osservazioni.

« Che cosa vorrà mai dire tutto ciò? » insisteva l'altro.

« In molti me l'hanno chiesto. Ma non ho davvero niente da dire. »

« Invece io penso che qui si nasconda la volontà del Signore » continuava il tedesco, guardando sempre il volto dell'inglese.

« In che modo, eminenza? »

« Una specie d'antitesi, di rovescio della medaglia... o che altro? »

Di nuovo ci fu silenzio tra loro. Il cappellano tedesco, un uomo abbastanza comune, con gli occhi celesti, andò a guardare dalla vetrata, poi di nuovo si ritirò.

Riprese a parlare, all'improvviso, il tedesco: « Eminenza, dobbiamo ancora parlare bene del piano ».

Percy scosse la testa: « Non ci sono piani! A noi è noto solo il fatto. Non abbiamo nomi. Non possiamo che indicare il fatto. Siamo come fanciulli nella gabbia di una tigre, alla quale uno abbia già fatto una ferita sul muso ».

« Speriamo di poter restare in contatto l'uno con l'altro! »

« Se saremo vivi! »

Era strano vedere come fosse Percy a dominare sul collega che pure era più anziano. E da soli tre mesi Percy aveva ottenuto la porpora, mentre l'altro la rivestiva da dodici anni. Era il più giovane a dover dire che cosa occorresse fare. Ma Percy non ci pensava né se n'accorgeva!

Fin dal momento della terribile notizia (avuta quella stessa mattina) di una mina installata sotto la chiesa già così vacillante, dopo aver preso parte alla solenne cerimonia nel suo sontuoso splendore, scandita dai dignitosi e calmi gesti del papa e della corte (e quel segreto, come gli bruciava dentro il cuore e la mente!) e, soprattutto, dopo il rapido colloquio col santo padre, che aveva sconvolto i primi progetti e aveva fatto prendere decisioni subitanee, dopo essere stato benedetto dal papa e avergli reso la benedizione, dopo un addio espresso col solo sguardo (in tutto, una mezz'ora di tempo!), la sua persona si era totalmente concentrata in uno sforzo vivo, tesa come un corpo elastico. Sentiva l'energia arrivare fulminea fino alla punta delle dita e, insieme a lei, un languore d'immensa disperazione.

Dunque, ogni sostegno era caduto, ogni legame reciso! Lui, la città di Roma, la chiesa cattolica, il soprannaturale stesso: tutto pareva appoggiato solo a un dito della mano di Dio. Se questo veniva a mancare, era la fine.

Sentiva di correre o verso l'ignominia o verso la morte. Non c'erano vie di mezzo, a meno che non si fosse riusciti a prendere i cospiratori con i loro ordigni di distruzione. Ma era impossibile che ciò avvenisse.

Quelli o avrebbero desistito, al pensiero dei ministri del Signore che sarebbero periti insieme alla gente (e questo tacciava l'impresa dell'onta di un tradimento simulato, di un abietto tentativo per acquistare importanza), oppure non avrebbero desistito, considerando la morte di un cardinale e di pochi vescovi come un prezzo dovuto per la loro vendetta. In tal caso: la morte e il giudizio.

Ma Percy non aveva più paura. Nessuna infamia poteva essere maggiore di quella che già era sulle sue spalle: isolamento e discredito. Piena di dolcezza, la morte appariva ai suoi occhi. Essa gli avrebbe recato sapienza e pace. Ed era disposto a sacrificare tutto per Dio.

L'altro cardinale, scusandosi discretamente, prese il breviario e cominciò a pregare. Percy lo guardava e sentiva invidia. Perché non era vecchio come lui! Pensava di essere forte abbastanza per reggere ancora un anno o due in mezzo a tante tribolazioni, non certo per cinquanta.

Se questa impresa fosse andata a buon fine, tuttavia, sarebbero restati per Percy anni carichi di lotta, di rinunce, di sforzi, di menzogne lanciate dai nemici.

La chiesa di giorno in giorno decadeva. Che cosa era stato il recente entusiasmo, se non l'ultima fiamma di una fede in punto di morte? Come poteva lui, Percy, sopportare tutto ciò? La marea dell'ateismo avrebbe continuato a crescere, sempre più minacciosa, dal momento che Felsemburgh le aveva impresso una forza tale da non poterne prevedere le conseguenze. Mai si era visto, nei tempi precedenti, un uomo solo capace di tenere nelle sue mani tutto il mondo in modo pienamente democratico! Di nuovo, il giovane prete corse con la mente al domani. Se la morte avesse potuto segnare la fine di tante sofferenze! *Beati mortui, qui in Domino moriuntur*!

No! No! Era vile pensare in quel modo! Dio, dopo tutto, era il Signore, quel Signore che solleva le isole come fossero piccole cose.

Percy prese il breviario. Cercò l'ora *prima* e la festa di san Silvestro. Fece il segno della croce e cominciò a pregare.

Un minuto dopo rientrarono nello scompartimento i due cappellani. Tutto era silenzio: s'udivano solo il turbinare dell'elica e il sibilare dell'aria che s'infrangeva contro l'aereo.

3

Erano circa le nove quando il pilota, un inglese biondo, apparve nello scompartimento. Svegliò Percy, che si era leggermente assopito, e disse: « Signori. Il pranzo sarà pronto fra mezz'ora. Questa sera non faremo sosta a Torino ».

Richiuse la porta e percorse tutto il corridoio, per dare il medesimo avviso negli altri scompartimenti.

Percy pensò che, dunque, non c'erano passeggeri per Torino e che il telegrafo doveva aver annunciato che nessuno intendeva salire. Questa era una buona notizia. Si guadagnava tempo per Londra e il cardinale Steinmann avrebbe preso in anticipo un treno da Parigi per Berlino. Non era però sicuro dei servizi ferroviari. Peccato che il cardinale non avesse preso il *diretto* delle tredici da Roma a Berlino!

Pensava queste cose, con una certa superficialità. Poi si alzò, si sgranchì un poco e, passando lungo il corridoio, si avvicinò alla vaschetta per lavarsi le mani.

Rimase incantato di fronte al lavandino, posto sul lato posteriore dell'aereo. Stavano passando proprio sopra Torino. In basso, un ammasso di luce viva, smagliante, brillava dentro gli abissi tenebrosi e si dileguava nel buio, dalla parte del sud, man mano che il convoglio s'avvicinava alle Alpi. Com'era piccola, da sì tanta altezza, quella città! Eppure, pensava Percy, quanto grande la sua potenza!

Dall'alto di quel bagliore, ormai lontano cinque chilometri, si poteva dominare interamente l'Italia. In una di quelle case minuscole, di cui altro non si vedeva ora se non lo scintillare luminoso, gli uomini s'incontravano, prendevano possesso di anime e di corpi, abolivano Dio e si burlavano della sua chiesa. E Iddio permetteva tutto questo, senza dare alcun segno. Lì era stato Felsemburgh alcuni mesi prima, Felsemburgh, quel suo sosia così inquietante. E di nuovo Percy sentì un pugnale che gli trafiggeva il cuore.

Poco dopo, i quattro ecclesiastici erano seduti attorno a una tavola rotonda, in un piccolo scompartimento della sala da pranzo posta a prua. Eccellente il pranzo, preparato secondo la solita cucina di bordo, portato volta per volta con un rumore soffuso al centro della mensa. Ogni commensale aveva una bottiglia di vino. Tavole e sedie ondeggiavano tranquille al placido movimento del convoglio. Non parlavano molto; infatti era impossibile per loro parlare di altro argomento se non quello trattato in precedenza e i cappellani ancora non sapevano nulla del grave segreto.

Aumentava via via il freddo: i termosifoni e gli scaldapiedi erano del tutto insufficienti a vincere le brezze gelate che cominciavano a farsi sentire, fischiando dalle Alpi, verso le quali l'aereo si dirigeva, nella direzione di un piano inclinato. Occorreva salire altri mille metri sul livello ordinario, per poter oltrepassare il Moncenisio; e nello stesso tempo occorreva moderare la velocità a causa dell'eccessiva rarefazione dell'aria che non produceva sufficiente resistenza sull'elica.

« Avremo una notte con molta nebbia » disse una voce nel corridoio, mentre la porta oscillava leggermente al moto dell'aereo.

Percy si alzò e richiuse subito la porta.

Verso la fine del pranzo, il cardinale tedesco cominciò a farsi molto nervoso. Alzandosi, disse: «È meglio che io mi ritiri. Starò più tranquillo sotto le coperte».

Educatamente, il cappellano lo seguì, lasciando la pietanza che aveva ancora nel piatto. Percy rimase dunque solo col suo cappellano inglese, padre Corkran, venuto di recente dalla Scozia. Terminò di bere il suo vino, mangiò due fichi, poi si mise a guardare attraverso i vetri della finestra.

«Ah!» disse. «Scusatemi, padre. Siamo proprio in cima alle Alpi.»

La parte anteriore dell'aereo era divisa in tre zone. Nella zona centrale stava il pilota, con lo sguardo volto verso l'alto e le mani sul volante; due lastre d'alluminio separavano la zona centrale dalle due laterali che risultavano così due piccoli scompartimenti nei quali, all'altezza del viso, erano collocate due finestre tondeggianti: da lì era possibile godere un panorama meraviglioso.

Percy si era avvicinato a una di queste finestre, camminando lungo il corridoio e osservando di sfuggita, nei vari scompartimenti, comitive di passeggeri seduti a tavola. Spinse l'uscio a molla dello scompartimento di sinistra ed entrò.

Già altre volte, nella sua vita, aveva fatto la traversata delle Alpi e ricordava l'impressione che aveva avuto di fronte alla loro bellezza, soprattutto quando aveva potuto guardarle da sì alta quota e a cielo sereno. Era come un eterno e smisurato mare di ghiaccio; e su di esso, simili a secche e scogliere, le cime più alte e più note. Più lontano, poi, la curva sferica della terra giaceva sprofondata in una nebbia senza confine. Ma questa volta le Alpi apparivano più belle che mai e Percy continuava a guardarle, come un malato che vuole dimenticare, per un po', la propria sofferenza.

Rapido, l'aereo saliva verso il varco, sopra il declivio scosceso, sulle rocce e sui burroni che giacevano, in basso, simili a fortilizi di un'immensa muraglia. Visti da una tale altezza, non parevano un gran che, ma facevano pensare tuttavia alla grandezza del baluardo, di cui erano i naturali contrafforti.

Alzò gli occhi e vide nel cielo alcune stelle, un po' velate. Non c'era luna. Quella oscurità rendeva la scena più solenne. Tornò a guardare e vide che il paesaggio era mutato.

La stessa atmosfera pareva si fosse tramutata in vetro. Il nero vellutato delle foreste di pini aveva ceduto il posto a un grigio cupo. Il pallido bagliore delle acque e del ghiaccio era svanito in un attimo; le rocce, nude e mostruose, le pendici, le vette che prima s'innalzavano protese verso di lui per poi dileguarsi, con movimento rapido e sinuoso, avevano ora perduto il loro contorno, velate di un indistinto candore. In alto, da destra a sinistra, la scena assumeva un aspetto terrorizzante: balze maestose che si slanciavano verso di lui e gigantesche forme fantastiche che, torreggianti da ogni lato, s'immergevano in una coltre di nubi, rese visibili solo dal chiarore che, trionfante, fuoriusciva dal carro luminoso.

Simili a due corna, vide avanzare due fasci di luce, mentre s'accendeva a prua la luce elettrica e l'aereo, che già aveva dimezzato la propria velocità, calò ad un quarto e cominciò dolcemente a dondolare da una parte e dall'altra. Le grandi ali, intanto, battevano la nebbia densa già penetrata dalle due antenne luminose. L'aereo continuava a salire e avanzava a una velocità sufficiente per vedere un grande pennacolo alzarsi, allungarsi, affilarsi come un ago e poi svanire un centinaio di metri più in basso. Il movimento risultava a Percy sempre più fastidioso, mentre l'aereo procedeva ad angolo acuto, mantenendo il suo livello mentre s'innalzava, avanzava e dondolava nello stesso tempo.

Ad un tratto s'udì lo scrosciare di un torrente non gelato; pareva a pochi metri di distanza ed era cupo e sonoro come la voce d'una belva. Bastò un attimo ed era sparito.

E ora erano invece quei corni a riempire di nuova tristezza lo sconfinato deserto, con i loro ululati lunghi e lugubri: parevano anime cadute in perdizione. Percy, spaventato oltremodo, cancellava dai vetri l'aria appannata e tornava a guardar fuori: gli sembrava di essere trascinato lontano, dall'unica forza che premeva sotto i suoi piedi, entro un mondo di biancore, lungi dalla terra e vuoto, coperto di ghiaccio, calato in un inferno bianco ed orrendo.

Poi, a un tratto, il suo sguardo già colmo di meraviglia, fu colpito da un enorme oggetto bianco che a sghembo si muoveva fra la nebbia. Mentre l'aereo cambiava la rotta, ecco apparire un gigantesco piano inclinato, liscio come olio; emergeva, in esso, un gruppo di rocce simili alle dita di un uomo che va brancolando, a tentoni, in una corrente montana.

Mentre dall'aereo erompeva, alto, il grido d'allarme, rispondevano via via, a una distanza di dieci metri, una, due, tante grida d'inutile terrore. S'udì lo squillo di una qualche campana, poi un suono disteso mentre l'aria circostante fu invasa da uno strepitìo d'ali.

4

Squillò una campana, poi un segnale d'allarme: furono momenti terribili. L'aereo virò rapidamente, segno che il suo pilota era all'erta; poi precipitò in basso come una pietra. Percy dovette aggrapparsi alle sbarre della finestra per attenuare la sensazione paurosa della caduta nel vuoto. Sentì dietro di sé infrangersi delle stoviglie, traballare i mobili più pesanti e, quando la grande macchina si fermò sulle ali, udì improvviso un andirivieni di passi, accompagnato da grida di terrore. E dall'esterno, sempre più, s'avvicinavano quei suoni simili a ululati: ad un certo punto l'aria ne fu piena. Percy allora si accorse che non uno, ma venti aerei rispondevano all'avviso, planando al di sopra. Facevano eco gli abissi invisibili e le rocce: gli ululati prolungati e spaventosi si perdevano poi a poco a poco, lontano, tra le campane che squillavano, in ogni direzione: di sopra e di sotto, dietro e davanti, a destra e a sinistra.

Dopo aver fatto una curva prolungata, l'aereo riprese la propria corsa, sull'orlo della montagna. Poi si fermò di nuovo, rimanendo sospeso sulle ali. Percy, attraverso la porta d'ingresso, vide, grazie ai vetri un po' appannati, al lume dei riflettori, una roccia a forma di guglia che s'alzava nella nebbia e una sporgenza nevosa e liscia che s'incurvava e scompariva.

Restavano i segni disgustosi di quell'arresto così repentino. Tutte le porte dello scompartimento per la mensa erano aperte: bicchieri, piatti, bottiglie di vino, fruttiere rovesciate rotolavano avanti e indietro con l'ondeggiare del pavimento. Un uomo, seduto in terra, volgeva a Percy due occhi pieni di terrore.

Il giovane prete s'affacciò alla porta per la quale era prima entrato, mentre, un po' titubante, padre Corkran s'alzava dalla sedia e gli veniva incontro barcollante. Nel contempo, c'era un andirivieni confuso verso la porta opposta, che conduceva allo scompartimento dove era a pranzo una comitiva di americani.

Percy, scuotendo il capo, volse il passo verso poppa. Trovò però l'angusto passaggio ostruito dai numerosi passeggeri che erano accorsi là. La confusione di domande e di voci rendeva impossibile qualsiasi dialogo. Così Percy, seguito dal suo cappellano, afferrò il divisorio d'alluminio e cominciò, un passo dietro l'altro, a rifare la strada per raggiungere i suoi compagni. Con grande fatica era quasi riuscito ad arrivare, quando una voce si fece udire, dominando il frastuono. Ci fu un secondo velocissimo silenzio e s'udì di nuovo il risuonar lontano degli altri aerei.

« Tutti ai propri posti, signori! » diceva quella voce. « Si parte subito. »

La folla all'udire queste parole si sparse; il pilota passò, con il volto infiammato e deciso. Così Percy, dietro di lui, poté tranquillamente raggiungere la poppa.

Il vecchio cardinale non stava molto male: diceva di avere dormito e di essersi svegliato giusto in tempo per non cadere per terra. Ma il suo volto si contraeva, mentre parlava.

« Che cosa è successo? Che affare è mai questo? » domandava il cardinale.

Padre Beclin diceva d'aver visto uno di quegli aerei a soli quattro o cinque metri dalla finestra: era affollato di gente, da prora a poppa. S'era poi alzato in alto volo ed era sparito nel turbinìo della nebbia.

Percy tentennava il capo e non sapeva che dire: non riusciva a dare alcuna spiegazione dell'accaduto.

« Stanno chiedendo dei chiarimenti » aggiunse padre Beclin. « Il pilota è già al telegrafo. »

Dalla finestra non si vedeva più nulla che colpisse la vista in modo particolare. Ancora stordito dalla fulminea fermata, Percy aveva soltanto visto quella roccia aguzza, simile a una guglia fluttuante come fosse stata riflessa nell'acqua e, insieme ad essa, l'alta prominenza di nevi alzarsi e poi abbassarsi lentamente. All'esterno, ora, tutto era quieto. Lo stormo era passato e, solo in qualche parte delle regioni lontane nel cielo, echeggiavano ancora alcune grida isolate, simili al verso d'un uccello pellegrino, perduto nello spazio.

« È sempre il segnale degli aerei » diceva Percy fra sé.

Non faceva alcuna supposizione, né dava suggerimenti. Ma l'accaduto gli sembrava di cattivo auspicio: era una cosa mai vista l'incontro di cento aerei, per di più diretti velocemente a sud. Balenò di nuovo alla mente il nome di Felsemburgh: non poteva essere, anche questa, una manifestazione dell'uomo funesto?

« Eminenza » cominciò a dire il tedesco; ma proprio in quell'istante l'aereo riprendeva la sua corsa.

S'udì squillare una campana e un fremito in basso. Poi, leggermente come fiocco di neve, l'aereo cominciò a rialzarsi: il suo moto era reso visibile dal veloce abbassarsi di quella roccia appuntita che Percy stava ancora guardando.

Il campo nevoso a poco a poco s'allontanava. La vista fu per un attimo colpita da un'opaca spaccatura, poi anch'essa si dileguò. Dopo brevi istanti, l'aereo già equilibrato nello spazio immenso risaliva attraverso l'aria che prima aveva precipitosamente disceso. Nuove armonie riempivano l'atmosfera: ma questa volta la risposta era così debole e così lontana da sembrare un grido venuto dall'altro mondo.

La corsa si faceva più veloce e il giro dell'elica sostituiva il turbinìo delle ali. Di nuovo un sibilo acuto si sparse al di sotto, nello squallido e roccioso deserto; poi l'aereo, con una repentina spinta, raggiunse quote più elevate. Si muoveva descrivendo ampi giri, scalando con cautela, marcando l'ascesa di ripetute grida, esplorando i pericoli nascosti in quell'aria. Poi apparve allo sguardo, illuminata da riflettori, una bianca pendice che, sempre più rapidamente, sprofondava, ora avvicinandosi e ora allontanandosi; una fila scabra di rocce sembrava mostrare i suoi denti in mezzo alla nebbia, poi svanì piombando in basso.

Con un nuovo squillare di campane e un ultimo segnale di avviso, il fremito dell'elica passò dal ronzìo di prima a una nota sempre più acuta e, infine, al silenzio. Libera dai picchi della frontiera, la grandiosa macchina tornò a battere le ali, slanciandosi nel volo ormai sicuro, sibilando, attraverso lo spazio.

Nella fitta tenebra ogni cosa, a poco a poco, svaniva. E intanto, all'interno dell'aereo partiva un brusìo di voci vive e trafelate: interrogavano e poi coprivano con le loro invettive le risposte secche e autoritarie del pilota.

Percy udì qualcuno che camminava nel corridoio; si alzò per andargli incontro. Ma, nell'atto di afferrare la maniglia vide qualcuno spingere in fuori la porta: il pilota inglese entrò velocemente, richiudendo la porta dietro di sé.

Rivolse ai quattro preti uno sguardo significativo e inquieto.

« Che c'è? » chiese Percy.

« Signori » cominciò a dire il pilota, « a mio avviso è meglio che lor signori scendano a Parigi. So che sono preti... e, sebbene non sia cattolico... »

« Per amor del cielo, galantuomo! » esclamò Percy.

« Cattive notizie, signori. Cento aerei volano verso Roma. È stata scoperta a Londra una congiura di cattolici... »

« E allora? »

« ...per distruggere l'abbazia; e loro vanno... »

« Dove? »

« A distruggere Roma, signori! »

Ciò detto, si ritirò.

Capitolo settimo

1

Verso le sedici di quel medesimo giorno, l'ultimo dell'anno, Mabel era andata alla chiesa vicina.

Lenta scendeva la sera; sul lato occidentale del tetto cadeva, in mille raggi, il tramonto del sole invernale, rischiarando tuttavia, con la sua luce morente, l'interno della chiesa.

Nel pomeriggio, dopo un leggero assopimento sulla poltrona, si era svegliata, con quella particolare chiarezza nella mente e nello spirito che talvolta fa seguito a certi sonni. Più tardi si stupì di aver potuto dormire in quel modo e, soprattutto, di non essersi accorta dell'atmosfera carica di furore e di terrore che già incombeva sulla campagna. Ricordava poi un particolare movimento che aveva potuto notare guardando dalle finestre giù tra i larghi viali, in mezzo a una strana musica di corni e di fischi. Ma non aveva prestato molta attenzione alla cosa: un'ora dopo si era perciò recata in chiesa a fare la consueta meditazione.

Sempre più, Mabel s'innamorava della quiete di quel luogo e vi andava perciò di frequente, per precisare i propri pensieri, per riportarli al significato profondo che si nasconde sotto ogni manifestazione della natura, per collegarli a quei supremi princìpi che costituiscono il fondamento della vita dell'universo e da lei ritenute verità certe e dogmatiche.

E del resto un tale tipo di devozione si stava diffondendo in mezzo al popolo: prediche in merito erano state fatte in molti luoghi; si erano persino stampati gli *itinerari* alla vita interiore, che presentavano una curiosa somiglianza con i vecchi manuali cattolici per l'orazione mentale.

Mabel si sedette al solito posto; congiunse le mani e si fermò, per qualche istante, a considerare quel vecchio santuario di pietra, il bianco simulacro e la finestra che via via s'incupiva.

Poi cominciò la sua meditazione, seguendo uno schema ben preciso.

Nel primo punto ella concentrò l'attenzione su di sé, distaccandosi da quanto poteva essere transitorio o puramente esterno. Si sforzò di penetrare nell'intimità del suo spirito, fino a scoprirne la segreta scintilla che, pur negli errori e nelle mancanze personali, la rendevano parte indissolubile della divina umanità.

Nel secondo punto, ella lavorò con l'intelletto e con l'immaginazione. Tutti gli uomini, pensava, hanno in sé questa scintilla... Mise perciò all'opera tutte le sue facoltà e cominciò a spaziare con gli occhi dello spirito sul mondo che bruciava di questa fiamma. Poi vide, sotto il sole e sotto le tenebre dei due emisferi, il gran numero delle genti: fanciulli che nascono, vecchi che muoiono, adulti forti e sani che godono la vita. E voltò la mente al passato, ai secoli della barbarie e del delitto, al passaggio dell'uomo dalla primitività e dalla superstizione alla piena coscienza di sé. S'avventurò anche nelle età future, quando le generazioni di là da venire avrebbero portato la razza umana a un tal grado di perfezione che ella, sapendo che non ci sarebbe stata, stentava a comprendere. Si consolava al pensiero che l'uomo perfetto già era nato ed erano quindi finiti i travagli del parto. Non era forse già venuto colui che doveva essere l'erede dei tempi?

Nel terzo punto, Mabel intensificò gli atti del suo pensiero. Si rappresentò l'unità di tutte le cose, simile a un fuoco centrale, di cui ogni scintilla è una radiazione; ecco, simile a un essere immenso, eterno e indifferente, costruito attraverso i secoli, uno e tanti nello stesso tempo, quell'essere che gli uomini avevano chiamato Dio non era più sconosciuto, ma noto nella sua totalità trascendente loro stessi. Ed egli, con la venuta del nuovo salvatore, aveva compiuto e manifestato se stesso come uno.

Questa la contemplazione di Mabel dentro il suo spirito, mettendo in risalto ora questa ora quella virtù nei successivi atti d'unificazione. Vedeva le proprie mancanze e considerava, nell'unità integrale, il compimento di ogni aspirazione, il riepilogo delle umane speranze. Vedeva lo spirito della pace in tale unità, a lungo soffocato e continuamente rigenerato dalla sofferenza del mondo; coartato nel suo essere, arrestato nel suo divenire, tuttavia alla fine si era affermato con i suoi fremiti, possente, visibile, sereno e trionfante.

Proseguiva nell'esercizio di devozione, sforzandosi d'immedesimare la propria volontà nella concreta identità totale e le pareva di bere allo spirito della vita e dell'amore con larghi sorsi.

Solo dopo si accorse che qualche rumore l'aveva turbata ed aveva perciò aperto gli occhi. Davanti a lei c'era il solito pavimento, debolmente rischiarato sotto la penombra; vide anche la gradinata del santuario, la tribuna sul lato destro, quell'aria tranquilla e severa sulla statua della *maternità*. E infine le vecchie finestre gotiche.

In questo posto gli uomini avevano adorato Gesù, uomo passionale e annunciatore di dolori, venuto per portare, come lui stesso aveva detto, non la pace ma la spada. Proprio qui si erano inginocchiati i cristiani, ciechi e disperati. Quale desolante pessimismo nella sequela d'una dottrina che pretendeva di render ragione del dolore e innalzava un barbaro culto a un Dio che chiedeva di essere sopportato!

Ma di nuovo il rumore venne a turbare la sua concentrazione; Mabel non riusciva a spiegarsi il perché. E, mentre il rumore le si avvicinava, cercava di guardare, stupita, per l'oscura navata.

Si fermò ad ascoltare. Ecco dal basso un insolito clamore di voci. Si alzò con animo preoccupato; una sola volta, prima d'allora, aveva udito un simile clamore in piazza, quando la gente gemeva attorno a quell'aereo caduto.

Lasciò la sedia e attraversò velocemente la navata, allargò le tende della porta a sinistra e fece scattare la serratura. S'affacciò. La strada adiacente alla ringhiera che proteggeva l'ingresso al tempio era stranamente vuota e buia. A destra e a sinistra si profilavano le case: il cielo, in alto, si mostrava dipinto di rosa. La luce pubblica evidentemente, per dimenticanza, non era stata accesa e non si vedeva alcuna persona viva.

Stava per avviarsi, quando udì un calpestìo improvviso che la rese incerta; una bambina, ansante e piena di paura, le correva incontro.

« Eccoli! Stanno arrivando! Eccoli! » singhiozzava la bimba, con gli occhi protesi alla giovane signora. Guardandosi alle spalle, la bambina si aggrappò alla ringhiera.

Mabel aprì subito la porta e la bambina, con un salto, andò a sbatterci contro. Si aggrappò alla gonna della giovane donna, stringendosi sempre più in sé.

Mabel richiuse la porta e chiese: « Che hai, piccola? Chi è che sta arrivando? ».

Ma la fanciulla teneva il viso nascosto nelle pieghe dell'elegante gonna della donna. Da fuori, intanto, giungeva un tumulto di voci e un calpestìo concitato di passi.

Tutto questo accadeva qualche minuto prima che passassero gli araldi di quella macabra processione.

Avanzava una squadra improvvisata di ragazzi che ridevano per il terrore, urlando come invasati. A ogni passo voltavano il capo; qualche cane, in mezzo a loro, abbaiava. C'erano, inoltre, alcune donne, travolte dalla corrente lungo i marciapiedi.

Mabel alzò atterrita gli occhi e vide affacciarsi, a una finestra della casa di fronte, un uomo pallido e ansimante. Doveva essere certamente un invalido che si era trascinato fino alla finestra, spinto dalla curiosità. Di fianco a Mabel, presso la ringhiera, c'erano due donne con dei bambini, un uomo vestito con eleganza di grigio e un giovane dal volto severo. Tutti parlavano e nessuno ascoltava, gli occhi rivolti alla strada sulla quale il calpestìo e le grida crescevano ogni minuto di più.

Mabel avrebbe voluto chiedere spiegazioni, ma non riusciva. Muoveva le labbra ma le parole non volevano uscire. Sembrava il terrore fatto persona. Nonostante la grande tensione interiore, alla fantasia di Mabel si presentavano le immagini più insignificanti: Oliviero che faceva colazione, la sua camera tappezzata con gusto, l'oscura chiesetta e la bianca immagine vista poco prima.

Il corteo s'ingigantiva. A braccetto, una frotta di giovani passavano nella strada, parlando e urlando indisturbati. Dietro a loro, come onda in un torrente di pietre, s'ingrossava la folla: difficilmente si sarebbero potuti distinguere i maschi dalle femmine in quell'ammasso confuso di volti, sotto un cielo che si faceva sempre più scuro. Se non fosse stato per le voci, che Mabel udiva ma non riusciva a capire, tanto erano assordanti e confuse (e lei inoltre aveva concentrato tutta la sua forza nella capacità visiva), avrebbe potuto credere, di fronte a quell'improvvisa e irresistibile veemenza, di trovarsi davanti a un esercito di spettri in marcia verso qualche sconosciuta regione del mondo spirituale improvvisamente svelatosi, per poi dileguare subito.

Per quanto le era possibile vedere, la via rigurgitava da ogni parte. Il drappello di giovani (non avrebbe potuto dire se di passo o di corsa) voltava a destra. Lo spazio lasciato dietro era una marea di teste e di volti, incalzante con indicibile violenza che, afferrate le sbarre della ringhiera, le tolse come cespugli d'erba e le gettò lontano senza lasciarne alcuna traccia.

La fanciulla, nel frattempo, continuava a restare aggrappata alla sua gonna.

Pian piano si cominciavano a vedere alcune cose, al di sopra delle persone, che in precedenza per mancanza di luce non si riusciva a distinguere. In alto, c'erano oggetti a forma fantastica, pezzi di stoffa simili a stendardi che, appesi a dei pali, volteggiavano ora a destra ora a sinistra, come fossero esseri viventi.

Mentre passavano, quelle facce stravolte lanciavano alla donna occhiate eccitate ed emettevano grida. Ma ella non vedeva quasi nulla. Pensava però che cosa potessero essere quegli strani stendardi e aguzzava perciò, nell'oscurità, la vista, per rendersi ragione di quegli oggetti lacerati e sventolati: forse indovinava, ma aveva paura d'indovinare.

A un tratto, dalle lampade celate sotto le grondaie, uscì la luce, potente, dolce, conosciuta, prodotta dal grande motore sotterraneo: tutti l'avevano dimenticata, nello sconvolgimento di un giorno veramente catastrofico. E fu un attimo: quella accozzaglia confusa di ombre e figure si trasformò in un'orribile realtà di vita e di morte.

Davanti a Mabel stava passando una grande croce: e, sopra, una figura umana, con le braccia che pendevano dalle mani inchiodate, dondolando ad ogni passo e con una fasciatura svolazzante per la velocità della corsa.

E, infilzato in un palo, ecco, dietro, il corpo di un bimbo, bianco e sanguinante, il capo reclinato sul petto e le braccia che si muovevano ciondolando.

Poi, una sottana nera, una mantellina e un berrettino in testa: era il cadavere di un uomo legato per il collo che si contorceva, come la corda alla quale era appeso.

2

Quella stessa sera, verso le undici, Oliviero Brand tornò a casa. Era ancor troppo viva e vicina l'impressione ricevuta dagli avvenimenti della giornata, perché il deputato si sentisse in grado di dare un giudizio a sangue freddo. Aveva visto, dalla finestra del suo studio in Whithehall, la piazza del Parlamento: era affollatissima, come mai si era visto in Inghilterra fin dai primi tempi dell'èra cristiana. Una moltitudine invasa dall'odio, un odio che poteva nascere solo nel punto più profondo del sentimento umano.

Aveva chiesto, per tre volte, al primo ministro, una volta conosciuta la congiura dei cattolici e scoppiato il tumulto popolare, se era possibile prendere provvedimenti per sedare la rivolta. Ma tutte e tre le volte aveva ricevuto una risposta del tutto insoddisfacente: si doveva fare tutto il possibile, ma non era opportuno far uso della forza in una simile congiura e la polizia già stava facendo il proprio dovere.

Oliviero poi aveva approvato in silenzio, come tutti gli altri, la spedizione contro Roma.

Snowford aveva fatto presente che questa scelta altro non era se non un atto di giustizia punitiva: un atto certo deplorevole ma del tutto necessario, non potendosi, in frangenti del genere, assicurare la pace se non con metodi bellici; o meglio, dal momento che la guerra non esisteva più, si potevano definire metodi propri della giustizia sommaria. In fondo i cattolici s'erano dimostrati nemici della società: la società doveva, una volta tanto, difendersi. Forse che l'uomo non era sempre uomo?

Oliviero aveva ascoltato queste affermazioni e le trovava giuste. Nel volo su Londra, al ritorno verso casa, in uno degli aerei governativi, gli fu offerto più di un saggio di ciò che stava accadendo. Sulle vie, illuminate a giorno, c'era un movimento continuo e, da giù, saliva al cielo un vociare di gole sorde e aspre, misto a urla. Ora in un posto, ora in un altro, si sentiva salire il fumo degli incendi e, passando su una delle più grandi piazze a sud di Battersea, gli sembrò di vedere come un formicaio disperso, con le formiche che, spaventate e rincorse, si davano alla fuga. Capì che cosa stava succedendo. Già, l'uomo non era ancora perfettamente civilizzato.

Pensava con angoscia anche alle scene che lo attendevano a casa. Prima delle cinque Mabel gli aveva telefonato, convincendo ad abbandonare ogni cosa e raggiungerla. Ma Oliviero non si sentiva perfettamente preparato a questo incontro.

Entrò nel salone: tutto era in silenzio. Giungeva solo il rumore confuso della città in tumulto lontano dall'abitazione.

La stanza, stranamente, era fredda; unica luce, quella che penetrava da una finestra con le tende aperte. E vicino a una tenda, intagliata nell'aria luminosa, c'era una donna, immobile ed eretta, come in atto di guardare e di ascoltare.

Oliviero accese la luce e Mabel, lentamente, si voltò verso di lui. Era in veste da camera, con un cappotto sulle spalle: la sua pareva la faccia di una sconosciuta. Era pallida, con le labbra serrate e gli occhi carichi d'indefinibile emozione. Esprimeva collera, tristezza, terrore. E stava lì ferma, nel calmo chiarore della finestra, a guardare il marito.

Per alcuni istanti Oliviero non ebbe il coraggio di parlare. Andò prima alla finestra, la richiuse e tirò le tende. Poi, con estrema delicatezza, prese il braccio di quella figura impietrita.

« Oh, Mabel! » disse. « Mabel! »

Ed ella si lasciò trascinare verso il divano, muta e indifferente al contatto del marito. Con occhi colmi di disperazione, Oliviero continuava a guardarla.

Poi si sedette e disse: « Mia cara, sono distrutto! ».

Mabel contraccambiava lo sguardo del marito: c'era, nel suo atteggiamento, quell'inflessibilità che gli attori simulano quando sono sulla scena. Ma Oliviero sapeva che sua moglie non stava recitando; ricordava altre volte nelle quali l'aveva vista impietrita di fronte a scene d'orrore, come quando aveva visto le sue scarpe macchiate di sangue.

« Vieni, siediti, mia cara! »

Ella ubbidì automaticamente e, continuando a guardarlo, si pose a sedere. Nella stanza silenziosa giungeva ancora il rumore della folla che manifestava nelle vie e il risuono, a poco a poco, si spegneva.

Oliviero sapeva che nel cuore della moglie convivevano la fede nelle nuove idee e l'odio per quei delitti preparati in nome della giustizia. Fissando il volto di lei, si accorse che i due sentimenti erano impegnati in un duello all'ultimo sangue e l'odio aveva la prevalenza, in quel corpo ridotto ad essere un campo di battaglia.

Quando a un certo punto il clamore della folla si fece più intenso, e poi di nuovo si attutì, come un lungo ululato di un lupo, ella non ebbe più forza a resistere e si abbandonò a Oliviero che la teneva stretta ai polsi. Rimase fra le braccia del marito, col volto e il petto sulle sue ginocchia, tutta sconvolta da un'emozione violentissima.

Tacque ancora per qualche minuto. Oliviero capiva tutto, ma non sapeva che dire. E l'avvicinava a sé, la sosteneva, le baciava mille volte i capelli, pensando alle parole che avrebbe potuto rivolgerle.

Ella alzò il volto, all'improvviso, carico di passione, e guardò il marito col fuoco dentro lo sguardo: poi ricadde sul petto, mormorando parole spezzate dai singhiozzi.

Oliviero riuscì a sentire solo qualche frase spezzata; ma era ben chiaro il significato di quelle confuse parole.

I fatti di quel giorno siglavano il crollo delle sue speranze e la fine della sua fede. Voleva morire, finire insieme alle sue convinzioni. E a farle cadere e rovinare definitivamente erano stati gli uomini della sua stessa fede, coi loro eccessi di passione assassina. No! Non erano migliori dei cristiani! Avevano solo dimostrato una ferocia pari a quella di coloro sui quali esercitavano violenza. Camminavano nelle tenebre anche dopo la venuta di Felsemburgh salvatore! Tutto era perduto!... Guerra, odio, delitto: essi rimanevano dentro quel corpo che s'illudeva di averli persi per sempre. Chiese incendiate, cattolici assassinati, cappelle e conventi distrutti.

Queste parole erompevano dalla bocca di Mabel in modo sconnesso, spezzettate da singhiozzi, da immagini d'orrore, da lamenti, da rimproveri. Ed ella le accompagnava agitando la testa e contorcendo le mani sulle ginocchia di Oliviero.

Il crollo era totale!

Oliviero la prese sotto le ascelle e la sollevò. Era sì stanco del lavoro della giornata, ma sentiva che era assolutamente necessario quietare la moglie in questa crisi, più grave di tutte le altre. E del resto conosceva la capacità di Mabel di riacquistare la calma.

« Siediti qui, mia cara!... Qui... Dammi la mano e ascoltami. »

Fu in grado, veramente, di fare un'apologia molto intelligente degli avvenimenti: non fece altro che dire alla moglie ciò che aveva ripetuto a se stesso tutto il giorno. Gli uomini non avevano ancora raggiunto la perfezione, poiché scorreva nelle loro vene il sangue di più di cento generazioni di cristiani... Ma non ci si doveva disperare: l'essenza della religione era tutta nell'avere fede nell'uomo, nel progresso che avrebbe via via raggiunto col tempo; non importava ciò che in quel momento l'uomo era. La nuova religione era nell'età dell'infanzia, non della maturità. Non c'era perciò da stupirsi se i suoi frutti lasciavano un sapore d'acerbità... Si doveva considerare la provocazione ricevuta, ricordare il delitto orrendo premeditato dai cattolici, per colpire al cuore la nuova fede.

« Mia cara: l'uomo non cambia in un attimo! Pensa quali terribili conseguenze si sarebbero avute, se i cattolici avessero eseguito il loro piano! Io disapprovo molto gli eccessi, come anche tu fai. Ho letto alcuni giornali, questa sera; sono più malvagi degli stessi cristiani: pensa, sono tutti contenti per i delitti commessi e non pensano che essi arresteranno il progresso dell'idea di almeno dieci anni! Sai, sono a migliaia quelli che odiano e detestano come te simili violenze. Ma... Che cosa significa avere fede, se non essere certi che la bontà dovrà vincere la battaglia? Fede, speranza e pazienza: queste sono le nostre armi. »

Il parlare di Oliviero era carico di zelo e di passione; teneva gli occhi fissi sulla moglie, cercando di modellarla nei sentimenti e cercando anche di convincere se stesso contro ogni ombra di dubbio. Egli odiava, infatti, ciò che Mabel odiava, sebbene avesse potuto vedere cose che lei non aveva avuto modo di vedere. Inoltre, bisognava compatirla un po', dal momento che si trattava di una donna.

L'espressione di angosciante orrore svaniva poco a poco dal volto della giovane; un cieco dolore prendeva il posto del ribrezzo, mentre Oliviero le parlava, dominandola con quel magico suo potere. Ma la crisi di Mabel sembrava non voler finire.

« Quegli aerei » esclamò, « quegli aerei alla volta di Roma!... Questa è stata una scelta meditata e discussa, non il frutto dell'eccitazione popolare! »

« Mia cara. Non è stata meditata e discussa più di tutte le altre scelte. Tutti siamo uomini e tutti siamo ancora immaturi. È vero che il Parlamento lo ha permesso... ma... solo permesso. Mi capisci? Anche il governo tedesco ha dovuto accettare. Dobbiamo piegare, lentamente, la natura: non possiamo spezzarla. »

E continuava a circuire la moglie, volendo rassicurarla e incoraggiarla con tali giustificazioni. Era convinto di averla quasi persuasa, quando Mabel riprese le ultime parole del marito: « Lo hai permesso, non è vero? Anche tu, Oliviero, lo hai permesso ».

« Mia cara. Io non ho parlato né a favore né contro. Ma ti garantisco che se avessimo posto il *veto*, gli eccidi sarebbero stati ancora più numerosi e la nazione avrebbe visto morire i propri governanti. Abbiamo scelto per la passività, dal momento che non potevamo fare diversamente! »

« Ah! Sarebbe stato meglio morire... Oliviero... Almeno lasciami morire... No, non posso reggere di fronte a tali cose. »

Oliviero la avvicinò ancor di più a sé e cominciò a parlarle con voce grave: « Riesci, mia adorata, ad avere un po' di fiducia in me? Se ti dicessi a che cosa ci siamo trovati di fronte oggi, tu capiresti tutto. Non credere no, che io sia un uomo senza cuore! E poi c'è

Giuliano Felsemburgh ».

Notò che Mabel esitava ancora, combattuta tra l'affettuosa fiducia nel marito e l'orrore per i fatti accaduti. Ma, alla fine, prevalse l'affetto. Il nome di Felsemburgh aveva fatto cadere il piatto della bilancia e di nuovo prendeva piede la confidenza, in uno scoppio di lacrime.

« Oh! Sì, Oliviero. Io posso fidarmi di te! Sono io che ho tanta debolezza e i fatti sono così terribili!... Ma lui, così forte e così generoso, sarà domani tra noi, non è vero? »

Scoccava, dalla torre lontana, la mezzanotte. Stavano ancora parlando: Mabel lottava ancora dentro di sé, ma sorrideva, tenendo le sue mani fra quelle del marito. Oliviero capì che un mutamento era avvenuto nel cuore della moglie.

« È il primo dell'anno, caro sposo! » diceva, alzandosi e traendo a sé Oliviero, sempre aggrappato al suo braccio. « Ti auguro il più bell'anno della tua vita! Oh!... Reggimi... Oliviero!... »

E lo baciava, muovendo qualche passo; gli stringeva le mani e lo guardava con gli occhi colmi di lacrime.

« Oliviero, devo dirtelo. Sai a che cosa stavo pensando prima che tu arrivassi? »

Oliviero fece cenno di no con la testa, mentre guardava con passione la moglie. Com'era bella! Sentiva così forte la stretta delle sue mani!

« Pensavo » continuava a dire fra i sospiri Mabel « di non potercela fare più e di porre fine a tutto. Mi capisci Oliviero? »

A queste parole, egli sentì il cuore arrestarsi e la abbracciò con tenerezza.

« Ma ora è passato tutto, sai, proprio tutto! Non ti avrei detto nulla, se non fosse veramente così! »

Mentre le loro labbra s'univano nuovamente, dalla stanza vicina provenne il suono di un campanello elettrico.

Oliviero indovinò la ragione di quell'improvvisa telefonata e sentì una stretta al cuore. Ma riuscì a sorridere e lasciò andare le mani della moglie.

« Una telefonata a quest'ora!... » esclamò Mabel con un'ombra di sospetto.

«Non c'è più nessuno screzio tra noi, è vero?» disse Oliviero.

E il suo volto non esprimeva, in quel momento, che confidenza e affetto.

«No! No!» rispose Mabel.

Lo scampanellìo ricominciava impaziente.

«Vai, Oliviero» disse, «ti aspetto qui.»

Un minuto dopo era di ritorno; aveva uno sguardo strano: il volto pallido e sconvolto, le labbra strette.

Andò subito da Mabel, le prese di nuovo le mani e fissò a lungo quegli occhi che lo stavano guardando.

La decisione presa nel dialogo di prima, la mutua fede trattenevano, nel loro cuore, l'emozione che non era fugata del tutto.

Oliviero respirò profondamente, poi disse con voce tranquilla: «Dunque. È finita».

Le labbra di Mabel furono prese da un tremito e un pallore di morte le si dipinse sul viso.

Oliviero l'abbracciò con tutta la forza che aveva e, alla fine, disse: «Ascoltami. Occorre che tu affronti la realtà. È finita! Roma non esiste più! Spetta a noi, ora, edificare qualche cosa di più bello e di più duraturo».

Mabel, singhiozzando, si rifugiò tra le braccia del marito.

Capitolo ottavo

1

Mancavano ancora molte ore allo spuntare dell'anno nuovo e tutti i dintorni dell'abbazia erano bloccati. Era tanta la folla in via Vittoria, Great-George, Whitehall e persino in via Milbank che ogni movimento era assolutamente impossibile. Il vasto santuario, diviso a metà dal muro infossato delle rotaie, era affollato di gente, ordinatamente suddivisa in quadrati da cordoni della polizia, che permettevano ai personaggi importanti di passare liberamente.

Palace Yard era tenuto rigorosamente libero: solo una porzione, occupata da una tribuna, fu lasciata a disposizione del pubblico e in breve tempo riempita totalmente. La folla s'ammassava anche sui tetti e sui balconi dai quali era possibile vedere l'abbazia. In alto, belle come lune, ardevano le lampade elettriche.

Sapevano a quale ora la gente avesse iniziato a muoversi, con deliberato proposito, solo i pochi e stanchi controllori che erano davanti a cancelli provvisoriamente costruiti la sera prima. Già da una settimana era stato dato l'avviso che, dal momento che era prevedibile un afflusso straordinario di folla, ogni persona poteva esibire un certificato di culto presso un ufficio speciale e seguire le istruzioni della polizia; questo era sufficiente per adempiere il proprio dovere di cittadino.

Tutti sapevano che, a un ordine del governo, la grande campana avrebbe suonato all'inizio della cerimonia e al momento dell'incensazione della statua, in modo che tutte le persone all'interno dell'abbazia mantenessero il silenzio, nell'intervallo tra i due suoni nel modo più rigoroso possibile.

Londra fu interamente invasa dalla folla, non appena circolò la notizia della congiura dei cattolici, nel pomeriggio dell'ultimo giorno dell'anno. Alle quattordici, la notizia era nota a tutti quando solo un'ora era trascorsa dalla relazione ufficiale di mister Snowford. La vita commerciale di Londra si era subito interrotta.

Alle quindici furono chiusi gli uffici pubblici, i negozi, la Borsa, le industrie. Fu come un impulso irrefrenabile: tutti interruppero il loro lavoro e, dalle sedici fino a mezzanotte, quando appunto la polizia, opportunamente rinforzata, poté intervenire, bande intere di uomini, gruppi di donne adirate e drappelli di giovani invasati avevano attraversato di corsa la città, urlando, denunciando, ammazzando.

Impossibile fu conoscere il numero dei morti: ma ogni strada portava il segno dell'eccidio. Venne saccheggiata la cattedrale di Westminster: gli altari furono depredati e orrende profanazioni vennero compiute all'interno del sacro luogo. Un prete, che stava consumando il Santissimo Sacramento, venne preso e strangolato; a nord della chiesa vennero impiccati undici sacerdoti e l'arcivescovo; trentacinque conventi furono devastati e la cattedrale di San Giorgio, alla fine del saccheggio, era ridotta a un mucchio di macerie fumanti. I giornali della sera annunciavano che il tempio dedicato all'introduttore del cristianesimo in Inghilterra non era più e che non restava un solo tabernacolo nel raggio di venti chilometri intorno all'abbazia. Il *Nuovo Popolo*, a caratteri giganteschi, riportava: « Londra è finalmente pulita da quella superstizione assurda e infame! ».

Alle quindici e trenta, tutti sapevano che cinquanta aerei erano partiti alla volta di Roma; sessanta se ne erano poi aggiunti a Berlino.

La polizia riuscì a stabilire un po' d'ordine solo verso la mezzanotte. Per suscitare una certa impressione di tristezza, venne lanciata, grazie alle insegne luminose, la notizia della distruzione di Roma.

I giornali del mattino non dicevano molto di più. Facevano ovviamente notare la coincidenza di quell'avvenimento con la fine dell'anno e col fatto che, meravigliosa combinazione!, tutti i capi della gerarchia cattolica si trovavano radunati in Vaticano, principale obiettivo dell'attacco. Si faceva notare che questi, presi dalla disperazione, avevano rifiutato d'abbandonare la città, quando avevano telegraficamente saputo che una spedizione vendicatrice si volgeva verso Roma.

A Roma non un solo edificio riuscì a scampare alla distruzione. La città propriamente detta, la città leonina, Trastevere, la periferia: tutto venne raso al suolo. Gli aerei infatti si erano tenuti a una buona altezza e, prima di cominciare, si erano divisi la città: cinque minuti dopo il primo fragore degli esplosivi e la prima esplosione del fumo e dei rottami, tutto era finito.

Gli aerei, poi, si mossero in ogni direzione, inseguendo le automobili e le altre vetture sulle quali la popolazione aveva tentato la fuga, non appena aveva preso coscienza di quanto stava accadendo. Si supponeva che circa trentamila persone, sorprese nella fuga, avessero trovato la morte.

Così diceva la rivista *Studio*:

È vero che è stata distrutta una ricchezza inestimabile di tesori artistici. Ma in fondo è da ritenersi una ben misera somma pagata per il definitivo e completo sterminio della peste cattolica... Viene il momento in cui l'unico rimedio che resta è la distruzione, quando la casa è infestata da bacilli nocivi... Il papa, l'intero collegio dei cardinali, tutti i re d'Europa privati del loro potere, tutti i rappresentanti del bigottismo mondiale, che avevano cercato rifugio nella città santa, finalmente, sono spariti e tutto in un solo attimo. Non c'è quindi più da temere che il cattolicesimo rinasca in qualche parte della terra. Non bisogna però lasciarsi trasportare dall'indulgenza: i cattolici (se mai qualcuno ne è restato, per carica di presunzione) devono essere tenuti assolutamente estranei alla vita pubblica in tutti i paesi civili.

I messaggi, provenuti da ogni parte del mondo, testimoniavano come tutti si trovassero d'accordo con quanto era stato fatto ai danni dei cattolici. Solo qualche giornale si permetteva di deplorare l'accaduto, o, meglio, la disposizione di spirito che lo aveva nascostamente provocato. Era inammissibile che l'umanitarismo facesse ricorso alla violenza. Ma tutti dovevano ugualmente essere felici per il buon esito dell'impresa e per le positive conseguenze che avrebbe avuto. Ora restava solo l'Irlanda da sistemare: e non si sarebbe certamente tardato neppure in questo compito.

Lenta appariva l'aurora e, oltre il fiume, si vedevano, nella nebbia invernale, alcune strisce colorate di rosa. Tutto era immerso in una quiete stupenda; la gente, infatti, stanca della prolungata veglia, intirizzita dal freddo intenso e tutta presa a riflettere sulla nuova situazione, sentiva di non poter più sprecare alcuna energia. Solo dalla piazza gremita di folla, dalle strade, dai vicoli, giungeva un mormorìo cupo e uniforme, simile a quello di un mare lontano; e il brusìo piatto e ovunque uguale era interrotto solo talvolta dal boato e dalla foga precipitosa di un'automobile che, dopo aver fatto un giro attorno al santuario, spariva verso il centro.

La luce del giorno saliva da lontano e offuscava, a poco a poco, i lampioni elettrici. Le nebbie si diradavano un poco e lasciavano aperto non il cielo sereno, ancora calato nell'oscurità, che si poteva attendere dopo una notte così fredda: agli occhi s'apriva una vòlta sbiadita di nubi che, non appena il sole, rossastro, simile a un disco di rame, spuntò oltre il fiume, si rivestirono di uno strato leggero di grigio e porpora.

La folla cominciò a essere più impaziente e a muoversi verso le nove. Le guardie, in doppia fila di palchi sul tratto di strada tra Whithehall e l'abbazia, vegliavano, attente, alle palizzate di ferro. Pochi minuti dopo le nove, una vettura della polizia percorse gli spazi liberi nella piazza, per poi sparire dietro le torri dell'abbazia.

La folla mormorava, si sparpagliava e non riusciva a stare al proprio posto, nel momento in cui, con applausi fragorosi, volle salutare l'arrivo di quattro vetture governative, che, anch'esse, sparirono dietro l'abbazia: trasportavano a Deans Yard gli ufficiali: là, infatti, doveva riunirsi il corteo.

Erano le dieci. Il popolo, gremito all'estremità di via Vittoria, intonò un canto. Appena il coro ebbe termine, le campane dell'abbazia cominciarono a suonare a stormo. Ovunque si sparse la voce che Felsemburgh avrebbe preso parte alla cerimonia. Ma non c'era nessun motivo per crederlo: la stella del mattino vide in questo un altro esempio della meravigliosa perspicacia della collettività.

Il governo stesso, infatti, ne ebbe notizia solo un'ora prima. Ma rimaneva indiscutibile il fatto che, alle dieci e mezzo, un clamore incessante, che soffocava persino il suono delle campane, si era levato, invocando a gran voce Giuliano Felsemburgh! E dire che, nelle due settimane precedenti, non si aveva avuta alcuna notizia del presidente dell'Europa: solo qualcuno, del tutto gratuitamente, diceva che egli doveva trovarsi in oriente.

Da ogni parte si vedevano giungere automobili che sparivano sotto l'arcata di Deans Yard; esse trasportavano i fortunati che avevano le tessere di libero accesso al tempio.

Passarono personaggi eminenti e furono salutati con alti evviva. Lord Pemberton, Oliviero Brand con la sua signora, mister Calcott, Marwell, Snowford e i deputati europei. E anche mister Francis, gran cerimoniere del governo, con la sua faccia melensa. Tutti ricevettero un saluto speciale.

Alle dieci e tre quarti, cessati i rintocchi delle campane, i convenuti si trovavano già tutti al loro posto. Furono eliminati gli ostacoli che proteggevano il passaggio delle vetture e le palizzate di ferro. La folla smise di fare rumore e, con un respiro di liberazione, andò liberamente a sparpagliarsi sul territorio pubblico. E allora di nuovo le voci si misero ad invocare il nome di Giuliano Felsemburgh.

Un poco più pallido di prima, il sole, già alto, mostrava il suo disco di rame sopra la torre Vittoria, scoprendo, nel loro vero aspetto, il grigio intenso del palazzo del Parlamento, l'infinita varietà dei colori delle case, delle bandiere, degli affissi, delle persone.

Una campana, sola, rintoccò per cinque minuti. Gli istanti volarono e la campana cessò di suonare. Tutti quelli che si trovavano presso la grande porta ovest dell'abbazia poterono udire i primi accordi del celestiale organo, sottolineati dagli squilli delle trombe.

Poi un profondo e sepolcrale silenzio.

2

Durante quei cinque minuti in cui la campana, da sola, fece sentire le sue note, rimbombando con suono grave e continuo per le ampie arcate, Mabel sospirava a fondo. Si appesantì quindi sulla sedia, dopo essere rimasta mezz'ora in piedi con gli occhi fissi a quel meraviglioso spettacolo. Si sentiva in pace col mondo esterno: era proprio la Mabel di una volta, dopo avere bevuto fino all'ultima goccia il calice della bellezza e della vittoria. Si sentiva come uno che, nella bella stagione, guarda il mare dopo una notte di terribile tempesta. Ma ancora non era giunto il momento più bello.

Pareva, guardando ogni lato circostante l'abbazia, di trovarsi di fronte a un gigantesco mosaico, spezzato da forme d'uomini. Ovunque erano pendenze vive, pareti, sezioni, curve animate. Il lato sud della navata, che era di fronte alla giovane donna, fino al rosone di vetro, era solo una lunga distesa di volti. Un tappeto scarlatto, partendo dalla cappella della Santa Fede, attraversava tutta l'area del tempio. Il coro, al di là del presbiterio, rigurgitava di persone vestite con una specie di cappa e di cotta bianca; esse occupavano, inoltre, l'alta galleria, in cui era posto l'organo, sotto la quale era stato rimosso il pavimento. Giù in basso, verso la navata, si distendeva il medesimo bianco, vivente tappeto per giungere fino all'ombra che cadeva sotto il finestrone.

Dietro gli stalli del coro, a destra, a sinistra e in fondo, tra i vari gruppi di colonne, erano stati eretti dei palchi, suggeriti dalle tradizionali leggi massoniche. Solo la bellissima vòlta, slanciata, alta, coi suoi tiranti a raggiera, offriva agli occhi un luogo dove potersi liberamente posare. La luce solare artificiale illuminava a giorno l'ambiente; dall'esterno di ogni finestra, penetrando attraverso gli antichi vetri, essa pioveva, variopinta nei suoi colori, nel pulviscolo dell'aria, in multiformi sprazzi e cadeva sui volti e sugli abiti dei presenti.

Solenne accompagnamento di armoniosi accordi che provenivano dall'alto dell'organo era il mormorìo della folla; ma ciò che più commuoveva era il santuario, completamente libero, coperto dal tappeto, con l'altare maestoso e la sua gradinata, la sfarzosa cortina e il grande seggio vuoto.

Come non poteva, Mabel, riconfermarsi, a tal vista, nelle sue speranze? L'ultima notte era passata per lei, mentre attendeva il ritorno di Oliviero, come una veglia dopo un terribile sogno. Dal primo dolore ricevuto quando era uscita dalla piccola cappella dove stava pregando, nelle ore d'attesa, nelle quali aveva cercato di scoprire, in avvenimenti terribili, la presenza dello spirito della pace, fino al momento in cui, abbracciata al marito, aveva conosciuto la distruzione di Roma, aveva pensato, in tutto questo lungo spazio di tempo, che il nuovo mondo, improvvisamente, si fosse disgregato e corrotto.

Come poteva credere che quella belva selvaggia, col sangue che usciva dalle unghie assetate di violenza, coi denti rapaci, fosse l'*Umanità*, cioè quello che lei chiamava il suo Dio? Vendetta, crudeltà, omicidi: lei giudicava tutte queste cose come proprie della mentalità cristiana morta e sepolta con l'avvento dell'angelo della luce. Ma ora, ecco quei mostri! E più vivi e più feroci di prima!

Oppressa dall'orrore, aveva trascorso la serata ora seduta ora sdraiata, ora correndo su e giù per la casa; apriva le finestre per poter ricevere sul viso aria fredda e per poter ascoltare, con i pugni chiusi dall'ira, le urla e i ruggiti di un popolo vile che si sparpagliava nelle strade, lo stridìo e il fischio e lo strepitìo dei convogli che, dalla campagna, portavano altra gente da aggiungere ai cittadini invasi dal fanatismo. E dalle finestre vedeva colonne di fuoco e nubi di fumo che salivano dai conventi e dalle chiese bruciate.

Poi era rimasta incerta, dubbiosa; poi di nuovo forte e resistente, imponendosi i più disperati atti di fede, nella speranza di riacquistare la tranquillità di coscienza che aveva raggiunto durante la meditazione. Diceva più volte a se stessa che le abitudini inveterate muoiono lentamente; s'inginocchiò invocando lo spirito della pace che sempre dimorava nel cuore dell'uomo, anche quando, momentaneamente, l'anima era sopraffatta da un eccesso di malvagia passione. Le tornarono alla mente alcuni versi del saggio poeta vittoriano:

You doubt
If anyone

Could think or bid it?
How could it come about?
Who did it?
Not men! Not here!
Oh! not beneath the sun...
...The torch that smouldered till the coup o' er ran
The wrath of God, with is the wrath of Man! [3]

E meditò anche il suicidio, come aveva poi confessato a Oliviero: voleva rinunciare alla vita, dal momento che il mondo la lasciava in un disagio così assoluto. Ci pensò seriamente e si convinse che il suicidio era una fuga che non contrastava per niente con i princìpi morali che ella professava. Tutti ammettevano che si aiutassero gli esseri inutili e moribondi ad andarsene: ne erano una prova gli stabilimenti dell'*eutanasia*. Non poteva dunque andarsene anche lei, dal momento che la vita si presentava insopportabile?

Quando però arrivò a casa Oliviero, ella riuscì a ritrovare la tranquillità e la calma; il luttuoso fantasma si era infatti dileguato. Quale saggezza e quale maturità aveva saputo dimostrarle il marito!

Così pensava Mabel e si sentiva ancora una volta più legata a quella moltitudine immensa, radunata in quella magnifica casa di culto. Ora capiva bene le parole di Oliviero, quando le spiegava che l'uomo era ancora simile a un convalescente e, perciò, soggetto alle ricadute. Si era ripetuta, quella sera, mille volte questa frase, ma invano. Era stata la personalità di Oliviero a vincere dentro di lei e, insieme a lui, il nome di Felsemburgh.

---

[3] Versi scritti probabilmente da Benson o da qualche poeta minore, sconosciuto anche agli studiosi della letteratura dell'epoca. (*NdT*)
Voi dubitate
che qualcuno
abbia potuto pensare a ordinare una cosa del genere?
Come è potuta accadere?
Che è stato?
Non gli uomini! Non qui!
Oh! Non sotto il sole...
...La fiaccola che, lenta, si consuma, finché la coppa non trabocca
l'ira di Dio che è l'ira dell'Uomo!

« Se egli venisse! » sospirava Mabel. Ma sapeva che era lontano.

Erano le dieci e tre quarti: il popolo assembrato cominciava a reclamare il salvatore. Queste voci la riconfermarono nella sua speranza: quelle bestie feroci erano dunque certe di chi poteva redimerle! Non avevano perso di vista il loro ideale che, ancora, non avevano perseguito! Oh! Se lui fosse venuto! Sarebbe scomparsa ogni difficoltà; le onde si sarebbero appianate al verbo della pace e la quiete avrebbe fatto seguito alla tempesta. Ma lui era lontano, per una missione sconosciuta. Mah! Eppure lui sapeva il suo compito!... Sarebbe alla fine ritornato tra i suoi figli, che ne sentivano sì grande la mancanza e sì intenso il bisogno!

Le capitò di sentirsi come sola in mezzo a tante persone; vicino a lei era seduto un vecchio signore sconosciuto, con le figlie a fianco. A sinistra di Mabel si alzava la balaustra, ricoperta di un drappo rosso: al di là appariva il santuario e la tenda.

Mabel sedeva raccolta, in quella tribuna che, posta a una certa altezza dal suolo, le impediva di parlare con chiunque. Meglio così! Non desiderava, infatti, parlare, ma piuttosto riflettere, in silenzio, su di sé, riconfermarsi nella fede, guardare oltre l'innumerevole folla lì raccolta per rendere omaggio al grande spirito che aveva poco prima tradito. Voleva riprendere coraggio e fare nuovi propositi di costanza.

Era ansiosa di sapere che cosa avrebbe detto l'oratore e, soprattutto, se nel suo discorso egli avrebbe accennato al pentimento. Il tema era quello della *maternità*, benigna manifestazione della vita universale, tenerezza, affetto, pazienza, amore capace d'accoglienza e di protezione, spirito che placa i sentimenti più che non infondere pensieri, spirito delle dolci azioni, spirito che accende luci e focolari, che dona riposo, alimento, benessere.

La campana cessò di suonare; non era ancora iniziato il suono dell'organo e Mabel sentì bene il popolo che gridava e copriva, con la sua voce, il lieve sussurro delle voci nel tempio. Il popolo tumultuava e chiedeva la presenza del suo Dio. Ma con grande suono, l'organo si destò, reso più intenso dagli squilli di tromba e dal rullìo furioso dei tamburi.

Qui non iniziava quel delicato preludio, che dava il via all'attività dello spirito, perché esso potesse intraprendere il cammino nei meandri del mistero, fino a raggiungere sublimi visioni. No! Si era in pieno giorno, nella luce meridiana della conoscenza e del potere, come un sole che spunta, bellissimo, dall'alto, in mezzo al cielo.

Il cuore di Mabel precorreva gli eventi. La sua speranza, fino a quel momento ancora gracile, rifioriva a nuova vita, fremeva e sorrideva, mentre, dall'alto, possenti scendevano gli accordi dell'inno trionfale della vittoria. L'uomo, dunque, era Dio! Un Dio che, nella notte appena trascorsa, aveva dimenticato se stesso ma che, ai raggi del primo giorno del nuovo anno, ritornava alla coscienza di sé, dissipando le nebbie del mattino, dominando le passioni, invitando tutti a sé, il beneamato fra tutti. L'uomo era Dio e Giuliano Felsemburgh la sua incarnazione! Così ella doveva credere... così ella credeva!

Intanto, la lunga processione sfilava sotto la navata che, per un invisibile gioco, pareva ricolma di una luce stranamente intensa e sempre più bella.

Ecco avanzare i ministri del culto vero: uomini gravi, esperti della fede che professavano. Erano certamente liberi da ogni passione e da ogni emozione (così, almeno, Mabel pensava che Oliviero fosse); eppure professavano i princìpi della nuova fede e riconoscevano la necessità, comune a quasi tutti gli uomini, di esprimere con atti esterni le proprie convinzioni.

I ministri del culto erano guidati da mazzieri in vesti di gala; con placido ondeggiamento, muovevano per quattro, in coppia o da soli, attraverso la fantasmagoria dei colori distesa sulla luce, facendo mostra di grembiuli, divise e gioielli massonici. Quanto nuovo conforto recava questo spettacolo!

Nel centro del santuario aveva stanza una sola persona: mister Francis il quale, vestito in paramenti solenni, discendeva ansioso i gradini. Aspettava la processione, guidando il suo avanzare con segni rivolti ai propri accoliti che accorrevano solerti a comunicare i suoi ordini nei vari punti del corteo.

I seggi di sinistra erano già quasi tutti occupati. Mabel si accorse, allora, che qualcosa d'insolito stava per accadere.

Fino a quel momento, il mormorìo del popolo intorno al tempio aveva solo fatto eco alla musica dentro, in modo impercettibile ma distinto nella sua lontananza. Ora tutto taceva.

Pensò, dapprima, che quel silenzio fosse dovuto all'ultimo segnale della cerimonia. Ma poi, con un'indescrivibile emozione, riconducendo alla memoria l'esperienza passata, ricordò che una sola cosa riusciva a indurre alla calma la moltitudine sconvolta. Ma non ne era proprio sicura. Poteva essere un'illusione. Forse, dopo qualche istante, la folla avrebbe ripreso a rumoreggiare, lasciandola indifferente.

Con rapimento sovrumano, ella però si accorse che si faceva silenzio anche all'interno del tempio e che un'emozione grande pervadeva quei piani e quelle pendici di volti, agitandoli come steli di grano baciati dal vento.

Ancora un momento e si trovò in piedi, appoggiata al parapetto. Sentiva il cuore battere veloce come una macchina in eccessiva pressione e il sangue scorrere a fiotti nelle sue vene. Era giunto alle sue orecchie un sussurro simile a immenso sospiro: era l'assemblea, ormai tutta alzata in piedi.

L'ordine stesso della processione pareva turbato, qua e là. Vide a un tratto mister Francis slanciarsi gesticolando; ai suoi cenni, la lunga fila si muoveva incerta, poi si spezzava e tornava indietro, quindi riprendeva il suo passo franco e regolare, per dividersi in tanti rivoli lungo i vari ordini dei seggi che in un attimo furono ripieni. Gli uomini correvano e spingevano; i grembiuli erano agitati, le mani facevano cenni e parole ininterrotte s'alzavano da ogni parte.

S'udì un battere di piedi, poi il frastuono di una sedia rovesciata. Subito dopo, come se un dio avesse richiamato il popolo al silenzio, ogni rumore, all'improvviso, ebbe fine, lasciando un'eco disordinata e stonata che languì e si spense in un attimo.

Poi un nuovo sospiro. Ed ecco, nella luce multicolore che pioveva lungo il passaggio da est a ovest, sotto l'ampia navata, una persona incedere. Sola.

3

Mabel non riuscì mai a ricordare ciò che vide, sentì e udì dalle undici alle dodici e mezzo di quel primo giorno del nuovo anno.

Stanca per la lotta del giorno precedente, aveva momentaneamente perso la continua autocoscienza e il potere di riflettere. Non c'era in lei quel processo che permette di raccogliere, ordinare, classificare e giudicare i fatti. Ella era solo un essere intelligente, occupato nella costante osservazione delle cose: ma non poteva riflettere. Vista e udito parevano le uniche facoltà in contatto diretto col cuore ricoperto di fiamme.

Non avrebbe neppure saputo dire l'attimo in cui aveva visto Felsemburgh. Le pareva di essersene accorta prima ancora che egli entrasse: lo aveva atteso, mentre lui, superbamente solo e silenzioso, avanzava sul rosso tappeto, saliva i gradini del coro, passando proprio davanti a lei. Aveva l'abito nero e scarlatto dei giuristi inglesi: ma la donna notò appena questo particolare. Per Mabel non esisteva altro che lui: era sparita la vasta assemblea, fusa e trasfigurata nell'atmosfera che vibrava, immensa, carica d'emozione umana. In ogni luogo c'era una sola persona: Giuliano Felsemburgh, col suo nembo di gloria che lo racchiudeva, formato di pace e di luce.

Egli scomparve, per un momento, dietro il pulpito per riapparire subito sulla gradinata. Ora era al suo posto e Mabel poteva osservarne il profilo puro e delicato come il taglio del rasoio, sotto quei bianchi capelli. Sollevò una manica, impellicciata d'ermellino, e fece un lieve cenno. I diecimila astanti si posero subito a sedere e, a un nuovo segnale, erano tutti in piedi.

Profondo silenzio regnava nell'assemblea.

Immobile, con le mani appoggiate al parapetto, teneva la faccia fissa ostinatamente in avanti. Si sarebbe detto che, dopo aver affascinato gli sguardi di tutti, dopo aver fatto cadere in silenzio ogni voce, volesse un dominio maggiore, attendendo che vi fosse una sola volontà, un solo desiderio, tutti dipendenti dai suoi ordini.

Alla fine parlò.

Mabel dovette confessare a se stessa di non ricordare alcuna delle sue parole in modo preciso. Era priva di quella capacità di coscienza con la quale soleva ascoltare, contestare o approvare quanto le veniva detto. Una sola immagine appropriata, in seguito, poteva indicare le emozioni della giovane donna: mentre lui parlava, credeva di essere lei stessa a parlare!

Pensieri, affetti, sofferenze, delusioni, speranze, tutti quei sentimenti che l'anima stessa conosce così poco, le più tenui sfumature, il più impercettibile fluire delle idee sembravano, per opera di questo uomo, chiare ed elevate, accese ed appagate. Per la prima volta ella comprese appieno il vero volto della natura umana: era infatti proprio il suo spirito quello che volava per l'aria, trasportato da una voce possente. Ancora una volta, come già era accaduto qualche tempo prima al tempio di Paolo, dopo un lungo gemito, la natura umana finalmente sembrava in grado di parlare e di trovare perfetta espressione al pensiero. Ma al tempio di Paolo, lui aveva parlato all'uomo; ora invece era l'Uomo stesso che parlava... non un uomo... l'Uomo consapevole della sua origine, del suo pellegrinaggio, del suo destino. L'uomo era rinsavito dopo una notte di follìa: conosceva ora la sua potenza, dichiarava la sua legge. E nello stesso tempo deplorava, con voce espressiva, simile al suono di uno strumento ben accordato, di non essere stato capace di corrispondere.

Era un soliloquio, non un'orazione.

Roma era perduta; Inghilterra e Italia avevano visto il sangue scorrere nelle loro strade, fumo e fiamme salire fino al cielo: l'uomo era disceso per un attimo al livello delle tigri.

Diceva, urlando, quella voce così eloquente: «Questo è il fatto, innegabile fatto. Ma non c'è posto per il pentimento: solo per poco più di una generazione l'uomo ne porterà le conseguenze, per il rossore della vergogna. L'uomo ricorderà di avere voltato le spalle alla luce e ne porterà per un po' la pena!».

Non vi fu, in lui, alcuna visione lugubre; non fece alcun accenno ai palazzi crollati, ai cittadini in fuga, alle terribili esplosioni, al terrore della terra, alla morte di tanti infelici.

Ricordò, invece, gli spiriti violenti che avevano applaudito per le vie d'Inghilterra e di Germania, la passione selvaggia scoppiata in Italia, allorché gli aerei, ben inquadrati, stavano per compiere la vendetta, ripagando congiura con congiura, violenza con violenza.

«Là» gridava quella voce «rivive l'uomo di un tempo, ricaduto per un attimo nel baratro della barbarie, quando ancora non conosceva la propria origine e la propria fine.»

Poi ripeteva:

« Ma non occorre alcun pentimento. C'è qualcosa di meglio ».
E mentre la voce che parlava s'addolciva, lasciando quel tono penetrante e severo, Mabel sentì che i suoi occhi s'empivano di lacrime.

« C'è qualcosa di meglio. La conoscenza dei delitti che l'uomo ancora può commettere e la volontà di trarre profitto dalla triste esperienza. Roma perduta. Onta senza nome per la nuova umanità! Roma perduta... Ma, dopo tutto, l'aria è diventata più respirabile... »

Con volo subitaneo, egli s'elevò dall'orrido abisso in cui era calato, s'alzò dalle macerie di Roma e dagli altri terribili avvenimenti: ed ecco l'aria serena, la luce del sole. Là l'uomo avrebbe potuto riposare sereno.

E traeva con sé, nel meraviglioso volo, la rugiada delle lacrime e il profumo della terra. Non aveva risparmiato parole per mettere a nudo il cuore umano e ora non le risparmiava per sollevare il povero cuore umiliato e sanguinante, non le risparmiava per confortarlo nella divina visione dell'amore.

Tutto questo, quaranta minuti prima che egli si rivolgesse all'immagine ancora coperta sull'altare, esclamando: « *Maternità*! Madre nostra! ».

Allora si compì, in tutti coloro che capivano tale linguaggio, il miracolo supremo. Perché non sembrava che quel mattino avesse parlato un uomo, ma Uno che aveva raggiunto la sfera del sovrumano.

S'aprì la tenda. Ecco apparire, faccia a faccia con questo Uno, sull'altare, candida, maestosa protettrice, la madre: e il figlio, ardente incarnazione dell'amore, gridava dalla tribuna: « Oh, madre nostra!... Tu sei la madre mia! ».

E, a lei davanti, celebrava la madre, sublime inizio della vita: ne osannava la gloria, la grandezza, l'immacolata femminilità. Ricordava le sette spade penetrate nel suo cuore per colpa dei figli ciechi e traviati. Grandi promesse rivolgeva a questa madre: riconoscenza da parte di tutta l'innumerevole figliolanza; amore e obbedienza dell'umana generazione; saluto da parte di tutti coloro che sarebbero nati.

Poi invocava la sapienza dell'Altissimo che, con dolcezza e forza, tutto dispone: *Porta del cielo, Torre d'avorio, Consolatrice degli afflitti, Regina dell'universo.*

Gli occhi estasiati dei presenti credevano di vedere quella madre sorridere al figlio.

Un immenso anelito, proprio di un essere sovrumano, pervadeva l'aria.

Dietro di lui, dalla cui bocca usciva un torrente di parole, la moltitudine s'agitava. Tra grida e sospiri, saliva e scendeva un'onda d'emozione. Un uomo, a lui vicino, si mise ad osannare; un banco si rovesciò tra i sedili affollati. E così via, finché i presenti cominciarono a riversarsi entro i passaggi. Lui non poteva più tenerli, fermi, ad ascoltarlo, dopo averli trascinati all'azione suprema.

La corrente cresceva e s'avvicinava: i volti non guardavano più il figlio ma la madre.

Mabel versava lacrime sul parapetto e, con profondo sospiro, si sentì trascinata in ginocchio.

La voce s'udiva ancora e le due mani sottili e bianche uscivano dalle ampie e sontuose maniche, protese verso l'intero santuario.

Ora egli aveva da dare una notizia per la sua gloria. Tornava trionfante dall'oriente, dove lo avevano proclamato re, lo avevano adorato come Dio, come colui che, umile e sommo figlio dell'umana madre, era venuto a portare non la spada ma la pace, non la croce ma la corona.

Così egli disse; ma nessuno dei presenti capì se era lui o un altro a parlare, né se fosse la sua o la loro voce ad acclamare.

In cima ai gradini del santuario egli protendeva le braccia e porgeva parole; il popolo, dietro di lui, tumultuava col frastuono di migliaia di piedi e i sospiri di migliaia di petti.

S'avvicinò all'altare e vi salì. Poi, con un ultimo grido, mentre la folla irrompeva nelle gradinate, salutò la regina sua madre!

Il dramma ormai volgeva a una fine rapida e inevitabile.

Alcuni attimi prima di cadere in ginocchio, con gli occhi pieni di lacrime, Mabel vide la piccola figura prostrata ai piedi del grande simulacro, con le braccia protese, silenziosa, trasfigurata e sublimata nella luce smagliante.

Finalmente la madre aveva trovato il figlio!

Mabel si fermò ancora a guardare le maestose colonne, i colori, le dorature, le braccia alzate, le teste agitate: davanti a lei sembrava esserci un mare in tempesta.

Le sembrò che la luce si alzasse e poi s'abbassasse; le sembrò che il rosone della finestra si fosse messo improvvisamente a girare, che l'aria fosse abitata dagli spiriti, che mille lampi guizzassero nel cielo e che la terra, estasiata, tremasse.

Allora, in quella luce soprannaturale, tra il suono dei tamburi, le grida acute delle donne e un assordante traballare di piedi, fu uno scoppio di entusiasmo religioso: diecimila voci avevano proclamato Giuliano Felsemburgh loro Signore e loro Dio!

Libro terzo
La vittoria

Capitolo primo

1

La piccola stanza, dove il nuovo papa stava leggendo, era esemplare nella sua semplicità. Le pareti erano imbiancate a calce, il soffitto con rozzi travi e l'impianto di tufo battuto. Al centro, una tavola quadrata e una sedia; sopra l'ampio focolare stava un braciere spento; attaccato alla parete c'era un piccolo scaffale con alcuni libri. Tre porte davano sulla stanza: una metteva nell'oratorio privato, l'altra nell'anticamera, la terza in un cortiletto lastricato. Le finestre alle pareti sud erano chiuse, ma, non essendo perfettamente aderenti, lasciavano penetrare le lame infuocate della luce afosa, in quella primavera orientale.

Era il tempo del riposo dopo mezzogiorno. Fatta eccezione per il rapido frinire di alcune cicale sulla pendice posta a ridosso della casa, tutto era avvolto nel più ampio silenzio.

Il papa aveva terminato da un'ora il pranzo; in tutto il tempo non aveva cambiata posizione. Era assorbito totalmente nella lettura: quasi dimenticava in essa i fatti accaduti negli ultimi mesi, l'amara ansia del momento presente, il peso terribile della sua responsabilità.

Teneva davanti a sé la ristampa dell'ormai famosa biografia di Giuliano Felsemburgh. Era stata pubblicata un mese prima e il papa già l'aveva quasi letta tutta.

Era un libro elegante, scritto molto bene, di autore ignoto: alcuni sospettavano fosse opera di Felsemburgh stesso. La maggior parte, però, era del parere che l'opera fosse stata scritta, col parere favorevole di Felsemburgh, da qualcuno appartenente alla cerchia eletta degli intimi che, sotto la sua guida, regolavano gli affari politici dell'oriente e dell'occidente.

Soggetto del libro era la vita di Felsemburgh o, meglio, quei due o tre anni che lo avevano reso famoso nel mondo al suo primo apparire sul campo della politica americana, dal suo lavoro diplomatico in oriente, fino agli avvenimenti degli ultimi mesi, quando, passando di successo in successo, fu salutato messia in Damasco, adorato Dio a Londra ed eletto tribuno delle due Americhe con un'ampia maggioranza di voti.

Il papa sorvolò su questi particolari storici che, del resto, gli erano ben noti; si fermò invece, con profonda attenzione, sui lati del suo carattere o, come diceva l'autore, sulla sua *autorivelazione al mondo*.

Caratteristica peculiare e prima di questo uomo era il suo duplice potere sulla parola e sui fatti. Le parole figlie della terra, erano andate, in lui, spose ai fatti, figli del cielo: da questo connubio era generato il superuomo.

Fra i tratti secondari del suo temperamento, s'annoveravano l'amore alla letteratura, la prodigiosa memoria e il genio linguistico. Possedeva sia *l'occhio microscopico* sia *l'occhio telescopico*, in modo da discernere le tendenze del mondo e le più insignificanti mosse di una mano. Era davvero eccezionale la sua capacità di cogliere un fatto nei suoi minimi particolari.

Vari aneddoti illustravano queste osservazioni e veniva riportato anche un discreto numero di eleganti aforismi.

L'uomo non perdona: si dice che perdona, ma in realtà egli non fa che comprendere; ci vuole molta fede per poter negare un Dio trascendente; l'uomo che ha fiducia in se stesso è il solo che può avere fiducia negli altri. E non sfuggirà che quest'ultima sentenza esprimeva l'egoismo più raffinatamente contrario allo spirito cristiano.

Si leggeva anche:

Perdonare il male significa rendersi complici di un delitto; l'uomo forte non deve essere accessibile ad alcuno, mentre tutti devono poter essere accessibili a lui.

Erano aforismi enfatici. Ma, come ben capiva il papa, tale enfasi non proveniva dall'oratore ma dal biografo. Chi aveva udito parlare Felsemburgh sapeva bene come avrebbe potuto dire tutte queste affermazioni: trasfuse in un fiume ardente d'eloquenza, senza alcun cedimento cattedratico, oppure dette con quella semplicità rara e persuasiva che gli aveva guadagnato il primo successo a Londra. In ogni caso, si poteva odiare Felsemburgh e anche temerlo, ma non certo beffarsi di lui.

Lo scrittore della biografia si compiaceva soprattutto di far notare l'analogia che passava tra il suo eroe e la natura: nell'una e nell'altra conviveva una contraddizione che vedeva unite insieme la più grande tenerezza e la più grande crudeltà.

Il potere che sana le ferite è quello stesso che le produce; colui che riveste il suolo di alberi e di erbe li sradica e li annienta con la siccità e con i temporali; colui che spinge la pernice a morire per i propri figli fa sì che invece la gazza se ne pasca.

E così era anche Felsemburgh, diceva l'autore: lui aveva pianto sulla distruzione di Roma e, un mese dopo, si era ritrovato a giudicare lo sterminio come un mezzo che può essere lecitamente usato a vantaggio dell'umanità, purché utilizzato con riflessione e non con passione.

Queste parole avevano suscitato vasta curiosità per la loro forma paradossale, in bocca a un uomo che si proclamava predicatore della pace e della tolleranza. Se ne parlò in tutto il mondo. Comunque, fatta eccezione per una rinascita di persecuzione contro i cattolici irlandesi e la condanna a morte di pochi individui, tali proposizioni non erano state ancora messe in atto. Ma a poco a poco il mondo le aveva approvate e sembravano attendere il loro pieno compimento.

Il biografo notava che un mondo chiuso entro i limiti della fisicità naturale non poteva negare la propria sottomissione a colui che mostrava di seguire i dettami della natura, a colui che, per primo, volontariamente e senza riguardi, introduceva tra gli uomini princìpi come quello della sopravvivenza dei più capaci e l'immoralità del perdono. C'erano cose inspiegabili in lui così come erano presenti in natura: e queste erano cose che gli uomini dovevano accettare, per la loro piena evoluzione.

Il segreto del successo era nascosto nella personalità di quest'uomo: bastava vederlo, e subito ci si sentiva necessariamente attratti a credere e a fidarsi di lui.

Non è possibile spiegare la natura, o tentare di sfuggire ad essa con recriminazioni sentimentali: la lepre grida come un bambino, il cervo ferito piange numerose lacrime, il pettirosso uccide i suoi familiari: la vita c'è solo se esiste la morte; e tutto questo è realtà, a dispetto delle umane teorie. Dobbiamo accettare la vita così come essa è e non dobbiamo ritenerci selvaggi se ne seguiamo le regole. Questo è l'unico modo per conseguire la pace, perché la nostra grande madre rivela i suoi segreti solo a chi ad essa si sottomette.

Davanti a Felsemburgh, identico era l'atteggiamento da avere.

La sua personalità è tale da non ammettere discussioni: egli è perfetto e sufficiente a sé, per chi a lui volontariamente si affida. Per tutti gli altri, egli resterà sempre uno spiacevole e inspiegabile dilemma. Il mondo deve adattarsi ad accettare tutte le conseguenze della sua dottrina: il sentimentalismo non può prevalere sulla ragione.

Il biografo poi dimostrava come spettassero a lui tutti gli attributi finora prodigati agli esseri superiori, attributi che erano apparsi all'immaginazione degli uomini come figure tipiche e che dovevano servire a preparare la nuova strada.

Felsemburgh poteva chiamarsi *creatore*, dal momento che aveva recato fra gli uomini quella vita d'unione perfetta alla quale avevano, per così lungo tempo e invano, teso, prima di essere rifatti a sua immagine e somiglianza.

Felsemburgh poteva essere definito *redentore*! L'assimilazione, infatti, degli uomini a sé, aveva in qualche modo sedato il tumulto di errori e di conflitti: grazie a lui l'uomo era stato condotto dalle tenebre e dall'ombra di morte nelle vie della pace.

Felsemburgh, per gli stessi motivi, poteva dirsi *salvatore*; ed era il *figlio dell'Uomo*, perché l'unico perfettamente umano; l'*assoluto*, in quanto raccoglieva a sé e in sé tutti gli ideali; l'*eterno*, perché la natura l'aveva sempre in sé virtualmente contenuto e gli aveva assicurato la continuità perfetta. Era l'*infinito*, non potendo far parte delle cose finite, come colui che era superiore alla loro complessività.

Ma ancor di più: era l'*alfa* e l'*omega*, principio e fine, primo e ultimo. Era il *dominus et deus noster* (« Proprio come Domiziano! » pensava il papa).

Felsemburgh era semplice e complesso come la vita: semplice nell'essenza, complesso nella creatività.

Ma la prova suprema della sua straordinaria missione si era rivelata in quel messaggio immortale. Non si poteva aggiungere una sola parola a ciò che lui aveva generato: le linee direttive più divergenti, infatti, convergevano in lui, punto di partenza e punto d'arrivo.

Nessuno ancora pensava se egli avrebbe dato o no prova della sua immortalità; sarebbe stato certamente positivo se la vita avesse rivelato in lui il suo sommo segreto: ma non era poi così necessario. Il suo spirito, infatti, riempiva il mondo: l'individuo non era più distinto dai suoi simili e la morte era da ritenersi come un increspamento che si produce qua e là sul placido mare.

Dopo tanto tempo l'uomo era giunto a sapere che l'individuo non è nulla e la razza è tutto. La cellula riconosceva la propria totalità al corpo e i più grandi pensatori avevano persino dichiarato che la coscienza individuale doveva cedere il titolo di personalità alla massa degli uomini. Era infatti per questo intenso desiderio d'unità che gli uomini s'erano decisi a riappacificarsi nell'umanità totale. Diversamente, come sarebbe stato possibile spiegare la fine dei conflitti di parte e le rivalità nazionali?

Questa dunque l'opera di Giuliano Felsemburgh!

L'anonimo biografo terminava l'opera con una calorosa *peroratio*:

Ecco io sono sempre con voi, ora e alla fine dei secoli. Il Paraclito è disceso in mezzo a noi. Io sono la porta, la via, la verità e la vita, l'origine e l'esito della vita. Il mio nome è l'ammirabile, il principe della pace, il padre dell'eternità. Io sono il desiderio delle nazioni, il più bello fra i figli degli uomini e il mio regno non avrà mai fine!

Il papa gettò via il libro, chiuse gli occhi e sprofondò nella poltrona.

2

Che cosa poteva, da parte sua, contrapporre a tutto questo?
« Un Dio personale che si tiene nascosto, un salvatore che tarda a tornare, un consolatore che nella bufera non si fa sentire né più si mostra in lingue di fuoco! » pensava il papa.

Lì, nella stanza vicina, c'era un piccolo altare di legno e, sopra questo, un tabernacolo di ferro; nel tabernacolo una teca d'argento che conteneva *qualcosa*! Fuori, a circa cinquanta metri dalla casa del papa, si distendevano le cupole e i tetti del piccolo villaggio chiamato Nazareth. A destra, qualche chilometro più lontano, sorgeva il Carmelo e, a sinistra, il Tabor; in faccia si stendeva la pianura di Esdraelon; dietro c'erano Cana e la Galilea, il lago tranquillo e l'Hermon. Più lontano, a sud, Gerusalemme.

Su questa ristretta regione di luoghi santi aveva sede il papa: nella terra dove, duemila anni prima, era germogliata la fede e dove, se Dio non avesse fatto riudire la sua presenza con fiamme di fuoco, quella stessa fede sarebbe stata fatta sparire come inutile e ingombrante.

Su quella terra era passato Colui che tutti gli uomini dissero Redentore d'Israele; proprio in quel villaggio Egli andò ad attingere acqua, costruì casse e sedie; posò i piedi sulle acque del lago, apparve trasfigurato sull'alta collina e proclamò beati i mansueti, perché eredi della terra, beati i pacifici perché figli di Dio, beati gli affamati e gli assetati di giustizia perché sarebbero stati saziati... proprio su quel monte.

E intanto si erano ridotti a questo modo! La fede cristiana era nascosta, lontano dall'Europa, come lucente sole tramontato al di là delle alture. Dell'eterna Roma non restava che un ammasso di rovine. In occidente e in oriente un uomo usurpava il trono dell'Altissimo e l'umanità lo acclamava proprio Dio!

Oh sì; il mondo aveva fatto lunghi passi: era aumentato il senso sociale; gli uomini avevano appreso dall'Evangelo il senso della solidarietà, senza però considerare il divino maestro. « Anzi » essi dicevano, « a dispetto di Cristo! »

Potevano esserci ancora tre milioni di persone, cinque forse, al massimo dieci milioni (come contarle, del resto?), in tutto il mondo, che adoravano come loro Dio Gesù Cristo.

Il suo vicario, ora, sedeva in una piccola stanza imbiancata a calce, nei pressi di Nazareth, vestito di semplici abiti come il maestro, attendendo la fine.

Non avrebbe potuto, da parte sua, fare di più. Cinque mesi prima, per una sola settimana però, era stato in dubbio sulle soluzioni da prendere. Restavano solo tre cardinali: lui, Steinmann e il patriarca di Gerusalemme. Gli altri giacevano schiacciati sotto le rovine di Roma. Non c'erano simili precedenti nella storia. I due cardinali europei avevano preso la via dell'oriente, verso quell'unica città dove regnava ancora un po' di quiete. Col cristianesimo greco era anche sparita ogni lotta interna ai fedeli e, quasi per un tacito consenso del mondo, essi godevano di una certa libertà in terra santa. La Russia, che teneva in suo potere questi luoghi, aveva da tempo cessato d'interessarsene: è vero che i luoghi santi, già dissacrati, restavano solo come curiosità archeologiche: gli altari non esistevano più, ma si poteva ancora sapere dove un tempo erano sorti. Erano permessi gli oratori privati, mentre era proibito celebrare pubblicamente la messa.

Queste le condizioni in cui si trovavano, in terra santa, i tre cardinali.

Ciascuno si guardò bene dal portare i segni della propria dignità e si poteva essere abbastanza certi che il mondo civile non sospettava minimamente la loro esistenza.

Tre giorni dopo il loro arrivo, il vecchio patriarca morì, non prima però che, in condizioni che non avevano l'eguale in tutta la storia della chiesa, padre Franklin venisse eletto papa. L'elezione fu fatta, nel breve spazio di cinque minuti, sul letto del patriarca moribondo; i due vegliardi insistevano e il cardinale tedesco fece ricorso, ancora una volta, alla strana somiglianza di Percy con Giuliano Felsemburgh: ripeté sottovoce le sue vecchie osservazioni dell'antitesi e del segno di Dio.

Percy, benché stupito dall'insistente superstizione del collega, fu costretto, in un certo senso, ad accettare. E così venne ratificata l'elezione. Prese il nome di Silvestro, ultimo santo dell'anno e terzo papa con questo nome. Poi, insieme al suo cappellano, si ritirò a Nazareth, mentre Steinmann, tornato in Germania, venne impiccato, quindici giorni dopo il suo ritorno, nel corso di una sommossa popolare.

Ora era necessario eleggere nuovi cardinali. Con la massima cautela, furono inviati messaggi a venti persone: nove rifiutarono; una sola, di altre tre cui era stato fatto l'invito, accettò. Così in tutto il mondo c'erano solo dodici persone a formare il sacro collegio: due inglesi (uno dei quali era Corkran), due americani, un francese, un tedesco, un italiano, uno spagnolo, un polacco, un cinese, un greco e un russo.

A loro erano affidate regioni vastissime, con piena autorità, dipendendo ognuno solo dal papa.

Per quanto poi riguardava la vita del papa, poco si poteva dire. Essa somigliava esteriormente, e anche nel contenuto di pensiero a quella di Leone Magno, privata di tutta la pompa mondana. In teoria, il mondo cristiano era alle dirette dipendenze del papa; in pratica, tutto ciò che era relativo alla religione veniva amministrato dalle autorità locali.

Il papa, per ovvie ragioni, non poteva fare ciò che avrebbe voluto per mantenersi in contatto con i fedeli. Aveva un apparecchio telegrafico senza fili, impiantato sul tetto della sua casa, grazie al quale poteva trasmettere, in cifrario segreto, i suoi ordini a un apparecchio simile posto in Damasco: qui, infatti, il cardinale Corkran aveva stabilito la propria dimora. Da questa sezione centrale venivano trasmessi messaggi alle autorità ecclesiastiche di tutto il mondo. Ma, in complesso, non arrivavano molti messaggi. Il papa, però, aveva potuto sapere, con sua grande gioia, che qualcosa era stato fatto per la riorganizzazione della gerarchia nei vari paesi.

I cardinali, in tutta libertà, avevano consacrato nuovi vescovi: si diceva che in tutto il mondo ve ne fossero duemila. Poi si diceva che infinito era il numero dei preti. L'ordine di Cristo Crocifisso continuava la sua opera santa. Negli ultimi due mesi erano giunte a Nazareth non meno di quattrocento relazioni di martirio: quasi tutti questi sacrifici erano stati richiesti dalle folle.

I nuovi aderenti all'ordine, oltre a perseguire l'ideale (quello cioè d'offrire a chi ama Dio la possibilità di servirlo con una perfezione maggiore), rendevano in svariate circostanze i più diversi servizi. I compiti più pericolosi, come le comunicazioni fra i vescovi, le ambasciate presso persone di dubbia fede e ogni altro affare che non poteva essere sbrigato senza rischiare la vita, venivano affidati ai membri dell'ordine. Erano inoltre giunte rigorose indicazioni da Nazareth, in base alle quali era vietato ai vescovi di esporsi al pericolo se non in caso di estrema necessità. Ogni vescovo doveva essere considerato come il cuore della diocesi e, quindi, doveva essere protetto con tutti i mezzi richiesti dalla dignità cristiana. Ogni vescovo si era perciò circondato di un manipolo di nuovi cavalieri (uomini e donne) che, con obbedienza generosa e intrepida, affrontavano, secondo le loro capacità, le missioni più difficili e pericolose. Tutti allora capirono che, in simili situazioni, senza quell'ordine, l'azione della chiesa sarebbe rimasta come paralizzata.

Vennero poi accordate straordinarie facilitazioni su diversi punti. Ogni prete appartenente all'ordine del Cristo Crocifisso riceveva piena autorità dal vescovo sulla diocesi in cui si trovava; era permesso a questi di celebrare, ogni giorno, la messa delle Cinque Piaghe, della Madonna o della Resurrezione; era concesso a tutti di tenere l'altare portatile che poteva essere anche di legno. Furono abrogate le altre esigenze rituali: la messa poteva essere celebrata con qualsiasi vaso di vetro o di porcellana che fosse però d'aspetto decente e con qualsiasi tipo di pane. Non erano obbligatori i paramenti, salvo un cordiglio che prendeva il posto della stola. I lumi erano facoltativi, così come era facoltativo l'abito talare. Il rosario, recitato anche senza corona, poteva sostituire l'ufficio.

In questo modo, i preti potevano amministrare i sacramenti e offrire il santo sacrificio senza correre eccessivo pericolo: queste mitigazioni al rituale erano già state sperimentate come molto vantaggiose nelle prigioni europee, dove migliaia di cattolici subivano la pena per non essersi adeguati al nuovo culto.

La vita privata del papa era, poi, semplice come la stanza in cui viveva.

Aveva come cappellano un prete siro; ed erano siri anche i due laici che gli facevano da domestici. Ogni mattina celebrava la messa, vestito col bianco abito papale; poi ne ascoltava un'altra. Prendeva il caffè, dopo essersi cambiato, e indossava la tunica e il mantello del paese. Il resto del mattino lo passava al lavoro.

Alle dodici pranzava, prendeva un po' di riposo, poi usciva a cavallo; la regione, infatti, a causa dell'incertezza politica, aveva mantenuto la semplicità di un secolo prima.

Sull'imbrunire, tornava e, dopo la cena, riprendeva il lavoro fino a notte inoltrata.

Il suo cappellano spediva i messaggi necessari a Damasco; i domestici, che ignoravano la sua dignità, avevano col mondo esterno le relazioni puramente indispensabili. Così successe che i pochi vicini dicevano (e niente di più sapevano) che, nella piccola casa del defunto sceicco, abitava un europeo un po' strano, che teneva con sé un telegrafo senza fili. I domestici erano cristiani veramente ferventi: sapevano solo che egli era vescovo. Avevano anche saputo che c'era un papa: la notizia li aveva resi contenti, così come la possibilità di ricevere i sacramenti.

Dunque, il mondo cattolico sapeva che esisteva un papa di nome Silvestro; tredici persone in tutto il mondo sapevano che il suo nome era Franklin e che il trono di Pietro si trovava, per il momento, a Nazareth.

La situazione del cattolicesimo era proprio quella predetta, cento anni prima, da uno scrittore francese: « Esso sopravviveva: e non era poca cosa! ».

3

Che dire poi della vita interiore di Percy?

Sedeva adagiato, su quella sedia di legno, pensoso e con gli occhi bassi. In verità neppure lui avrebbe saputo rispondere adeguatamente a una tale domanda, poiché in verità poco conosceva la sua attuale vita interiore: era, ora, più il tempo di agire che di meditare.

Il suo stato d'animo aveva come centro principale la fede. Solo la religione cattolica, per lui, poteva spiegare adeguatamente l'universo e, anche se non svelava tutti i misteri, era la chiave di lettura più esauriente. Era convinto inoltre che il cristianesimo fosse l'unico sistema di pensiero capace di appagare l'uomo completamente, l'unico che potesse penetrare a fondo la sua dottrina. L'insuccesso del cristianesimo nell'unire tutti gli uomini non era dovuto alla sua debolezza; anzi, questo fatto ne dimostrava la vitalità. Le vie del cristianesimo portano all'eternità, non al tempo. Questa era la fede di Percy.

Ma in questo vivido quadro passavano altre immagini, senza che il papa riuscisse ad avvertirne la connessione. Trasportato da esse, quando raggiungevano il suo spirito come vento paradisiaco, vedeva lo sfondo del quadro completamente luminoso per la speranza e mosso per il dramma. Pensava a se stesso e ai propri vicini così come dovevano essere considerati Pietro e gli altri apostoli allorché predicavano, nei templi, nei paesi, nelle pubbliche piazze, nelle case private, la fede che capovolse il mondo. Avevano parlato col Signore della vita, avevano potuto vedere vuoto il suo sepolcro, avevano toccato le mani trafitte di Colui che era, per loro, fratello e Dio.

Questa era la verità palese, per quanto più nessuno volesse credervi. Il denso velo dell'incredulità non poteva nascondere un fatto che è reale quanto lo è il sole nel cielo. In più, dal punto di vista umano, era una causa perduta quella intrapresa dagli apostoli: non potevano pensare di affidarsi al braccio dell'uomo, giacché solo Dio combatteva per loro; trovarono la loro armatura nella nudità e la loro eloquenza nella parola umile. Nella loro fralezza chiesero a Dio aiuto e l'ottennero.

Con tutto questo passava una grande differenza tra lui e Pietro.

Pietro aveva un mondo spirituale garantito da fatti dei quali era stato egli stesso testimone, aveva visto il Cristo risorto: la storia gli confermava il concetto. Non così era per papa Silvestro III. Doveva imparare le verità soprannaturali in una sfera superiore e questa doveva garantire la storicità dell'incarnazione più della certezza data dalla presenza diretta. Il cristianesimo era senza dubbio un fatto storico, provato dai documenti; eppure per credere in esso era necessaria un'illuminazione dall'alto.

Egli sperimentava in sé la potenza della resurrezione: dunque Cristo era risorto!

Ma passava anche momenti molto tristi.

Alle volte si svegliava, immerso nelle tenebre: tentava di dormire e si sentiva soffocato; celebrava la messa e non riusciva a gustare l'ineffabile dolcezza del pane divino, né i palpiti del sangue prezioso. Altre volte le tenebre diventavano talmente fitte che sembravano dileguarsi come ombre anche gli oggetti della fede. Allora la sua natura diventava a metà cieca, non solo a Cristo ma allo stesso Dio e alla sua reale esistenza e considerava il suo abito pontificale come il distintivo di un pazzo. In quei momenti la sua mente carnale si chiedeva come fosse possibile che lui, con i dodici del suo collegio e le poche migliaia di seguaci, avesse ragione, mentre gli uomini del mondo civile, tutti d'accordo tra loro, avessero torto.

Il mondo aveva ricevuto l'annuncio del Vangelo: per duemila anni non era stata predicata altra fede; eppure, ora, giudicava questa fede come falsa, falsa nelle sue referenze e falsa nelle sue esigenze spirituali. Il capo dei fedeli soffriva per una causa perduta: era l'ultimo della lunga serie ed era simile allo stoppino fumante di una candela che non aveva fatto luce a nessuno. Era la riduzione all'assurdo di un sillogismo ridicolo, basato su premesse impossibili! Non meritavano neppure la morte, lui e i suoi amici della pazzia. No! Dovevano rimanere, per essere i patentati idioti alla scuola del mondo!

Dunque il materialismo era l'unica via di salvezza?

Si sentiva, talvolta, così ottenebrato nell'abbattimento, e quasi gli veniva da credere d'aver perduto la fede. La ribellione della sua mente era tanto violenta da soffocare il desiderio del cuore; l'esigenza della pace in terra era talmente intensa da soffocare ogni aspirazione celeste. La tenebra era talmente fitta che egli, sperando contro ogni speranza, contrapponendo la fede alla scienza e l'amore alla verità, gridava, come già aveva gridato Gesù: «*Eli! Eli! Lama sabactani?*».

In una sola cosa trovava conforto e perseveranza, almeno nei momenti in cui la sua coscienza era più turbata: nella contemplazione.

Dopo i primi, angosciosi tentativi, egli aveva fatto grandi progressi nella vita mistica. Ora però non era solito scendere deliberatamente nelle regioni più remote dello spirito: si prendeva la testa fra le mani e s'immergeva in una profondità al di là di ogni spazio. La coscienza poteva respingerlo a galla, come l'acqua fa col sughero; ma Percy si sforzava di scendere di nuovo, finché, cessata ogni attività (punto massimo della tensione spirituale), volava nel cielo della trascendenza così misteriosa, là dove Dio a lui si donava ora con un suggerimento, ora con un pungolo doloroso, ora con un respiro di vita, dolce come la brezza marina.

Questo gli accadeva, qualche volta, dopo l'Eucaristia, altre volte mentre stava per addormentarsi e, talvolta, anche durante il lavoro. Ma queste esperienze non duravano a lungo nella sua anima: con facilità, cinque minuti dopo, si trovava già alle prese con i fantasmi sensibili della mente e del cuore.

Sedeva. E ripensava alle intollerabili bestemmie, contenute in quella biografia. I capelli bianchi cadevano, radi, sulle tempie abbronzate: le sue mani parevano quelle di uno spirito: sul suo giovane volto erano visibili le impronte del dolore. I piedi uscivano nudi dalla tunica un po' macchiata. Lì accanto giaceva un vecchio mantello scuro.

Passò un'altra ora prima che si potesse muovere: il sole aveva perso un po' del suo ardore; nel cortiletto lastricato s'udì lo scalpitìo di due cavalli. Percy si alzò, infilò i sandali e prese da terra il mantello; intanto la porta si apriva ed entrò un prete molto magro, abbronzato dal sole.

«I cavalli sono pronti, santità» disse il prete.

Il papa, quella sera, non parlò, finché non giunsero, all'ora del tramonto, sullo stretto sentiero tra Nazareth e il Tabor. Avevano fatto la solita gita passando per Cana e, saliti su per un'altura dalla quale si vedeva il lungo specchio del lago di Genesareth, passarono, sempre diretti a destra, sotto l'ombra del Tabor. Poi la pianura di Esdraelon si aprì nuovamente davanti a loro, come un tappeto grigio verde: era un vasto cerchio, con un diametro di circa venti chilometri, sparso qua e là di casolari. Naim era ben visibile, di fronte; verso destra s'innalzava aguzzo il Carmelo mentre Nazareth era appiattita a qualche chilometro di distanza, sull'altipiano che i due uomini avevano attraversato.

Unica al mondo era la pace che veniva da quel luogo: sembrava un posto strappato da un albo di panorami disegnati qualche secolo prima. Là le abitazioni non erano una addossata all'altra, gli uomini non s'agitavano e non c'erano fabbriche. Non appariva alcuna spaventosa traccia di quei febbrili e sterili tentativi che contraddistinguevano la cosiddetta civiltà. Stanchi del mondo, alcuni giudei si erano ritirati nel piccolo e quieto paese, così come i vecchi fanno ritorno al paese natìo, non sperando di trovare in esso la giovinezza passata o gli ideali perduti, ma per quel sentimento che supera ogni ragione.

Poche baracche, in questo modo, si erano aggiunte ai casolari dell'oscuro villaggio che, proprio per questo, non aveva mutato le antiche sembianze. Il piano era per metà coperto dall'ombra del Carmelo, per metà era soffuso dalla luce pulviscolare. In alto c'era un cielo limpido, orientale, tinto di rosa: quel cielo che così era apparso ad Abramo, a Giacobbe, al figlio David.

Non c'era la benché minima nebbia sul mare: poteva essere un segnale di bonaccia o di tempesta. Né in cielo né in terra s'udivano rumori di convogli, qui dove, trenta secoli prima, era apparso il carro infuocato a Eliseo ancor giovane. Qui erano il medesimo cielo e la medesima terra: immutati e immutabili. La primavera, sempre generosa, disseminava sul magro terreno i fiori di Betlehem, quei gigli di campo davanti ai quali impallidiva la porpora stessa del re Salomone.

Ma nessun messaggio veniva da parte del Signore; non c'era un angelo Gabriele a salutare la benedetta tra le donne, non c'era alcuno sprazzo di promessa o di speranza, tranne quella che Dio mette nei cuori degli uomini ogni giorno.

I due si fermarono; mentre i cavalli annusavano e fiutavano l'immensità dell'aria e della luce, si sentì risuonare il leggero fischio di un pastore che passava, pochi metri più in là, sul fianco della collina: portava, dietro di sé, la propria ombra allungata. Con un festoso tintinnìo di bubboli, lo seguiva la mandria formata da un branchetto di agnelle mansuete e da un altro di capre testarde: brucavano e camminavano, poi camminavano e brucavano daccapo, tornando all'ovile. Venivano chiamate per nome dalla voce melanconica dell'uomo che le conosceva tutte e che preferiva condurle, invece di spingerle.

Il tintinnìo diventava via via più debole. L'ombra del pastore si distese fino ai loro piedi, mentre ormai stava varcando la sommità della collina per poi scomparire. La sua voce si affievolì in lontananza, per poi tacere del tutto.

Il papa alzò la mano, si fregò gli occhi e la faccia; poi indicò un gruppo confuso di muri bianchi che spiccavano attraverso la foschia tipica dell'ora del tramonto.

« Padre, come si chiama quel posto laggiù? »

Il siro si volse a guardare prima in basso, poi riportò lo sguardo sul papa, e di nuovo al luogo dove questi stava guardando.

« Dite quello tra le palme, santità? »

« Sì. »

« È Meghiddo; alcuni lo chiamano Armaghedòn. »

Capitolo secondo

1

Erano le ventitré di quella stessa notte; il prete siro attendeva l'arrivo del messaggero di Tiberiade. Già da due ore aveva udito il fischio dell'aereo russo che faceva servizio da Damasco a Tiberiade e da Tiberiade a Gerusalemme. Senza dubbio il messaggero era in ritardo.

Vi erano mezzi di comunicazione che avevano del primitivo; del resto la Palestina era considerata come un paese fuori del mondo, terra inutile e, quindi, disprezzata.

Ogni notte, a cavallo, giungeva un uomo a Nazareth, da Tiberiade. Portava le lettere del cardinale Corkran al papa per poi tornare con le relative risposte. Era un'impresa carica di pericolo che i cavalieri del Cristo Crocifisso agli ordini del cardinale compivano a turno. In questo modo tutte le cose che spettavano al papa (e non erano molte né troppo urgenti) potevano essere da lui sbrigate comodamente; il papa poi faceva le sue comunicazioni nelle ventiquattr'ore successive.

Era una splendida notte di luna. Sul Tabor vagava il gran disco d'oro e faceva piovere la sua magnifica luce metallica sui lunghi declivi e sulla landa deserta che, cominciando subito fuori della casa, fugava le gravi ombre nere, assai più consistenti e più spesse delle lastre di roccia dalle brillanti superfici e i frantumi stessi del quarzo e del cristallo che luccicavano qua e là nel sentiero coperto di pietre.

Lo splendore era vivissimo e al suo confronto la luce scialba della casa doveva apparire come una cosa in più, inutile e assurda. Il prete, appoggiato a uno stipite, solo, con gli occhi neri che brillavano sulla sua faccia pure nera, s'inebriava, con voluttà tutta orientale, allungando le scarne e brune mani a quel divino chiarore.

Era, questi, un uomo dalla fede molto semplice, così come era semplice la sua vita. Non erano a lui note le estasi e le angosce del suo signore: però sentiva ancora più intensa e devota la gioia, qui, nel paese di Gesù e al servizio del suo vicario. Egli osservava le agitazioni del mondo allo stesso modo con cui un pilota guarda le onde che incalzano contro la barca. Sapeva che il mondo era inquieto, ma sapeva che, come dice Agostino, il cuore dell'uomo è inquieto finché non trova in Dio il luogo del suo riposo.

Quare fremuerunt gentes?... adversus Dominum et adversus Christum eius?

Non lo commuoveva molto il pensiero che il mondo sarebbe finito: la barca di Pietro poteva essere travolta, ma il momento di quella catastrofe avrebbe segnato la fine di tutte le cose del mondo. Le porte degli inferi non dovevano prevalere: quando Roma cadrà dovrà cadere anche il mondo e, quando il mondo cadrà, Cristo apparirà nella sua gloria.

Riteneva comunque che la fine non fosse poi tanto lontana: gli era tornata in mente, quest'idea, nominando quella sera Meghiddo. Gli sembrava giusto che, alla consumazione di tutte le cose, il papa dovesse dimorare a Nazareth dove era venuto il re e che l'Armaghedòn di san Giovanni fosse visibile da quel luogo dove Cristo aveva preso, per la prima volta, lo scettro terreno e dove sarebbe tornato a riprenderlo.

Non sarebbe stata in ogni caso la prima battaglia sotto gli occhi di Meghiddo. C'era stato il combattimento di Amalek, Israele e l'Assiria; qui avevano cavalcato Sesostri e Sennacherib; il cristiano e il turco, come Michele e Satana, si erano qui incontrati, qui dove Dio aveva posato il suo corpo.

Il prete siro non aveva idee precise su come sarebbe stata la fine. S'immaginava un grande combattimento: infatti, quale altro campo era più indicato dell'immensa pianura circolare dell'Esdraelon, larga venti chilometri, capace di contenere al suo interno tutte le armi del mondo? Egli, che ignorava come stessero veramente le cose, immaginava che il mondo fosse diviso in due grandi schiere: la schiera dei cristiani e la schiera dei pagani (quest'ultima assai più numerosa della prima). Se un giorno le truppe nemiche fossero sbarcate a Haifa, si sarebbero visti gli eserciti cristiani irrompere, simili a torrenti in piena, da Tiberiade, da Damasco e dall'Africa, dall'Europa e dalle lontane Americhe. Oh, certo! Quel tempo non poteva essere molto lontano, dal momento che il vicario di Cristo era qui e, come aveva letto nel Vangelo della venuta: *Ubicumque fuerit corpus illic congregabuntur et aquilae.*

Non conosceva altre interpretazioni di queste parole; per lui le parole erano fatti e non semplici etichette alle idee. Ciò che avevano detto Cristo, Paolo, Giovanni era proprio come lo avevano detto. Era sempre stato isolato dal mondo cosiddetto della cultura e non aveva perciò subìto l'influsso delle idee del Ritschl, che avevano dato occasione a molti di abbandonare una fede intelligente. Per gli uomini del suo tempo accettare un fatto rivelato era la massima delle difficoltà: non intendevano infatti le parole come fatto e i fatti rappresentati dalle parole non erano per loro realtà oggettiva. Ma per quest'uomo, che ora aspettava alla luce della luna, con le orecchie tese allo scalpitìo che era solito sentire sopra la collina, quando il messaggero aveva oltrepassato Cana, la fede era un fatto semplice come la scienza esatta.

In questa terra Gabriele era sceso, con le ali spiegate, dal trono dell'Altissimo posto al di là delle stelle; in questo luogo lo Spirito Santo aveva soffiato un raggio di ineffabile luce; in questo luogo il Verbo si era fatto carne, quando Maria, incrociate le braccia, chinò la fronte al volere dell'Altissimo. E benché si trattasse di una semplice supposizione (ma già gli sembrava di udire il fragore dei carri al galoppo), era convinto che in questo luogo sarebbe avvenuto il grande raduno dell'esercito di Dio attorno al campo dei santi. Dietro la barriera delle tenebre, egli pensava che l'arcangelo Gabriele avesse già accostato alla bocca la tromba del giudizio, mentre i cieli tremavano per la terribile attesa.

Forse anche lui s'ingannava, come altre volte tanti altri si erano ingannati; ma né lui né gli altri potevano ingannarsi sempre. Ci sarebbe pur stato quel giorno che avrebbe segnato il termine della pazienza di Dio, per quanto frutto della sua eterna natura!

Si alzò. Ed ecco, sopra il sentiero inondato dalla luna, avanzava, cento metri più in là, un uomo bianco, a cavallo; portava una borsa di cuoio alla cintura.

2

Forse erano le tre del mattino, ormai. Il prete si svegliò nella camera cementata a fango, vicina a quella del santo padre. Sentiva qualcuno passeggiare per la scala. La sera precedente se n'era andato a dormire e aveva lasciato il suo signore alle prese con la corrispondenza proveniente da Damasco.

Stette per qualche momento in ascolto di quei passi: poi, a un colpo secco dato alla porta, si alzò in fretta. Di nuovo un altro colpo e il prete balzò dal letto, tirò su velocemente la lunga veste da notte e corse ad aprire.

Lì trovò il papa, con una piccola lucerna in mano e una carta nell'altra. Cominciava ad albeggiare.

« Padre, perdonatemi. Dovrei però spedire subito questo messaggio a sua eminenza. »

Insieme attraversarono la camera del papa; il prete aveva ancora gli occhi carichi di sonno. Salirono le scale e uscirono all'aria fresca sul tetto della casa.

« Avrete freddo, padre. Andate a prendere il mantello. »

« E Vostra santità? »

Percy fece un gesto negativo e andò subito sotto la piccola tettoia provvisoria, dove era collocato l'apparecchio del telegrafo.

« Andate a prendere un mantello, padre; io intanto darò l'avviso » disse il santo padre rivolto al prete siro.

Il prete, dopo alcuni minuti, tornò con le pantofole ai piedi e il mantello sulle spalle; portava con sé anche un altro mantello per sua santità che già era seduto vicino all'apparecchio.

Il papa non si mosse all'arrivo del prete; spinse di nuovo la leva che era in diretto contatto colla lunga asta innalzata a metà del pendio: attraverso questa era possibile trasmettere l'energia viva nello spazio, avvolto dalla semioscurità, tra Nazareth e Damasco.

Il buon prete non aveva ancora molta familiarità con quell'ingegno portentoso, inventato cento anni prima e ormai portato alla massima perfezione. Mediante una verga di ferro, una rocchetta di fili e una scatola di ruote (con qualcosa che, in definitiva, fatte le debite proporzioni, deve trovarsi come elemento ultimo in ogni materia, benché non possa essere definito inizio della vita organica) parlava a un ricevitore, dalla forma di cappello, colle vibrazioni trasmesse.

L'aria era particolarmente fredda, se si pensava al caldo che c'era stato nella giornata e a quello che sarebbe seguito il giorno dopo.

Il prete, lì fermo, tremava, fuori della tettoia. Guardava ora la figura del papa immobile sulla sedia, ora la vòlta immensa del cielo che, in quel momento, si trasformava dalla precedente luminosità fredda e priva di colore in un giallo pallido, man mano che l'alba s'innalzava di là dal Tabor e dal Moab.

Il canto di un gallo cominciò a farsi sentire, nel villaggio, a mezzo miglio di distanza: era chiaro e penetrante, simile a uno squillo di tromba. Poi un cane abbaiò. Poi silenzio. Il prete si scosse udendo il trillo improvviso del campanello collegato all'apparecchio: il suo lavoro stava per avere inizio.

Il papa spinse di nuovo la leva e attese risposta; avutala, si alzò e fece segno al prete di prendere posto.

Il siro accomodò il mantello sulle spalle del suo signore, attese che questi si fosse sistemato dall'altra parte del tavolino in modo da poterlo vedere bene in faccia, poi, tenendo le dita scure sulla tastiera fissò in volto l'altro, che cominciò a dettare.

Al freddo chiarore dell'alba, quel volto, seminascosto sotto l'ampio cappuccio, gli apparve più pallido che mai. Le nere sopracciglia davano ancor più risalto a quel pallore. Le labbra, pronte al dettato, parevano prive di sangue nel loro biancore.

Il papa teneva lo sguardo fisso sui fogli che aveva in mano; poi, rivolto al siro, disse: « Accertatevi, prima, se c'è il cardinale ».

Il prete batté sui tasti una domanda; poi lesse a voce bassa la risposta che, magicamente, s'imprimeva sulla striscia bianca di carta.

« È sua eminenza, santità; è da solo all'apparecchio » rispose il prete.

« Benissimo. Allora, cominciate. »

« Abbiamo ricevuto la lettera dell'eminenza vostra e siamo così venuti a conoscenza delle notizie. Dovevate trasmetterle urgentemente per telegrafo: perché non l'avete fatto? »

Il papa tacque. Il prete, che aveva battuto la domanda con una velocità impensabile, lesse ad alta voce la risposta: « Pensavo non fosse così urgente. Lo ritenevo un assalto in più, come quei tanti che già abbiamo avuto. Avevo inoltre intenzione di farvi avere notizie più precise, dopo che avevate ricevuto queste prime ».

« Invece era assolutamente urgente! » replicò Silvestro. La sua voce era calma come al solito, quando parlava per telegrafo. « Tenete presente che notizie di questo genere sono sempre urgenti. »

« Lo ricorderò. Perdonatemi l'errore. »

« Ci avete fatto inoltre sapere » continuava il papa, tenendo sempre gli occhi fissi sul foglio « che si tratta di una decisione già presa. Sono riportate tre testimonianze; citatene altre, se ne avete. »

Ci furono alcuni secondi d'attesa. Poi il prete cominciò a leggere alcuni nomi: « Oltre i tre cardinali citati nel messaggio che già vi ho inviato: gli arcivescovi del Thibet, del Cairo, di Calcutta, di Sidney. Essi hanno chiesto se le notizie erano vere e hanno ricevuto istruzioni in merito. Poi ci sono altri: se mi permettete di allontanarmi dall'apparecchio, potrò indicarli ».

« Fate pure » rispose.

Seguì perciò una nuova attesa. Poi la lista proseguì: « Il vescovo di Bukarest, il vescovo delle Isole Marchesi e di Newfoundland; i francescani del Giappone, i frati della Croce del Marocco; gli arcivescovi di Manitoba e di Portland e il cardinale arcivescovo di Pechino. Ho inviato in Inghilterra due membri del Cristo Crocifisso ».

« Fatemi sapere quando e come sono arrivate le notizie. »

« Sono stato chiamato all'apparecchio ieri sera; saranno state le venti circa. Era l'arcivescovo di Sidney che domandava, attraverso la nostra stazione a Bombay, se le notizie fossero vere. Risposi di non saperne nulla. Dopo dieci minuti mi giunsero altre quattro domande analoghe. Tre minuti dopo il cardinale Ruspoli mi inviava da Torino le prime notizie affermative; identico messaggio mi arrivava, subito dopo, da Mosca, da parte di padre Petrowski. Quindi... »

« Un momento! Perché il cardinale Dolgorowski non ha telegrafato direttamente? »

« Mi ha telegrafato tre ore dopo. »

« Perché non l'ha fatto subito? »

« Perché non sapeva nulla. »

« Informatevi a che ora è giunta a Mosca la notizia. Non lo vogliamo sapere subito; informatevi con comodo nella giornata di domani. »

« Sì, santità. »

« Andate avanti, dunque. »

« Cinque minuti dopo il cardinale Ruspoli, ha telegrafato il cardinale Malpas; tutti gli altri messaggi sono giunti uno dopo l'altro prima di mezzanotte. Alle ventitré è giunto l'ultimo, proveniente dalla Cina. »

« A che ora pensate che le notizie siano state rese pubbliche? »

« È stato tutto deciso, ieri, a Londra, in adunanza segreta. Saranno state circa le sedici, secondo il nostro fuso orario. Pare che i plenipotenziari abbiano approvato subito. E dopo è stata data la notizia a tutto il mondo. Da noi è stata pubblicata all'una dopo mezzanotte. »

« Felsemburgh, dunque, si trovava a Londra? »

« Non sono ancora molto sicuro della vicenda. Il cardinale Malpas dice che Felsemburgh aveva dato il suo consenso già dal giorno prima. »

« Bene. Sapete solo questo? »

« Un'ora fa mi ha chiamato il cardinale Ruspoli. Mi ha detto che si prevede una rivolta a Firenze e si teme che questa possa essere un incentivo per altre rivolte. »

« Ha chiesto qualche altra cosa? »

« No. Solo le istruzioni. »

« Ditegli che inviamo a lui la Nostra benedizione e che fra due ore avrà le istruzioni. Scegliete dodici membri del Cristo Crocifisso per un servizio immediato. »

« Sì, santità. »

« Dite la stessa cosa a tutti gli altri membri del sacro collegio. Ordinate loro di dare, con cautela, l'avviso a tutti i metropolitani e a tutti i vescovi, affinché il popolo e i sacerdoti sappiano che li portiamo nel Nostro cuore. »

« Sì, santità. »

« Direte anche che avevamo previsto tutto da molto tempo e che li raccomandiamo al Signore, senza la cui provvidenza neppure un uccello cade a terra e muore. Esortateli a stare calmi e tranquilli, pieni di fiducia; esortateli a confessare la pura fede, qualora siano interrogati. Nuove istruzioni saranno poi trasmesse al più presto ai loro pastori. »

« Sì, santità. »

Le parole del papa erano state pronunciate col più grande sangue freddo, così come un attore recita il suo dramma; aveva mantenuto gli occhi fissi sul foglio e la sua persona era rimasta immobile, simile a una statua.

Il prete ascoltava e batteva i telegrammi in latino; gli sfuggiva il preciso significato di quelle comunicazioni, tuttavia pensò che fosse imminente un nuovo e più grave pericolo. Gli sembrava che l'aria stessa fosse più trepidante per questo motivo. Non riusciva a dedurre nulla di concreto dal fatto che tutto il mondo cattolico si fosse messo in contatto, quel giorno, con Damasco; ma ricordò i pensieri che gli erano balenati alla mente la sera prima, mentre attendeva il messaggero. E si convinse che le potenze del mondo stavano meditando un nuovo assalto. Non desiderava però saperne di più.

Il papa si rivolse, a questo punto, a lui, col tono solito di voce, quando normalmente conversavano: « Padre, quello che dirò ora, resti fra noi come un segreto di confessione. È chiaro? Bene! Allora cominciamo ».

Con l'intonazione di prima, proseguì a dettare: « Eminenza! Fra un'ora diremo la messa dello Spirito Santo. Dopo di che farete in modo che tutto il sacro collegio sia in contatto con Noi, aspettando i Nostri ordini. Questo ultimo fatto è molto più grave dei precedenti: anche voi, ora, ne siete convinto! Abbiamo preparato alcuni piani, anche se non sappiamo ancora quale il Signore voglia che sia messo in atto. Dopo la messa, indicheremo quale sarà a Noi parso conforme alla volontà di Dio. Vi preghiamo di celebrare la messa secondo l'intenzione da Noi suggerita. Col massimo zelo, fate tutto ciò che la situazione richiede. Del caso del cardinale Dolgorowski potrete occuparvi più tardi; ma vogliamo sapere il risultato delle vostre ricerche, soprattutto a Londra, prima di mezzogiorno. *Benedicat te Omnipotens Deus: Pater et Filius et Spiritus Sanctus* ».

« Amen! » rispose il prete, leggendo la risposta impressa sul nastro.

3

Il piccolo oratorio era di poco migliore rispetto alle altre stanze e non aveva altro ornamento all'infuori di quello assolutamente necessario per la celebrazione liturgica e la preghiera.

Alle pareti, sopra l'intonaco, erano impresse le quattordici stazioni della Via Crucis; in un angolo s'innalzava la statua della Madonna, con un candelabro davanti. L'altare era di pietra grezza e stava appoggiato su un gradino anch'esso di pietra. Sopra all'altare, sei candelabri allineati e il crocifisso. Sotto la croce c'era un tabernacolo di ferro, protetto da tendine di tela. Una lastra di marmo sporgente dal muro serviva come credenza. L'unica finestra guardava sul cortile interno, in modo da impedire agli occhi degli estranei di penetrare all'interno.

Il prete si accingeva al compito quotidiano: spiegare i paramenti sul banco della sagrestia aperta verso l'altare, preparare le ampolline e togliere il sopra-coperta; ma anche questa agevole occupazione, quel giorno, gli sembrava particolarmente faticosa. Sentiva qualcosa d'opprimente nell'aria.

Non pensava certamente al sonno interrotto; anzi: credeva che fosse dovuta, la sua stanchezza, a un eventuale scirocco imminente.

Col sorgere del sole non era sparito quel giallo dell'alba; mentre il prete s'aggirava a piedi scalzi tra la predella e l'inginocchiatoio, dove il papa, silenzioso, s'apprestava alla messa, scorgeva di quando in quando, sul tetto e dentro il cortile, i languidi raggi di una luce color della sabbia che lasciava prevedere una giornata afosa in modo insopportabile.

Infine accese le candele, s'inginocchiò a capo chino, aspettando che il santo padre si rialzasse; sentì il rumore dei passi di una persona che veniva per assistere alla messa, mentre il papa, alzatosi, si dirigeva verso la sagrestia, dove erano preparati, per il santo sacrificio, i rossi paramenti dello Spirito Santo.

Silvestro conservava, nel celebrare la messa, il suo atteggiamento dignitoso e umile. Era agile nei movimenti come un giovane prete, parlava chiaro e con voce adeguata e si spostava senza pompa né precipitazione.

Impiegava *ab amictu ad amictum*, come dicono i rubricisti, circa mezz'ora: e anche nella sua vuota cappella soleva tenere gli occhi costantemente bassi. Il prete siro mai aveva servito alla messa in quella cappella senza provare qualcosa di simile alla paura. Conosceva la sublime dignità del celebrante, ma non era solo per questo: non sapeva ancora spiegarsi bene il motivo, ma sentiva che, attorno a quel sacerdote in paramenti sacri, si diffondeva l'aroma di un'emozione che agiva anche fisicamente sul giovane prete. Gli pareva che, nel corso della celebrazione, quella persona sparisse, per lasciar posto alla più solenne Persona e che tanto raccoglimento anche nei più piccoli gesti potesse essere proprio solo della perfezione assoluta. Anche a Roma, Percy aveva attirato gente alla messa come a uno spettacolo; venivano mandati da lui i seminaristi, alla vigilia dell'ordinazione, perché imparassero il modo perfetto di celebrare.

La messa di quel mattino non fu diversa dalle altre, fino al momento della consumazione dell'ostia. Il prete fu attirato, come se avesse udito una voce o intravvisto un gesto improvviso, a guardare; il cuore batteva forte dentro di lui e i suoi battiti erano estremamente visibili fin sotto la gola. Eppure nulla di nuovo appariva lì intorno.

Il celebrante era rimasto a capo reclinato, col mento appoggiato sulle mani congiunte: era retto nella persona, come se il peso di quell'aria strana non gravasse su di lui. Ma il buon siro sentiva dentro di sé qualcosa, per quanto non riuscisse a spiegarlo. Ricordava che, in quei momenti, aveva atteso una manifestazione di luce o un suono. La forza di Dio che, attraverso gli occhi dell'anima, rendeva incandescenti la pianeta rossa e il camice bianco, avrebbe potuto sprigionare raggi di vivida luce, rischiarando non solo la bruna testa dai capelli bianchi, ma anche la stoffa rozza, sbiadita e macchiata che rivestiva il celebrante. Oppure la forza divina avrebbe potuto manifestarsi in un accordo prolungato di viole e di organi, quasi che, dalla mistica unione di quell'anima con Dio, potesse nascere un magnifico concerto, come dal trono dell'Agnello scaturisce perennemente la fonte della vita. Oppure la forza divina poteva manifestarsi come puro e soavissimo profumo che, uscendo dal rozzo tabernacolo, avrebbe inebriato gli astanti con la sua fragranza di rose celesti.

Quei momenti passarono in un'estasi di purezza e di pace. Qualche rumore lontano echeggiò: lo strepito di un carro che passava, il primo frinire delle cicale in mezzo al verde incolto, lì nei pressi della cappella. Il domestico, in ginocchio dietro il prete, sbuffava, con suoni forti, come se si trovasse sotto il peso d'una emozione troppo violenta, mentre il celebrante restava calmo e sereno e l'immobilità delle pieghe del suo camice e la perfetta compostezza dei piedi calzati di bianco non furono turbati da alcun movimento.

Quando si mosse per scoprire il calice, porre le mani sull'altare in gesto d'adorazione, sembrava proprio una statua alla quale fosse stata donata la vita. Dolorosa fu l'impressione che venne al servo da una tale vista.

Il papa bevve dal calice. Ed ecco di nuovo l'emozione di prima: l'uomo sembrava esser sparito, nell'abbraccio divino, con nuova calma, nuova soavità e nuovo ardore.

L'effluvio celeste risalì alla sua sorgente; poi il papa offrì il calice.

Le ginocchia tremavano e gli occhi erano ancora aperti nell'attesa: il prete s'alzò, fece l'inchino e s'avvicinò alla credenza.

Dopo la messa del papa, come al solito, il prete siro doveva celebrare alla sua presenza. Ma quel giorno, dopo aver deposto i paramenti sul bianco marmo, Silvestro disse sottovoce al prete: « Padre. Salite subito sul tetto; dite al cardinale di tenersi pronto. Fra cinque minuti sono da voi ».

« Avremo certamente una giornata di scirocco! » pensò il prete, non appena giunse sul tetto.

Invece del turchino chiaro, proprio di quell'ora del mattino, l'aria aveva un color giallo pallido, sempre più scuro verso l'orizzonte. In lontananza, davanti alla casa, appariva il Tabor in quella nebbia color della sabbia. Dietro, sul piano, oltre la bianca striscia del villaggio di Naim si vedevano solo i contorni sbiaditi delle collinette elevate al cielo.

L'aria era afosa e irrespirabile, turbata soltanto da una leggera brezza sud-ovest che, spirando attraverso i mille chilometri di sabbia del lontano Egitto, raccoglieva tutto il calore del vasto e arido continente e lo riversava su quel misero angolo di terra; solo una porzione di mare ne mitigava l'asprezza.

Il Carmelo lasciava intravvedere il suo pendio avvolto in una nebbia in parte umida, in parte secca: sopra di essa sorgeva l'alta cima a testa di toro che sembrava sfidasse il cielo.

La tavola e la leva di metallo, già calde, sarebbero divenute intollerabili al tatto.

Spinse la leva e attese: poi spinse di nuovo e attese nuovamente. Si sentì lo squillo del campanello di risposta e il prete telegrafò attraverso gli ottanta chilometri d'aria che era assolutamente e immediatamente necessaria la presenza del cardinale. Passarono alcuni minuti; poi, con un secondo scampanìo, vennero ad imprimersi alcune parole sul nastro bianco: « Pronto? C'è sua santità? »

Il siro sentì una mano sulle sue spalle; si voltò e vide Silvestro incappucciato di bianco, dietro la sua sedia.

« Rispondete di sì e chiedete se ci sono altre novità. »

Il papa si sedette.

Con una sempre crescente agitazione il prete lesse la risposta: « In questo momento sono assediato di domande. Tutti attendono che Vostra santità lanci una sfida pubblica; i miei segretari stanno lavorando dalle quattro. Indescrivibile è la loro ansietà! Alcuni dicono persino che il papa non esiste. Si deve dunque fare qualcosa immediatamente! ».

« È tutto? » chiese il papa.

Il prete lesse la risposta: « Sì e no! La notizia è confermata e la legge entrerà subito in vigore. Se non si faranno passi decisivi, aumenteranno confusione e tradimenti ».

« Certo! » mormorò il papa, con voce adeguata alla solennità del momento. « Ora, eminenza, ascoltatemi con attenzione! »

Il papa restò per un certo periodo silenzioso, pensando, con le mani giunte sotto il mento, così come aveva fatto poco prima durante la messa.

Poi cominciò a parlare: « Ci mettiamo senza riserve nelle mani del Signore, perché non dobbiamo più essere tenuti a freno dalla prudenza umana. Vi ordiniamo di comunicare, con la massima discrezione e sotto il più rigoroso segreto, questi Nostri desideri alle seguenti persone e non ad altre, chiunque esse siano. Scegliete per questo due membri del Cristo Crocifisso per ogni messaggio, che assolutamente dovrà essere comunicato oralmente. Date l'avviso ai membri del sacro collegio, che sono dodici; ai metropolitani e ai vescovi di tutto il mondo e sono ventidue; ai generali degli ordini religiosi, della Compagnia di Gesù, dei frati, dei monaci ordinari e contemplativi. Questi, trentotto, e col cappellano dell'eminenza vostra stessa, che farà da segretario e col mio cappellano che farà da suo assistente e coll'eminenza vostra sono quarantuno. Tutti costoro dovranno trovarsi qui, nel nostro palazzo di Nazareth, non più tardi della vigilia di Pentecoste. Non vogliamo infatti fare alcun passo decisivo in merito al nuovo decreto, senza avere prima sentito il parere dei Nostri consiglieri e aver loro offerto la possibilità di parlarne tra loro in tutta libertà.

« Queste parole, così come Noi le abbiamo dette, siano comunicate a tutte le persone che vi ho indicato; l'eminenza vostra farà sapere altresì che le nostre deliberazioni non si faranno attendere per più di quattro giorni. L'eminenza vostra è pregata di inviare oggi il suo cappellano per gli approvvigionamenti e per gli altri preparativi: se ne occuperà il Nostro insieme a lui. Non più tardi di quattro giorni, anche vostra eminenza verrà qui, dopo aver dato l'incarico a padre Marabout di sostituirlo.

« A tutti coloro che hanno domandato istruzioni esplicite sul modo di comportarsi davanti alla nuova legge, dite questa Nostra sentenza: *Non perdete la vostra fede, che sarà grandemente ricompensata. Perché, ancora breve tempo, e Colui che ha da venire verrà e non tarderà.* Silvestro, vescovo, servo dei servi di Dio ».

Capitolo terzo

1

Era venerdì sera. Non appena terminata l'assemblea, i plenipotenziari s'alzarono dai loro seggi e Oliviero Brand uscì dalla sala del consiglio a Westminster. Era inquieto, pensando più all'impressione che il nuovo decreto avrebbe prodotto su Mabel che sul mondo intero.

Sentiva che in sua moglie era avvenuto un cambiamento profondo; tutto era cominciato, secondo Oliviero, cinque mesi prima, quel giorno in cui il presidente del mondo aveva dichiarato per la prima volta le linee direttive della sua politica. Oliviero ne aveva approvato, pian piano, le possibili applicazioni e, a forza di difenderle, era arrivato al punto di ritenerle assolutamente necessarie.

Mabel, invece, si era dimostrata assolutamente contraria. La giovane donna sembrava in preda a una specie di follìa: le dichiarazioni di Felsemburgh, a sole poche settimane di distanza dal discorso nell'abbazia, le erano parse addirittura incredibili. Quando poi aveva saputo con certezza che il presidente aveva prospettato lo sterminio dei soprannaturalisti come una probabile necessità, si era svolta fra loro una discussione straziante. La giovane donna diceva di essere stata ingannata, che la speranza del mondo era solo una beffa terribile, che il regno della pace era più lontano di prima e che Felsemburgh aveva tradito la fede proclamata e aveva mancato di parola. La scena era stata veramente straziante: Oliviero cercava in ogni modo di toglierscela dalla memoria.

Mabel era poi tornata, almeno momentaneamente, alla calma; ma non si lasciava per nulla convincere dalle giustificazioni che Oliviero adduceva con infinita pazienza. Ella rimaneva per lungo tempo silenziosa e, se il marito le chiedeva qualcosa, rispondeva a monosillabi. Si commuoveva solo quando Oliviero le parlava del presidente.

Alla fine era giunto alla conclusione che anche sua moglie era in fondo una donna, dotata, certo, di una forte personalità, ma assolutamente lontana dalla logica. Ne rimase molto sconcertato e sperava ardentemente che il tempo l'inducesse a cambiare.

Il governo d'Inghilterra aveva messo all'opera i mezzi più efficaci per incoraggiare quelli che, come Mabel, indietreggiavano davanti alle inevitabili conseguenze della nuova politica.

Un esercito d'oratori percorreva il paese, andando a spiegare e a difendere la nuova linea e la stampa lavorava con sottilissima abilità. In questo modo, non ci fu nessuno, fra i tanti milioni d'inglesi, che poté ignorare i mezzi di difesa posti in atto dal governo.

Queste più o meno erano le argomentazioni usate da oratori e giornalisti, al di là di ogni artificio di retorica, per lasciare la gente sbigottita ed estasiata. La pace era diventata finalmente una realtà universale, cosa mai accaduta prima nella storia: non c'erano nazioni che, per quanto piccole, potessero vantare interessi diversi da quelli delle tre grandi potenze di cui obbligatoriamente facevano parte. Questo era il primo stadio dell'umanitarismo ed era stato raggiunto già da circa cinquant'anni. Il secondo stadio, cioè l'unione delle tre grandi potenze sotto un unico capo (impresa molto ardua, poiché molto più grandi erano gli interessi che venivano a cozzare tra loro), era stato raggiunto per opera di un solo uomo, che l'*Umanità* suscitò quando sentì indispensabile per la propria sussistenza l'esistenza di un uomo del genere. Non era, dunque, eccessivo domandare a tutti quelli che avevano goduto i benefici apportati da un tale uomo di consentire al volere e al giudizio del benefattore.

Il primo argomento faceva dunque appello alla gratitudine. Il secondo argomento era invece indirizzato alla ragione.

La persecuzione, cosa ammessa dagli spiriti più illuminati, consisteva nell'imporsi di una maggioranza di persone senza cuore a una minoranza che non consentiva spontaneamente alle loro idee. Ora, l'errore della persecuzione dei secoli precedenti non era tanto l'uso, quanto l'abuso della forza. Che uno stato qualunque volesse, per esempio, obbligare le opinioni religiose di una minoranza dei propri sudditi era certamente una tirannia mostruosa, dal momento che nessuno stato poteva arrogarsi il privilegio di leggi universali, quando lo stato a lui vicino poteva emanare leggi assolutamente contrarie. Questo avveniva al tempo di un malcelato individualismo nazionale, eresia ancora più disastrosa per l'umanità dello stesso individualismo personale.

Sopraggiunta la comunità universale degli interessi, però, le cose cambiavano totalmente. La personalità unificata prendeva il posto delle singole unità. Questo cambiamento, che poteva essere considerato come un passo verso la maturità, dava origine a nuovi diritti. La razza umana aveva ora un'autocoscienza d'unità, con una suprema responsabilità nei confronti di se stessa: sparivano dunque i diritti degli individui che erano giustamente riconosciuti nelle epoche precedenti. L'uomo ora aveva il supremo dominio sopra ogni cellula di questo *Corpo Mistico* e non poteva che considerare illimitati i diritti del tutto, allorché una cellula agiva a danno del corpo.

C'era una sola religione che reclamava la stessa totalità di diritto: la religione cattolica. Le sètte d'oriente, pur mantenendo le loro peculiarità, avevano però riconosciuto nel nuovo mondo l'incarnazione dei loro ideali e, quindi, si erano sottomesse alla autorità del grande corpo, che portava il nome di Giuliano Felsemburgh.

Il cattolicesimo, invece, negava il fulcro stesso della concezione nuova dell'uomo. I cristiani piegano il capo a un essere inventato che non solo è, secondo le loro idee, separato dal mondo, ma addirittura superiore. Per non considerare poi la sciocca leggenda dell'incarnazione che, da sola, basterebbe a far tramontare la loro fede. I cristiani si distaccavano, dunque, deliberatamente da quel *Corpo Mistico* di cui facevano per natura parte; erano perciò membra morte che, soggiogate a una forza esteriore incapace di vivificarle, mettevano in pericolo l'intera vita del corpo. Questa era l'unica insensatezza che meritasse il nome di delitto. Assassinio, furto, rapina, anarchia: erano colpe leggere se venivano messe a confronto con questa iniqua mostruosità, perché esse ferivano il corpo ma non il cuore; esse facevano sì soffrire gli uomini e meritavano d'essere represse, ma non colpivano la vita nel suo fulcro. Solo il cristianesimo portava con sé un veleno mortale; ogni cellula nella quale veniva inoculato il veleno infettava tutte le fibre che la ricollegavano al centro della vita. Era questo e solo questo il massimo delitto di alto tradimento contro l'uomo. Ed era un delitto che non richiedeva altra ammenda se non la completa estirpazione della fede cristiana.

Questi dunque gli argomenti principali che venivano spiegati a tutti coloro che si trovavano perplessi di fronte all'esplicita dichiarazione di Felsemburgh. E riportarono un grande successo.

Inoltre, il loro contenuto logico era adornato da vivaci colori e dalla più viva retorica ed era animato da grande passione. Questo contribuì a produrre un effetto tale che, all'inizio dell'estate, Felsemburgh poté, in via privata, esprimere il proposito di presentare al più presto un progetto di legge che avrebbe tirato le conseguenze ultime del suo governo.

Ora quel proposito era un fatto compiuto.

2

Oliviero arrivò a casa e corse subito nella stanza di Mabel, volendole portare personalmente l'ultima notizia. Ma Mabel era fuori casa già da un'ora.

Il fatto preoccupò molto Oliviero. Il decreto era stato sottoscritto mezz'ora prima dietro richiesta di lord Pemberton; non era stato tenuto segreto neppure un attimo: già era stato comunicato alla stampa. Per questo motivo Oliviero era corso a casa, perché Mabel venisse a conoscenza della cosa direttamente da lui.

Ma ora la giovane sposa era fuori e l'avrebbe indubbiamente appresa dagli avvisi pubblici! Sentiva in sé un grande disagio e, per circa un'ora, restò indeciso su ciò che avrebbe potuto fare. Si avvicinò al citofono e rivolse alcune domande alla cameriera, la quale però non sapeva dove fosse andata la padrona: forse era in chiesa, come soleva fare a quell'ora.

Mandò fuori la donna e si mise alla finestra, nella camera di Mabel. Guardò con tristezza l'ampia distesa di tetti nella luce d'oro del tramonto. La sera gli parve d'una bellezza insolita.

L'oro nel cielo non era così puro come era stato nelle notti precedenti; aveva preso una leggera sfumatura rosata che, a vista d'occhio, s'allargava su tutta la vòlta celeste, da oriente a occidente. Oliviero tornò con la mente a un vecchio libro letto pochi giorni prima. V'era scritto che l'eliminazione del fumo aveva certamente reso meno belli i colori del cielo al tramonto.

In America si erano verificate due gravi scosse telluriche; Oliviero andava pensando se potesse esserci qualche connessione tra quei fenomeni e... Ma poi tornò a pensare a Mabel.

Passarono altri dieci minuti; poi Oliviero udì i passi della moglie per le scale. Si mosse per andarle incontro.

Dall'aspetto del suo volto, capì che sapeva già tutto. Davanti a quella pallidezza severa egli si sentì vacillare. Non c'era collera in lei, c'era solo una disperazione immensa e una decisione ferma: lo si poteva leggere nelle labbra serrate, negli occhi così stretti, sotto il bianco cappello d'estate, che parevano prevenire la puntura di un ago.

Mabel richiuse la porta. Poi non si mosse d'un passo verso il marito. E subito chiese: «È proprio vero?».

Oliviero sospirò e si sedette. Poi rispose: «Che vuoi dire con questo, mia cara?».

«È dunque vero che saremo tutti interrogati? Ci chiederanno se crediamo o no in Dio e saremo messi a morte se confesseremo di credere?»

Oliviero si bagnò le labbra.

«Usi delle parole un po' dure!» rispose. «Si tratta invece di sapere se il mondo ha diritto...»

«Allora è vero! E tu hai sottoscritta questa deliberazione?»

«Mabel... Per carità! Non facciamo scene. Io non ne posso più: permettimi di risponderti solo dopo aver sentito ciò che io voglio dirti.»

«Allora, dimmi.»

« Avanti, siediti! »

« No! »

« Beh, allora, fa' come vuoi. Ebbene: la questione è tutta qui. Il mondo ora è uno e non è più diviso. L'individualismo è morto, fin da quando Felsemburgh è diventato presidente della Società delle Nazioni; è così iniziato un periodo storico del tutto nuovo, che niente ha a che fare con quanto prima si è verificato nella storia. Tu lo sai bene quanto me. »

Mabel fece un nuovo gesto per indicare la sua impazienza.

Oliviero riprese con tono grave: « Per favore, Mabel; ascoltami fino in fondo. Allora... Dopo un avvenimento di tale portata, proprio come succede nella vita di un fanciullo, occorre una morale nuova. Dobbiamo perciò essere vigilanti, perché l'idea possa fare il suo cammino e non debba invece arrestarsi o retrocedere... perché tutte le membra devono conservarsi in salute. Gesù Cristo diceva: *Se la tua mano ti scandalizza, tagliala!* È appunto ciò che stiamo facendo noi! Quelli che credono in Dio (e occorre sapere se ve ne sono ancora e, se sì, se sono consapevoli della loro fede) commettono il supremo dei delitti: il delitto di alto tradimento. Sta' comunque certa che non faremo uso della violenza: useremo un metodo di eliminazione calmo e piacevole. Tu già dici di essere d'accordo con l'*eutanasia*, come del resto tutti noi. Ebbene: noi la useremo, e... ».

Un nuovo gesto d'impazienza da parte di Mabel, mentre tutto il resto della sua persona restava immobile come quello d'una statua.

« E tu hai il coraggio di dirmi queste cose? » chiese senza muoversi.

Oliviero s'alzò: non riusciva più a sostenere il tono di dolore contenuto nelle parole della moglie.

« Mabel!... Tesoro mio!... »

Le labbra della giovane, improvvisamente, fremettero. Con occhi di ghiaccio fissò lo sposo.

« No! Risparmiati questo! Del resto è del tutto inutile! Dimmi piuttosto: tu hai firmato o no? »

Oliviero provava un senso atroce di disperazione, mentre alzava i suoi occhi cercando quelli della moglie. Avrebbe preferito trovarsi davanti una donna piena d'ira e di lacrime.

« Oh!... Mabel! » esclamò ancora.

« Dunque: tu hai sottoscritto? »

« Sì » ammise Oliviero alla fine.

Mabel si voltò e si avviò alla porta, mentre Oliviero si slanciava per fermarla.

« Mabel! Dove vai? »

Per la prima volta nella sua vita, Mabel mentì al marito, pienamente e con tutta la volontà: « Vado a riposarmi un poco » rispose. « Ci rivedremo fra poco a cena. »

Oliviero rimase esitante. Eppure quegli occhi, benché languidi, gli parvero onesti e sinceri; allora la lasciò andare: « Vai pure! Ma ti prego, cara... Cerca di convincerti! ».

Mezz'ora dopo egli scese per la cena, pieno di argomentazioni e di entusiasmo. Gli sembrava che le ragioni che avrebbe addotte non avrebbero potuto essere confutate da nessuno. Dal momento che avevano accettato, sia lui sia Mabel, certi princìpi, le conseguenze erano del tutto logiche e necessarie.

Aspettò alcuni minuti; poi corse al citofono e chiese dove fosse la moglie. Alla sua domanda seguì un attimo di silenzio; poi questa risposta: « È uscita mezz'ora fa, signore. Credevo lo sapesse ».

3

Sempre quella sera, nella sua stanza, mister Francis era tutto impegnato a studiare nelle sue varie parti la liturgia per la festa della *solidarietà*, che doveva celebrarsi il primo luglio. Era l'unica festa che rimaneva da inaugurare ed egli sperava che, come per tutte le altre, avrebbe riportato anche in questa il medesimo successo. Non vi erano molte differenze, ma era totalmente convinto della necessità di rendere edotti dei cambiamenti i cerimonieri.

Aveva davanti a sé un modello (una riproduzione, in miniatura, dell'interno dell'abbazia, con piccoli pupazzi che potevano essere spostati a piacimento): con la sua fine calligrafia da ecclesiastico, stava riempiendo di note i margini dell'*Ordine delle cerimonie*.

Dopo le ventuno, il portiere gli telefonò: c'era una donna che desiderava parlargli; ma gli rispose di non avere tempo.

Il campanello, però, suonò nuovamente. Alla sua nuova e impaziente domanda fu risposto, stavolta, che, al piano di sotto, c'era la signora Brand, la quale desiderava incontrarsi con lui per soli dieci minuti.

La cosa era totalmente diversa! Il signor Brand era una persona importante e, di conseguenza, lo era anche sua moglie. Mister Francis fece le sue scuse alla signora, ordinò di farla passare nell'anticamera e, tutto contento, lasciò l'abbazia e i pupazzi.

Mabel non si turbò affatto stringendo la mano di mister Francis; aveva il velo abbassato che le copriva totalmente il volto e la sua voce non dava alcun segno di vivacità.

« Mi dispiace disturbarla, signor Francis » disse subito; « ma, se mi permette, vorrei chiederle alcune cose. »

Francis le sorrise, per incoraggiarla.

« Penso che sia mister Brand a... »

« No, no. Non è lui a mandarmi. Si tratta di una cosa del tutto personale e gliene parlo subito, in modo da non trattenerla più a lungo. »

« Che caso strano! » pensava tra sé Francis, mentre si accingeva ad ascoltare.

« Prima di tutto: io so che lei è stato amico di padre Franklin. È stato fatto cardinale, non è vero? »

Con un sorriso, Francis annuì.

« È ancora vivo? »

« No! Padre Franklin è morto! Era a Roma con gli altri cardinali, quando è stata distrutta la città. »

« Ne è proprio sicuro? »

« Sicurissimo. È potuto sfuggire solo il cardinale Steinmann, che venne poi impiccato a Berlino. »

« Bene, lasciamo perdere. Avrei dunque da rivolgerle una domanda curiosa, per mie ragioni personali che non posso spiegarle. Lei mi capisce! La domanda è questa: perché i cattolici credono in Dio? »

Francis fu colto alla sprovvista da queste parole; rimase alcuni istanti con gli occhi stralunati.

Mabel continuava pacatamente a parlare: « Certo è una domanda piuttosto strana ma... » e a questo punto s'interruppe colta da un'esitazione. « Ho un'amica che si trova in grave pericolo a causa della nuova legge. Vorrei discutere con lei e bisogna che io conosca i motivi della sua fede. Lei, signore, è il solo prete, volevo dire il solo uomo un tempo prete, che io conosca, oltre a padre Franklin. Per questo spero che non rifiuterà di aggiornarmi sull'argomento. »

La sua voce era del tutto naturale: non c'era né ombra di esitazione né tremito alcuno.

Francis sorrise, fregandosi delicatamente una mano con l'altra. « Ah! » disse. « Ho capito. Ma, vede, signora. È una questione molto vasta. Per lei non sarebbe lo stesso se, domani, con comodo...? »

« Mi accontento della risposta più breve. E poi occorre che io la sappia subito, dal momento che la nuova legge entra immediatamente in vigore. »

Francis acconsentì con un cenno del capo e cominciò: « Dunque. In breve. I cattolici affermano che Dio può essere dimostrato col ragionamento; dicono che dall'ordine del mondo si deduce l'esistenza di un ordinatore... di una mente. Mi capisce? Da queste premesse, traggono poi altre conseguenze relative a Dio. Come, per esempio, dicono che egli è amore, causa della felicità, eccetera ».

« E il dolore? » interruppe Mabel.

« Appunto! Questa è la difficoltà. Questo è il punto debole. »

« Come lo spiegano? »

« Dicono che il dolore è una conseguenza del peccato... »

« E cos'è il peccato? Lei vede, signor Francis, che io sono totalmente ignorante in materia. »

« Il peccato per loro non sarebbe altro che la ribellione dell'uomo alla volontà di Dio. »

« Ma cosa vogliono dire con questo? »

« Ecco. Dio desidera essere amato dalle sue creature e per questo le ha create libere, altrimenti non potrebbero amarlo veramente. Se sono libere hanno dunque anche la possibilità di non amarlo e di non servirlo. E non amare e non servire Dio è proprio ciò che i cristiani chiamano peccato. Vede quanto sia assurdo! »

« Sì, va bene! » riprese Mabel. E accompagnò le parole con un leggero gesto della mano. « Ma io vorrei capire che cosa pensano questi cattolici!... È solo questo? »

Francis strinse le labbra: « Oh! Non è solo questo! Questo è solo ciò che loro chiamano senso religioso. I cattolici credono in tante altre cose! ».

« E quali? »

« Eh! Cara signora, è impossibile fare un'esposizione in poche parole. Credono, oltre a questo, che Dio si è fatto uomo, che Gesù è Dio e che morì per liberarci dal peccato... »

« Soffrendo per noi, è vero? »

« Sicuro! Soffrendo per noi e morendo. Quella che loro chiamano incarnazione è il punto centrale. Tutte le credenze provengono da questo punto. È naturale che, ammessa l'incarnazione, il resto venga da solo. Tutto! Fino agli scapolari e all'acqua benedetta. »

« Signor Francis! Io non capisco più nulla! »

Egli sorrise benignamente e disse: « Lo credo! Sono assurdità che non hanno una logica!... E dire che un tempo anch'io credevo in queste cose! ».

« Ma sono contrarie alla ragione! »

Francis disse, in tono esclamativo e piuttosto ambiguo: « Ecco: in un senso si possono e si devono dire contrarie alla ragione, ma in un altro senso... ».

Mabel si fece subito avanti e Francis poté vedere i suoi occhi illuminarsi, sotto il bianco velo.

« Ah! » esclamò rimanendo quasi senza fiato. « Questo è ciò che desidero sapere! Mi dica, ora, come fanno a giustificare le loro credenze. »

Francis tacque per un istante; pareva stesse riflettendo. Poi ricominciò pacatamente: « Ecco. Per quanto io posso ricordare, essi ritengono che vi siano altre facoltà oltre alla ragione. A loro avviso, il cuore, talvolta, scopre ciò che la ragione non vede, ha delle intuizioni sue proprie. Mi capisce? Per esempio: dicono che ci sono cose che provengono dal cuore, come la capacità di sacrificio, l'abnegazione, l'onore, l'arte. Dicono che la ragione interviene dopo, fissando le regole della condotta e della tecnica: ma la ragione non può spiegare queste cose, perché le sono superiori ».

« Credo di capire. »

« La vita religiosa è una di queste cose. In altre parole, riconoscono che è solo questione di sentimento. »

Di nuovo ci fu silenzio. Aveva l'impressione di avere parlato in modo sbagliato.

« Può darsi che non usino le mie parole per spiegare le dottrine che professano, ma... insomma... »

« Dunque? »

« Insomma. Parlano di una certa cosa che chiamano fede; è una specie di convinzione più profonda di tutte le altre, una convinzione di ordine soprannaturale che Dio elargisce a chi la desidera, a chi prega per ottenerla, a chi conduce una vita onesta, e così via. »

« E questa fede? »

« Questa fede, agendo sopra i cosiddetti motivi di credibilità, sulle testimonianze, eccetera, rende assolutamente sicuri che Dio esiste, che Dio si è fatto uomo e che ha fondato la chiesa e tutto il resto. La conferma di queste verità, secondo loro, è data dagli effetti che la religione cattolica ha avuto sul mondo e dal modo con cui essa riesce a spiegare la natura dell'uomo. Come vede, tutto si riduce a una forma di suggestione. »

Mabel sospirava. Francis l'udì e tacque.

« Ora » riprese, « ci vede un po' più chiaro, signora? »

« Sì. La ringrazio molto, signor Francis! Ma, è poi vero che i cristiani sono morti per questa fede, vera o falsa che sia? »

« Certo! A migliaia. Così come i maomettani sono morti per la loro fede. »

« Credono in Dio anche i maomettani? »

« Una volta ci credevano. Ma ora sono rimasti pochi, pochissimi. La maggior parte di loro è diventata *esoterica*, come amano dire. »

« Quali sono, secondo lei, i popoli più progrediti: quelli dell'oriente o quelli dell'occidente? »

« Oh! Quelli dell'occidente, senza dubbio! L'orientale pensa molto, ma conclude poco: questo porta alla confusione delle idee e all'intorpidimento dello stesso pensiero. »

« E non fu il cristianesimo la religione dell'occidente fino a un secolo fa? »

« Certo! »

La giovane signora non chiedeva più nulla. Francis ebbe così modo di riflettere su questo caso abbastanza singolare. Doveva proprio starle a cuore quell'amica cristiana!

Alla fine la donna si alzò; insieme a lei si alzò anche Francis.

« Mille grazie, signore. Lei mi avrebbe dunque spiegato l'essenza del cristianesimo? »

« Sì. Per quanto mi è stato possibile in queste poche parole. »

« Grazie di nuovo. Non voglio trattenerla oltre. »

Francis l'accompagnò alla porta. Fatto qualche passo, però, Mabel si fermò e chiese: « E lei, che fu educato nel cristianesimo, non vi pensa mai? Non le torna alla memoria? ».

Francis sorrise: « Mai! Se non come un sogno! ».

« Ma se tutto ciò non è che un'autosuggestione, come pensa che sia giustificabile il fatto che lei è stato cristiano per trent'anni? »

Francis, preso alla sprovvista, non sapeva che rispondere.

« Come spiegherebbero questo suo allontanamento i suoi ex-compagni di fede? »

« Direbbero che o io ho abbandonato la luce o che la fede se ne è andata da me. »

« E lei... come? »

Francis pensò per un attimo. « Direi che mi sono imposto un'autosuggestione più forte, ma in un altro senso ».

« Ho capito! Buona notte, signor Francis. »

Non permise che il gran cerimoniere l'accompagnasse all'ascensore. Quando perciò Francis vide la gabbia scendere silenziosamente in basso, ritornò alla sua abbazia e ai suoi pupazzi di legno. Ma, prima di far riprendere a loro le manovre, si fermò qualche istante, con le labbra chiuse e gli occhi stralunati.

Capitolo quarto

1

Una settimana dopo, Mabel si svegliò verso l'alba. Non ricordava più dove fosse. Chiamò ad alta voce Oliviero, girò gli occhi attorno alla stanza che stentava a riconoscere, poi ritornò in sé e tacque.

Aveva trascorso otto giorni di prova in quel rifugio. Ora era libera di fare ciò per cui era venuta. Il sabato della settimana prima, davanti a un magistrato, aveva sostenuto l'esame, confidandogli, sotto le solite condizioni del segreto, nome, età, domicilio, e i motivi per i quali aveva chiesto l'applicazione dell'*eutanasia*.

Fu promossa a meraviglia.

Scelse come luogo Manchester: le pareva una città abbastanza grande da permetterle di sfuggire alle ricerche di Oliviero. Dopo la sua fuga, infatti, nessuno riuscì a rintracciarla. Non ebbe sentore delle ricerche del marito, giacché, in questi casi, la polizia difendeva i fuggitivi da coloro che li cercavano. Il personalismo era infatti ammesso solo nel caso in cui uno volesse abbandonare la vita perché ne sentiva il tedio.

Mabel ricorse senza alcuno scrupolo a questo espediente legale, non sapendo a che altro appigliarsi: lo stiletto esigeva coraggio e ferma decisione; dell'arma da fuoco aveva paura; il veleno poi, nel nuovo regime di polizia, era difficilissimo a trovarsi. Inoltre voleva mettere alla prova la sua intenzione e voleva essere ben sicura che non le restasse altra via d'uscita.

Ora si sentiva sicurissima. Aveva pensato alla morte, per la prima volta, a causa delle sofferenze atroci che avevano provocato in lei le violenze dell'ultimo anno: ma aveva poi scacciato questa idea, convinta del fatto che, come le dicevano, l'uomo immaturo era ancora soggetto a ricadute. Ma in seguito quel pensiero le era riapparso, simile a un demone tentatore, proprio nel mezzo di quella chiarezza da pieno giorno che le era nata con le dichiarazioni di Felsemburgh. Questo demone le stava sempre dinanzi, per quanto cercasse di opporgli resistenza. Si illudeva che quelle dichiarazioni, che la facevano tanto inorridire, non sarebbero mai diventate fatti reali! Quando però la teoria divenne legge promulgata, Mabel cedette alla tentazione con tutta se stessa.

Da quell'istante, erano trascorsi otto giorni; non aveva avuto mai un attimo di debolezza. Aveva però smesso di condannare, perché si era convinta dell'inutilità di ogni recriminazione.

Sapeva di non poter reggere davanti al fatto; sapeva di non riuscire a capire la nuova fede; e capiva che, comunque fosse stato per gli altri, per lei non vi era più speranza. E poi non lasciava figli.

Gli otto giorni, stabiliti per legge, passarono nella tranquillità. Mabel aveva con sé denaro sufficiente per essere accolta in una di quelle case private, cosiddette *Case di rifugio*, fornite di tutte le comodità proprie di una vita signorile.

Le infermiere si erano mostrate molto gentili e attente, per cui non poteva certo lamentarsi di loro.

Naturalmente non le mancò la sofferenza, reazione assolutamente inevitabile: passò la prima notte in una condizione pietosa, sdraiata nel buio soffocante della stanza e tutta la sua sensibile natura lottava e protestava per quel destino che pareva ineluttabile. La sua sensibilità le faceva desiderare le cose più familiari, le richiedeva nutrimento, aria, compagnia. Di fronte all'abisso tenebroso nel quale stava inevitabilmente per entrare nascondeva il volto, carica d'orrore.

La lotta era affannosa; ebbe momenti di calma solo quando una voce più profonda le mormorava che la morte non era la fine di tutto.

Il mattino del secondo giorno, rinvenne: la volontà aveva riacquistato la sua forza e aveva cancellato ogni segreta speranza di vivere.

Allora la sua sofferenza trovò un'altra causa, più positiva: ricordava le scandalose rivelazioni che, dieci anni prima, avevano messo in subbuglio tutta l'Inghilterra e avevano indotto il governo a porre sotto sorveglianza le case dell'*eutanasia*. Era stato accertato, infatti, che per anni e anni, nei grandi laboratori di vivisezione erano stati usati per le sperimentazioni soggetti umani. A molti, che erano entrati nelle case private di *eutanasia* per togliersi la vita come lei, venne somministrato un gas che sospendeva le funzioni vitali, invece di uccidere. Ma col nuovo giorno passò anche questo tipo di sofferenza: era impossibile che certe cose si verificassero anche nel nuovo regime, almeno in Inghilterra. Proprio per questo motivo non era andata a cercare la morte nel continente europeo: in quei luoghi, la logica superava il sentimento e il materialismo era portato alle estreme conseguenze; se gli uomini non erano che puri e semplici animali, le conclusioni erano inevitabili!

Vi fu poi solo un altro inconveniente, di carattere fisico: c'era un caldo insopportabile, sia di giorno sia di notte.

Gli scienziati dicevano che questo proveniva da una sconosciuta corrente di calore, ma c'erano mille ipotesi diverse che si contraddicevano l'una con l'altra. Era vergognoso, pensava Mabel, che uomini che avevano il mondo fra le mani rimanessero sconfitti da cose così piccole!

Questa corrente di calore, comunque, invadeva l'atmosfera e produceva disastri: terremoti e cicloni di una violenza indescrivibile avevano distrutto in America circa venticinque città; due isole erano state sommerse e il Vesuvio, veramente in stato pericoloso, minacciava nuove eruzioni. Ma nessuno riusciva a spiegare questi fenomeni. Qualche scienziato giù di moda aveva accennato a cataclismi prodotti dal fuoco centrale. Mabel seppe tutto questo dall'infermiera. Ma anche le notizie, pur così preoccupanti, la lasciavano abbastanza indifferente. Le dava solo fastidio il fatto di non poter andare in giardino e di doversene stare all'ombra calda, in quella stanza del secondo piano.

C'era un'altra cosa che avrebbe voluto sapere: l'effetto prodotto sul mondo dall'entrata in vigore del nuovo decreto. L'infermiera poté solo darle notizie molto vaghe. Sapeva che erano state commesse, in alcuni luoghi, sporadiche violenze: ma la legge non era stata applicata totalmente. Una settimana, poi, era uno spazio di tempo molto ristretto e, sebbene il decreto avesse avuto immediato valore normativo, i magistrati per ora si limitavano a fare i censimenti prescritti.

Quella mattina, se ne stava, sveglia, sul letto. Guardava i colori del soffitto e i mobili della camera. Le pareva che il caldo fosse diventato ancora più insopportabile. Dapprima pensò di avere dormito troppo a lungo, ma poi il suo orologio a ripetizione le assicurò che erano soltanto le quattro. Dunque, restavano ancora poche ore di sofferenza. Alle otto tutto sarebbe finito! Le restava solo da scrivere a Oliviero e fare gli ultimi preparativi.

Non aveva il minimo dubbio sulla moralità (cioè sul rapporto tra ciò che stava facendo e la vita comune degli uomini) del suo gesto. Credeva, come tutti gli umanitaristi, che i dolori del corpo fossero un sufficiente motivo per il suicidio, così come i dolori dello spirito. Quando il disagio aveva raggiunto un punto tale da rendere l'individuo inutile a sé e agli altri, il suicidio era da considerarsi il più alto gesto di carità. Certo, prima, non aveva mai pensato di dover giungere a tal punto. Anzi, si era sentita sempre così legata alla vita! Ma ora era in questa condizione: ormai era indiscutibile la necessità di porvi fine.

Ricordò più volte l'incontro avuto con mister Francis. Si era recata da lui seguendo un impulso istintivo; Mabel voleva sentire anche l'altra parte: voleva sapere se il cristianesimo era ridicolo così come sempre lo aveva creduto. Non era certo ridicolo; le era sembrato, anzi, estremamente patetico: un dramma carico di fascino, uno squisito brano di poesia. Come sarebbe stata felice di credervi! Ma sentiva di non potere. No! Un Dio trascendente era assurdo, sebbene non fosse meno assurda l'idea di un'*Umanità* infinita. E poi, l'incarnazione. Basta! Non se la sentiva. Perciò, nessuna via d'uscita: l'unica vera religione era quella umanitaria. L'uomo era Dio o per lo meno, la sua più alta manifestazione. Ma con questo Dio ella non voleva avere più niente a che fare!

In questa misteriosa impulsività che, nello stesso tempo, superava sia la ragione sia il sentimento, Mabel riconobbe ben presto un'emozione più raffinata e più alta.

Ricordò poi Felsemburgh e si stupì di nutrire per lui tutt'altri sentimenti. Era indubbiamente l'uomo più uomo apparso sulla faccia della terra. Chissà: forse, come lui diceva di se stesso, era davvero l'incarnazione dell'uomo ideale, la prima manifestazione perfetta dell'umanità. Ma la sua logica di condotta era troppo coerente; certo era stata la coerenza a spingerlo alla distruzione di Roma e a fare, dopo sette giorni, una dichiarazione come quella che aveva fatto!

Seguendo la logica, egli aveva condannato la violenza dell'uomo contro l'uomo, del regno contro l'altro regno, della setta contro l'altra setta. Aveva condannato la violenza che porta al suicidio della razza: la violenza, non l'azione violenta particolare. Così come era logico il suo ultimo decreto, atto giuridico giusto del mondo unito contro una piccola minoranza che metteva in pericolo gli stessi fondamenti della vita e della fede... E poi da applicare con estrema carità: nessun ricatto, nessuna violenza settaria (a meno che non si volesse definire ricattatore o violento l'uomo che si fa tagliare un braccio che sta andando in cancrena...). Su questo punto Oliviero l'aveva completamente convinta. Certo: una cosa logica e coerente! Ma ciò nonostante per lei era impossibile da accettare. Ah! Che uomo sublime era Felsemburgh! E che gioia ricordare la sua persona e la sua eloquenza! Oh! Poterlo rivedere! Ma forse non sarebbe stata una cosa positiva. Ella sarebbe andata con maggiore tranquillità verso la morte. Poi, quel mondo che le faceva così paura, il mondo avrebbe continuato il proprio cammino, anche senza di lei.

Fu presa dal dormiveglia, mentre pensava queste cose. Dopo cinque o sei minuti di questo assopimento, vide il volto gentile e sorridente d'un'infermiera vestita di bianco che si chinava su di lei. « Mia cara! Tra poco saranno le sei. È l'ora che abbiamo fissata. Sono venuta a sentire se desidera la colazione. »

Mabel sospirò profondamente; poi, balzata dal letto, prese un foglio da lettera.

2

Il piccolo orologio vicino al caminetto indicava le sei e mezza, quando Mabel, appoggiata la penna, raccolti i fogli scritti, s'adagiò sulla poltrona e rilesse.

Casa di rifugio, n. 3a, Manchester

Amato sposo.
Ti invio la dolorosa notizia che sono tornata all'antica follìa. Non ho la forza di resistere ancora e perciò sono decisa ad andarmene per l'unica strada che ancora mi resta.

Nella « Casa » ho trascorso giorni abbastanza tranquilli; mi hanno trattata con mille attenzioni: dall'intestazione puoi capire che tipo di « Casa » sia...

Ti ho sempre voluto bene e te ne voglio anche in questo momento. Ma occorre che ti dica le ragioni del mio proposito. Non ti sarà facile capire, ma, in ogni caso, ti confesso di non poter più vivere. Sono stata felice e colma d'entusiasmo, soprattutto quando egli venne. Ma speravo che il futuro sarebbe stato diverso.

Non capivo allora, come invece oggi capisco, quali fossero le conseguenze inevitabili di un tale sistema. Riuscii a rassegnarmi, pensando che il popolo uccide per troppa passione. Ora so che la stessa cosa verrà ripetuta e non per semplice istintività.

Allora non riuscivo a capire che la pace ha anch'essa delle leggi proprie e che è suo diritto difendersi. Mio caro. Io non so perché, ma questa pace non è adatta a me. No; io credo che la ragione della mia infelicità sia tutta da ricercare nella vita.

Ma c'è di più. So bene quanto tu condivida il nuovo stato di cose. È naturale, dal momento che sei più forte e più ragionevole di me. Ma se hai una moglie, occorre che essa sia del tuo stesso parere. Io invece non sono più con te, almeno col sentimento, sebbene io veda che tu hai ragione. Mi capisci, caro?

Se avessimo avuto un figlio, potevo rassegnarmi a vivere ancora, per amore suo, ma per l'umanità... Oh, Oliviero! Io non posso, non posso!

So di avere torto e so che tu hai ragione. Ma, ecco: non posso cambiare me stessa. E questo mi conferma nel proposito di farla finita.

Voglio anche dirti che non ho assolutamente paura. In verità, non riesco a capire come gli uomini possano avere paura della morte, se non sono cristiani. Oh! Se fossi cristiana! Che terribile passo sarebbe quello che sto per compiere! Ma noi siamo « certi » che al di là non esiste nulla. È la vita, non la morte, a farmi paura!

Tutt'al più posso avere paura che la mia morte sia accompagnata dalla pena: ma i medici mi hanno assicurato che non si prova alcuna sofferenza, proprio come quando ci si addormenta. I nervi muoiono prima del cervello.

Ho deciso di fare tutto da sola, senza l'assistenza di alcuno. Tra pochi minuti verrà un'infermiera, suor Anna, l'ultima amica che mi è rimasta, e mi recherà l'apparecchio. Poi mi lascerà da sola.

Non ho alcuna volontà particolare da dirti, per il dopo: fa' pure come preferisci.

Domani a mezzogiorno avverrà la cremazione; se credi, potrai essere presente; in caso contrario, se farai richiesta dell'urna ti sarà inviata. Hai desiderato avere in giardino l'urna della mamma; può darsi che tu voglia accanto anche la mia.

Non occorre che te lo dica: tutto quello che possiedo è tuo.

Mi rattrista una sola cosa: l'averti dato dei dispiaceri nell'essermi dimostrata così sciocca. Mi sono sempre lasciata convincere dai tuoi ragionamenti, lo sai. Ma, in fondo, non volevo essere convinta. Questo ti servirà a capire il motivo delle noie che hai dovuto soffrire per causa mia.

Oliviero! Amore mio! Sei stato troppo buono con me! Sì, io piango, ma ti dico che sono felice così, veramente felice, negli ultimi momenti. Mi spiace per le ansie che ti ho provocato nell'ultima settimana e mi dispiace anche d'averti mentito. Sapevo che se mi avessi scoperta, mi avresti dissuasa e allora forse poteva capitare qualcosa di peggio. Ma, credimi, è stata l'unica volta (e l'ultima) in cui ti ho mentito.

Ora credo di non avere null'altro da dirti.

Oliviero, sposo, amato mio. Addio! Ti mando il mio amore e gli ultimi battiti del mio cuore.

Mabel

Aveva riletto. Rimase ancora seduta, con gli occhi bagnati di pianto.

Si sentiva tuttavia più felice all'idea di morire che all'idea di poter rivedere e ritirare la propria decisione. La vita non aveva più alcuno scopo e la morte appariva come l'unico scampo. Anelava alla morte con tutta l'anima, così come il corpo quando è stanco tende al riposo. Scrisse con mano ferma l'indirizzo e posò la busta chiusa sul tavolo; poi si accomodò sulla poltrona e guardò la colazione rimasta intatta. Di nuovo le tornò alla mente l'incontro avuto con mister Francis e, per una strana associazione di idee, ricordò la caduta dell'aereo a Brighton, l'affacciarsi di quei preti e i ministri dell'*eutanasia*...

Suor Anna tornò cinque minuti dopo. Rimase stupita: Mabel, curva sul davanzale, guardava inorridita il cielo.

Suor Anna appoggiò un oggetto sul tavolo, attraversò la stanza e toccò una spalla della giovane: «Che c'è di nuovo, mia cara?».

Mabel con un sospiro si raddrizzò; si voltò verso l'infermiera, la prese per mano e l'avvicinò a sé; poi, accennando con l'altra mano al cielo, disse: «Là... guardi... là».

«Là?... Ma non c'è nulla. Nulla. Solamente un po' di scuro!»

«Scuro? Lei dice scuro?... Ma non vede? È nero!... Nero!»

Con dolcezza, l'infermiera trasse Mabel dalla finestra alla poltrona. Riconobbe in quella paura un semplice effetto dell'emozione e niente altro.

Mabel però si liberò da quel braccio e corse alla finestra: «Dice che è scuro? Ma guardi, suor Anna! Guardi!».

In verità non v'era nulla che colpisse particolarmente la vista. Davanti alla finestra si alzava la cima frondosa d'un albero; dalla parte opposta si vedevano il tetto e alcune finestre ancora chiuse. Più in su, in alto, appariva il cielo del mattino, un po' pesante e cupo, come è il cielo prima di un temporale. Niente altro!

«Mia cara, sì! Non c'è nulla. Che cosa vede?»

«Ma guardi!... Guardi!... Ascolti!... Non ode nulla?»

S'udì un vago rumore di tuono, simile al suono di un carro che cigola lontano. Era talmente debole da sembrare un'illusione dell'udito. La giovane invece si chiudeva le orecchie e, sul viso pallido, s'aprivano gli occhi stralunati; sembrava coperto, quel volto, da una luce pallida di paura.

L'infermiera le cinse la vita: «Mia cara, torni in sé. È solo un leggero rumore quel tuono, causato dal troppo calore. Si metta seduta e stia tranquilla!».

Il corpo della giovane tremava fra le sue braccia; tuttavia riuscì, senza alcuna fatica, a portarla verso la poltrona.

«La luce! La luce!» esclamò Mabel piangendo.

«Ma... Mi promette di stare calma, dopo?»

Mabel accennò di sì; l'infermiera andò svelta in un angolo della stanza, sorridendo con tenerezza. Non erano certo nuove per lei tali scene! Bastò un attimo e la camera fu riempita d'una luce squisita.

La giovane aveva girato la poltrona verso la finestra. Con le mani l'una stretta nell'altra, guardava il cielo al di là dei tetti. Sembrava essere comunque più tranquilla. L'infermiera le circondò le spalle col suo braccio: « È molto eccitata, mia cara!... Si fidi di me! Le assicuro che non c'è nulla da temere. È frutto dell'agitazione nervosa. Debbo abbassare le persiane? ».

Mabel voltò la faccia. Le fu di conforto la luce. Era sempre pallida e sbalordita, ma gli occhi avevano ripreso il modo solito di guardare, benché, anche mentre parlava, gli occhi continuassero a vagare oltre la finestra.

Disse con voce pacata: « Suor Anna, per favore, guardi un'altra volta e mi dica se non vede nulla. Se lei non vede niente, vuol dire che sono proprio impazzita! No. Lasci stare le persiane! ».

In realtà si vedeva solo il cielo scuro, proprio come quando si prepara un temporale. Al massimo si sarebbe potuto distinguere qualche profilo di nube che vagava, soffusa di malinconia, nell'aria. Dunque, solo i consueti fenomeni di un acquazzone primaverile. L'infermiera si sforzava di farglielo capire.

« Ha ragione, suor Anna!... Allora... »

Si avvicinò alla tavola dove l'infermiera aveva appoggiato l'oggetto.

« ...Allora, la prego di insegnarmi un po'. »

L'infermiera si mostrava esitante: « Figliola cara. Mi assicura che non avrà timore? Non vuole prendere qualcosa prima? ».

Ma la risposta di Mabel fu risoluta: « Non ho più bisogno di nulla. Mi spieghi ».

Suor Anna s'avvicinò alla tavola, dove era posta una specie di cassetta smaltata di bianco, con dolci fiori delicati dipinti sopra. Dalla cassetta partiva un tubo, bianco e flessibile, che terminava in una lunga imboccatura, munita di due prese d'acciaio, rivestite di pelle. Dal lato anteriore usciva una maniglia di porcellana.

« Ecco mia cara » cominciò in tono pacato suor Anna. Spiava gli occhi di Mabel che continuavano a muoversi in direzione della finestra. «Guardi. Lei sta seduta, così come è adesso, con la testa, però, leggermente più indietro, se non le dispiace. Quando si sente pronta, allaccia le due molle alla testa e si applica il tubo alla bocca. È molto facile!... Poi gira la maniglia, finché viene e... poi... basta così!»

Mabel aveva riacquistato la padronanza di sé; aveva capito ogni cosa, benché i suoi occhi continuassero ad essere attratti dalla finestra.

«Basta così!...» ripeté Mabel. «Ma dopo?...»

L'infermiera le rivolse un'occhiata carica d'ansia.

«Ho capito bene!... Ma... Dopo?...»

«Più nulla! Respiri in modo naturale; sentirà subito sopraggiungere il sonno e, allora, chiuda gli occhi. Ecco fatto!»

Mabel riappoggiò il tubo alla tavola e si alzò; ora era perfettamente in sé: «Mi dia un bacio, suor Anna!».

L'infermiera, sulla porta, si voltò per salutarla e per darle un ultimo sorriso. Mabel non vi prestò molta attenzione: continuava a guardare alla finestra.

«Tornerò fra mezz'ora» disse suor Anna. Poi vide la lettera sul tavolo e chiese: «È questa la lettera?».

«Sì»: la risposta di Mabel fu distratta.

L'infermiera prese la lettera, guardò l'indirizzo e poi Mabel. Non trovava il coraggio di distaccarsene.

«Fra mezz'ora» tornò a ripetere. «Ma non c'è fretta. La... cosa è fatta in cinque minuti. Addio, mia cara!»

La giovane era di nuovo voltata verso la finestra e non le diede risposta.

3

Mabel aspettò che la porta venisse ben chiusa e fosse tolta la chiave; poi tornò di nuovo alla finestra e s'appoggiò al davanzale. Da lì guardò, dapprima, in basso, il giardino con la sua aiuola verde, nella quale s'ergevano alcuni alberi: era rischiarato dalla luce interna della stanza che passava attraverso la finestra aperta. Poi guardò i tetti e, infine, su in alto, una striscia paurosa, rossa e nera.

La scena, così contrastante nei suoi due elementi, appariva ancora più tetra. Era come se la terra fosse diventata capace di far luce, ora che il cielo s'era fatto opaco.

Una grande quiete regnava all'intorno. La casa, come al solito, a quell'ora, era molto silenziosa. Del resto gl'inquilini non erano ben disposti al chiasso. Tuttavia la quiete di quel momento pareva un silenzio di morte: era quel silenzio che precede i rombi improvvisi dei tuoni celesti.

Tuttavia passavano i secondi e nessuno di quei rombi si faceva udire. Solo si sentì di nuovo echeggiare il rullìo ed era tetro come l'incedere rumoroso e lontano di un grosso carro. Ma l'impressione che ne riceveva la giovane donna era, questa volta, meravigliosa: le pareva che il suono fosse accompagnato dal brusìo di innumerevoli voci in festa di gente che applaudiva.

Poi, come lana che cade, tornò il silenzio.

Mabel cominciò a capire che il suono e le tenebre non erano per tutte le orecchie né per tutti gli occhi. L'infermiera, infatti, non aveva udito né visto nulla di strano, così come tutti gli altri uomini. Erano quelli, per tutti, i segnali di un temporale in arrivo.

Mabel non si sforzò di distinguere ciò che era oggettivo da ciò che era soggettivo nelle sue sensazioni. Non le importava molto che le visioni e i rumori provenissero dal suo cervello o da qualche altra facoltà fino a quel momento sconosciuta. Le pareva di essere separata dal mondo circostante che già si stava allontanando da lei; o meglio, esso rimaneva sempre, ma si trasformava, passando a un altro modo d'esistenza. Così la stranezza della situazione non la turbò più di quanto avrebbe potuto turbarla qualsiasi altra cosa, come, per esempio, quella piccola cassetta dipinta che l'attendeva, lì, sulla tavola.

Allora, senza capire bene che cosa stesse dicendo, con gli occhi rivolti al cielo, cominciò a parlare: « Oh, Dio! Sei lassù?... Esisti veramente? ».

Sentì che la sua voce s'affievoliva e s'aggrappò al davanzale per non cadere. Si stupiva di avere pronunciato quelle parole non dettate certo né dalla ragione né dal sentimento. Eppure continuò:

« Dio!... Io sono certa che non siete lassù! Non siete in nessun luogo. Ma se voi ci foste! Oh! Saprei bene che cosa vorrei dirvi. Vi direi quanto è grande la mia angoscia e quanto è grande la mia amarezza. Ma no, non sarebbe necessario... Le vedreste da solo! Vi direi che tutto ciò che faccio è per me orribile: lo detesto con tutta l'anima... Ma voi vedreste anche questo e non occorrerebbe che io ve lo dicessi... Oh, Dio! Che dirvi, allora? Ah!... Vi direi di vegliare sul mio Oliviero e sui vostri poveri cristiani. Quali terribili prove dovranno affrontare!... Voi, mio Dio, mi comprendereste, mi ascoltereste? ».

Si sentì un rullare sordo, accompagnato da un basso maestoso composto di migliaia di voci. Parevano avvicinarsi.

« Via... Addio!... Addio a tutto. »

Si adagiò sulla poltrona. « Via... A me l'imboccatura! »

Si adirava con le sue mani tremanti. Le molle sfuggirono via due volte dalle trecce dei suoi capelli: ma alla fine riuscì ad allacciarle e subito, come se avesse aspirato la brezza vivificante, si sentì tornare l'anima in corpo. Respirava senza alcun disagio; pensava che neppure dopo avrebbe sentito una morsa di soffocazione. Stese una mano; toccò la maniglia, senza accorgersi di come fosse fresca, rispetto al calore veramente insopportabile in cui era improvvisamente calata la stanza. Sentiva il polso battere; e sentiva il sussurro di quelle voci fantastiche... Lasciò la maniglia: voleva togliersi il mantello bianco che aveva indossato quel mattino.

Ora era più a suo agio e respirava meglio. Andò di nuovo a tastoni. Ritrovò la maniglia. Ma il sudore che aveva nelle mani le impedì di farla girare subito.

A un tratto, cedette.

Al primo istante, soave e languido, il profumo l'invase come d'un colpo. Sapeva che quello era il profumo della morte. Poi la volontà che l'aveva condotta fino a quel passo la confermò nell'intento: Abbandonò le mani sul grembo e cominciò a respirare con calma e profondamente.

Aveva chiuso gli occhi, quando aveva iniziato a girare la maniglia; ora li riaprì: era curiosa di osservare che aspetto avesse il mondo nel suo disparire. Fin dai primi giorni s'era riproposta di non perdere alcun particolare di quell'unica e ultima esperienza.

Dapprima le sembrò che nulla cambiasse: aveva sempre davanti la cima frondosa dell'olmo e il tetto coperto di piombo. Più su, in alto, c'era sempre quel terribile cielo. Vide soltanto un colombo bianco che si librò nell'aria scura e scomparve all'istante.

Poi le cose furono simili a quanto stiamo per dire.

Mabel provò una sensazione di leggerezza estatica invaderle tutte le membra. Volle alzare una mano, ma s'accorse di non poterlo fare: quella mano non era più sua. Tentò d'abbassare lo sguardo su quella cupa striscia di cielo, ma le era ugualmente impossibile. Comprese allora che la volontà aveva perso ogni contatto col suo corpo e che il mondo corruttibile era ormai a una grandissima distanza da lei. Questo se l'era aspettato; ma la rendeva perplessa il fatto che l'attività dello spirito fosse ancora viva e continua.

Sebbene sentisse che il mondo da lei conosciuto si era ormai slegato dal dominio della sua coscienza, così come il suo corpo (fatta eccezione per l'udito, che continuava a reagire con la sua solita perspicacia), ella manteneva ancora memoria sufficiente per ricordare, almeno, che esisteva un mondo, che esistevano altre persone le quali se ne andavano per le strade, non sapendo nulla di quanto stava accadendo, in quel momento, nella stanza. Ma erano spariti i volti, i nomi, i luoghi. In verità, ella stava sperimentando una diversa coscienza di sé: le sembrava di essere penetrata nella profondità della sua natura, che mai aveva potuto scorgere, finché era in vita, se non attraverso un opaco vetro.

Tutto era per lei nuovo e consueto nello stesso tempo. Sentiva di trovarsi all'interno di quel cerchio del quale, in vita, aveva percorso la circonferenza. Non era un semplice punto: era uno spazio netto, riparato e ben racchiuso.

In questo istante s'accorse che cominciava a mancarle anche l'udito. Poi le accadde un fatto singolare, eppure le pareva di aver sempre saputo che questo doveva accadere, benché non lo avesse mai né pensato né detto.

Questo quanto le accadde: i ripari di quello spazio centrale cadevano, allo stesso modo in cui vanno in frantumi gli oggetti; sorgeva allora un altro spazio, vivo, attivo, indefinito; era vivo come un corpo che si muove e respira; chiaro e incomprensibile, uno e molteplice, immateriale e reale... reale... d'una tale realtà che non aveva mai concepito né intuito. Eppure tutto questo le era familiare, come uno spazio vissuto spesso nei sogni. E alla fine, come un baleno, qualcosa che era nel contempo luce e suono e che riconobbe immediatamente essere unico, attraversò quello spazio...

Allora Mabel vide e capì.

Capitolo quinto

1

Alla scomparsa di Mabel, Oliviero trascorse giorni di una angoscia indicibile. Non avrebbe potuto fare di più: seguì i movimenti della fuggitiva dalla stazione di Croydon alla stazione Vittoria; e lì perse le sue tracce. Si mise in contatto con la polizia, ma ricevette solo una risposta d'ufficio in cui gli comunicavano di non avere notizie.

Era il martedì successivo alla fuga; mister Francis venne a sapere la triste vicenda per caso e allora fece sapere a Oliviero l'incontro avuto, il venerdì precedente, con la moglie. Questo incontro faceva pensare più al male che al bene. Oliviero rimase infatti profondamente costernato, quando seppe l'oggetto del dialogo, per quanto mister Francis gli avesse assicurato che Mabel non era per nulla favorevole, almeno dalle sue parole, alla difesa dei cristiani.

Scartate varie ipotesi, ne rimanevano solo due plausibili: o Mabel era andata in aiuto di qualche amica cattolica sconosciuta, oppure si era rifugiata (e questo accresceva il dolore d'Oliviero) in qualche casa dell'*eutanasia*, come già aveva minacciato qualche volta. In questo secondo caso, Mabel si trovava protetta da una legge, entrata in vigore fin dal 1998, quando, a pieni voti, era stato approvato l'*Atto di cessione* (e, malauguratamente, uno dei voti era di Oliviero!).

Quel martedì sera stava seduto pensieroso nella sua stanza; tentava di cogliere, per la centesima volta, il filo giusto in mezzo alla trama confusa degli ultimi avvenimenti tra lui e la moglie.

Un'improvvisa scampanellata lo fece sobbalzare. La chiamata veniva da Whithehall: sentì il cuore sobbalzare di gioia. Sperava di avere notizie di Mabel: ma bastarono le prime parole per deludere la sua attesa.

« Il signor Brand? » chiedeva una voce gentile e penetrante. « Sì, sono Snowford. Ho assolutamente bisogno di lei, subito, ha capito? Alle venti ci sarà una riunione straordinaria del consiglio. Sarà presente anche il presidente. Si tratta d'un affare della massima importanza; venga subito nel mio ufficio. »

Ma anche quest'insolita chiamata non fu sufficiente a distrarlo dai suoi pensieri angosciosi. Come tutti gli altri, anche Oliviero non si stupiva più delle improvvisate del presidente: egli andava e veniva continuamente, sempre in viaggio e sempre al lavoro, con un'attività incredibile, e non perdeva mai la sua solita calma.

Già erano suonate le diciannove. Oliviero cenò subito e si trovò, a un quarto alle venti, nell'ufficio di Snowford, con altri dodici colleghi lì radunati.

Il ministro gli andò incontro; il suo viso manifestava una strana commozione. Tiratolo in disparte, gli disse: « Senta, signor Brand. Lei prenderà la parola per primo, dopo il segretario del presidente che aprirà l'incontro. Vengono da Parigi e portano una novità strabiliante: hanno scoperto dove risiede il papa. Sì, a quanto pare, vi è ancora un papa! Sentirà fra poco. Giusto!... A proposito!... » continuò guardando il volto sconvolto di Oliviero « le faccio le più tristi condoglianze per il triste caso. L'ho saputo oggi da Pemberton ».

Oliviero alzò con fare brusco una mano.

« Si compiaccia, per favore, di dirmi ciò che dovrò rispondere. »

« Ecco. Io penso che il presidente farà una proposta. Lei, facendosi portavoce dei nostri sentimenti, dovrà dire l'atteggiamento che noi dovremo prendere verso i cattolici. »

Gli occhi di Oliviero erano talmente stretti da sembrare due punte luminose poste sotto le sopracciglia. Ma acconsentì.

A questo punto si fece avanti Cartwright. Era un uomo tozzo, curvo, con la faccia incartapecorita come si conviene a un lord, presidente del tribunale.

« A proposito, signor Brand, conosce un certo Philipps? Dicono che abbia parlato di lei. »

« È stato mio segretario » rispose pacatamente Oliviero. « Che ne è di lui, ora? »

« Credo sia impazzito! È venuto spontaneamente davanti al magistrato, chiedendo di essere sottoposto all'esame. Il magistrato ha chiesto il nostro parere per sapere come comportarsi. Come può vedere non si è ancora proceduto ad eseguire la legge. »

« Ma Philipps cosa ha commesso? »

« Qui è il punto incomprensibile! Dice di non poter negare l'esistenza di Dio, ma di non poter neppure affermarla. È proprio il suo segretario? »

« Penso sia lui! Mi ero accorto che nutriva simpatie per il cristianesimo e lo licenziai. »

« Bene! Sarà comunque rinviato. Forse fra una settimana sarà in grado di decidere. »

Allora la conversazione cambiò oggetto. Altri due o tre si fecero avanti: guardavano con curiosità Oliviero. Già si era sparsa la voce che Mabel lo avesse lasciato: volevano vedere come si sarebbe comportato di fronte a un tale avvenimento.

Mancavano cinque minuti alle venti. A un suono di un campanello, la porta che metteva nel corridoio si aprì.

« Entrino, signori » disse il primo ministro.

La sala del consiglio era alta e larga, con le pareti ricoperte da cima a fondo di libri. Era situata al primo piano. Il pavimento era ricoperto di un tappeto simile a gomma; non c'erano finestre e la sala veniva illuminata artificialmente. Per il lungo, al centro, correva un'ampia tavola con otto poltrone a due braccioli per ogni parte. Il seggio presidenziale era posto su un gradino, dall'uno dei capi. Tutti presero posto, in silenzio, al loro seggio e si misero ad aspettare. La sala era squisitamente fresca, benché mancassero finestre e questo creava un vivo contrasto col caldo che gravava fuori, da cui, quindi, tutti i convenuti erano dovuti passare. Avevano, per questo, espresso parole di meraviglia sull'insolita temperatura, scherzando sull'infallibilità degli astronomi. Ora invece erano silenziosi e composti. L'arrivo del presidente induceva al silenzio anche i più loquaci. Inoltre tutti sapevano che questa volta era sul tappeto una questione molto grave.

Un minuto alle venti. La campana suonò quattro volte: a quel segnale tutti volsero lo sguardo alla porta situata dietro il seggio del presidente.

Regnava un silenzio di tomba sia dentro sia fuori; i locali governativi erano infatti forniti, cosa particolarmente lussuosa, di un materiale che smorzava i suoni. Neppure le automobili più potenti, passando a cinquanta metri di distanza, potevano trasmettere una vibrazione attraverso lo strato di guttaperca di cui erano rivestiti i muri. Poteva entrare un solo rumore: quello del tuono; i tecnici avevano lottato invano per eliminarlo.

Ma in quel momento pareva proprio che il silenzio fosse protetto da un velo ancor più spesso del solito. Alla fine la porta s'aprì ed entrò una figura, vestita di rosso e di nero, seguita subito da un'altra.

2

Il presidente prese subito posto sul suo seggio, sempre accompagnato dal suo segretario. Fece un lieve inchino a destra e a sinistra; poi si mise a sedere, facendo un piccolo cenno con la mano. Allora si sedettero anche i ministri, pronti ad ascoltare con la massima attenzione.

Oliviero, per l'ennesima volta, guardava stupito il presidente, colpito da quella sua personalità meravigliosamente serena. Quella sera egli indossava l'abito antico dei giuristi inglesi (di colore nero e scarlatto con maniche di ermellino e cintura cremisi): aveva scelto questo abito in qualità di presidente della Gran Bretagna.

La cosa che suscitava più meraviglia era proprio la sua persona e lo spirito che da esso proveniva. Così come un bagno nel mare pulisce la nostra natura fisica, Felsemburgh purificava, dava vita, ebrezza e incanto. La sua figura era allettante come un frutteto in fiore; essa inteneriva come una melodia di viole e trascinava, nel contempo, con la forza della tempesta. Così i letterati parlavano del presidente. E lo rassomigliavano anche a un ruscello d'acqua limpida, allo splendore d'una gemma, all'amore di una fanciulla. Le similitudini usate dai letterati raggiungevano, talvolta, il grottesco: dissero che Felsemburgh era capace di adattarsi a tutti i toni dell'armonia, così come una cascata d'acqua... E quante volte lo avevano proclamato incarnazione perfetta della natura divina.

Ma Oliviero, a questo punto, lasciò cadere le sue considerazioni, quando notò che il presidente, con gli occhi bassi e la testa eretta, faceva un cenno al suo segretario, dal volto rubicondo, che gli sedeva vicino. Allora il segretario, senza scomporsi, cominciò a parlare, come un attore al quale sia affidata una parte non adatta.

Con voce uniforme e sonora, cominciò: «Signori! Il presidente giunge ora da Parigi; nel pomeriggio si trovava a Berlino e stamattina a Mosca. Ieri sera a New York. Stanotte deve recarsi a Torino e domani inizierà il suo viaggio in Spagna, Nord-Africa, Grecia e Stati del Sud».

Questa era la formula abituale d'introduzione. Il presidente, benché di poche parole, pareva essere molto preoccupato che tutti i suoi subalterni conoscessero la sua attività. I segretari erano già abituati alla cosa e anche questo segretario rubicondo non fece eccezione.

Dopo una breve pausa, proseguì: «Ecco, signori, il problema. Giovedì scorso, come lor signori sanno bene, i plenipotenziari hanno firmato qui la *Legge di professione*, che venne subito comunicata a tutto il mondo. Alle sedici sua eccellenza ha ricevuto il messaggio, da parte di un certo Dolgorowski, uno dei cardinali della chiesa cattolica (almeno egli ha detto di esserlo): un'inchiesta ha messo in chiaro la verità delle sue affermazioni. Costui ci ha fornito delle notizie che confermano quello che già sospettavamo da molto. Esiste un uomo che pretende di essere papa e ha creato (secondo l'usanza) altri cardinali, subito dopo la distruzione di Roma e dopo essere stato eletto a Gerusalemme. Pare che questo papa, con notevole abilità, abbia saputo tenere nascosto il proprio nome e anche la propria abitazione a tutti i fedeli. Solo i dodici cardinali erano a conoscenza della cosa. Grazie al segreto, all'aiuto dei cardinali (di uno in particolare) e all'aiuto del nuovo ordine è riuscito a riorganizzare felicemente la chiesa cattolica. Ora vive segregato dal mondo e totalmente al sicuro.

« Sua eccellenza è dispiaciuto di avere solo sospettato la cosa, illuso che, se fosse esistito un papa, se ne sarebbe venuti a conoscenza per una qualche via. Penso che anche voi sappiate come l'intera struttura della chiesa cristiana poggia sul papa, come su solida pietra. Sua eccellenza è inoltre del parere che debbano essere fatte ricerche per scoprire il luogo preciso in cui risiede il papa.

« Quest'uomo, questo papa, si chiama Franklin... ».

Oliviero ebbe un involontario sussulto. Ma subito si ricompose e tornò a prestare attenzione come prima, avendo notato uno sguardo del presidente fisso su di lui, con quella sua imperturbabilità marmorea.

« Franklin... » proseguiva il segretario. « Dimora vicino a Nazareth, dove si dice che lo stesso fondatore del cristianesimo abbia passato l'infanzia. Queste notizie sono giunte a sua eccellenza giovedì scorso; subito egli ordinò che venissero fatte delle ricerche; il venerdì mattina ha potuto sapere, sempre da Dolgorowski che il papa ha convocato a Nazareth un concilio di cardinali e di ecclesiastici provenienti da ogni parte del mondo; essi intendono deliberare in merito all'atteggiamento che i cristiani dovranno tenere di fronte alla nuova *Legge di professione*.

« Questa scelta, secondo il parere di sua eccellenza, è molto imprudente e mal si accorda con la tattica fino a ora seguita. Il prossimo sabato, tutte queste persone saranno a Nazareth per mezzo d'inviati speciali e alla domenica mattina, dopo alcune cerimonie proprie del loro culto, terranno il consiglio.

« Forse v'interessa sapere i motivi che hanno spinto Dolgorowski a fare questa confessione. Sua eccellenza è convinto che essa sia vera. Questo cardinale ha perso ogni fede nella sua religione e, convintosi che essa costituisca il massimo ostacolo al consolidamento dell'umanità, si è ritenuto in dovere d'informare completamente sua eccellenza.

« È inoltre una correlazione molto significativa il fatto che siano identici gli avvenimenti che hanno dato origine al cristianesimo e quelli che, noi speriamo, ne determineranno la fine: sia all'inizio che alla fine, il protagonista principale è eliminato dal tradimento di uno dei suoi più fedeli seguaci. Così come è certamente significativo il fatto che tutto questo accada nello stesso luogo in cui ha avuto origine il cristianesimo: il teatro della sua nascita sarà anche teatro della sua morte.

« In conformità con quanto detto fino a ora, sua eccellenza ha da farvi una proposta che è stata già da noi tutti approvata. Sabato notte invieremo un esercito di aerei in Palestina; domenica mattina, quando quegli uomini saranno insieme radunati, l'esercito compirà, nel modo più veloce e meno doloroso possibile, la distruzione nella quale ormai tutte le potenze si sono impegnate. Abbiamo interpellato vari governi e si sono tutti dichiarati d'accordo e non dubitiamo di ottenere il consenso di tutti gli altri. Sua eccellenza non ha voluto prendere questa decisione senza consultare tutti: non si tratta infatti di un problema locale, ma di un atto di giustizia internazionale che avrà un esito certamente superiore alle nostre attese.

« Non occorre qui entrare più a fondo nel pensiero di sua eccellenza; voi lo conoscerete certamente già alla perfezione. Prima di chiedervi il vostro parere, però sua eccellenza m'incarica di dirvi anche il modo in cui, se voi acconsentirete, sarà condotta l'operazione.

« Ogni governo dovrà prendere parte all'azione finale: la lotta, infatti, deve assumere un significato simbolico. Le tre parti del mondo perciò allestiranno tanti aerei quanti sono gli stati particolari di ogni grande potenza. In tutto sono centoventuno. Gli aerei non dovranno muoversi tutti assieme, perché potrebbe giungere a Nazareth la notizia della spedizione, dal momento che è ormai noto come il nuovo ordine sia fornito di un sistema di spionaggio molto efficiente. Tutti si incontreranno comunque a Nazareth, unico punto di raduno; l'ora è fissata per le nove circa, secondo il fuso orario palestinese. Tutti i particolari, comunque, saranno resi noti non appena si sarà presa una decisione concreta e globale.

« Per quanto riguarda il modo con cui siglare la fine della fede cattolica, sua eccellenza ritiene che sia più aderente allo spirito umanitario non giungere a compromessi con questa gente. Verrà solo offerto agli abitanti un motivo qualsiasi, per fuggire, se lo desiderano. Grazie agli esplosivi che la spedizione aerea avrà con sé, la fine sarà quasi istantanea.

« Sua eccellenza intende partecipare personalmente alla spedizione e desidera che sia proprio il suo aereo a lanciare la scarica decisiva degli esplosivi. È infatti giusto che il mondo, che ha già eletto sua eccellenza alla carica di presidente, agisca attraverso le di lui mani, dando così un certo attestato d'onore a quella superstizione che, benché infame, è stata essa sola, capace di resistere, fino in fondo, al progresso dell'uomo.

« Sua eccellenza fa a tutti la promessa che, dopo questa distruzione, non avremo più fastidi da parte del cristianesimo. L'effetto morale ed educativo della nuova *Legge di professione* ha dato esiti prodigiosi: a decine di migliaia, i cattolici, anche membri del nuovo ordine fanatico, hanno riconosciuto in questi ultimi giorni la loro follìa. Ora un nuovo colpo sarà inferto alla testa e al cuore della chiesa cattolica: esso eliminerà il centro vitale della sua organizzazione e non le permetterà più di risorgere. Eliminata infatti definitivamente la serie dei papi, elemento essenziale della sua indefettibilità, nessuno per quanto ignorante possa essere, potrà dubitare che le pretese di Gesù Cristo sono ormai diventate impossibili e assurde. In questo modo sparirà da sé anche l'ordine che è stato la forza degli ultimi momenti.

« C'è però una difficoltà per quanto riguarda Dolgorowski. Non si sa infatti se un cardinale possa da solo ristabilire la linea. Benché a malincuore, sua eccellenza propone che, terminata l'impresa, anche il cardinale che ha tradito sia eliminato, per evitargli la possibilità di una terribile ricaduta.

« Ora, signori, sua eccellenza chiede brevemente il vostro parere su questi punti che io ho avuto l'onore di esporvi. »

Il monotono oratore smise a questo punto di parlare. Terminò proprio allo stesso modo col quale aveva cominciato: occhi bassi, voce calma e trattenuta, contegno severo.

Vi fu un momento di grave silenzio: tutti i presenti avevano gli occhi fissi su quella figura vestita di nero e scarlatto, immobile, con la faccia d'avorio.

Poi Oliviero si alzò. Il suo volto era pallido come carta; gli occhi, invece, erano lucenti e infossati.

«Signore!» disse. «Penso di non sbagliare dicendo che siamo tutti dello stesso parere. Non occorre dunque che io spenda parole per dire, anche a nome dei miei colleghi, che accettiamo la proposta e che affidiamo tutti i particolari del caso al volere di sua eccellenza.»

Il presidente alzò il suo sguardo e lo pose, velocemente, su tutti i presenti che, immobili, lo stavano guardando. In mezzo a quel silenzio, e pareva che nessuno più volesse nemmeno respirare per non fare rumore, uscì la sua voce strana, gelida e impassibile come un torrente di ghiaccio: «Ci sono altre proposte?».

Un mormorìo rispose negativamente, mentre tutti i presenti si accingevano ad alzarsi in piedi.

«Vi ringraziamo, signori!» disse il segretario.

3

Era sabato mattina. Da poco erano passate le sette, quando Oliviero, sceso dall'automobile a Wimbledon Common, cominciò a salire per la gradinata della vecchia stazione degli aerei, già abbandonata da cinque anni. Per assicurare il silenzio su quella grave spedizione, i delegati d'Inghilterra avevano pensato di partire da una vecchia stazione ormai utilizzata solo per le prove dei nuovi aerei governativi.

L'ascensore non c'era più e Oliviero dovette salire a piedi i centocinquanta gradini.

Aveva accettato a malincuore di prendere parte alla spedizione, dal momento che non aveva ancora alcuna notizia da parte della moglie. Era molto angustiato di dover lasciare Londra in quello stato d'incertezza.

Dopo aver pensato a lungo, egli ora scartava quasi totalmente l'idea di un suicidio della moglie con l'*eutanasia*. Alcune amiche di Mabel, con le quali aveva parlato della cosa, gli avevano detto che mai la giovane donna aveva espresso l'intenzione di porre fine alla sua vita in questo modo.

Sapeva che erano necessari gli otto giorni prescritti per legge; ma, anche supponendo che Mabel avesse voluto uccidersi, non aveva alcun indizio sul luogo in cui ella si trovasse, né se fosse ancora in Inghilterra o no. Nell'ipotesi del suicidio, del resto, era molto facile che ella avesse scelto un posto all'estero, un posto nel quale le condizioni fossero meno rigide. Alla fine si convinse: la tentazione di essere presente a quel supremo atto di giustizia che avrebbe eliminato proprio coloro che, sebbene indirettamente, erano causa della sua tragedia familiare (e sarebbe stato, così, eliminato anche Franklin, quella curiosa imitazione del *padrone del mondo*), le sollecitudini dei colleghi e, soprattutto, quell'inspiegabile desiderio, sempre più vivo, di dare magari anche la vita per una sola idea di Felsemburgh lo spinsero ad accettare.

Partì, dopo aver avvertito il segretario di non lesinare sulle spese e di comunicargli anche la minima notizia che potesse giungere, nel corso della spedizione, circa la moglie.

Quel mattino, il caldo era davvero insopportabile. Oliviero giunse in cima alla gradinata e vide il mostro già inscatolato nella bianca gabbia d'alluminio, entro la quale si agitavano i ventilatori. Passò nel salone, depose la valigia e scambiò alcune parole col pilota, che ignorava totalmente lo scopo di quel viaggio.

Seppe così che i suoi colleghi non erano ancora arrivati. Perciò fece ritorno alla piattaforma, sperando di trovare un po' di fresco e di poter pensare in maggiore libertà ai propri problemi.

Si fermò a guardare lo strano aspetto di Londra, in quella calda mattina. Giù, in basso, il piazzale, bruciato dall'eccessivo calore della settimana precedente, era un piano di terra, lungo circa mezzo chilometro, tutto sconvolto e coperto, qua e là, di erba ormai seccata. Gli alberi d'alto fusto, intorno, sembravano coprire, formando una specie di tettoia, la sommità delle case. Più in là si snodavano, una dopo l'altra, le file degli edifici, uno accanto all'altro, interrotti solo in un punto dalla striscia luminosa del fiume. Poi tutto si perdeva lontano.

Soprattutto lasciava stupiti la densità dell'aria, tornata di nuovo caliginosa come ai tempi del fumo: non c'era nell'aria quella freschezza e quella pulizia tipica dell'ora mattutina. Non si riusciva a indicare da dove provenisse quella nebbia afosa, dal momento che era uniformemente distesa in ogni parte. Anche il cielo teneva nascosto il suo colore: sembrava dipinto con una scopa fangosa, mentre il sole mandava la sua solita luce rossastra.

Tutto questo, pensava fra sé Oliviero, dava l'idea di un bozzetto di seconda categoria; non serviva a rendere l'immagine misteriosa di una città nascosta: piuttosto cercava d'illudere che una città viva esistesse al di sotto, con quelle ombre dai confini sfumati e con quei contorni e raggruppamenti irregolari.

Forse era solo il segno di una tempesta o, anche, di un terremoto in qualche parte del mondo, che manifestava in modo magnifico l'unità del cosmo, suscitando quell'insolita pressione atmosferica nelle altre parti.

Bene! In ogni caso, era stata scelta la giornata giusta, se non altro per poter studiare da vicino i fenomeni atmosferici. A meno che il caldo non fosse diventato così insopportabile, passati i confini della Francia meridionale.

Allora il suo pensiero tornò alla vicenda dolorosa che gli tormentava il cuore. Dieci minuti dopo, però, vide l'automobile rossa del ministero che, a tende scoperte, correva veloce sulla carreggiata, provenendo da Falhau. Passarono altri cinque o sei minuti e apparvero sulla piattaforma, seguiti dai domestici, Maxwell, Snowford e Cartwright. Anch'essi, come Oliviero, erano vestiti di tela bianca dalla testa ai piedi.

Nessuno parlò della spedizione. Ritenevano infatti che fosse prudente guardarsi anche dalla più piccola indiscrezione davanti agli operai di volo, che andavano avanti e indietro. Il pilota era stato avvertito di fare provviste sufficienti per tre giorni: sapeva solo che la prima tappa di quel viaggio sarebbe stato il centro delle dune del sud. Lì si sarebbero fermati almeno un giorno e una notte.

Il presidente aveva fatto arrivare, il giorno prima, ulteriori indicazioni, dopo aver consultato tutti i paesi per ottenere urgentemente il loro consenso all'impresa. Era Snowford che informava i colleghi di tutto questo, aggiungendo altri particolari. Tutti e quattro, insieme, guardavano dall'alto la città.

Brevemente, le indicazioni erano queste, almeno per quanto riguardava l'aereo inglese: doveva penetrare in Palestina dalla parte del Mediterraneo; qui si sarebbe unito agli aerei francesi e spagnolo, a dieci chilometri dal confine cretese. Alle ventitré, secondo l'orario orientale, sarebbe suonato il segnale notturno: striscia scarlatta su campo bianco. Nel caso in cui gli altri aerei non fossero ancora arrivati, occorreva fare manovre intorno a quel punto, a una altezza di circa duecentoquaranta metri, dal loro arrivo fino a nuove indicazioni. Perché tutto procedesse con la massima sollecitudine, era stato deciso che l'aereo del presidente sarebbe arrivato per ultimo, dal sud, insieme a un altro aereo aiutante di campo, molto veloce. I segnali di questo secondo aereo erano da seguire come se li avesse fatti Felsemburgh in persona. Gli aerei dovevano formare un cerchio che aveva per centro Esdraelon e un raggio di cinquecentoquaranta chilometri; dovevano poi calare gradatamente fino a raggiungere centocinquanta metri sul livello del mare e diminuire la loro primitiva distanza a venticinque chilometri l'uno dall'altro, facendo attenzione d'evitare ogni possibile urto. In questo modo, procedendo alla velocità di cinquanta chilometri orari appena formato il cerchio, sarebbero arrivati a Nazareth alle nove circa della domenica mattina.

Il pilota s'avvicinò ai quattro delegati che continuavano a guardare in silenzio la città sotto di loro.

« Sono pronti, signori? » chiese.

« Che ne pensate di questo tempo? » chiese Snowford.

Il pilota strinse le labbra e rispose: « Ci saranno colpi di tuono, signore ».

Oliviero, con uno sguardo carico di curiosità, domandò: « E non avverrà altro? ».

« Forse qualche temporale! » replicò il pilota.

« Ebbene » disse Snowford. « Partiamo immediatamente. Ne avremo di tempo da perdere in seguito... »

Bastarono pochi minuti e tutto fu pronto per la partenza. Un fine profumo di cucina proveniva da poppa: la colazione, infatti, doveva essere servita subito. Un cuoco, con berretto bianco, s'affacciò alla porta per domandare qualcosa al pilota.

I quattro erano seduti nel sontuoso salone, a prua; Oliviero era silenzioso e un po' in disparte; gli altri parlavano sottovoce fra di loro.

Il pilota tornò al suo posto, a poppa, per vedere se tutto fosse in ordine. Un istante dopo diede il segnale della partenza. Era quello il più veloce aereo d'Inghilterra; la vibrazione del propulsore passò per tutta la sua lunghezza a grande velocità.

Oliviero guardava attraverso i cristalli della finestra: vide sotto di lui le sbarre, poi ecco apparire Londra, scialba alla luce di quel sole colorato in modo strano. Poi notò un gruppo di persone intente a guardare in alto: ma disparvero subito. E sparì anche il gran prato pieno di polvere, mentre cominciava a diventare più ampia la distesa dei tetti. Le file delle vie giravano vorticosamente da ogni parte, simili a una giostra gigante. Poi s'incominciò ad assottigliare anche quel pavimento, mostrando tracce di verde, così come si vede, in terra, l'erba che esce tra una pietra e l'altra.

Poi tutto era ormai lontano e c'era posto solo per la campagna vasta e bruciata dal sole.

« Sarà meglio che informi adesso il pilota, in modo da non essere disturbati nel corso del viaggio » disse.

Capitolo sesto

1

Il prete siro si svegliò; aveva sognato che migliaia di facce, altere e mostruose, lo fissavano. Si trovava nell'angolo della terrazza, tutto sudato e ansante. Gli sembrò di essere in punto di morte e di trovarsi già a contatto col mondo invisibile. Ma, a furia di sforzi, tornò in sé e respirò a pieni polmoni l'aria pesante della notte.

Il cielo, là in alto, appariva simile a una cavità immensa, buia e vuota. Non vi era alcun barlume di luce, benché già la luna fosse sorta. Quattro ore prima aveva visto quella falce rossastra girare lentamente dietro il Tabor.

Tutto era deserto, giù al piano. Pochi passi più in là, attraverso il terreno scosceso, in linea curva, era proiettata la luce che usciva da una finestra socchiusa... Niente altro. Nulla al nord; a occidente solo un barlume scialbo, simile a un'ala di falena, che indicava Nazareth; nulla a est. Avrebbe potuto pensare di essere sulla cima di una torre, in mezzo al deserto, se non fosse stato per quella striscia e per quel tenue barlume che non si lasciava possedere dagli occhi.

Sul tetto, però, si poteva distinguere qualcosa. L'abbaino in cima alla scala, infatti, era aperto e lasciava intravvedere un po' di luce dell'interno. In un cantuccio c'era un fardello bianco: era il guanciale dell'abate benedettino. Lì si era sdraiato poco prima, ma non sapeva dire se veramente erano solo quattro ore o quattro secoli. Accanto alla parete giaceva una figura grigia: forse era il monaco. Altre forme irregolari interrompevano, da ogni parte, qua e là, il parapetto.

Dal momento che ben conosceva i capricci del sonno, pian piano andò alla parte opposta della terrazza, per accertarsi se veramente fosse ancora in compagnia della carne e del sangue.

Ma sì!... Era sempre al mondo!

In mezzo alle balze sconnesse, egli vedeva una luce chiara e netta; davanti a quella luce, delineate come miniature, apparivano la testa e le spalle di un uomo intento a scrivere. Intorno a lui, altre figure pallide, sdraiate sui loro giacigli. Erano stati infilzati alcuni pali, probabilmente, per sostenere una tenda; si vedeva un mucchio di valigie coperto da un tendone da viaggio.

Oltre il cerchio di quella luce, andavano perdendosi nel buio altre forme e altri contorni.

A un certo punto, l'uomo che stava scrivendo mosse la testa: si vide allora un'ombra mostruosa fuggire.

Dietro il prete, risuonò un grido simile al guaìto d'un cane strozzato; egli si voltò e vide un uomo, lì in terra, che gemeva e singhiozzava, mentre tentava di svegliarsi dal sonno. Un'altra figura fu scossa da quel grido. Ma l'uomo che piangeva, a un certo punto, sospirò e di nuovo si voltò verso il muro.

Il prete tornò al suo giaciglio, ancora dubbioso se quella fosse veramente realtà, mentre il silenzio la ricopriva col suo drappo funereo.

Il sonno che seguì fu per il prete più calmo; quando si svegliò, vide che la scena era cambiata. Alzando gli occhi assonnati dal suo cantuccio, gli venne incontro un luccichìo: era una candela accesa e, dietro essa, c'erano una manica bianca e, più in su, un collo e un volto pallidi.

Capì subito. Si alzò barcollando: era giunto il messaggero di Tiberiade. Veniva a svegliarlo, come erano d'accordo.

Attraversò la terrazza e si guardò intorno. Gli parve che l'alba fosse ormai vicinissima, dal momento che il cielo tetro si rendeva finalmente un po' visibile. Quel cielo era una cupola enorme, scura: s'abbassava verso l'orizzonte spettrale, dall'altra parte del piano.

Là, le colline aguzze e lontane s'innalzavano e parevano ritagliate su carta. Davanti a lui, ecco il Carmelo (almeno, il prete pensò che quello fosse il Carmelo): si trattava di una specie di collo e di testa di un toro, protesi in avanti, che poi calavano bruscamente a picco.

E al di là, ancora, il fioco chiarore del cielo.

Non c'erano nuvole vaganti a spezzare con i loro contorni quella vòlta così grande, così fosca, così uniforme. La casa sembrava posta proprio al centro di quella vòlta... Si voltò a destra e vide, prima di scendere le scale, proprio in faccia a lui, Esdraelon, cupa e triste, attraverso il grigio metallico dell'aria.

Tutto era lontano dalla realtà normale: pareva un dipinto fantastico, eseguito da un pittore che mai aveva visto le cose sotto la luce del sole.

Il silenzio regnava assoluto e profondo.

Discese allora rapidamente le scale, mentre l'ombra fluttuava dietro quell'uomo vestito di bianco. Si mosse per lo stretto corridoio e inciampò nei piedi di uno che stava dormendo e dibatteva le membra come un cane troppo stanco. I piedi di quella figura si ritrassero immediatamente, mentre s'alzava nel corridoio un leggero gèmito.

Il prete passò davanti al messaggero, che si era tirato da parte ed entrò nella stanza.

Lì erano radunati sei uomini vestiti di bianco; stavano in silenzio, a una certa distanza l'uno dall'altro. Il papa entrò dalla parte opposta; il sommo pontefice e il prete siro s'inginocchiarono assieme, poi s'alzarono. I loro volti erano composti in una devota attenzione ed erano straordinariamente pallidi.

Il prete guardò uno a uno tutti i presenti, dopo aver preso posto dietro la sedia del suo signore. Ne riconobbe due, che aveva visti la sera prima: il cardinale Ruspoli e il magro arcivescovo australiano. Era presente anche il cardinale Corkran, seduto alla destra nello stesso banco del papa, con un fascio di carte in mano.

Silvestro si sedette e con un cenno invitò tutti gli altri a fare la stessa cosa. Poi cominciò subito a parlare, con voce stanca e tranquilla, quella voce che il suo cappellano conosceva così bene: «Eminenze. Siamo qui tutti riuniti... Almeno quelli che sono arrivati!... Comunque non c'è tempo da perdere. Il cardinale Corkran ha qualcosa da comunicarvi ». Poi si voltò verso il cappellano e disse: « Mettetevi a sedere anche voi, padre. La cosa è lunga e richiede tempo ».

Il prete si accomodò sul gradino della finestra; da lì poteva vedere bene in faccia il papa alla luce delle due candele poste sulla tavola, tra lui e il cardinale segretario.

Allora il cardinale cominciò a parlare, tenendo gli occhi rivolti alle carte che aveva nelle mani: « Santità, ritengo opportuno rifarmi un po' indietro nel tempo coi fatti; le loro eminenze, infatti, non conoscono i particolari precisi...

« Venerdì della scorsa settimana ricevetti, a Damasco, molte domande da parte di vari prelati, dalle diverse parti del mondo, sul tipo di atteggiamento da tenere davanti alla nuova legge di persecuzione. Dapprima non potei dare alcuna risposta poiché solo alle venti ricevetti dal cardinale Ruspoli la conferma dei fatti. Me li confermò poi, cinque minuti dopo, il cardinale Malpas e, alle ventitré, il cardinale arcivescovo di Pechino.

« Il sabato seguente, prima di mezzogiorno, ricevetti la conferma definitiva dai messaggeri spediti a Londra.

« Dapprima mi meravigliai, vedendo di non avere avuto alcuna notizia da parte del cardinale Dolgorowski; infatti, quasi contemporaneamente al messaggio di Torino ricevetti un messaggio da Mosca, spedito da un prete membro del Cristo Crocifisso, al quale, ovviamente, non prestai attenzione. È nostro dovere, eminenze, comportarci in questo modo di fronte a comunicazioni non autorizzate. Ricevetti da sua santità l'ordine di fare un'inchiesta: allora seppi da padre Petrowscki e da altri che il governo aveva reso pubblica la notizia alle venti, secondo la nostra ora. Bisognava pensare che il cardinale non avesse avuto la notizia perché, in caso contrario, sarebbe stato suo dovere avvisarmi subito.

« Ma dopo quel giorno sono venuti alla luce questi fatti: è del tutto sicuro che il cardinale Dolgorowski ricevette, nelle prime ore del pomeriggio, la visita di uno sconosciuto. È stato il cappellano del cardinale a informarci dell'accaduto: voi tutti lo conoscete e conoscete la sua fervente attività in Russia a favore della chiesa.

« Inoltre il cardinale asseriva, come giustificazione del suo silenzio, di essere rimasto solo e di avere dato l'ordine di non far passare nessuno da lui se non per motivi urgentissimi. Tutto questo veniva a conferma dei dubbi nutriti da sua santità. Io tuttavia, per ordine del papa, mi comportai col cardinale come se nulla fosse, ingiungendogli però di essere qui, assieme a tutti gli altri membri del Sacro Collegio. Mi rispose che non sarebbe mancato. Ma ieri ricevetti un messaggio in cui venivo informato che era accaduto al cardinale un piccolo inconveniente, che tuttavia non gli avrebbe impedito di essere qui per decidere insieme agli altri. Da ieri non so più nulla! ».

Un silenzio di morte fece seguito a queste parole.

Il papa, rivolto al prete siro, disse: « Padre; siete voi che ricevete i messaggi da sua eminenza. Avete qualcosa d'aggiungere? ».

« No, santità. »

Il papa si voltò dall'altra parte.

« Figlio mio » disse, « ripetete pubblicamente ciò che avete detto a Noi in privato. »

Si vide un uomo di bassa statura e dagli occhi vivaci uscire dall'ombra: « Santità. Sono stato io a portare il messaggio al cardinale Dolgorowski. Sulle prime, non voleva ricevermi; quando poi fui ammesso alla sua presenza e gli feci sapere gli ordini di vostra santità, rimase molto silenzioso. Poi mi disse di fare sapere a Damasco che non avrebbe mancato d'obbedire ».

Il papa non aggiunse altro.

Allora, si alzò il cardinale australiano, che era particolarmente alto e magro. Disse: « Santità. Sono stato per molto tempo legato da grande amicizia col cardinale ed ho avuto una parte importante nella sua conversione alla chiesa cattolica. Accadeva, questo, quattordici anni fa, quando sembrava che la condizione della chiesa volgesse a miglior sorte. Ma le nostre relazioni cessarono del tutto due anni fa. Per quanto so sul suo conto, non avrei difficoltà ad ammettere che... »

La sua voce tremava per la commozione; era visibilmente esitante a continuare.

Silvestro fece un gesto con la mano: « Eminenza, non c'è certamente tempo per le recriminazioni! Anche l'evidenza del fatto stesso non arrecherebbe alcuna utilità. È solo accaduto ciò che doveva accadere. Anche Noi non abbiamo alcun dubbio sull'azione commessa da quest'uomo. A lui Gesù ha offerto il frammento del pane e gli ha detto: *Quel che devi fare, fallo al più presto.* E lui, ricevuto il pezzo di pane, uscì in fretta... e la notte era venuta ».

Di nuovo ci fu silenzio. Intanto risuonò, fuori dal corridoio, un lungo lamento: era uno di quegli uomini stanchi, sdraiati lì a dormire, che si stava svegliando. Somigliava al grido di un'anima che passa dalla luce alle tenebre.

Silvestro, allora, riprese la parola; senza accorgersene, faceva a pezzetti un grande foglio sul quale erano scritti gli elenchi di tutti coloro che sarebbero dovuti essere presenti.

« Eminenze » disse. « Sono le tre del mattino. Fra due ore, Noi celebreremo la messa alla vostra presenza e vi daremo la santa comunione. Intanto, fate sapere a tutti i presenti le cose accadute. Diamo a ciascuno di voi un potere senza limiti e concediamo l'indulgenza plenaria a tutti coloro che si confesseranno e si comunicheranno in questi giorni. »

Poi, rivolto al siro, disse: « Padre, esponete il *santissimo* in cappella e correte al villaggio; avvertite gli abitanti che, se vogliono avere salva la vita, se ne vadano subito lontano. Ma *subito*! Avete capito? ».

Il siro guardava il papa dalla pietra sulla quale era seduto. Poi si accorse del gesto fatto in quegli istanti dal papa e balzò esclamando: « Gli elenchi, gli elenchi, santità! ».

Silvestro sorrise. Raccolse i frammenti e li pose sulla tavola. Poi si alzò, dicendo: « Non datevi pensiero, figlio mio. Ormai, non ne avremo più bisogno!... Un'ultima parola, eminenze... una parola: se mai qui ci fossero cuori trepidanti e incerti ».

Tacque deliberatamente. Volse gli occhi attorno, a quei volti protesi a lui: « Ho avuto un'illuminazione da Dio ».

Poi terminò in perfetta calma: « Non cammino più nella fede, ma nella visione ».

2

Un'ora dopo, il prete siro, nell'afoso schiudersi dell'alba, camminava in gran fretta lungo il sentiero dal villaggio alla casa. Era seguito da sei o sette individui, più curiosi che credenti.

Aveva visto qualcuno sbalordito presso le porte di quelle catapecchie, mentre un centinaio di famiglie fuggiva per la via sassosa, dirigendosi a Haifa.

Alcuni l'avevano ingiuriato e minacciato; altri lo avevano guardato male; la maggior parte l'aveva preso in giro. I fanatici dicevano che i cristiani dovevano portare la maledizione di Dio sulla terra e il buio in cielo: il sole moriva perché questi cani non avessero più la possibilità di guardarlo. Altri invece non trovavano nulla di strano in quella condizione atmosferica che invece era strana.

Il cielo non era mutato da un'ora prima, benché fosse più illuminato dal sole che ascendeva dietro l'impenetrabile lenzuolo. Le colline, i campi, i volti degli uomini sembravano aver perduto, agli occhi del prete, la loro realtà, così come appare nei sogni, attraverso le palpebre appesantite dal sonno. Anche gli altri sensi avvertivano la stessa impressione d'irrealtà; gli pareva di sognare come prima, era però contento di non avere, come nel vero sonno, davanti a sé quella terribile visione d'orrore.

Ma il silenzio non era semplice mancanza di rumori; era una realtà esistente in sé: aveva qualcosa di vivo e di positivo e non veniva interrotto né dal frastuono dei loro passi, né dall'ululato di quei cani, né dal clamore di quelle voci in partenza. Sembrava che fosse scesa a sommergere il mondo la quiete dell'eternità. Pareva che il mondo, nel disperato tentativo di difendersi, si fosse impegnato, per la salvezza delle sue attività, in un immane sforzo, tenace, muto, anelante. Il mondo sembrava volere a tutti i costi perseverare nella sua esistenza.

Anche al siro accadeva ciò che stava accadendo a Silvestro. Il contatto con la polvere della strada e il calore dei ciottoli sotto i suoi piedi nudi erano al di fuori del campo della normale autocoscienza, che considera gli oggetti materiali più reali e consistenti di quelli dello spirito. Per lui la materia era ancora in vita, occupava uno spazio, ma aveva preso una dimensione totalmente subordinata a sé, come se fosse frutto delle facoltà interiori più che del contatto coi sensi esterni. Gli sembrava di essere diventato uno spirito libero ed attivo e che ci fosse solo un filo molto sottile che lo teneva legato al corpo e al mondo circostante. Sentiva l'afa di quel caldo; davanti ai suoi occhi il terreno si screpolava e crepitava, sopra il sentiero, come l'acqua a contatto col ferro rovente. Sentiva che la sua testa e le sue mani erano arse e tutto il suo corpo era immerso in un lago di sudore. Ma tutto ciò era come se non fosse parte di lui; egli era diventato simile all'uomo affetto da neurite, che prova dolore non nelle membra ma nel letto sul quale riposa.

Così apparivano le cose al suo orecchio e al suo occhio; e così anche al suo gusto e al suo odorato.

Non nutriva né paura né speranza. La sua persona, il mondo, lo stesso terribile Spirito Onnipotente erano per lui realtà che non lo riguardavano, come cose estranee alla sua coscienza. E questo non l'affliggeva neppure...

Ecco il Tabor davanti a lui (almeno: quello che, un giorno, era chiamato Tabor): non era altro che una fosca forma arrotondata che, impressionando la retina dell'occhio, giungeva al cervello come per dire che esisteva e che aveva proprio quella strana forma arrotondata; ma quella stessa esistenza non sembrava più reale di un fantasma che, piano piano, si dilegui.

Gli sembrò anche del tutto naturale (o, almeno, naturale come tutte le altre cose) vedere, dopo aver attraversato il cortile interno e aver aperto l'uscio della cappella, tutti gli uomini là raccolti in silenzio, immobili e prostrati al suolo. Avevano mantelli bianchi, proprio quelli che egli stesso aveva distribuiti a tutti la sera prima. Con la testa fra le braccia, come al canto delle litanie dei santi nella cerimonia della sacra ordinazione, egli vide la figura di quell'uomo che conosceva meglio di tutti e che, più di ogni altro al mondo, amava. Con le spalle e i capelli bianchi, egli si elevava sopra tutti gli altri, appoggiato sull'unico gradino dell'altare.

Sulla mensa, ardevano sei ceri e, nel mezzo, sotto un piccolo trono, brillava, nell'argento, l'ostensorio, col suo centro bianco. Allora, anch'egli cadde prostrato e restò immobile.

Non si accorse del tempo che passò in quella posizione, lasciando che la coscienza allargasse nuovamente i confini e trascorresse il lento fluire delle immagini e la persistenza di idee fisse. Tutto alfine tornò in lui calmo e normale, come su un largo lago quando la pietra che vi è stata lanciata giace ormai da un pezzo sul fondo.

Giunse allora quella deliziosa tranquillità che è resa possibile solo dalla vigilanza delle facoltà spirituali e fisiche. È quel punto di assoluto riposo che Dio fa provare, almeno una volta nella vita, a coloro che sono immersi nel cuore di Colui che è fonte di ogni esistenza e che sarà il premio assoluto ed eterno per coloro che avranno persistito nella fede.

Non si dava certo preoccupazione di riuscire ad esprimere questa sua esperienza, né di analizzarne gli elementi, né di toccare l'una o l'altra di quelle corde che vibravano di gioia assoluta. Era finito il tempo dell'introspezione e quella sola esperienza era totalmente sufficiente, benché non restasse riflessa nella sua autocoscienza.

Dalla sfera della coscienza interiore era passato alla sfera della beatitudine, trovandosi sempre più vicino a quel centro che la irradia. La prima cosa che gli indicò come ancora esistesse il tempo fu il mormorìo di parole che egli riuscì a udire e a distinguere bene, benché non vi si associasse nel pronunciarle. Era simile a un uomo ancora mezzo addormentato che apprende la notizia di un messaggio venuto da lontano, come parole udite quasi attraverso un velo che ne lascia passare solo il significato essenziale.

«*Spiritus Domini replevit orbem terrarum.* Lo Spirito del Signore ha riempito tutta la terra. *Alleluja...* E questa, che tutto contiene, ha coscienza della sua voce. *Alleluja, alleluja, alleluja!... Exurgat Deus*» e la voce diventava più alta. «Sorga il Signore, siano dispersi i suoi nemici e siano messi in fuga coloro che lo odiano. *Gloria Patri...*»

Il prete alzò la testa. Davanti all'altare, c'era una figura trasfigurata, avvolta in rossi paramenti: non sembrava che fosse fissa a terra, ma pareva piuttosto che fluttuasse sospesa in aria, tra il chiarore diffuso delle candele, con le sottili mani distese e lo zucchetto sui capelli bianchi. Un chierico, vestito anch'esso di bianco, era inginocchiato sul gradino.

Kyrie eleison. Gloria in excelsis Deo.

Pareva uno spettacolo di ombre quella celebrazione svolta davanti a lui; intuiva i movimenti, udiva il sussurrare della preghiera, ma percepiva solamente la luce che tutto fondeva in unità. L'*Oremus, Deus qui hodierna die* suonò passivamente alle sue orecchie e non lasciò alcuna traccia né all'intelletto, né all'immaginazione. Venne invece scosso dalle parole degli *Atti degli apostoli*: « *Cum complerentur dies Pentecostes...* Quando giunse il giorno di Pentecoste, tutti i discepoli si trovavano radunati nello stesso luogo. Improvvisamente, venne un suono dal cielo, simile a un tuono improvviso, che s'avvicinò e riempì tutta la casa nella quale erano raccolti ».

Allora gli tornò tutto alla memoria e capì. Quello era il giorno di Pentecoste! Con la memoria, per un attimo, tornò a lui anche la capacità di riflettere: dov'era in quel momento la bufera, la fiamma ardente, il terremoto, la voce ignota? Il mondo ostinato era silenzioso per il supremo sforzo dell'affermazione di sé. Non v'era alcun fremito del suolo a testimoniare la memoria di Dio. Non v'era alcun raggio di luce che spezzasse quell'orribile e oscura vòlta distesa sui mari e sulla terra e che manifestasse Colui che, eterno, risplende lassù, trascendente e onnipotente. Neppure una voce... Ma, a questo punto, cessò di capire: quel mondo, di cui il sogno della notte precedente, gli aveva offerto una parodia terribile, non era come egli temeva. Era dolce, non terribile; era amico, non ostile; sereno, non tenebroso. Era la patria, non il luogo dell'esilio.

Egli poteva vedere qui radunati i fratelli, non i mostri voraci che avevano riempito il suo sogno.

Riappoggiò la testa alle mani, confuso ma tranquillo. E di nuovo s'immerse nelle profondità luminose della pace interiore.

Subito non vide e non pensò a quanto stava accadendo lì, a pochi passi, sul gradino dell'altare. Nella prima Pentecoste dei cristiani, si erano verificati una bufera di fiamme e un tuono; essi erano passati sul limpido mare, simili a una stella che sorge, lasciando sull'acqua una linea di fuoco a baciare l'immota superficie e simile all'armonia di una corda che vibra nella quieta profondità della notte. Nell'ultima Pentecoste (medesima Pentecoste, la stessa che egli ora vedeva), c'era una natura umana, e quindi inferiore, che viveva per un istante unita alla natura di Dio. Poi, di nuovo, ci fu un silenzio che allargava l'abbraccio a tutte le cose... come un sentimento più profondo della realtà, finché, inginocchiato alla balaustra, egli vide l'Unico che aveva vissuto la vera vita sulla terra: Egli si avvicinava con la velocità del pensiero e col fuoco divino dell'amore.

Alla fine della messa, mentre il suo spirito umile si esaltava nella felicità di ricevere l'ultimo dono di Dio, s'udì un grido, un improvviso clamore che s'alzò dal corridoio. Sulla soglia della cappella si fermò un uomo: balbettava, in lingua araba, parole inconsulte.

3

Ma quel grido e quella vista scossero solo minimamente il filo sottile che legava il suo spirito al mondo esteriore. Egli vide e sentì il tumulto nel corridoio, le facce impaurite e le bocche aperte. E, singolare contrasto!, vide la pace sui pallidi sembianti estasiati dei prìncipi della chiesa che si erano voltati da quella parte.

Nel cenacolo spirituale della sua anima, due esseri si abbracciavano: Dio incarnato e l'uomo liberato dalla carne. E, mentre questo accadeva, egli si accorse che le facoltà mentali avevano in qualche modo ripreso vigore: ma tutto era da lui distinto, così come il palcoscenico e il dramma sono tra loro lontani per lo spettatore.

Il mondo materiale, ridotto all'apparire di un miraggio, continuava la sua strada. Ma, per l'anima del siro (che attendeva altri avvenimenti e che l'attesa stessa rendeva dubbioso sulla realtà stessa delle cose), tutto ciò non poteva che essere illusione.

Di nuovo, si volse all'altare.

Là, come egli ben sapeva, tra lo splendore dei ceri, tutto era immerso nella pace. Il celebrante, che appariva come attraverso un recipiente di vetro colmo d'acqua, adorava in preghiera silenziosa il Verbo incarnato e il suo mistero. Passando davanti a Lui, s'inginocchiò.

Allora, comprese tutto pienamente. Allora soltanto: infatti il suo pensiero non procedeva per atti logici e successivi, ma con l'intuizione semplice dei puri spiriti.

Tutto comprese e, con irresistibile impulso, aprì le labbra ad un canto, così come un fiore apre, per la prima volta, la corolla ai raggi del sole.

*O salutaris hostia,
quae coeli pandis ostium.*

Tutti ora cantavano. Anche il catecumeno maomettano che, un minuto prima, era accorso gridando cantava. Cantava anch'egli, insieme agli altri, col volto perso, proteso in avanti, le braccia incrociate sul petto. Il piccolo tempio risuonava delle quaranta voci e faceva tremare anche il mondo circostante.

Cantando, al prete sembrò di vedere uno spirito distendere un velo sulle spalle del pontefice; poi, ci fu un movimento, un ondeggiare di ombre: erano le uniche ombre intorno alla sostanza verace.

Uni Trinoque Domino.

Il papa si alzò. Era una pallida visione, fra lo splendore della luce, con quel velo di seta che, dalle spalle, scendeva, in mirabili pieghe, avvolgendogli le mani. La sua fronte era china, nascosta dalla raggiera dell'ostensorio e dall'ostia che esso custodiva.

*Qui vitam sine termino
nobis donet in patria.*

I presenti si mossero dall'altare. Al prete sembrò che, in loro, tornasse il mondo della vita vera. Egli pure uscì dal corridoio, andando tra quei volti pallidi e tremanti che guardavano, a bocca aperta, lo spettacolo dei sacerdoti che cantavano il *Pange lingua* e vedevano l'aureola di coloro che passavano a vita eterna.

Da un angolo del corridoio, il prete siro guardò ancora le sei fiamme che brillavano, vive, sull'altare e parevano punte di una lancia vicino a un re e, nel mezzo, vide ancora l'ostensorio d'argento e il bianco Pegno dell'amore di Dio.

Quindi, uscì nel cortiletto interno. Già cominciava la battaglia.

Il cielo era passato da un'oscurità densa di luce a una luce sovraccarica di tenebre: dal barlume della notte era giunto al rosso colore del giorno dell'ira. Da destra a sinistra, dal Carmelo al Tabor, sulle colline circostanti, l'enorme vòlta sanguigna s'apriva e si distendeva.

Non vi era nessuna gradazione in quella tinta cremisi, dallo zenit all'orizzonte. Quel rosso pareva il colore del ferro incandescente. Era come il colore che copre di porpora il tramonto dopo la pioggia, quando le nuvole, diventando sempre più diafane, lasciano passare i raggi del sole che non riescono più a trattenere.

Là, sul monte della trasfigurazione, il disco del sole saliva scialbo e, sull'estremo occidente, dove un giorno gli uomini invano avevano invocato Baal, pendeva, simile a pallida falce, la luna.

Tutto era luce colorata, come se filtrasse attraverso un vetro.

In supremae nocte coenae,
(ora le voci cantavano a migliaia)
recumbens cum fratribus,
observata lege plene
cibis in legalibus,
cibum turbae duodenae
Se dat suis manibus.

Simili ad atomi che nuotano dentro la luce, egli allora vide quelle sembianze a forma di pesce; erano bianche come latte, fuorché nelle parti raggiunte dai terribili riflessi. Fluttuavano ad ali aperte, quasi immense falene. Tutte si disposero a cerchio, da un piccolo punto remoto verso sud, fino a un orribile mostro che pareva guidarle a breve distanza. Guardando e continuando a cantare, si accorse che il cerchio si avvicinava sempre più... ma quelle sembianze volavano via e non sapevano dove.

Verbum caro, panem verum
verbo carnem efficit.

...Ed ora eccole più vicine... Poi vide guizzare, ai suoi piedi, sul pavimento, l'ombra di un uccello mostruoso, mentre sotto il sole scolorito fluttuava quella forma orrenda che, pochi minuti prima, pendeva sui gironi dell'abisso... Ora essa indietreggiava e pareva porsi in agguato.

Et, si sensus deficit,
ad firmandum cor sincerum
sola fides sufficit.

...Tornò tra i suoi compagni e si fermò; volse gli occhi attorno, colpito da un accordo d'arpa e dallo scoppio improvviso d'un tuono.

Attraverso lo spazio brillavano le sei fiaccole, lame di acciaio ben diritte, sospese in modo mirabile tra la terra e il cielo. Nel centro, lo splendore radioso del mistero di Dio fatto uomo...

...E un nuovo scoppio di tuono, lassù, di cerchio in cerchio, tra le tremende potenze dei Troni e delle Dominazioni: sostanze davanti al mondo, ma anch'esse ombre sotto il sommo vertice e dentro il cerchio assoluto della Deità...

Scoppiava il tuono e scuoteva la terra, negli ultimi tremiti della dissoluzione.

Tantum ergo sacramentum
veneremur cernui
et antiquum documentum
novo cedat ritui.

Sì! Era giunta l'ora dell'Uomo, che Dio attendeva! Dall'alto, sotto l'ombra di quella vòlta tremante che si era fatta, in fondo, di un colore impensabile, Egli, a tutti ignoto fuor che a Lui, veniva. Sul suo carro veloce veniva Colui, contro il quale erano state sì a lungo rivolte le sfide.

Non si scomponeva minimamente al fatto che il mondo gli stesse crollando davanti. La sua ombra vagava, simile a nebbia pallida, sul terreno dei morti, dove Israele vinceva e Sennacherib aveva solo cantato vittoria.

Quel terreno, ora, era infiammato di un ardore ancor più profondo, mentre i cieli, di luce in luce, eran più belli, negli eccelsi e luminosi spiriti beati.

E i cieli bloccavano le potenze tutte unite e facevano risplendere, in tutta la sua gloria, la rivelazione finale.

Intanto, per l'ultima volta, le voci cantavano.

Praestet fides supplementum
sensuum defectui.

Eccolo, ancora più veloce, l'Erede delle età temporali, esiliato dall'eternità, mai riconosciuto Principe da quelle ribelli creature che erano contro Dio e che, ora, diventavano più cieche del sole che impallidiva e della terra che tremava. Mentre Egli veniva, le sue vittime rotolavano dietro di lui, passando dall'ultima loro reale comparsa all'evanescenza e alla forma di spettro: si agitavano, simili a uccelli fantastici che inseguivano la scia di un vascello fantasma.

Egli veniva. E la terra, divisa ancora una volta da opposta fede, vacillava, raccapricciata nell'angoscia ultima di due adorazioni.

Eccolo, *il padrone del mondo*!

Ma, già, la sua ombra retrocedeva, lontana dal suolo. Poi svaniva.

Mentre le bianche ali della sua nave si fermavano lontane e squillava la grande campana, riecheggiavano a lungo le armonie dei suoni: ma erano, ormai, soltanto sibili perduti nel maestoso coro dell'eterna canzone.

Genitori Genitoque
laus et jubilatio,
salus, honor, virtus quoque
sit et benedictio.
Procedenti ab Utroque
compar sit laudatio.

E di nuovo:
Procedenti ab Utroque
compar sit laudatio.

Così finiva questo mondo. Così passava la sua gloria.

Indice

Nota dell'Editore — V
Prefazione — 1

Prologo — 3

Libro primo
L'inizio — 17

Capitolo primo — 19
Capitolo secondo — 39
Capitolo terzo — 59
Capitolo quarto — 77
Capitolo quinto — 91

Libro secondo
Lo scontro — 103

Capitolo primo — 105
Capitolo secondo — 123
Capitolo terzo — 145
Capitolo quarto — 167
Capitolo quinto — 183

Capitolo sesto 197
Capitolo settimo 213
Capitolo ottavo 225

Libro terzo
La vittoria 241

Capitolo primo 243
Capitolo secondo 259
Capitolo terzo 273
Capitolo quarto 285
Capitolo quinto 299
Capitolo sesto 313

Dal Catalogo Jaca Book

C. ACHEBE, *Attento, 'Soul Brother!'*, 1995
A. ANTONAROS, *La piattaforma*, 1997
R.H. BENSON, *Il padrone del mondo*, 1987, nuova ed. 2008, ult. rist. 2015
E. BONICELLI, *Il primo giorno*, 2006
—, *Ritorno alla vita*, 2002, 2009
—, *Il sangue e l'amore*, 2004, ult. rist. 2015 (in prep.)
F. CAMINOLI, *Il giorno di Bajram*, 1999
—, *La neve di Ahmed*, 2003
—, *Viaggio in requiem*, 2010
—, *La guerra di Boubacar*, 2011
—, *C'erano anche i cani*, 2013
M. CASSOLA, *Alato*, 1997
—, *L'assente. La Grande Famiglia 1*, 1999
—, *Arrivi e partenze. La Grande Famiglia 2*, 2001
—, *Amici cari. La Grande Famiglia 3*, 2003
A. CÉSAIRE, *Diario del ritorno al paese natale*, 1978, nuova ed. 2004
I. DELLA MEA, *Se la vita ti dà uno schiaffo*, 2009
R. DEPESTRE, *L'albero della cuccagna*, 1994, ult. rist. 2012
M. ELIADE, *Il vecchio e il funzionario*, 1978, nuova ed. 1997
—, *Nozze in cielo*, 1983, nuova ed. 1996
—, *Gaudeamus*, 2012
P.A. FERNÁNDEZ, *Isola, isole*, 1996
U. GARZELLI, *Il vecchio Rèsina*, 1996
—, *Gli impacci*, 1997
—, *Le perle nel pozzo*, 1998
—, *Il dono dell'eresia*, 1999
E. GIOANOLA, *Prelio. Storia di oro e stricnina*, 1999
—, *Martino de Nava ha visto la Madonna. Guerra e miracoli nel Monferrato del Seicento*, 2002
—, *Giallo al Dipartimento di psichiatria*, 2006

—, *Maino della Spinetta. Re di Marengo e Imperatore delle Alpi*, 2008
—, *Don Chisciotte, Fausto Coppi e i misteri del Castello*, 2010
É. GLISSANT, *La Lézarde*, 2013
V. GROSSMAN, *Vita e destino*, 1984, nuova ed. 1998; ed. in brossura 2005
V. HUIDOBRO, *Viaggi siderali. Antologia poetica*, a cura di G. Morelli, 1995
C.H. KANE, *L'ambigua avventura*, 1979, nuova ed. 1996, ult. rist. 2015
Y. KATEB, *Nedjma*, 1983, nuova ed. 1996
A. KOUROUMA, *I soli delle Indipendenze*, 1996
P. LAGERKVIST, *Barabba*, 1985, ult. rist. 2012
P. LAZZARO, *La stagione del basilisco*, 2003
C.S. LEWIS, *Il grande divorzio. Un sogno*, 1979, nuova ed. 2007, ult. rist. 2014
—, *A viso scoperto. Un mito rinarrato*, 1983, nuova ed. 2009
—, *Le lettere di Berlicche* e *Il brindisi di Berlicche*, 1990, nuova ed. 1999, ult. rist. 2010
H. LOPES, *Cercatore d'Afriche*, 1995
—, *Sull'altra riva*, 1996
B. MARSHALL, *Tutta la gloria nel profondo. Il mondo, la carne e padre Smith*. 1993, nuova ed. 2009
—, *Il miracolo di padre Malachia*, 1994, nuova ed. 2008, ult. rist. 2009
—, *A ogni uomo un soldo*, 1995, nuova ed. 2009, ult. rist. 2013
—, *Candele gialle per Parigi*, 1996
—, *Danubio rosso*, 1996
—, *La sposa bella*, 1997
F. MELI (a cura di), *Piste perdute, piste ritrovate. Racconti indiani*, 1996
O.V. MILOSZ, *Miguel Mañara, Mefiboseth, Saulo di Tarso*, 1976, nuova ed. 1998, ult. rist. 2009
M. MORENO, *Qualcosa di brutto nella vita di una signora perbene*, 1997

R. MUSSAPI, *La grotta azzurra*, 1999, ult. rist. 2011
—, *Il testimone*, 2007
—, *Resurrexi*, 2009
NGUGI WA THIONG'O, *Sogni in tempo di guerra*, 2012
A. OLINTO, *Trono di vetro*, 1993
S. OUSMANE, *Il vaglia*, 1978, nuova ed. 1997, ult. rist. 2007
—, *Véhi-Ciosane, ossia Bianca-Genesi*, 1979, ult. rist. 2007
C. PÉGUY, *I Misteri*, 1978, nuova ed. 1997, ult. rist. 2010
M. ROIG, *La voce melodiosa*, 1997
R. SCHNEIDER, *Bartolomeo de las Casas. Scene del tempo dei conquistadores*, 1978, nuova ed. 2003
—, *La notte oscura di san Giovanni della Croce*, 1998
—, *Il gran rifiuto*, 2003
A. SINJAVSKIJ (Abram Terz), *Pensieri improvvisi con Ultimi pensieri*, 2014
A. SOLŽENICYN, *L'uomo nuovo. Tre racconti*, 2013
—, *Racconti di guerra*, 2014
W. SOYINKA, *Aké. Gli anni dell'infanzia*, 1984, nuova ed. 1995, ult. rist. 2012
—, *Ìsarà: intorno a mio padre. Un viaggio*, 1996
—, *La strada*, 1980, nuova ed. 1997
—, *L'uomo è morto*, 1986
G. TROISI, *Sotto le stelle della Galizia. Diario di un laico a Santiago*, 2010
F. UMBRAL, *Rosa e mortale*, 1998
A. VOLOS, *Churramabad*, 2013
C. WILLIAMS, *Il posto del leone*, 1980, nuova ed. 1996
—, *La pietra di Salomone*, 1983

Stampa e confezione
Ingraf srl, Milano
maggio 2016